W0329234

WREADERS

Über die Autorin

Annemarie Blenk, 1992 in Münster geboren, wuchs in einer kleinen Waldsiedlung im Taunus auf, aber ihre Welt schien ihr nie begrenzt. Schon in ihrer Kindheit las sie sich in Fantasiewelten, um auf Reisen zu gehen. Nachdem sie ihr erstes Buch im Rahmen eines Schulprojekts veröffentlichte, war die Liebe zum eigenen Schreiben entstanden.

Sie schreibt über das, was ihr im Leben am meisten bedeutet: die Liebe und ferne Welten.

Heute lebt die bekennende Eskapistin mit ihrem Ehemann und der gemeinsamen Tochter im Raum Bad Kreuznach.

Für alle, die nicht anders können.

Für die das Schreiben nicht nur die Aneinanderreihung von Buchstaben ist.

Für die Eskapisten.

WREADERS

Alkator

das Land der smaragdfarbenen Himmelslichter,

20. Jahr des langen Winters

Prolog

Wer mit dem Feuer spielt, kommt darin um.

Auf Liljas Freundin traf diese Aussage jedenfalls zu. Sie hatte Fenya oft gewarnt, ihre Zunge besser zu hüten. Doch das Mädchen war unbelehrbar. Sie sprach aus, was sie dachte, ohne die möglichen Konsequenzen zu bedenken. Wer ihr allerdings die ganzen Flüche beigebracht hatte, wusste Lilja bis heute nicht.

Das wirklich Schlimme an allem war, dass es der Gerichtsdiener geschafft hatte, die junge Frau an der Unschuld ihrer Freundin zweifeln zu lassen. Ertappt biss sie sich auf die Lippe, als sie den kühlen Stein der Statue des Heiligen Vaters in ihrem Rücken spürte.

Von hier aus hatte sie eine uneingeschränkte Sicht auf den großen Marktplatz, auf dem üblicherweise Kinder zwischen den Ständen der Verkäufer spielten, während die Eltern ihren Geschäften nachgingen. Doch heute war dies kein fröhlicher Ort voller Leben, an dem sonst nur die Unstimmigkeit eines Verkaufspreises das friedliche Miteinander störte. Heute waren die Stände einer notdürftig zusammengezimmerten Bühne und einem riesigen Scheiterhaufen gewichen. Und mit ihnen die Bewohner *Firnheims*.

Der schwarz getünchte Brandpfahl, der zwischen sorgfältig übereinandergeschichteten Scheithölzern und Reisigbündeln emporragte, wirkte wie das Grabmal, das Fenya niemals erhalten würde.

Heute war der Markt ein Richtplatz und Liljas Freundin eine Hexe. Beiden war eine Rolle zugeteilt worden, für die sie nicht bestimmt waren. Auch wenn Lilja nicht abstreiten konnte, dass die Vermutung nahe lag, dass der Fürst der Finsternis ihr die

Kraftausdrücke zugeflüstert hatte, wusste sie, dass sich ihre Freundin nie mit dem Teufel verbünden würde. Dafür kannte sie Fenya lange genug.

Hilfesuchend blickte Lilja zum Himmel hinauf. Zu dieser kalten Jahreszeit hatte der Mond beinahe seine volle Größe erreicht und die Wintermondwende stand kurz bevor. Obwohl die Sonne noch nicht ganz untergegangen war, schob sich die fahle Scheibe über den roten Abendhimmel. Ein harmloses Schauspiel, das Lilja dennoch verhöhnte. Nun dauerte es nicht mehr lange. Sobald die Sonne unterging, würde Fenyas Leben enden.

In der kleinen Kapelle am östlichen Rand des Platzes wurde ein Licht entzündet und zog Liljas Aufmerksamkeit auf sich.

Welch Grauen ihre Freundin in dem Haus momentan durchmachte, wagte sie sich nicht einmal vorzustellen. Der Wunsch, ein letztes Mal mit ihr zu sprechen, wurde geradezu übermächtig. Doch sie wusste, sie beide ertrugen keinen weiteren Abschied. Sie hatten sich seit dem Tag der Denunzierung nicht mehr gesehen. Man musste ihr abscheuliche Dinge angetan haben, anders konnte Lilja es sich nicht erklären, dass ihre Freundin ein Verbrechen gestand, das sie unmöglich begangen haben konnte.

Drei Tage waren seit ihrer Festnahme vergangen. Drei Tage Folter.

Suchend ließ Lilja ihren Blick über das Gelände schweifen, doch wie zuvor sah sie keinen Ausweg. Stattdessen strömten aus allen Richtungen die Einwohner der kleinen Stadt auf die freie Fläche vor dem Podium. Während die meisten sich scheinbar unwohl fühlten, stritten einige wenige um den besten Platz. Von ihrem erhöhten Punkt bei der Statue aus beobachtete Lilja, wie sich die Zuschauer in den vordersten Reihen schubsten und beschimpften.

»Wann geht es endlich los?«, quengelte ein Kind auf den Schultern seines Vaters.

Liljas Bruder, Lerø, trat wie immer lautlos an sie heran. Manchmal bemerkte sie ihn mehrere Herzschläge lang nicht, doch heute spürte sie seine innere Unruhe wie die kalte Aura eines Eisblocks. Als sie sich ihm zuwandte, lehnte er geistesabwesend an dem Marmorstein des Heiligen Sohnes. Seine zu Fäusten geballten Hände brachten die enorme Wut zum Ausdruck, die seit Fenyas Verhaftung Besitz von ihm ergriffen hatte. Sie war seit frühsten Kindertagen auch seine beste Freundin. Ihm zerriss dieser Anblick ebenfalls das Herz.

Laute Rufe hallten durch die Reihen der Wartenden, als zwei Wachen mit Fenya in ihrer Mitte aus der Kirche traten, doch kein Gerichtsdiener verhaftete den Pöbel für die Verwünschungen, die man der Angeklagten vor die Füße spuckte.

Kampflos wollte Fenya scheinbar nicht aufgeben. Wild strampelnd und schreiend wurde sie vorwärtsgezogen, mehr hatte sie den muskulösen Wachen nicht entgegenzusetzen. Dennoch versuchte sie, sich zu befreien. Dabei war ihr offenbar nicht bewusst, dass sie mit ihrem Verhalten genau wie die Person wirkte, für die man sie hinrichten wollte.

Als die junge Frau an Freunden und Verwandten vorbeigeführt wurde, winselte sie wie ein getretener Hund. Als auch das nichts half, schrie sie um Gnade, während man sie vor allen Augen an den schwarzen Mast band.

Keiner schenkte ihren Rufen Beachtung. Niemand, nicht einmal ihre eigene Familie. Nur die Falk-Zwillinge bekamen eine Gänsehaut.

»Wir müssen etwas unternehmen«, flüsterte ihr Bruder und Lilja spürte seinen durchbohrenden Blick. Sie selbst konnte sich kaum rühren vor Angst. Schließlich schaffte sie es, mühsam den Kopf zu schütteln. Wie in einem ihrer Alpträume gefangen, hörte sie den Anschuldigungen zu und behielt dennoch nur Bruchstücke davon. Der Vorwurf der Teufelsbuhlschaft traf sie wie ein Schlag ins

Gesicht und ließ sie aus ihrer Starre erwachen. Der laute Schrei ihrer Freundin trug den letzten Rest ihrer Benommenheit davon und verklang in dem Rauschen eines aufkommenden Sturms.

Die Urteilsverkündung ließ Fenya endgültig zusammenbrechen, aber das weitaus Schockierendere war, dass ihre Eltern sich stumm abwandten und den Schauplatz mit gesenkten Köpfen und herabhängenden Schultern verließen.

Und so sollte Liljas Freundin sterben. Ohne die Gnade eines Schwarzpulversäckchens um den Hals und ohne den Trost ihrer Eltern.

Lerø wandte sich ebenfalls ab, als die ersten Funken in den Himmel stoben. »Ich ertrage das nicht.«

Lilja schaute ihrem Bruder nach, der mit zielstrebigen Schritten in einer Nebengasse verschwand. Die Gottfigur in ihrem Rücken strömte die gleiche Kälte aus, die Lerø oft umgab. Verzweifelt wandte sie sich dem Heiligen Vater zu.

»Ich kann nichts tun!«, wollte sie seinen anklagenden Augen entgegen brüllen. Dabei wurde sie sich dem großen Kloß in ihrem Hals bewusst. Er bestand nicht aus Verzweiflung, sondern aus Schuld.

Wie hätte Lilja ahnen können, dass es das Beste gewesen wäre, wenn sie, wie ihr Zwillingsbruder, einfach gegangen wäre? Der markerschütternde Schmerzensschrei ihrer Freundin ließ sie ihre Selbstbeherrschung vergessen. Es dauerte nicht lange, bis sie ihre Sinne geschärft und ihre Kraft erweckt hatte. Noch bevor die Flammen ihre ganze Zerstörungskraft entfachten, flüsterte Lilja ihre Beschwörungen. Sie waren kaum zu hören. Nur ein Zischen im Wind, welches in den letzten roten Schimmer der Abenddämmerung hinausgetragen wurde.

Das Feuer am Boden erstarb und nur eine alte Weisheit ihrer Mutter blieb zurück.

Wer mit dem Feuer spielt, kommt darin um.

Teil I: Flammenglut

1

Wie Feuer und Eis

Lilja schreckte mit wild rasendem Herzen aus ihrem Alptraum auf. Noch immer glaubte sie, die verzweifelten Todesschreie ihrer Freundin zu hören. Doch es war nicht Fenyas Feuer, das im Osten der Stadt in seinen letzten Zügen herabbrannte. Seit jenem Tag vor zwei Wintermondwenden waren dutzende Frauen auf dem Scheiterhaufen gestorben und jede dieser Hinrichtungen erinnerten Lilja an das tragische Ende ihrer Freundin.

Der eisige Wind riss ein paar rotbraune Strähnen aus ihrem langen Zopf und zerrte mit seinen Geisterfingern an ihnen. Schnell zog sie die schwere Wolldecke fester um ihre Schultern und setzte sich auf. Sie musste nicht hinsehen, um zu wissen, dass das kleine Lagerfeuer neben ihr erloschen war. Leicht glühten noch vereinzelte Holzspäne in der Asche. In den letzten Wochen musste ihre Macht stärker geworden sein. So stark, dass sie jeden noch so schwachen Funken wahrnahm und sich manchmal selbst davor fürchtete.

Steif erhob sich die junge Frau und entfachte das Feuer mit einer nachlässigen Handbewegung von neuem. Wie ein wildes Tier in einem Käfig sträubte es sich zunächst gegen diesen unnatürlichen Befehl. Wütend flackerte es für einige Momente und warf dabei verheißungsvolle Schatten an die Felswände. Letztendlich beugte es sich ihrem Willen und knisterte friedlich, während Lilja sich zufrieden an der Felskante niederließ. Sie wagte es nicht, ihre Füße über den Rand baumeln zu lassen, wie Lerø es immer getan hatte. Stattdessen zog sie sie dicht an sich heran und verschränkte die

Beine miteinander. Von hier aus hatte man einen tollen Ausblick auf ihre Heimatstadt. Still und verschlafen lagen die kleinen Häuser unter ihr.

Firnheim schmiegte sich wie eine Liebende an den *Moosglöckchenfjord*, welcher sich wenige Meilen weiter mit der *Raahe* vereinte, dem riesigen Eisozean, der die Ufer voneinander trennte.

Es musste schon weit nach Mitternacht sein. Der Mond hatte seinen Zenit längst überschritten und verwandelte das Wasser in einen Spiegel aus Quecksilber. Wellen blitzten, als würden sie den Sternenkindern am Himmel zuwinken, während sie mit einem sanften Rauschen an Land schwappten.

Lilja fiel es schwer, sich von diesem Anblick zu lösen. Doch nach einer Weile schweifte ihr Blick zurück zur Stadt. Geborgen lag Firnheim in einer Senke, umgeben von reich bewaldeten Berghängen und kantigen Felsformationen. Die meiste Zeit des Jahres führte der Fjord einen hohen Wasserstand, sodass selbst große Handelsschiffe wie die *Eisenhaut* an den Docks anlegen konnten. Als hätte der Heilige Vater die Stadt bevorzugt, spielte auch das häufige Vorkommen der Regenbogenschuppe eine Rolle dabei, dass Firnheim zum wohlhabendsten Gebiet des *Nordufers* heranwuchs. Die Schuppen dieser Fischart waren bei Männern und Frauen gleichermaßen beliebt. Kein Schwert, Speer oder Messer war in der Lage, eine mit Regenbogenschuppen besetzte Rüstung zu durchdringen. Lady Aiyana, die Königin Alkators, hatte ein Vermögen ausgegeben, um die *Graue Garde* damit auszustatten. Außerdem schillerten die feinen Plättchen in allen Farben des Regenbogens und wurden daher nicht selten für kostbare Schmuckstücke verwendet. Die Nachfrage überstieg das Angebot bei weitem. Darum hatte die sogenannte Eislady vor einigen Jahren unzählige Fischer beauftragt, diese einzigartige Fischart in den königlichen Zuchtteichen heranzuziehen.

Ohne Erfolg.

Nicht wenige bezahlten für ihr Versagen mit dem Leben.

Dem Heiligen Vater sei Dank, hatte sie die Versuche endlich aufgegeben und Firnheim blieb von ihren Grausamkeiten weitestgehend verschont. Mehr noch, die Fischer erhielten einen Sonderstatus.

Sie waren unverzichtbar.

Als Lilja an die Herrscherin dachte, musste sie unweigerlich auch an Fenya denken. Und an das, was sich seitdem wiederholte.

Am vergangenen Abend hatte sie, wie üblich von dem Podest der Heiligen Statue aus, die Hinrichtung verfolgt. Ihr war es, als würde sie sogar jetzt den Geruch von verkohltem Fleisch wahrnehmen.

Lilja war schon immer ein Kind der Flammen gewesen. Als kleines Mädchen hatte sie die Figuren zum ersten Mal im Feuerwirbel tanzen sehen. Mit Glut in den Augen und Flackern im Gesicht hatte sie sie damals an gemütlichen Abenden auf weichen Fellen vor dem großen Kamin ihres Elternhauses erschaffen. Lange Zeit hatte sie es für eine Gabe des Heiligen Vaters gehalten. Eine Fähigkeit, mit der sie Gutes bewirken wollte. Heute war sie sich nicht sicher, ob sie gesegnet oder von einem Dämon verflucht worden war. Manchmal verfloss die Grenze zwischen Schwarz und Weiß und ließ nichts außer Sorge und Zweifel in Liljas Herz Wurzeln schlagen.

Früher hatte sie ihrem Bruder zuliebe Feuerwesen erschaffen, die den Sagengeschichten ihres Volkes entstammten. Ungeheuer aus den Untiefen der Raahe, an deren Existenz Seeleute wie ihr Vater Norik glaubten. Es war bloß der Gedanke, den Lilja benötigte, und schon entstiegen Monster und Algenmenschen den Flammen. Als Kind hatte sie sich nie gefragt, warum ihr Bruder sie nicht selbst erschuf. Aber sie erinnerte sich an eine eindringliche Mahnung ihrer Mutter und an die Fesseln eines Versprechens.

Wer mit dem Feuer spielt, kommt darin um.

Von jenem Tag an hatte das Feuer seinen Glanz verloren und irgendwann waren selbst für Lerø die wilden Holzfeuerabende in Vergessenheit geraten. Als Lilja dann älter geworden war, hatte sie begriffen, welche Gefahr das Spiel mit dem Feuer bedeuten konnte. Wozu Angst Menschen treiben konnte.

Anders zu sein macht einsam.

Das war die zweite Lektion, die sie lernte.

Auch wenn Lilja ihrer Mutter hatte schwören müssen, ihre Magie nie wieder einzusetzen, hatte sie versucht, Fenyas Leben zu retten. Naiv, wie sie war, hatte sie geglaubt, das Löschen der Flammen würde ihren Tod verhindern. Stattdessen hatte sich der Richter nur in seiner Anklage bestätigt gefühlt. Zunächst hatte Lilja befürchtet, man würde ihre Freundin enthaupten und ihren Leichnam dem Feuer übergeben, wie es die Geistlichen forderten, um ihre schwarze Seele zu reinigen. Doch zu Liljas Überraschung hatte man Fenya abgeführt. Wohin wusste sie bis heute nicht, aber von diesem Tag an ward sie nicht mehr gesehen. Das Einzige, was von ihrer Freundin zurückblieb, war die Drohung. Niemand dürfe über das Ereignis sprechen, sonst erwarte ihn Schlimmeres als der Tod. Nicht einmal Lerø wusste davon. Er glaubte, wie Fenyas Eltern, sie sei im Feuer gestorben.

Bei dem Gedanken schnürte sich Lilja die Kehle zu. Ihre Beine kribbelten und sie wollte am liebsten auf der Stelle davonlaufen, doch vor der Schuld konnte man nicht einfach fliehen.

Damals war sie gelaufen.

Stundenlang.

Das Brennen der Muskeln und der kalten Luft in ihren Lungen hatte schon immer was Betäubendes und Befreiendes gehabt. Jedes Mal war sie aufs Neue enttäuscht, wenn danach der Schmerz zurückkam wie ein aufdringlicher Freund, den man nicht loswurde.

In Fenyas Todesnacht hatten ihre Füße sie zum ersten Mal in die *Felsenhöhle* getragen. Der gefährliche Aufstieg hatte ihre ganze

Konzentration gefordert und ihren Kopf von Angst und Schuld befreit. Hier oben schlief sie nun in nahezu jeder Nacht einer Hinrichtung. Wie um sie daran zu erinnern, stiegen in diesem Moment dichte Rauchschwaden über dem Marktplatz in die Höhe. Eine gespenstische Nebelsäule, die sich im hellen Schein des Mondes in den Nachthimmel hangelte.

Coras Feuer.

Es war beinahe erschreckend, wie sehr sich die Verurteilte unter Kontrolle gehalten hatte. Lilja schämte sich unendlich dafür, aber sie kam nicht umher den Tod der beiden Frauen zu vergleichen.

Liebeskummer hatte Cora oft schwach erscheinen lassen, doch in Wahrheit war sie viel stärker als Lilja und Fenya zusammen. Keine Träne war ihr entwichen, kein Flehen hatte sie erniedrigt. Schweigend hatte sie der Anklage zugehört und das verkündete Urteil ertragen. Hielt Spott und Schmerzen stand. Ihre Fassade bröckelte nur einmal, als ihr jemand ein Bein stellte und nur der eiserne Griff der Wache sie vor einem Sturz bewahrte.

Kinder hatten ihr ins Gesicht gespuckt. Machten ein Spiel daraus.

Einige Frauen hatten sie beschimpft. Darunter waren sogar Freundinnen gewesen.

Lilja hatte Cora nie gut leiden können. Sie war eine der nervigeren Geliebten ihres Bruders gewesen. Aber dieses Verhalten erschien selbst ihr herzlos. Als der Blick der Verurteilten kurz Liljas gefunden hatte, sah sie das blanke Entsetzen darin. Cora schaute schnell wieder weg und suchte weiter die Menge ab, denn es war nicht Lilja, die sie ein letztes Mal sehen wollte.

Sondern Lerø.

Diesen konnte sie jedoch unmöglich finden, denn er war weit weg. Nichts ahnend lag er vielleicht in den Armen einer Dirne, während die Frau, die er einst geliebt hatte, einen qualvollen Tod starb.

Obwohl die Beziehung der beiden kaum länger als eine seiner anderen Bekanntschaften gehalten hatte, musste Lerø sie sehr geliebt haben. Nie hatte Lilja ihn nach einer Trennung so niedergeschlagen gesehen. In seiner letzten Nacht in Firnheim hatte Lilja ihn gefragt, was zwischen ihnen vorgefallen war.

»Sie wollte mehr sein.« Selbst jetzt hörte sie sein gequältes Seufzen. *»Aber ich bin noch nicht bereit, mich an jemanden zu binden.«*

»Du meinst, du willst dir die anderen Weiber nicht entgehen lassen«, hatte sie gespottet, doch ihr Bruder hatte ihr Lachen nicht erwidert und war stattdessen in diese seltsame Stimmung verfallen.

»Da ist diese Kälte in mir, Schwesterchen.« Die Erinnerung an seine verlorene Stimme ließ sie erzittern. *»Und niemand schafft es, sie zu vertreiben.«*

Wenn Lilja die Augen schloss, sah sie seine zu Fäusten geballten Hände. Die weiß hervortretenden Knöchel. Welche Wut ihn bei Coras Anblick überkommen hätte, wagte sie sich nicht vorzustellen.

Sie hatte seit Fenyas Tod einiges dazugelernt. Zum einen, dass sie die Frauen nicht vor einer Hinrichtung bewahren konnte. Zum anderen war sie in der Lage, den Verurteilten einen sanften Tod zu schenken. Etwas, das Fenya nicht vergönnt gewesen war.

Die Rauchsäule löste sich allmählich im steten Wind auf. Wenn Lilja es nicht besser wüsste, könnte man meinen, ein Festfeuer der Wintermondwende sei erloschen. Doch sie war dabei gewesen, als die Feuerzungen an Coras Leib emporschlugen und erbarmungslos alles in Brand steckten. Während sie die ersten Beschwörungen flüsterte – hinter hochgestelltem Kragen – hatten die Zuschauer vor freudiger Erwartung aufgejault. Aber die hohen Flammen verbargen auch Coras Anblick. So bekam keiner mit, wie sich von nun an die Geister des Feuers um die junge Frau kümmerten. Das gesummte Lied hatte die Rauchbildung erhöht und sie in einen dämmrigen Schlaf versetzt. Es war ein altes Lied ihrer Mutter. Ein

Echo aus ihrer Kindheit. Auch jetzt summte Lilja die tröstende Melodie. Ihr war es, als könne sie den gehauchten Kuss auf ihrer Stirn fühlen, mit dem Kyana das Lied jedes Mal beendet hatte.

Lerøs einstige Geliebte war mit den Feuergestalten seiner Kindheit diesem Leben entflohen, ohne die Tortur des langsamen Verbrennens. Das war Liljas Grabbeigabe. Sie setzte ihr eigenes Leben aufs Spiel, um den Opfern dieser grausigen Herrschaft einen schnellen, schmerzfreien Tod zu ermöglichen.

Lady Aiyana fürchtete jegliche Form von Magie. Ihre Grauen verfolgten jedes Gerücht gnadenlos. Scheinbar spielte es für sie keine Rolle, dass manch Händler einem Konkurrenten bloß schaden wollte und deshalb Halbwahrheiten in die Welt setzte. Wer einmal im Fokus ihrer Ermittlungen stand, endete auf kurz oder lang im Feuer.

Der Mond senkte sich mittlerweile der Raahe entgegen. Sein Silberlicht erinnerte sie daran, dass in weniger als dreizehn Tagen das Wintermondfest stattfand. Drei Tage brannten dann die Feuer ohne Unterlass. Dass ausgerechnet die Eislady die Tradition des alten Königs weiterführte, grenzte an Zynismus. Die Herrin des Eises feierte ein Fest, das seit jeher das Winterende ankündigte. Lilja schnaubte.

Seitdem sie vor über neunzehn Jahren den Bärenkönig ermordet hatte, war ganz *Alkator* in einer Eiszeit gefangen. Da das tote Königspaar keine Kinder hinterließ, verwehrte ihr niemand den Thronanspruch. Der Großteil der Bevölkerung glaubte, der hinterhältige Mord hätte das Gefüge der Welt durcheinander geworfen und deshalb wäre das Land unter Eis und Schnee begraben. Doch Lilja wusste es besser.

So, wie sie das Feuer kontrollierte, war die Lady im Stande das Eis zu beherrschen. Und sie suchte nach jedem, der ihre Macht zu brechen vermochte.

Die magischen Kräfte der Herrscherin schienen jedoch begrenzt zu sein. Während das Nordufer ganzjährig mit Eis überzogen war, hielt sich der Winter am *Südufer* weniger hartnäckig. Sommer wurde es trotzdem nicht, Wintermondfest hin oder her.

Es würde das erste Fest ohne ihre Mutter und Lerø sein.

Das laute Heulen eines Auerwolfes ließ Lilja aufschrecken und ihren Blick Richtung Süd-Osten wenden. Jenseits der Stadtmauern erstreckten sich die düsteren Ausläufer des *Auerwaldes.* Eine Gegend voller Gefahren.

Weitere Wölfe stimmten mit ein und ein Kanon melancholischer Klagegesänge erfüllte das Tal.

Lilja zitterte. Die Spalte in der Felswand schenkte ihr zwar größtenteils Schutz vor dem rauen Nachtwind, doch sie half nicht gegen das Grauen, das Liljas Eingeweide hinauf kroch, wenn ihr Blick in der Dunkelheit zwischen den Bäumen versank. Sie brauchte nicht zu raten, was dort lauerte. Sie kannte die Antwort.

Die Nacht überfiel Firnheim früh und lange zu dieser Jahreszeit und mit ihr kamen die Shatar. Und mit den Shatar reiste der Tod.

Sie schüttelte sich.

Ihre Mutter hatte solche Geschichten als Ammenmärchen abgetan. Nichts wünschte Lilja sich mehr, als das glauben zu können. Doch etwas in ihr warnte sie vor der Finsternis da draußen.

Lerø hingegen hatte diese Märchen geliebt. Er war es auch gewesen, der sie und Fenya damals dazu überredet hatte, mit ihm im Wald zu spielen. Die Erinnerung stimmte sie fröhlich und traurig zugleich.

Wie lange war das her? Was war seitdem passiert?

Fenya und ihre Mutter waren tot. Und ihr Bruder …

Die Sehnsucht zog ihre Aufmerksamkeit zurück auf das weite, glänzende Meer. Obwohl sie es liebte, hatte sie nie das Verlangen verspürt, zu erfahren, was dahinter lag. Als junges Mädchen hatte sie einmal ihren Vater gefragt, warum es keinem gelang, die Regenbogenschuppe heranzuziehen.

»Sie können nur hier überleben, Kleines. So wie wir! Nur hier gibt es alles, was wir brauchen.«

Ohne es zu wissen, hatte Norik ihr aus der Seele gesprochen. Wenn es auch nicht vieles gab, womit ihr Vater Recht behielt, würde Lilja Firnheim niemals den Rücken kehren. In dieser sowie in fast jeder anderen Hinsicht waren die Zwillinge so gegensätzlich wie Feuer und Eis.

Schon als kleiner blonder Lockenkopf hatte Lerø in die Welt hinaus gewollt. Voller Leidenschaft hatte er sich die zukünftigen Abenteuer ausgemalt. Es war nicht lange her – kurz vor Ende des letzten Mondlaufes – als sie hier oben den Abend mit Eiswein verbracht hatten. Er philosophierte von verborgenen Schätzen in den *Vergessenen Landen* und schwärmte über die betörende Schönheit der Frauen auf den *Abtrünnigen Inseln*. Die Schnellen des *Diamantflusses* würde er bezwingen und den *Eisvulkan* mit seiner Liebe zum Schmelzen bringen.

Bis spät in die Nacht hatten sie geplaudert und sich seltsam nah gefühlt, obwohl sie so verschieden waren.

»Komm fort mit mir«, flüsterte der Wind seine Worte.

Lerø war auf einmal ernst geworden. *»Lass uns gemeinsam abhauen. Wir reisen von der* Meeresstadt *aus nach* Jukka. *Wir erkunden die* Eiswüste *und lassen uns von den Sternenkindern leiten.«* Dabei hatten seine Finger die Route in den frisch gefallenen Schnee gemalt. Die Zeichnung war längst geschmolzen, doch ihre Erinnerung zeigte jene schwungvollen Linien.

Lachend ließen sie den Abend mit fröhlicheren Themen ausklingen.

Lilja hätte es dennoch besser wissen müssen. Sie hatte begriffen, dass er fort war, noch bevor sie die Nachricht las, die sie am nächsten Morgen, von einem Stein beschwert, neben ihrem

Schlafplatz aufgefunden hatte. Tränen hatten die Worte verschleiert.

»Verzeih mir!«

Mehr benötigte es nicht. Lilja las zwischen den Zeilen jene Worte, die nicht niedergeschrieben standen, weil nur das Herz ihre Bedeutung begriff.

Tief im Inneren hatte sie ihr Leben lang gewusst, dass er eines Tages für immer fortgehen würde. Doch dass er sich wie ein Dieb in der Nacht davon stahl, hätte sie ihm nicht zugetraut. Der Verlust eines persönlichen Abschieds schmeckte bitterer als jeder Gelbblütenlikör aus Noriks Kräuterschrank.

Für ihren Vater war es viel schlimmer. Nach dem Tod der Frau hatte er nun auch seinen Sohn und Nachfolger verloren. Welcher Verlust für ihn der schmerzlichere war, wagte Lilja nicht zu ermessen. Zwar war Kyana die Liebe seines Lebens gewesen, doch Lerø hatte ihn freiwillig verlassen. Ohne Erklärung. Ohne Abschied. Und ohne väterlichen Segen.

Viele Tage war Norik wütend gewesen und hatte seinen Kummer in Alkohol ertränkt. Dann kam das große Schweigen.

Als Lilja den ersten Schock überwunden hatte, drang die Erkenntnis zu ihr durch. Alles war besser als mitanzusehen, wie die Kälte immer weiter Besitz von ihrem Bruder ergriff. Um keinen Preis der Welt wollte sie sein inneres Feuer erlöschen sehen. Selbst wenn dies bedeutete, dass er für immer fortging.

Sie hoffte inständig, dass ihr Vater eines Tages zu demselben Schluss kam.

Eine Bewegung am Rande ihres Blickfeldes erregte ihre Aufmerksamkeit. Unten auf den Docks waren Menschen unterwegs. Müden Schrittes betraten die Fischer die Holzstege. Ihre Boote schwappten schmatzend gegeneinander und hüllten Lilja in die Vertrautheit des Alltages ein.

Es war eine Gestalt am Rande des Geschehens, die sie stutzen ließ. Details erkannte die junge Frau nicht. Die Felsenhöhle lag beinahe hundert Fuß über dem Meeresspiegel. Aber sie wurde das Gefühl nicht los, beobachtet zu werden. Instinktiv wich sie ein Stück in die Schatten zurück, wobei sie sich am rauen Fels eine Schnittwunde an der Hand zuzog. Doch die seltsame Empfindung blieb auch dann noch, als sich die Gestalt nach mehreren Herzschlägen aus der Starre löste und den Hafen in Richtung Stadtzentrum verließ.

Auf der Stadtmauer kam ebenfalls Bewegung auf. Es war Wachwechsel.

Liljas Augen fanden wie von selbst zurück zum düsteren Wald. Wieder heulte ein Wolf. Was da draußen noch alles lauern mochte, konnte sie nur erahnen. Aber eines wusste sie mit tiefer Gewissensqual: Fenya, Cora und all die anderen Frauen waren ihren Tod gestorben.

Den Tod einer von Dämonen Verdammten.

Doch in Nächten wie diesen würde sie sich nicht kampflos ihrem Schicksal ergeben. Somit dichtete sie Kyanas Mahnung neu:

Wer mit dem Feuer spielt, sollte dieses Spiel beherrschen.

2

Weißer Hirsch

Der Morgen kam schneller als erwünscht. Traumlos war Lilja an der Felskante eingedöst. Ein seltener Segen.

Vorsichtig streckte sie ihre steifen Glieder und richtete ihren Oberkörper auf.

Ich werde allmählich zu alt, schmunzelte sie.

Der Anblick, mit dem sie für ihre gequälten Knochen entlohnt wurde, war den Schmerz jedoch allemal wert.

Der graue Nebel hing über den Wipfeln des Auerwaldes. Alles war ganz still, als würde er mit den Geräuschen Verstecken spielen. Die Firnfüchse betteten sich zur Ruhe, nachdem sie die ganze Nacht durch die Auen gestreift waren. Wo die einen sich Schlafen legten, erwachten andere zum Leben.

Kaufleute huschten durch die Straßen, um für den heutigen Tag die letzten Vorbereitungen zu treffen. Riegel wurden beiseitegeschoben, Fensterläden aufgeklappt, Bettlaken ausgeklopft. Hier und da wurde sogar der Inhalt eines Nachttopfcs auf die Gasse entleert.

Lilja rümpfte die Nase.

Als sie hinüber zum Stadttor schaute, passierten die ersten Händler aus *Forstheim* die Kontrollen. Lilja war immer wieder überrascht, wie viel Trost sie aus dem Anblick des alltäglichen Lebens zog. Manchmal kam sie sich wie eine stumme Beobachterin am Rande des Geschehens vor. Wie die zweite Besetzung eines Schauspiels. Entweder nicht begabt genug oder zu feige, um am tatsächlichen Leben teilzunehmen. Doch so war es schon seit jeher und so würde es immer sein. Der Gedanke tröstete und ängstigte sie gleichermaßen. Auch wenn sie es sich in solchen Momenten nur ungern eingestehen mochte.

Ihr Blick schweifte hinaus auf das offene Meer, wo im letzten Schein der Sterne der Mond vom Horizont verschluckt wurde. Dieser kurze Moment des Atemholens, in dem völlige Dunkelheit herrschte, hatte sie schon als kleines Kind fasziniert. Es war ein Moment, in dem nur sie allein zu existieren schien. Es gab nichts, was sie bekümmerte, nichts, was sie sah, nur das Gefühl, am Leben zu sein.

Dann atmete die Welt aus und die brennende Kugel entstieg den Dünsten der Geisterschwaden. Deren fahle Finger mussten dem grellen Licht weichen. Jede Berührung der Strahlen tauchte das Land in kräftige, satte Farben. Überall funkelte der Raureif auf dem Boden, als wären die Sternenkinder zur Erde gefallen.

Das Dunkelblau der Raahe blitzte im Sonnenschein und ihre Wellen suchten sich flüsternd ihren Weg durch den Fjord an Firnheims Ufer. Lilja spürte die Sonne auf ihrer Haut. Sie war so wohltuend wie ein heißes Bad nach einem beschwerlichen Marsch durch den hohen Schnee der Wälder.

Alle Ängste der Nacht schienen auf einmal unwirklich und klein. Es war ihr, als würde auch sie zum ersten Mal einatmen. Sie sog den Glanz der Natur in sich auf. Als sie kurz die Augen schloss, hörte sie sogar das Rauschen der *Drei Schwestern* in ihrem Rücken, welches der Wind herantrug.

Sie sah die ersten Fischerboote auf ihrem Rückweg zum Hafen. Hoffentlich waren sie voll beladen mit Fisch und Muscheln. Zum Wintermondfest fielen die Tributzahlungen an Lady Aiyana höher als üblich aus. Der Adel schwärmte wochenlang von der berauschenden Feier, zu der die Eislady jährlich einlud. Die köstlichsten Speisen von nah und fern wurden serviert, Gaukler und reizvolle Frauen, die exotische Tänze zum Besten gaben, sorgten für die Unterhaltung. Zudem hielt sich hartnäckig das Gerücht, die feinen Gäste dürften nur in weiß gekleidet erscheinen, um ihre Herrscherin zu ehren. Um Schlag Mitternacht enthauptete man Verbrecher auf dem Richtplatz der Zitadelle und die kostbaren Stoffe wurden mit ihrem Blut gesprenkelt. Viele nannten es daher nur das Blutmondfest.

Lilja wurde übel bei dem Gedanken an die Dekadenz und Skrupellosigkeit. Zum Glück war sie nicht von hoher Geburt.

Vor vielen Jahren – Lilja war zu klein gewesen, um sich daran erinnern zu können – hatte Lady Aiyana Firnheim einen Besuch abgestattet. Ihr Vater sprach nicht gerne darüber, doch in seinen Augen spiegelte sich Sorge, wenn er daran erinnert wurde. Auch den anderen Bewohnern hatte sie das Fürchten gelehrt. Es kursierten vielerlei Halbwahrheiten um die Eislady. Natürlich folgten ihr Kälte und Eis überallhin. Es hieß, ihre Haut sei durchsichtig wie ein gefrorener See und ließe Sehnen und Knochen hindurchscheinen. Dort, wo sich das Herz befinden sollte, klaffe nur ein schwarzes Loch. Und ihr Blick ließ einem angeblich das Blut in den Adern gefrieren.

Das waren noch die harmloseren Behauptungen. Jedenfalls war jeder Stadtbewohner froh gewesen, als die Lady endlich wieder abreiste. Nicht einmal für einhundert Schuppenrüstungen würde Lilja freiwillig ein Fest der Herrscherin besuchen.

Die junge Frau ärgerte sich, dass ihr diese Gedanken den friedvollen Moment ruinierten. Sie ermahnte sich, an etwas Fröhlicheres zu denken, und sammelte ihre Sachen zusammen.

Den Weg nach unten fand sie blind. Nach all den Jahren wusste sie, wo sie ihren Fuß hinsetzen durfte und wo ihre Hand Halt in einer Felsspalte fand. Anfangs war sie durch die Höhe verunsichert gewesen, mittlerweile war sie dankbar für den Schutz vor Mensch und Tier.

Auf dem Weg durch die Straßen Firnheims begegnete sie vielen vertrauten Gesichtern. Die kleine Stadt erwachte und wo sie auch hinkam, roch es nach frisch gebackenem Brot. Eine Magd balancierte zwei Eimer, die an einer Stange über ihren beiden Schultern hingen. Das kalte Wasser schwappte bei jedem Schritt bedrohlich hoch. Im Vorbeigehen nickte sie Lilja einen Gruß zu, ehe sie um die nächste Ecke verschwand.

»Du warst bei der Hinrichtung«, rief ihr der Wirt schon von weitem zu und deutete auf die Felsen. Er wusste von seiner Tochter, dass Lilja sich danach gerne zurückzog. Die beiden waren in etwa gleich alt.

Schuldbewusst mied sie seinen Augenkontakt.

»Warum nur, Kind?«, fragte er.

Lilja zwang sich zu einem gleichgültigen Schulterzucken. »Ich habe das Gefühl, ihnen damit eine letzte Ehre zu erweisen.« Das war nicht gelogen.

Die Miene des Mannes wurde weicher. »Gutes Mädchen.« Er klopfte ihr auf den Rücken und widmete sich wieder seiner Arbeit. Lilja hatte keine Zeit, nach seiner Tochter Ilvy zu sehen. Norik wartete schon auf ihre Hilfe.

Sie warf dem Wirt einen letzten Blick von der Seite zu. Er war ein ladytreuer Bürger, dennoch bemerkte sie eine Veränderung in seiner Haltung gegenüber der Herrscherin. Und das nicht nur bei ihm – die Bewohner des Südufers dienten ihr derzeit getreu, doch die Unzufriedenheit schwelte weiterhin in der Asche eines niedergeschlagenen Aufstandes von vor zehn Mondwenden. Es würde nur einen Funken benötigen, um dieses Feuer erneut auflodern zu lassen.

Am Hafen angekommen sah sie, dass Noriks Fischerboot von den Lehrlingen abgeladen wurde. Nur wenige Fässer waren übrig. Seitdem Lerø fort war, half Lilja ihrem Vater vermehrt bei der Arbeit auf dem Wasser. Norik war der festen Meinung, seine

Gehilfen taugten nichts. Nun, sie arbeiteten nicht so geschickt und motiviert wie ihr Bruder, doch Taugenichtse waren sie ganz bestimmt nicht. Leider bekamen sie den Zorn zu spüren, der eigentlich Lerø galt. Lilja hörte ihren Vater schon von weitem Befehle bellen.

»Guter Fang?«, fragte sie atemlos. Wie üblich war sie den Rest des Weges gerannt. Die Hände auf die Knie gestützt rang sie nach Luft. Zu ihrer Erleichterung nickte er und wies die Burschen an, vorsichtig mit der Fracht zu sein.

»Du hast nicht zu Hause geschlafen.« Es war eine Feststellung, keine Frage. Jede andere Tochter müsste sich nun rechtfertigen. Ihrem Vater versichern, sich nicht mit einem Geliebten getroffen zu haben. Doch Norik kannte sie gut genug, um diese Frage gar nicht erst zu stellen.

Dennoch zog Lilja verlegen die Lippe zwischen die Zähne. Ihr Vater musterte sie für einen endlosen Augenblick. Ihr Zopf hatte sich vollends aufgelöst und ihre Haare standen wild in alle Richtungen ab. Verlegen strich sie sich über den Kopf und die zerknitterte Kleidung, doch zumindest ihre Haare ließen sich nicht bändigen. Die Sonne fing sich in den losen Strähnen und ließ sie rötlich erstrahlen.

Lilja begriff, dass sie in diesem Moment wie ein Geist ihrer Mutter aussah. Sogar Kyanas Duft nach Holzfeuer haftete ihr an. Aber sie kam ebenso nicht drum herum, ihren Vater mit den Augen eines anderen zu betrachten. Er war ein hochgewachsener Mann, dessen breite Schultern sein Hemd zu klein wirken ließen. Die Ärmel hatte er, wie so oft, bis zu den Ellenbogen hochgekrempelt und eine tätowierte Seekarte sowie eine durch Narben verunstaltete Zeichnung seiner Schwester blitzten darunter hervor. Die großen Hände waren rissig von der jahrelangen Arbeit auf See. Blut und Fischgedärme klebten an seiner Kleidung, doch es schien ihn nicht zu stören. Obwohl er ein schönes Gesicht hatte, umhüllte ihn etwas Bedrohliches. Sein ganzes Erscheinungsbild war ablehnend. Seine Züge gezeichnet von Verlust und Bitterkeit. *Wann ist Vater alt geworden?*, fragte sie sich erschrocken.

Wenn er sie so ansah, meinte Lilja, eine Frage stünde zwischen ihnen.

Wirst du mich auch verlassen?

In solchen Momenten würde sie ihm am liebsten in die Arme fallen. Sich in seinen Schutz fliehen. Doch Noriks Nähe bot schon lange keinen Zufluchtsort mehr.

Stattdessen war die Tochter das Letzte, das ihn weiterhin aufrecht stehen ließ. Nie würde sie ihn im Stich lassen.

Trotzdem wünschte sie sich, sie müsste diese Last nicht alleine tragen. Der Schmerz über Kyanas Tod war allgegenwärtig. Es verging kein Tag, an dem Lilja nicht an ihre Mutter dachte. Selbst die Stadtbewohner vergaßen die Frau aus der Fremde nicht. Hin und wieder hörte Lilja sie von ihr sprechen. Hinter vorgehaltener Hand, als wäre es verboten von einer Welt jenseits der ihren zu erzählen. Doch die Menschen trauerten um die rothaarige Frau, die vor so vielen Jahren über das *Sterbende Meer* nach Alkator gereist war. Eine geheimnisvolle Fremde, der alle jungen Männer ihre Aufwartungen schenkten. Hingerissen von ihrer Sanftmut und Schönheit prügelten sich die Burschen sogar um die Gunst des nächsten Tanzes.

Es war die Begegnung mit Norik gewesen, die sie letzten Endes zum Bleiben überredet hatte. Sie gab ihr altes Leben für die große Liebe auf. Ein Märchen, wie es den Kleinsten als Gutenachtgeschichte vorgelesen wurde. Doch wenn Norik lächelte, verstand Lilja es. Obwohl er es heute nur noch selten zeigte, erwärmte er jedem damit das kalte Herz.

Wenn Lilja an ihre Mutter dachte, erinnerte sie sich an rote Lippen, die sacht ihre Stirn küssten. An Geschichten aus ihrer alten, namenlosen Heimat weit jenseits der erforschten Gebiete.

Das Land, aus dem ihre Mutter stammte, war auf keiner Seekarte ihres Vaters verzeichnet. Und Kyanas Erzählungen klangen so fantastisch, dass Lilja sich oft insgeheim fragte, ob es dieses Land überhaupt gab. Jedenfalls bereiste niemand solch ferne Orte. Tod und Verderben warteten jenseits der Meerenge. Die Natur war rau und unbarmherzig. Es hieß, sogar die Eislady fürchtete sich vor den Pfaden außerhalb ihres Herrschaftsgebietes.

»Wie konnten deine Leute überleben?«, hatte Lerø eines Abends wissen wollen. Ihm machte man so leicht nichts vor.

»Wir wurden in eine Welt aus Feuer und Eis hineingeboren. Mein Volk hat sich über die Jahrhunderte den Umständen angepasst. Wir vereinten uns mit der Natur, bis wir selbst zu Feuer und Eis wurden«, hatte sie erklärt.

Nach Kyanas Tod hatten sie ihre Asche über dem Fjord verteilt. So schloss sich der ewige Kreis, in dem sie sich ihrer Meinung nach alle bewegten. Sie wurde wieder ein Teil ihrer Welt.

Dieser Gedanke tröstete Lilja ein wenig über den Schmerz des Verlustes hinweg. Ein Verlust blieb es dennoch. Ein Poltern ließ sie aus ihren Erinnerungen aufschrecken.

»Los! Hilf mir mit den Fässern, bevor die Burschen mir hier alles zerlegen«, brummte Norik mit zornig funkelnden Augen.

Sie fixierten Mio. Ein Waise, mehr Kind als Mann. In der Tat verhielt er sich äußerst ungeschickt, was Lilja auf sein junges Alter schob. Ihm war eines der Fässer aus den Händen gerutscht. Eine der Holzstreben war geborsten, doch es war kein Inhalt herausgefallen. Lilja sprang ihm zu Hilfe und sie trugen das Fass gemeinsam zum Karren.

»Das wird schon noch«, raunte sie ihm aufmunternd zu. Er lächelte zaghaft, doch in seinen blassgrünen Augen spiegelte sich Sorge. Ohne Ausbildung und Arbeit stand ihm ein Leben als Bettler bevor. Nicht einmal den ersten Winter würde er überstehen, sobald ihn das Kinderhaus mit siebzehn auf die Straße setzen würde.

Gemeinsam luden sie die übrigen Fässer auf und bahnten sich anschließend mit Norik an der Spitze rumpelnd einen Weg durch die gefüllten Straßen.

»Wie viel soll das kosten?«

Ein Mann neben Lilja hielt die grazile Schnitzerei eines Firnfuches in die Höhe.

Sie bewunderte ebenfalls die Werke des Kaufmanns, der Firnheim nur wenige Male im Jahr mit seinen Holzarbeiten besuchte. Ursprünglich stammte er aus der Meeresstadt im Südosten des Ufers. Dort lebte der Großteil der Bevölkerung, allen voran der Adel. Das Geschäft schien für ihn dort besser zu laufen, denn er trug kostbare Kleidung und um seinen Hals lag eine Goldkette, die mit Schuppenplättchen besetzt war.

Liljas Blick wanderte von der Firnfuchsschnitzerei zu dem Gesicht des Kunden. Es lag verborgen unter einem großen Tuch, welches er sich geschickt zum Schutz gegen Wind und Wetter um den Kopf geschlungen hatte. Kurz sah Lilja die Augen des Fremden durch den schwarzen Stoff hindurchblitzen. Etwas irritierte sie an deren Anblick. Die Farbe seiner Iriden lag zwischen einem dunklen Blau und einem brodelnden Grau, das sie unweigerlich an aufziehende Gewitterwolken denken ließ. Die straffe Körperhaltung erinnerte an die eines Jägers, doch die jugendliche Stimme verlieh seinem Auftreten etwas Weiches. Er sprach fließend Katani, dennoch schaffte er es nicht, einen rauen Akzent zu verbergen. Möglicherweise stammte er von den Clanterritorien jenseits des *Donnerberges*. Zwar kam es nicht oft vor, aber hin und wieder verirrte sich einer dieser Barbaren hierher.

Instinktiv trat Lilja einen Schritt zur Seite, was dem Fremden nicht entging. Er warf ihr einen glühenden Seitenblick zu und der launische Schwung einer Augenbraue schien sie herauszufordern.

Als der Geschäftsmann ihm seinen Preis nannte, wandte er sich von der jungen Frau ab.

»Zu teuer«, stieß er zwischen zusammengepressten Zähnen hervor und straffte die Schultern, bereit zum Feilschen. Lilja schritt derweil weiter den Tisch voller Skulpturen entlang. Sie dachte über die seltsamen Augen des Mannes nach, als eine Schnitzerei am Ende der Reihe ihre ganze Aufmerksamkeit forderte.

Das Stimmengewirr um sie herum verblasste. Die vom Morgen geplagten Finger zitterten, als sie sich nach dem weiß gefärbten Hirsch ausstreckten. Kurz bevor sie ihn berührte, verharrte sie. Ihre Fingerspitzen waren nur einen Windhauch von dem Holzstück entfernt. Ihr war, als würde eine ferne Erinnerung ihr Bewusstsein streifen. Wie ein verlorener Name, der ihr beinahe schon auf den Lippen brannte. So, als würde sie versuchen, Rauch einzufangen, bekäme ihn aber dennoch nie zu fassen.

Der Moment verstrich und sie überwand die Distanz. Sie wiegte die Schnitzerei hin und her, betrachtete sie aus allen Perspektiven. Zu ihrer Überraschung lag sie kühl und schwer in ihrer Handfläche. Anders als sie es von einem Stück Holz erwartet hätte. Sie hob den Blick, um nach dem Händler zu rufen, doch er war schon bei ihr.

»Beeindruckendes Wesen, nicht wahr?« Die Stimme war nur ein raues Flüstern und seine Augen sprühten geheimnisvolle Funken. Er beherrschte offenbar die Tricks eines leidenschaftlichen Verkäufers. Flink nahm er ihr die Figur aus den Händen und betrachtete sie eingehend, als würde er sie selbst zum ersten Mal wahrnehmen. »Geschichten aus meinem Dorf erzählen von einer Zeit, in der dieses Wesen in unseren Wäldern lebte.«

»Weiße Hirsche?«, fragte Lilja ungläubig.

Der Mann deutete ein Nicken an. »Einige behaupten, es gäbe nur einen, obwohl er an allen Ufern gesichtet wurde.«

Lilja schnaubte. »So ein Unsinn.« Sie wollte sich schon abwenden, doch er fuhr unbeirrt fort.

»Einem Geschöpf solcher Reinheit und Perfektion stehen Fähigkeiten zur Verfügung, von denen unsereins nur träumen kann.« Er räusperte sich. »Manche glauben, der Heilige Vater selbst hätte seine Gestalt angenommen und begleite all jene, die seiner Führung bedürfen.«

»Was ist aus ihm geworden? Wieso habe ich davon noch nie gehört?«, verlangte Lilja zu erfahren.

Der Kaufmann schien mit sich zu ringen. Nach einigen Atemzügen überwand er sein Unbehagen. »Ein Aberglaube der Jäger besagt, dass jeder, der versucht, den Weißen Hirsch zu töten, durch seltsame Umstände selbst kurz darauf den Tod findet. Die Lady rief dennoch ihre Jäger zur Jagd. Die hohen Herren starben nacheinander bei dem Versuch, die Gunst der Lady zu gewinnen. Ihr Versagen machte die Herrscherin rasend. Bis heute ist es niemanden gelungen, ihr sein Geweih zu bringen. Es ist viele Jahre her, dass er das letzte Mal gesehen wurde.« Der Verkäufer wirkte auf einmal traurig verstimmt und Lilja war geneigt, ihm zu glauben.

»Kaum einer spricht noch über den Ursprung seines Daseins. Heute dient er nur noch der Weißen Krone als Symbol.«

»Der Weißen Krone?«

»Feinde der Lady.« Als würde ihm in diesem Augenblick bewusst werden, was er da vor sich hatte, zuckte der Händler zusammen. Hastig zog er einen Lederlumpen hervor und hüllte die Figur darin ein. Besorgt schaute er sich um. Lilja suchte ihrerseits die Umgebung nach Wachen ab. Nichts. Sogar der Fremde war verschwunden. Der Mann wandte sich schon mürrisch ab, doch seine Augen blitzten blau auf, als er innehielt und alles wagte: »Für fünf Silberstücke gehört er dir.«

Lilja betrachtete den Händler prüfend und biss sich dabei verlegen auf die Unterlippe. Wenn es wirklich stimmte, was er über die Symbolik des Weißen Hirsches erzählte, stand schon allein auf den Besitz der Figur die Todesstrafe. Ablehnend wich sie einige

Schritte zurück. Stolperte nahezu. Doch als sich der Mann fluchend zurückzog, überkam sie eine dumpfe Melancholie, die sich wie dunkle Schneewolken auf ihr Gemüt senkte.

Nachdem Lilja den ganzen Vormittag damit beschäftigt gewesen war, Fische zu schuppen und auszuweiden, hatte sie am Nachmittag endlich etwas Zeit für sich. Ihre Hände brannten von der Arbeit mit Kälte und Nässe. Es kam nicht selten vor, dass Lehrlinge mit dem Messer abrutschten und sich entweder an der Klinge oder den scharfkantigen Schuppen gemeine Schnitte zuzogen. Lilja hingegen war mittlerweile geübt, aber heute war sie mit den Gedanken nicht bei der Sache gewesen. Am Marktstand des Metzgers gönnte sich die junge Frau einen Eichhörnchenspieß. Der Winterbeerensud, mit dem das Fleisch übergossen war, lief ihr über die Finger, schmerzte in den Wunden und erinnerte Lilja an die nächtliche Begegnung mit der Gestalt am Hafen. Selbst jetzt ließ sie das beklemmende Gefühl nicht los, beobachtet zu werden.

Während sie schmatzend über den Platz schlenderte, stellte sie erschrocken fest, dass sich die Gardisten der Lady immer noch in Firnheim aufhielten. Sie hatten sich paarweise an den Eingängen postiert und beobachteten mit eiserner Miene die Bewohner. Lilja drehte sich schwungvoll, um den Ort zu verlassen, als ihr ein strahlendes Mädchen auffiel. Ilvy, die Wirtstochter, war mit ihren häuslichen Pflichten durch.

Sie beschlossen, den Nachmittag gemeinsam zu verbringen und suchten sich eine abgelegene Ecke, wo sie vor den suchenden Blicken der Rachesöldner geschützt waren. Auf einem kleinen Mauervorsprung ließen sie sich nieder und redeten ungestört, bis die ersten jungen Männer sie entdeckten.

Ilvy amüsierte sich darüber, wie die Burschen um Liljas Aufmerksamkeit buhlten.

Lilja hingegen empfand es nur als unangenehm und lästig. Dennoch fühlte sie sich geschmeichelt, als einer der Männer seinen Mut sammelte und herüberkam, um sie um einem Spaziergang zu zweit zu bitten. Sie konnte sich nur mühsam beherrschen, nicht sofort in das Lachen ihrer Freundin mit einzufallen, während sie ihm eine Abfuhr erteilte. Ilvys Gesicht erschwerte die Situation ungemein. Wie junge Mädchen hielten sie sich die Hände vor den Mund und kicherten dümmlich.

An Nachmittagen wie diesem schien ihre Seele ein klein wenig zu heilen. Ihre Sorgen und selbst das merkwürdige Gefühl gerieten in Vergessenheit.

»Ich glaube, Eirik wird mich fragen, ob ich ihn heiraten will«, sagte Ilvy plötzlich. Sie sah Lilja dabei nicht an. Ihre Augen fixierten die Gestalt eines jungen Mannes mit rotblondem Haar, der in einiger Entfernung bei den anderen Burschen an einer Laterne lehnte. Er erwiderte Ilvys intensiven Blick mit einem zaghaften Lächeln, in dem Fürsorge und Stolz lagen. Seine geröteten Wangen ließen ihn sanfter erscheinen, als die Körperhaltung vermuten ließ.

Lilja kannte ihn aus Erzählungen ihres Vaters. Eirik war der Sohn einer konkurrierenden Fischerfamilie. Er war stets höflich und nur wenige Jahre älter als die beiden jungen Frauen. Mit ihm wäre Ilvy eine sichere Zukunft gewiss.

Bevor Lilja auf Ilvys Geständnis antwortete, studierte sie ihre Freundin von der Seite. Mit einer zuckenden Bewegung versuchte sie, ihre blonden Locken zu zähmen, die ihr wie üblich ins Gesicht fielen und ihren taubenblauen Augen die Sicht raubten. Obwohl Ilvy deutlich kleiner und zierlicher als Lilja war, hatte sie umso schönere Kurven. Selbst die zu großen Segelohren, hinter die sie ihre Haare strich, konnten nicht darüber hinwegtäuschen, dass Ilvy wunderschön war. Sichtlich nervös wartete sie auf ihre Antwort.

»Das ist doch großartig«, sagte Lilja schließlich und versuchte, sich den bitteren Stich der Eifersucht nicht anmerken zu lassen.

Nicht etwa, weil sie in Eirik verliebt wäre. Es war das Glück, welches ihrer Freundin ein Lächeln ins Gesicht zauberte und sogar ihre Augen erreichte, das Lilja beneidete. Für sie gab es niemanden, der solche Empfindungen bei ihr auslöste. Sie interessierte sich für keinen der jungen Männer.

Als könnte Ilvy es nicht länger für sich behalten, sprudelten alle Details ihrer Liebesgeschichte hervor. Lilja hörte geduldig zu, während sie Bilder eines romantischen Spaziergangs entlang der *Auerschnellen* heraufbeschwor. Sie zeigte ihr ein Armband mit einem Fischanhänger, der sogar mit echten Schuppen des Regenbogenfisches besetzt war. Und hinter heimlich vorgehaltener Hand erzählte sie Lilja von dem Abschiedskuss auf die Wange. Ihre Stimme überschlug sich fast vor Freude.

Auch wenn Lilja akzeptieren musste, dass es für sie niemals zu etwas Vergleichbarem kommen würde, freute sie sich von ganzem Herzen für Ilvy und Eirik.

»Komm doch mal wieder zu unserem Spielabend ins Gasthaus. Dann kannst du Eirik besser kennenlernen«, schloss Ilvy das Loblied über ihren Liebsten ab.

Augenblicklich läuteten bei Lilja alle Alarmglocken. Einmal im Mondlauf trafen sich die jungen Dorfbewohner in der Kneipe zum gemeinsamen Kartenspiel, aber vor allem, um Kontakte zu knüpfen. Lilja nahm nicht mehr daran teil, seitdem sie von Lerø sitzen gelassen worden war. Obwohl es seine Idee gewesen war, verschwand er kurz nach Beginn, um mit irgendeinem Mädchen Zeit allein zu verbringen. Zudem blieb Lilja sowieso viel lieber für sich.

»Du … lässt dich doch auf nichts ein, oder?«, fragte Lilja vorsichtig.

Das war ein Fehler. Ilvy sprang vor Empörung auf und blitzte sie mit in die Hüften gestemmten Händen wütend an.

»Was denkst du denn von mir?« Ihre Wangen glühten vor Scham. Lilja schielte an Ilvy vorbei zu der Laterne, aber Eirik war verschwunden.

»Es tut mir leid«, murmelte sie. Eine kurze Pause entstand. »Ich musste nur eben an meinen Bruder denken.«

Lerø war bekannt dafür, schnell neue Bekanntschaften mit lieblichen Frauen zu knüpfen. Lilja glaubte zudem, dass er ihnen mehr als nur den einen oder anderen Kuss stahl. Plötzlich schämte sie sich, ihre Freundin mit den einfältigen Hühnern verglichen zu haben, die auf die Liebeserklärungen ihres Bruders hereinfielen. Betreten schaute Lilja zu Boden und rollte einen Stein zwischen den Füßen. Zu ihrer Erleichterung brach Ilvy das unangenehme Schweigen mit einem Lachen.

»Eirik ist ganz anders als Lerø.«

Schnell stimmte sie ihrer Freundin mit einem Nicken zu. *Zumindest hoffe ich das!*

Obwohl Ilvy besänftigt wirkte, war das unbeschwerte Zusammentreffen vorbei, als sie erklärte, sie müsse zurück, um ihrem Vater bei den Vorbereitungen für den Abend zu helfen.

Gemeinsam schritten sie noch ein Stück in dieselbe Richtung. Dabei überquerten sie den Marktplatz, der auf einmal seltsam verlassen erschien. Die letzten Händler lösten ihre Stände auf, während manche schon zum Aufbruch bereit waren. Als die beiden die Stadtkapelle erreichten, blieb Ilvy unvermittelt zurück.

»Als wäre sie nie hier gewesen«, flüsterte sie mit einem Spiegel aus Tränen in den Augen.

Lilja blieb ebenfalls stehen und folgte ihrem Blick. Das schlechte Gewissen traf sie wie eine Welle ins Gesicht. Ihre Schultern sackten unter der Last der Schuld zusammen. Die rußverschmierten Pflastersteine waren der letzte und einzige Beweis dafür, dass Cora hier gestorben war. Wieder sah sie ihren spärlich bekleideten

Körper in den Flammen stehen. Ein Bild, das sie bis in ihren Schlaf hinein begleitet hatte.

»Es ist so ungerecht«, hörte Lilja sich sagen. Das Sprechen fiel ihr schwer. Auch nach mehrmaligem Schlucken ließ sich der Kloß in ihrem Hals nicht vertreiben. Tränen brannten in ihren Augen, doch zumindest schaffte sie es, diese wegzublinzeln.

Die jungen Frauen verharrten einen kurzen Moment und gedachten dem Opfer der eisigen Herrschaft. Lange durften sie nicht verweilen, sonst würden sie die Aufmerksamkeit der Wachen auf sich ziehen. Verstohlen schaute Lilja sich um und wie sie vermutet hatte, war die Graue Garde weiterhin anwesend. Hinter der nächsten Ecke trennte eine Abbiegung schließlich den Weg der Freundinnen.

Ilvy schloss Lilja in eine traurige Umarmung. Als sie sich darin zurücklehnte, lächelte die junge Frau zaghaft und fischte eine Regenbogenschuppe aus Liljas Zopf.

»Einen kostspieligen Geschmack haben Sie da, Fräulein Falk«, stellte sie hochnäsig fest.

»Das sagt das Mädchen mit dem teuren Schmuck«, entgegnete Lilja und schnappte nach der Schuppe. Ihre Freundin war schneller. Im nächsten Moment war sie schon einige Manneslängen entfernt und lachte, dass ihre Locken wippten.

»Du solltest wirklich zu unserem nächsten Spielabend kommen«, sagte sie und ließ dabei das kostbare Plättchen zwischen ihren Fingern tanzen. »Vielleicht wirst du überrascht und du triffst auf deine wahre Liebe.«

Die wahre Liebe gibt es nicht, erwiderte sie beinahe, doch es wäre nur Neid, der aus ihr sprach.

»Mal sehen«, antwortete sie stattdessen und auf Ilvys Gesicht erschien erneut ein Lächeln, doch diesmal erreichte es ihre Augen nicht. Sie winkte ihr ein letztes Mal zu, dann machte sie auf dem Absatz kehrt und trat leichtfüßig um die nächste Ecke.

Bevor Lilja ihrerseits den Nachhauseweg einschlug, warf sie einen Blick über die Schulter zurück auf den Platz. Sie sah, wie fahrende Händler die letzten Waren auf ihren Karren festzurrten. Hörte, wie beleibte Frauen ihren brummenden Männern Anweisungen zuriefen. Fühlte den kühlen Abendwind, der durch die schattenreichen Gassen pfiff. Kinder bettelten an der Statue des Heiligen Vaters um Almosen. Ein Kaufmann erbarmte sich ihrer und schenkte ihnen Essensreste, während einige Fuß entfernt eine Gruppe Männer ausgelassen feierte. Dem Duft zufolge verdankten sie ihre gute Laune dem schweren Bier in den Krügen.

Als nächstes fiel Liljas Blick auf den Skulpturenhändler. Sein mürrischer Ausdruck verriet ihr, dass er kaum etwas verkauft hatte. Viele der ortsfremden Kaufleute bezogen im *Schuppenkleid*, dem hiesigen Gasthof, Quartier, doch er und wenige andere karrten ihre Waren zum Stadttor. Ihr Ziel war vermutlich die kleine Waldsiedlung.

Forstheim lag etwas mehr als eine Stunde östlich von Firnheim. Hier konnten die Reisenden sich Pferde und Ausrüstung leihen. Die Übernachtungsgelegenheiten waren zudem nur halb so teuer wie in Firnheim selbst.

Lilja fragte sich unwillkürlich, ob die Händler jemals in Forstheim ankommen würden. Aufmerksam studierte sie ihre Gesichter, um beim nächsten Mal danach Ausschau zu halten.

Sie hob den Blick zum grauen Abendhimmel. Die Wolken hingen heute auffallend tief und die Dunkelheit würde somit früher als üblich Besitz vom Tag ergreifen. Lilja lief ein Schauer den Rücken hinab, wenn sie daran dachte, welche Gefahren die armen Seelen im Wald erwarteten. Wilde Tiere mochten sie überfallen, unwegsames Gelände könnte ihnen die Knochen brechen oder Shatar kämen sie heimsuchen. Schnell schüttelte sie den Kopf.

»Vergiss endlich die Ammenmärchen«, hörte sie die Stimme ihrer Mutter, doch Kyana war hier nicht geboren worden. Das Land und ihre Legenden waren für die Fremdländerin nur Märchen gewesen.

Lilja war eine Einheimische. Schon seit dem Zeitalter des alten Volkes glaubten die Bewohner Alkators, dass die Shatar, die Totenwesen, auf ihrer Suche nach Nahrung die Wälder, Küsten und Seen durchstreiften. Sie lebten im Wasser, im Nebel, in der Luft. Jede Gestalt nahmen sie an. Sei es das Aussehen eines harmlosen Kaninchens oder der liebliche Körper einer Frau.

Vor zwei Mondwenden waren einige Jäger nicht aus dem Auerwald zurückgekehrt. Damals hatten die Stadtvorsteher überlegt, ob man die verurteilten Hexen den Shatar opfern sollte, um ihren Durst nach Seelen zu stillen. Einzig der überhebliche Gedanke, sich nicht wie primitive Clansleute verhalten zu wollen, hatte sie von der unmenschlichen Idee wieder abgebracht.

Der *Firnfuchsclan* am Fuße des Donnerberges war dafür bekannt, dass sie dem Totenwesen zu jeder Mondwende ein Stammesmitglied darbrachten. Aber das waren ja auch Barbaren.

Die Bewohner Firnheims hingegen waren gebildet und zivilisiert. Lilja wollte nichts mit diesen urzeitlichen, heidnischen Ritualen zu schaffen haben.

Auf einmal schmeckte die junge Frau Blut. Sie hatte sich zu fest auf die Lippe gebissen. Ein letztes Mal schaute Lilja nach oben. Sie sollte nun endlich nach Hause gehen. Nach dem heutigen Tag freute sie sich auf sichere Mauern, eine warme Mahlzeit und ihr gemütliches Bett.

Ihr Elternhaus war ein heimischer Ort, doch gegen ihre Einsamkeit half auch die vertraute Umgebung nicht. Im Gegenteil würde sie das zweite, leere Bett in ihrer Schlafkammer nur daran erinnern, wen sie verloren hatte.

Dennoch bog Lilja in eine kleine Nebengasse ab, die sie auf direktem Weg zum Hafen und somit nach Hause führen würde.

Die Gunst der Lady gegenüber den Fischern hatte die Familie Falk zu recht wohlhabenden Bürgern gemacht. Auch wenn sie den Großteil ihrer Einkünfte als Steuer abtreten mussten, reichte es mehr als nur zum Überleben.

Auf ihrem Weg wich Lilja dem Unrat aus, der achtlos aus den Fenstern auf die Straße geworfen worden war. Das Vieh der Bauern hatte sein Übriges dazu beigetragen, um die schmalen Wege zu verunreinigen. Die größeren Straßen entlang des Marktplatzes, umrahmt von den teuren Häusern der gehobenen Kaufleute, waren mittlerweile ausgebaut und gepflastert worden. Ihr Vater hätte sich dort ebenfalls ein Haus leisten können, doch er bevorzugte die Nähe zum Fjord.

Am Hafen waren die Straßen ebenfalls befestigt. Kaufleute, die über den Seeweg zu ihnen gelangten, erblickten einen Handelshafen, der dem einer Königsstadt gleichkam. Erst recht, wenn sich die Sonne über den Felsen erhob und die Fassaden der teuren Häuser zum Schillern brachte. Im dunkelgrauen Felsgestein hatten die ersten Siedler Muschelverzierungen aus Gelbgold entdeckt. Nach eingehender Untersuchung stellte sich heraus, dass es sich nicht um das kostbare Edelmetall, sondern um Schlangengold handelte. Kein echtes Gold, aber trotzdem toll anzusehen. Den Namen verdankte es dem Tier, da es für seine Falschheit genauso bekannt war wie der Fuchs für Gerissenheit.

Alle Handelsgebäude in Firnheim, sogar die gepflasterten Straßen, waren aus diesem Schlangengold erbaut worden. So funkelnd der Hafen die Besucher lockte, setzte kaum jemand einen Fuß in den Teil der Stadt, den Lilja momentan durchquerte. Hier wohnten die niederen Bewohner der Gemeinde. Die Kaufleute wanderten nur auf den befestigten Wegen zum Marktplatz, die in einem großen Bogen um die heruntergekommenen Gebiete führten.

Lilja hätte eine dieser Straßen nutzen können, doch in ihr sträubte sich seit jeher alles gegen einen Umweg. Ihr kam es manchmal so vor, als bewohnte sie ein innerer Kompass, der sie stets ermahnte, den direkten Weg einzuschlagen. Sie fluchte, als sie mit dem Fuß im Matsch versank. Hätte sie den Zeitverlust in Kauf genommen, wären ihre Stiefel sauber geblieben.

Was war das?

Lilja stockte, als sie ein vertrautes Geräusch wahrnahm. Einen Moment hielt sie inne und lauschte. Dann bewegte sie sich drei Schritte rückwärts und schielte in eine enge, dunkle Sackgasse, aus der es übel stank und deren Schatten etwas Unheilverkündendes an sich hatten.

»Freki!«, rief sie erleichtert als die blitzenden Augen des dicken Katers aufleuchteten. Sie lief ihm entgegen und nachdem sie auf ein Knie gesunken war, saß er schon auf ihrem Schoß. Dass sich dieser kleine Vielfraß überhaupt bewegen konnte, hätte die Eislady vermutlich auch als Hexerei verurteilt.

Sie kraulte das Tier hinter den Ohren und an den Seiten, wohl darauf bedacht, seinem Bauch nicht zu nahe zu kommen, als ihr ein zweites Geräusch auffiel. Ehe Lilja sich umwenden konnte, bestand ihre Welt nur noch aus Dunkelheit.

3

Schwesterherzen brechen nicht

Ein Gefängnis aus Dunkelheit. Unendliches Grauschwarz der Bewusstlosigkeit.

Lilja nahm einen Schatten wahr. Ein Gefühl, das drohte, sie zu erdrücken. Finsterer Nebel wirbelte um sie herum. Sie bekam kaum Luft. Eine unsichtbare Hand packte sie im Nacken, vergrub sich in ihrem Haar. Zerrte daran. Der Schmerz kehrte zurück. Sie spürte, wie sich Fingernägel in ihre Haut krallten und das dumpfe Pochen in ihrem Schädel, das von den Schlag auf ihren Kopf herrührte.

Ein greller Schrei zerriss die Schwärze. Kurz erhellten Blitze den Schleier ihrer Ohnmacht. Die Sehnsucht, ein Licht zu entfachen, ließ ihre Eingeweide verkrampfen. Selbst in ihrem Zustand spürte sie die Energie eines Feuers. Allein der Gedanke, sich damit aus dieser Lage befreien zu können, war verlockend. Doch sie wusste, dass ihre Fähigkeit ihr in solchen Situationen nicht von Nutzen war.

Das Wissen, sich in einer Zwischenwelt zu befinden, half nicht gegen die Angst, die sie ergriff, als sich der Nachtschatten teilte. Einmal. Zweimal.

Die Nebelschwaden manifestierten sich in Gestalten, bekamen Gesichter. Wieder erklang ein verzweifelter Ruf. Es war eine menschliche Hand, die sich über Liljas Mund schob. Sie schmeckte Erde und es roch nach Asche und Pferdehaar. Die Schreie klangen nur noch gedämpft, irgendwie unterdrückt. Da verstand die junge Frau, dass sie es war, die um Hilfe rief.

Mit dieser Erkenntnis lösten sich die Nebelgeister um sie herum auf. Die Dunkelheit zog ihre Klauen zurück und die dreckige Gasse kam zum Vorschein, während die Pranke auf ihrem Mund blieb und Liljas Bewusstsein erneut in Finsternis drängte.

Kein Atem. Kein klarer Gedanke. Kein Entkommen.

Nur der Duft von Asche und Pferd erinnerte sie daran, wo sie sich in Wirklichkeit befand. Ihre einzige Hoffnung war sie selbst. Solange ihre Kräfte es zuließen, strampelte sie, schlug, kratzte. Doch es half alles nichts.

Verzweiflung. Der Duft nach Asche und Pferd. Finsternis. Der Duft nach Asche und Pferd. Keine Luft. Der Duft nach Asche und Pferd.

Zuckende, weiße Blitze durchbrachen den Kreislauf. Sie erhellten Umrisse von Monstern, die um sie versammelt lauerten. Im ersten Moment glaubte Lilja, es seien Shatar, doch ihr Aussehen glich nicht denen der Legenden. Es waren weder niedliche Tiere noch reizende Frauen.

Es waren Soldaten. Bewaffnete Männer in grauen Uniformen und mit Schuppen besetzten Brustharnischen, die im Schein einer auflodernden Fackel Feuer fingen. Abermals verzog sich der schwarze Nebel, doch Lilja wünschte sich nichts mehr, als wieder blind zu sein.

Sie holte erschrocken Luft, als sie den Atem eines anderen an ihrem Hals spürte.

Zu nah!

Damit realisierte sie, dass ihre Stimme zwar weiterhin unterdrückt wurde, aber ihre Nase frei war. Doch die Tatsache, dass sie an einen fremden Körper gepresst wurde, brachte sie weit mehr aus der Fassung als es der Überfall getan hatte. Schließlich lebte sie schon ihr ganzes Leben in Angst davor, entdeckt zu werden. Wenn sie so darüber nachdachte, war es sogar unvermeidlich gewesen.

»Wo ist dein Bruder?«, fragte eine Männerstimme dicht an ihrem Ohr. Sein heißer Atem streifte ihre Schläfe und der Druck auf ihrem Mund ließ etwas nach. Ein Arm lag weiterhin fest um ihren Hals und drückte sie rücklings an eine breite Brust. Instinktiv klammerten sich Liljas Hände um den Unterarm des Mannes, während ein Würgen in ihrer Kehle emporkroch und in einem grotesk verzerrten Laut aus ihr herausbrach.

Hastig zog sie Sauerstoff in ihre Lungen. Mit der klaren Abendluft kehrte auch ihr Verstand zurück. Sie erkannte vier Umrisse, ein weiterer Angreifer hielt sie in dieser unfreiwilligen Umarmung gefangen. Ihr Instinkt suchte nach einem Ausweg, doch es war hoffnungslos.

Sackgasse.

Erneut stieg Panik in ihr auf. Sie schrie um Hilfe und sofort schloss sich die Hand wieder fester über ihren Lippen. Lilja wusste, dass sie ruhig bleiben sollte, doch alles, an das sie denken konnte, war das Feuer, auf dem man sie verbrennen würde. Ohne sie zu töten. Kindliche Mutproben – so blödsinnig sie auch waren – hatten sie gelehrt, dass keine Flamme ihre Haut verletzen konnte. Es zeigte sich allerhöchstens eine leichte Rötung.

Doch was würde man ihr stattdessen antun? Sie enthaupten? Ertränken? Oder gar fortbringen, wie einst Fenya?

Auf einmal hatte sie den ätzenden Geschmack von Galle auf der Zunge. Tränen sammelten sich in ihren Augen, ließen die Gestalten um sie herum verschwimmen. Innerlich fluchte sie über ihre Schwäche. Vor diesen Fremden zu weinen, forderte ihren letzten Rest Stolz.

Dann wurde die junge Frau grob zu Boden gestoßen. Das Gewicht eines Felsens drückte sie in den Gossendreck und erschwerte ihr das Atmen. Es stank nach feuchter Erde und Kot, so tief war sie gefallen.

»Wo ist dein Bruder?«, fragte der heiße Atem. Der Mann beugte sich über Lilja. Mit seinem Körper drückte er sie tiefer in den Matsch. »Antworte endlich!«

Mittlerweile pfiff ein eisiger Wind durch die Gasse. Bis auf das gespenstische Heulen war alles still. Lilja zwang sich, gleichmäßiger zu atmen, doch es gelang ihr kaum. Jeder Atemzug fühlte sich wie der erste an und konnte dabei gleichzeitig ihr letzter sein. Die Luft schmeckte nach Kälte und Schnee und kündigte einen Schneesturm an.

Ungewöhnlich für diese Jahreszeit.

Schwarzes, langes Haar wehte Lilja ins Gesicht. Die Berührung versetzte ihrem Körper eine Gänsehaut. Augen, so düster wie ein nächtlicher Bergsee, leuchteten im Glanz der Fackel.

Dieser Mann bestand aus Dunkelheit. Einzig die helle, gezackte Narbe, die sich über seine rechte Schläfe bis übers Augenlid zog, störte das Bild eines Nachtschattens. Erzählungen beschrieben die bösen Traumgeister als unverwundbare, dunkle Nebelgestalten. Dies alles hier war also die Realität. Trotzdem, oder vielleicht gerade deswegen, ergriff der Winter Besitz von Liljas Seele.

»Ich werde kein weiteres Mal fragen.« Seine Hand zog einen glänzenden Gegenstand hervor. Die Klinge lag irritierend warm an ihrer Kehle. Der Soldat musste sie nah am Körper getragen haben. Es war ein Trost, dass der Tod nicht nur Kälte mit sich brachte. Doch vor allem zeigte es, dass ihr Angreifer durchaus menschlich war. Ein Gegner aus Fleisch und Blut ließe sich besiegen. Fragte sich nur wie.

Lilja fühlte, dass die Fackel kurz vorm Verlöschen war. Die Energie flimmerte nur noch sehr schwach. Sie glaubte, nichts mehr verlieren zu können, also sandte sie ihre Gabe aus, um sich mit ihrer Hilfe zu befreien, doch sie bekam keine Kontrolle. Zum ersten Mal in ihrem Leben gehorchten die Flammen ihr nicht.

In diesem Moment begriff sie, wie nah sie dem Tod war. Eine falsche Bewegung, eine falsche Antwort, und ihre Welt existierte nicht mehr.

Als hätte Lilja es nicht schon längst begriffen, verstärkte der Soldat den Druck der Klinge, um zu beweisen, wie ernst er es meinte. Ein Funke löste sich aus der Fackel, spiegelte sich in den schwarzen Augen des Angreifers, bevor er emporfuhr und zwischen den Häuserdächern erlosch. Mit einem letzten Fauchen ging das Licht aus und Lilja erkannte, dass sie sterben würde.

Ganz gleich, was sie den Männern erzählte.

Diese Klarsicht rüttelte sie aus ihrer Schockstarre und die Selbstverteidigungslektionen ihrer Mutter kamen ihr in den Sinn. Das Training mit Kyana sollte nicht umsonst gewesen sein. Mit einem unvorhersehbaren Ruck schaffte Lilja es, einen Arm zu befreien. Ohne zu zögern, holte sie mit der Faust aus, doch ihr Angreifer war nicht irgendein Bursche. Geübt wich er zurück, während er zeitgleich mit dem Ellenbogen nach unten stieß. Lilja hörte, wie ihre Nase brach und fühlte sogleich das warme Blut daraus hervorschießen. Doch schon im nächsten Moment schwoll das Gewebe an und machte ihr das Atmen schwer, während das Blut über ihre Lippen und ihren Hals hinabfloss. Aber das war alles nicht mehr von Bedeutung, denn die Schwärze zog sie zurück in die Bewusstlosigkeit, der Lilja sich dankbar hingab.

Nachtschatten.

Finsternis umschloss ihre Gedanken. Kein Mond ließ die Sternenkinder am Firmament ihrer Ohnmacht erstrahlen. Nur die fahlen Geisterschwaden, die Liljas Volk Nachtschatten nannte, schwirrten um sie herum. Eisige Finger streichelten ihre Wange. Flüsterstimmen erzählten von ihren schlimmsten Ängsten. Arme, die sich um ihren Körper legten, eine Hand an ihrem Hals.

Du träumst nur, redete Lilja sich zu.

»Wo ist dein Bruder?«, echoten die Worte des Narbenmannes durch ihren Kopf.

Die Geister applaudierten, bevor sie sich allmählich auflösten und sich zurück in die Soldaten verwandelten, doch ihr Gelächter hallte in ihren Gedanken nach und schwoll an, wie das Sausen eines heranbrausenden Pfeils.

Ein vertrautes Gesicht. Ein Mädchen mit taubenblauen Augen und Segelohren beugte sich zu ihr herab.

»Wo ist dein Bruder?«, fragte Ilvy mit der Stimme des Narbenmannes. Es klang nun deutlicher und mit jedem Wort veränderte sich das Gesicht ihrer Freundin, bis Lilja schließlich das des Soldaten wiedererkannte. Ein plötzlicher Schmerz an ihrer Kehle riss sie unbarmherzig in die Wirklichkeit zurück. Doch die Realität war der Alptraum, aus dem sie einfach nur erwachen wollte.

Lilja lag noch immer auf dem Rücken, über ihr schwebte das dunkle Augenpaar. Wohltuende Wärme pulsierte an ihrem Hals, strömte unter ihre Bluse und rann die schmale Furche zwischen ihren Brüsten entlang.

Sie blutete.

Voller Verzweiflung versuchte sie, ihre Hände auf die Wunde zu pressen, doch sie wurden vom Gewicht des Mannes neben ihrem Körper fixiert.

Ein kehliges Lachen erklang. »Keine Sorge, es ist bloß ein feiner, kleiner Schnitt. Nur ein Vorgeschmack auf das, was kommt, solltest du nicht endlich kooperieren.« Die Klinge berührte erneut ihre Haut. »Also, wo ist er? Ich werde kein weiteres Mal fragen.«

Lilja wusste aus Erzählungen, dass Sterbende meist eine erschreckend deutliche Wahrnehmung hatten. Ermordete merkten sich angeblich jede Einzelheit ihres Todes, um die Mörder als Rachegeister heimzusuchen. Verwundete dagegen durchlebten noch einmal ihre schönsten Glücksmomente, um friedlich ins

Totenreich zu gleiten. Die junge Frau war von beidem weit entfernt.

Ihre Kopfverletzung ließ ihren Schädel brummen und ihre Nase war komplett zugeschwollen, sodass sie nach Atem japsen musste. Die Schnittwunde an ihrem Hals raubte ihr jegliche Selbstbeherrschung und war so situationsbestimmend, dass sie alles andere um sich herum nicht wahrnahm.

Trotzdem versuchte sie, sich zusammenzunehmen und ihre Sinne zu schärfen. Sie wollte ihren Angreifer brandzeichnen, um ihn aus dem Totenreich besser zu finden, aber alle Bemühungen waren vergebens und die Anstrengung raubte ihr lediglich die verbliebene Lebenskraft.

Langsam verschwamm ihre Sicht und die Augen starrten nur noch stumm auf einen Punkt hinter dem Narbenmann.

Wie ein betäubter Fisch, dachte Lilja. Gleich würde der Soldat zum tödlichen Kiemenschnitt ansetzen. Doch jeder gute Angler wusste, dass man damit besser nicht zu lange wartete. Regenbogenschuppen, zum Beispiel, waren Raubfische. Sie gaben sich niemals kampflos geschlagen. Und Lilja erst recht nicht. Ein letztes Mal mobilisierte sie ihre verborgene Stärke und wand sich unter der schweren Last ihres Angreifers heraus. Ihr Knie traf auf etwas Hartes, doch erst ihr Biss brachte den Narbenmann aus der Fassung. Liljas linker Arm kam für einen Atemzug frei. Instinktiv stieß sie mit dem Handballen nach oben und diesmal traf sie den Mann mit voller Wucht.

Röchelnd wich er zurück und griff sich an die Kehle. Der Schlag hatte sein Ziel getroffen. Hastig versuchte Lilja, auf die Beine zu kommen, doch zwei Männer schossen aus dem Schatten auf sie zu und schleiften sie rücklings an die Mauer. Der Sturm zerrte an ihren Haaren und durchfuhr ihre Kleidung.

In der Dunkelheit sah Lilja nur die schwarzen Umrisse des Narbenmannes. Mit drei wütenden Schritten war er bei ihr. Sie sackte zusammen, als er ihre Aufsässigkeit mit einer dreifachen Ohrfeige strafte. Einzig die beiden Soldaten rechts und links von ihr hielten sie noch aufrecht. Ihre Wangen glühten heiß von den Schlägen, während er sich vorbeugte, ihr Kinn fasste und sie zwang, ihn anzusehen. Zuvor hatte sie in seinen Augen pure Entschlossenheit gesehen. Jetzt sprühten sie hasserfüllt vor verletztem Männerstolz.

»Wo ist er?«

Ja, wo war Lerø, während all das hier geschah? Feierte er seine neugewonnene Freiheit und küsste dabei ein fremdes Mädchen?

Wieso hatte er sie allein zurückgelassen?

Sein Fortgang verletzte sie so furchtbar, dass ihr eine arglistige Stimme zuflüsterte, sie solle seine Geheimnisse preisgeben, um sich selbst zu retten. Der dunkle Fürst versuchte mit allen Mitteln, ihr Handeln zu beeinflussen. Um dem entgegenzuwirken, beschwor sie in Gedanken Lerøs Gesicht herauf. Das Ohnmachtslächeln, das von einem Ohr zum anderen reichte und Frauenherzen höher schlagen ließ.

In Zeiten völliger Einsamkeit war er ihr Fels in der Brandung gewesen. Wo ihr Vater nicht für sie da gewesen war, weil Kummer ihn zerfraß, hatte Lerø ihre Nächte begleitet. Und im gleichen Moment erkannte Lilja ihre eigene Treulosigkeit.

Da ist diese Kälte in mir … und niemand schafft es, sie zu vertreiben.

Sie war es, die ihren Bruder im Stich gelassen und es nicht einmal bemerkt hatte.

»Ich dachte, du fragst kein weiteres Mal?«, witzelte sie und war selbst überrascht von ihrer Äußerung. Um dem Ganzen eins oben auf zu setzen, spuckte sie den Narbenmann auch noch an. Nahezu amüsiert fuhr sich der Soldat mit dem Ärmel über das Gesicht.

Diesmal sah Lilja das Blitzen des Dolches nicht. Sie spürte nur die Klinge an dem empfindlichen Punkt unterhalb ihrer Kehle. Das Röcheln ihres Gegenübers verwandelte sich in ein Lachen. Quälend langsam fuhr die Klinge über Liljas Haut, ohne sie zu verletzen. Als wolle er ihr zeigen, wo sie *ihn* getroffen hatte. Die Wunde an ihrem Hals blutete nicht länger, auch wenn sie weiterhin bei jeder kleinsten Bewegung schmerzte. Einzelne Haarsträhnen klebten in dem angetrockneten Blut und ziepten an der Wurzel, als der Dolch sie erreichte.

Der Mond kam für den Bruchteil eines Atemzuges hinter den Wolken hervor und enthüllte einen gehässig hervorstehenden Eckzahn. Doch anstatt sie endlich zu töten, holte er mit der Faust aus. Den Schmerz des Schlages spürte sie nicht mehr. Am Ende der Sackgasse stand Fenya und winkte ihre Freundin heran. Lächelnd ergriff Lilja ihre ausgestreckte Hand.

Sterben war ganz leicht.

Der Wind in Liljas Gesicht war kühl, aber nicht unangenehm. Hin und wieder hatte sie das Gefühl zu fallen, doch die starken Arme eines Himmelwächters trugen sie sicher durch den Sturm.

Sie bewegten sich schnell durch eine sternen- und mondlose Nacht. Wie durch eine Weltenhaut hörte Lilja die zornigen Stimmen ihrer Lebensräuber immer leiser werden.

Dann spürte sie die Kälte. Wie Eissplitter bohrte sie sich in ihre Eingeweide. Hätte sie die Kraft dazu gehabt, würde sie vor Enttäuschung laut aufschreien.

War das etwa schon alles?

Sie hatte von einem Todesreich gelesen, ohne Könige und Herrscher, wo Mensch und Tier friedlich zusammenlebten. Eine Welt mit sich selbst im Reinen ohne Hunger und Leid.

Doch ihre Glieder brannten, ihre Kehle zerriss mit jedem Atemzug und überall war diese alles bestimmende Kälte. Das durfte nicht das Ende sein.

Der Tod einer Sünderin, flüsterte eine vertraute, giftige Stimme und rief ihr dabei all ihre Verfehlungen ins Gedächtnis. Umgeben von Finsternis siegte die Verzweiflung. Als Lilja glaubte, es keinen Moment länger zu ertragen, drangen sanfte Worte zu ihr durch.

»Glaub der Lüge nicht.« Es war eine melodische Stimme.

»Lerø?« Sie probierte die Augen zu öffnen, aber es gelang ihr nicht. Ein dunkler, stetiger Trommelschlag schläferte sie ein und auf einmal war es leicht, loszulassen.

Es war nicht das Ende.

Aber Lilja kam es vor wie ein endlos währendes Sein. Gefangen zwischen Wach- und Traumwelt, unfähig das eine vom anderen zu unterscheiden. Der gleichmäßige Ton verwandelte sich in einen menschlichen Herzschlag. Er beruhigte sie, wenn sie dunkle Visionen plagten, und erinnerte sie daran, am Leben zu sein.

Einmal wandte sie sich um und erkannte dabei, dass sie wieder getragen wurde und die Person durch ihre Bewegung ins Stolpern geriet. Von da an verhielt sie sich regungslos.

Nach einer weiteren endlosen Zeit lichtete sich der Nebel ihrer Ohnmacht und sie schaffte es für einen kurzen Moment, die Lider zu öffnen. Doch auch in der wahren Welt herrschte vollkommene Dunkelheit. Ein Wimmern kroch ihre Kehle hinauf, schmerzlich und verloren. Ihr Körper schüttelte sich in Krämpfen, sodass die Person kaum in der Lage war, sie festzuhalten.

»Schsch«, flüsterte eine Männerstimme. Muskulöse Arme packten kräftiger zu, aber da hatte sie sich schon wieder im Griff. Dass Lerø bei ihr war und ihr liebevoll durch das verklebte Haar strich, war Trost genug. Finger blieben an den losgelösten und ewig verknoteten Strähnen hängen, doch der Schmerz war ihr gleichgültig. Sie krallte sich in die Vertrautheit dieser Geste, wie eine Ertrinkende an ein Seil.

»Lerø«, murmelte sie an seiner Halsbeuge. »Endlich bist du zurück.«

Die Hand verharrte in ihrer Bewegung und ihr Bruder sagte etwas, das sie nicht verstand, aber sie spürte die Vibration seiner Stimme an ihrer Wange.

Als Lilja das nächste Mal die Schwelle der Wirklichkeit erreichte, durchzuckte sie ein Schmerz, der sie alles andere vergessen ließ. Ihre Augen fingen Feuerschein ein, bevor sie diese Tür zur Welt erneut zustieß.

Handabdrücke wie Eiszapfen brannten an ihrer Kehle, rissen sie immer wieder aus der Benommenheit, nur damit sie ihr kurz darauf erneut erlag.

Wild um sich schlagend kam sie wieder zu sich und wurde fluchend mit dem Gewicht eines Körpers in ein feuchtes Grab gedrückt.

»Das muss sein«, presste Lerø unter zusammengebissenen Zähnen hervor und so gab Lilja widerwillig auf. Eine erneute Berührung, gefolgt von Schmerz schlug den letzten Nagel in ihren Sarg.

Der Duft ihrer Kindheit gepaart mit dem metallischen Geruch von Blut weckte sie. Erinnerungen an ein unbeschwertes Mädchenlachen vereisten ihr Herz und brachten es aus dem Takt.

Schnee!

Aber das war unmöglich. Das Wintermondfest stand kurz bevor. Der Winter müsste seine Klauen aus Firnheim zurückziehen.

Kalte Finger berührten ihre Wange, doch als Lilja die Augen öffnete, sah sie nur einen blauschwarzen Nachthimmel, übersäht mit unzähligen Frostblüten. Leise rieselnd tanzten sie zu Boden. Eine traf ihre Stirn und schmolz sofort. Müde schloss sie die Augen.

»Wach bleiben.« Das Zwicken an ihrem Arm störte sie kaum, doch dabei blieb es nicht. Sie strampelte und wehrte sich vehementer, als ebenfalls in ihre Beine gekniffen wurde. Verärgert jaulte sie auf. Ihr Bruder geriet ins Stolpern. Schnee knarzte unter der Last der Geschwister. Sein warmer Atem streifte ihr Gesicht.

Mit einem Mal war sie hellwach. Voller Schrecken erwartete sie das furchterregende Grinsen des Narbenmannes. Erleichtert und traurig zugleich atmete sie durch. Er war es nicht. Aber es war auch nicht Lerø, der sie durch den schneeumwehten, dichten Nadelwald trug.

Lilja schaffte es kaum, die Augen offen zu halten. Doch sie musste erfahren, wer ihr Retter war.

Er hüllte sich von Kopf bis Fuß in schwarzen, enganliegenden Stoff. Nur die Augen lagen frei und schauten stur geradeaus. Über den Schultern lag ein schwerer Mantel, der Lilja mit umschlang. Seine Statur, das erkannte sie, unterschied sich grundlegend von der des Narbenmannes. Während ihr Angreifer der Gestalt eines Bären glich – groß, ausladend, muskulös – so war dieser Mann dagegen beinahe unscheinbar.

Liljas Hand ruhte an seiner Brust. Sie spürte den Herzschlag als ihren eigenen, aber die angespannten Muskeln zeigten ihr, dass er keinesfalls schwach und damit nicht zu unterschätzen war. Die junge Frau suchte vergebens nach dem Missgefühl, das sie üblicherweise in der Nähe eines Mannes empfand. Stattdessen fühlte sie sich zu dem geheimnisvollen Fremden auf seltsame Weise hingezogen. Was eindeutig der Tatsache galt, dass er ihr Leben gerettet hatte. Ihr Kopf dröhnte vor Schmerzen.

Ohne seinen konzentrierten Blick zu senken, rieb der Mann ihr unbeholfen über den Arm, als ihr Leib abermals erzitterte. Es war so schrecklich kalt, dass selbst sein Körper keine Wärme mehr schenkte. Wiederholt dämmerte Lilja weg, nur um von einem erneuten Zwicken gleich wieder zurück ins Leben geholt zu werden.

Schneebehangene Baumkronen zogen an ihr vorüber, zwischen deren Wipfeln manchmal Sterne aufblitzten. Die Äste bogen sich unter dem Gewicht des frisch gefallenen Schnees, doch die Luft war schneidend klar.

Wann es aufgehört hatte zu schneien, wusste Lilja nicht. Noch war es dunkel, doch die erste Ahnung des Morgens tauchte die vereinzelt vorbeiziehenden Wolken in ein zartes Rosa. Sie betete zum Heiligen Vater, dass sie keinen weiteren Schnee bringen würden. Schneestürme kamen am Südufer selten allein. Einzig die Rinde der Fichten erzählte von dem Unwetter der Nacht. Ihre weißen Kleider glänzten im Mondlicht wie unzählige Sternenkinder.

Wie lange der Mann sie durch den Sturm getragen hatte, konnte Lilja nicht sagen. Er schien ihr so unwirklich, dass sie sich bei der Frage ertappte, ob er überhaupt menschlich war.

Als das erste Licht eines neuen Tages sie blendete, erkannte Lilja, dass sie doch noch am Leben sein musste. Warme Wintersonnenstrahlen fielen auf ihre Haut und sie hörte entfernte Stimmen. Voller Neugier schaute sie zu dem Fremden empor und erschrak, da sich sein Blick ihr ebenfalls zuwandte.

Nein, sie war gewiss nicht tot, denn diese Augen hatte sie schon einmal gesehen und wie zuvor tobte darin ein unberechenbares Gewitter.

4

Alptraum ohne Erwachen

Das leise Knistern eines prasselnden Feuers hatte schon immer eine beruhigende Wirkung auf Lilja ausgeübt. Das weiche Schafsfell an ihrer Wange hatte etwas Tröstliches. Wenn sie es nicht besser wüsste, hätte sie sich der Illusion hingeben können, zu Hause am Kamin eingeschlafen zu sein. Doch tief in ihrem Inneren wusste sie, dass etwas Schreckliches passiert war.

Ein Schnitt teilte ihre Welt in ein Davor und ein Danach.

Man hatte sie getötet, und doch war sie am Leben. Auf einmal brachen alle Erinnerungen zugleich über ihr zusammen. Sie riss die Augen auf.

Geblendet von dem hellen Feuerschein nestelte sie ihre Hand unter der schweren Wolldecke hervor, um sich an die Kehle zu fassen. Ein brennender Schmerz ließ sie zusammenzucken. Ihre Haut juckte unter einem frischen Verband. Feuchtigkeit sickerte hindurch und färbte Liljas Finger rot. Sie betrachtete ihre Hände, fuhr sich durch feuchtes Haar. Offensichtlich hatte man sie in dieses Haus gebracht, gewaschen und gekämmt.

Sie schloss die Augen, massierte sich mit Daumen und Zeigefinger den Nasenrücken und fuhr sogleich vor Schmerz zusammen. Eine gebrochene Nase. Sie war angegriffen worden. Aber was war danach geschehen? Verzweifelt versuchte sie, sich an etwas zu erinnern, aber vor ihrem inneren Auge waren nur Bruchstücke zu finden. Erst nach einer Weile öffnete sie die Lider erneut und ließ sich vom Feuerschein gefangen nehmen. Der Duft, welcher einem Kessel, der nur eine Fingerbreite über den

Feuerzungen hing, entströmte, war unerhört köstlich. Irgendwann versuchte sie, sich umzudrehen, wurde aber sogleich mit Schmerzen am gesamten Körper bestraft.

»Du bist also aufgewacht!«

Lilja hielt erschrocken die Luft an und lauschte. Die fremde, und doch so vertraute, Stimme kam aus ihrer unmittelbaren Nähe. Vorsichtig versuchte sie, sich abermals zu bewegen, aber sie schaffte es nur, sich so weit zu drehen, dass sie vage eine Gestalt im Türrahmen lehnen sah.

Der Mann erkannte ihre Mühen, stieß sich vom Holz ab und trat näher an sie heran, um sich dann schräg hinter ihr auf den blanken Dielen niederzulassen.

Diese Augen! Eine Erinnerung von schneeumwehten Bäumen, Arme die sie trugen. Gewitteraugen, umrandet von langen vereisten Wimpern kamen unvermittelt in ihr Gedächtnis zurück. Und damit die Erkenntnis.

»Du warst auf dem Markt.«

Liljas Stimme klang fremd. Heiser, blass und ohne die Melodie, für die sie immer beneidet wurde. Ohne nachzudenken, fasste sie sich wieder an die Kehle.

»Vorsicht«, warnte der Fremde. »Die Wunde ist nicht tief, aber du solltest trotzdem aufpassen.« Als sie die Finger wieder sinken ließ, nickte er sichtlich beruhigt.

Vielleicht war es der zärtliche, fürsorgliche Ton in seiner Stimme der ihr die Tränen in die Augen trieb. Unverhohlen liefen sie über ihre geschwollenen Wangen. Salz brannte auf der gereizten Haut, doch die Quelle wollte nicht versiegen. Ihre Nase schwoll erneut zu und sie konnte nur noch durch den Mund atmen.

Eine Falk weinte nicht und schon gar nicht vor anderen. Doch der Schnitt trennte sie scheinbar ebenso von ihren Familiengrundsätzen. Sie hasste sich dafür, ihm ihre verletzliche

Seite zu zeigen, aber die Erinnerungen an ihre Todesangst raubten ihr jegliche Beherrschung.

Der Fremde verschlimmerte die Situation zusätzlich, indem er behutsam eine Hand auf ihre vor Erschöpfung zitternde Schulter legte. Diese kleine Geste schenkte ihr eine Geborgenheit, die sie vermisst hatte. Und so weinte sie an einem fremden Ort, in den Armen eines Unbekannten, all ihren Kummer und ihre Angst heraus.

»Wo bin ich?«, fragte sie nach einer langen Zeit. Sie war zwischenzeitlich wieder eingenickt.

»In einer nahegelegenen Siedlung. Der Schneesturm hat uns aufgehalten.«

Lilja hätte den fremden Mann gerne näher in Augenschein genommen, doch die Umstände verhinderten es. Stattdessen betrachtete sie seinen schlanken Schatten an der Wand. Sie bemerkte die steife Haltung. So, als würde er sich bereithalten, um jeden Augenblick aufspringen und flüchten zu können. Zudem schreckte er bei jedem Geräusch auf und lauschte angespannt.

Lilja hatte so viele Fragen, doch sie wusste nicht, wo sie anfangen sollte. Sie war kaum in der Lage, einen klaren Gedanken zu fassen, ihr war, als würde ein Nebel sie ins Vergessen stürzen. Sie versuchte, mit einer unbedenklichen Frage zu beginnen. »Sind wir in Forstheim?«

Der Schatten an der Wand nickte.

Beim Heiligen Vater, sind wir etwa bei Nacht durch den Auerwald geflohen?

Eine weitere Ewigkeit verging, in der Lilja mehrmals einnickte, aber möglicherweise waren es auch nur Minuten. Was spielte es überhaupt für eine Rolle? Der Mann saß weiterhin unverändert an ihrer Seite, aber man hätte meinen können, er sei ohne Laut von einem Seeungeheuer verschluckt worden. Weder eine Bewegung noch ein Geräusch verriet seine Anwesenheit.

Als die Hand unerwartet von ihrer Schulter glitt und der Schatten an der Wand in Bewegung kam, schrie alles in Lilja Alarm.

»Nein«, krächzte sie.

Er hielt inne.

»Sag mir bitte, wer du bist!«

»Ich bin nur ein Reisender, der zur rechten Zeit am rechten Ort war.«

Eigenartig, dass sie genau diese Antwort von ihm erwartet hatte.

»Aber wie ist dein Name?«, fragte sie und nach einer kurzen Pause fügte sie hinzu: »Bitte!«

Er verharrte einen Augenblick in seiner Bewegung und setzte sich dann, zu ihrer Erleichterung, wieder hin.

»Man nennt mich Akjir. Und wie heißt du?«

Die Art und Weise, wie er seinen Namen aussprach, verursachte ihr eine Gänsehaut. Der raue Akzent war ihr gänzlich unbekannt. Für einen Moment kam ihr wieder die Vermutung in den Sinn, dass er einer der Barbaren sein könnte.

Ein kräftiger Luftzug ließ das Feuer im Kamin an ihrem Fußende aufflackern und nahezu verlöschen. Lilja konzentrierte ihre Macht und beruhigte den Feuersturm mit unausgesprochenen Worten. Trotz ihres geschwächten Zustands gehorchte es ihr wieder, obwohl ihre Kräfte bei dem Angriff auf ihr Leben versagt hatten.

Die zugezogenen Fensterläden, durch deren Schlitze düsteres Tageslicht hereinfiel, ächzten und klapperten. Leises Zischeln von Schneeverwehungen war zu vernehmen und verlieh der ganzen Szene etwas Gespenstisches. Offenbar zog ein weiterer Schneesturm durch das Land. Obwohl Lilja nahe am Feuer in warme Felle eingewickelt lag, durchfuhr sie ein Zittern.

»Mein Name ist Lilja.«

»Die Rote«, flüsterte Akjir.

»Was?« Lilja stutzte.

Der Fremde schnaubte, als bereute er es, seine Worte, laut ausgesprochen zu haben. »Das bedeutet der Name in deiner Sprache.«

»Das wusste ich nicht.«

»Du solltest schlafen, Lilja!«

Er erhob sich erneut und hatte mit drei knarzenden Schritten den gesamten Raum durchquert. Ein seltsames Gefühl des Verlustes übermannte Lilja, als die Tür nach kurzer Zeit leise ins Schloss fiel. Sie hörte gedämpfte Stimmen, dann war sie schon wieder eingeschlafen. Das Letzte, was sie sah, war das unter Tränen verschwommene Gesicht ihrer Mutter in den züngelnden Flammen.

Wie scharfe Eiskristalle bohrte sich der Schmerz in ihr wild schlagendes Herz und ließ sie endlich erwachen. In diesem kurzen Moment zwischen Illusion und Wirklichkeit glaubte sie, sich an etwas zu erinnern. An Fragmente aus ihrem Traum. Lippen auf der Haut, ein Kuss. Das Gefühl von Schmerz und Sehnsucht. Eine Flüsterstimme.

»Alles hat seinen Anfang und sein Ende«.

Je mehr sie versuchte, sich an Einzelheiten zu erinnern, desto dichter zog sich der Nebel um ihre Gedanken, bis sie schließlich nichts mehr wusste. Dröhnende Kopfschmerzen waren stattdessen die Folge und als sie versuchte sich aufzurichten, kapitulierte sie sogleich. Jeder Muskel ihres Körpers schien sich verkrampft, jede Sehne überspannt zu haben.

Sie ließ ihren Blick durch den kleinen Raum wandern. Sonnenscheindurchflutet erinnerte nichts mehr an das beängstigende Gefühl von zuvor.

Jemand musste die Rollläden geöffnet haben. Durch das mit Frostblumen bewachsene Fensterglas sah sie große Eiszapfen vom Dach herab hängen. Die Nadelbäume im Hintergrund glänzten schneebedeckt in der tiefstehenden Sonne. Staubflusen schwebten zeitlos durch die Stube.

Es war unbehaglich still. Nur die sacht glimmende Glut im Kamin flüsterte ihr geheime Worte zu. Die gesamte Situation erschien ihr auf einmal so unwirklich, dass sie es kaum aushielt. Mit aller Kraft stemmte sie ihren Oberkörper von den Fellen hoch und erforschte die Belastbarkeit ihrer malträtierten Knochen. Nach einer kurzen Rast und ein paar tiefen Atemzügen richtete sie sich mit Hilfe eines nahestehenden Schemels vollständig auf.

Anfangs noch sehr wackelig auf den Beinen wankte sie zu einem kleinen Holztisch hinüber, auf dem eine Schale mit sauberem Wasser stand. Ohne lange zu überlegen, wusch Lilja sich Hände und Gesicht mit der eiskalten Flüssigkeit. Es handelte sich um frisch gesammelten, geschmolzenen Schnee, dessen modriger Geruch von Wald und Erde ihr nicht entging. Sie trocknete sich mit einem der Tücher ab, die über einer der Stuhllehnen aufgereiht hingen.

Die Tür zum Flur war nur leicht angelehnt. Sich links und rechts an der Wand abstützend taumelte sie den schmalen Gang hinab. Als sie den nächsten Raum betrat, wurde sie sogleich von zwei wulstigen Händen zu einem großen Tisch in der Mitte der Stube gezogen. Der Stuhl, auf dem sie Platz nahm, war mit weichen Kissen gepolstert und ihr wurde eine Schale mit dampfendem Eintopf serviert.

»Iss, Kind … Armes Mädchen, halb erfroren, halb verhungert … Iss!«, echote es durch Liljas Kopf. »Der junge Mann hat mir alles erzählt … Armes Mädchen … Die ganze Familie verloren … Welch Unglück.« Eine Hand tätschelte unbeholfen ihre Schulter, ehe die Frau weitereilte und sich ihrer Arbeit an der Kochstelle widmete.

Lilja spürte die Hitze des Suds an ihren Lippen, doch sie verbrannte sich nicht daran. Da wurden ihr die Worte der Frau bewusst.

»Was meint Ihr damit: die ganze Familie verloren?«

Als die Frau aufschaute und ihrem Blick begegnete, wurde sie bleich. »Was ich damit meine … Nun ja … also …«

»Gut geschlafen, Lilja Fausthieb?«

Bei der Erwähnung ihres Namens mit diesem fremdartigen Akzent ergriff Lilja eine ungewohnte Wärme und die Erinnerung, wie sie ihn geschlagen hatte, als er ihren Verband erneuern wollte, streifte ihre Gedanken.

Akjir lehnte im Rahmen des Durchganges. Sein Gesicht war, wie in der Nacht zuvor, von schwarzen Stoffbahnen verborgen, auf denen Schnee glitzerte. Er trug ebenso dunkle, enganliegende Lederhosen und eine leicht fallende Tunika.

Für eine Person, die selbst von sich behauptete, ein Reisender zu sein, wählte er nicht gerade unauffällige Farben für einen Schneespaziergang. So wie er da stand, ein Bein an den Türrahmen angewinkelt, verschlug es Lilja fast den Atem. Seine Gestalt war schlank und grazil, wirkte aber gleichzeitig muskulös und bedrohlich. Instinktiv fragte sie sich, ob sie ihm vertrauen konnte.

Nach einer Minute des Schweigens drückte er sich von der Tür ab und setzte sich zu ihr an den Tisch.

»Möchtest du auch noch etwas?« Die Frau hielt kurz mit dem Schälen einer Kartoffel inne und deutete auf Liljas Mahlzeit.

Akjir lehnte sich zurück, zog sich das Tuch vom Mund und massierte demonstrativ seinen Bauch. »Nein danke, wenn ich noch mehr esse, platze ich!«

Unter seinem Blick röteten sich ihre Wangen und sie konterte mit einer abfälligen Geste. Sein Grinsen war verschwunden, als er sich Lilja zuwandte. In seinem nächsten Wort klang Sorge mit. »Und?«

»Was meint sie damit, dass ich meine ganze Familie verloren habe?«, fragte sie ohne Umschweife und ohne auf seine Frage einzugehen.

Bei der Erwähnung ihrer Person schrak die Wirtsfrau auf, ließ ihre Arbeit auf der Stelle liegen, verließ mit hastigen Schritten den Raum und tat dabei so, als hätte sie etwas Wichtiges vergessen.

Akjir schaute ihr eine Weile lang hinterher, ehe er antwortete. »Sie werden dich überall gesucht haben. Und so, wie sie mit dir umgegangen sind …«

»Was wollten diese Männer von mir?«, unterbrach sie ihn. Die Worte konnte er sich sparen.

Akjir lachte laut auf, setzte sich aufrechter hin und stützte zugleich seine Ellenbogen in gespielter Neugier auf der dunklen Tischplatte ab. »Ich hatte gehofft, ich würde es von dir erfahren.«

Die Arroganz in seiner Stimme brachte Liljas Blut zum kochen. Sie versuchte, ihre Gedanken zu ordnen, einen Sinn in all dem zu finden. Die Gewitteraugen, die ihren Blick ohne zu Zögern festhielten, faszinierten und ängstigten sie zugleich. Auf einmal fühlte sie sich wie ein geschuppter Fisch. Nackt.

Instinktiv schlang sie ihre Arme fest um sich.

Nach einer schier endlosen Stille schnaubte er. »Du vertraust mir nicht.« Er warf sich erneut gegen die Stuhllehne zurück. Wenn Lilja es nicht besser gewusst hätte, würde sie fast meinen, er wäre beleidigt.

Wie sollte sie ihm vertrauen? Schließlich kannte sie ihn nicht.

»Du hast mein Leben gerettet«, erwiderte sie dann.

»Das eine hat mit dem anderen nichts zu tun!«

Ertappt senkte Lilja den Blick. Ihre Hände verkrampften sich im Stoff ihres viel zu großen Schlafrocks.

»Kanntest du die Männer, die dich angegriffen haben?«

Lilja schüttelte energisch den Kopf, was mit einem Stechen hinter ihren Augen bestraft wurde. Tränen verschleierten ihre Sicht.

Akjir fuhr in sanfterem Ton fort. »Ich aber.«

Erschrocken schaute sie zu ihm auf.

Beschwichtigend hob er die Hände, als er begriff, was sie denken musste. »Sie trugen das Banner von Lady Aiyana. Was, um ehrlich zu sein, die ganze Sache noch viel interessanter macht.« Seine Augen wurden von Blitzen durchzuckt. »Aber auch gefährlicher«

Liljas Augen schlossen sich bei dem Namen der Eislady wie von selbst. Die mühevoll unterdrückten Tränen, rannen ihr über die Wangen. Ihr Magen rebellierte gegen die warme Speise. In dem verzweifelten Versuch, das Pfeifen in ihrem Schädel zu beenden, presste sie sich beide Hände auf die Ohren. Sie schüttelte dabei so heftig ihren Kopf, dass sie vor Schmerz beinahe das Bewusstsein verlor. Das Feuer unterm Herd fauchte.

Sie haben mich gefunden.

Plötzlich lagen warme Hände auf den ihren, hielten den Kopf fest in einer Position. Akjir kniete vor ihrem Stuhl, den er zur Seite gezogen hatte. Sein Gesicht tauchte vor ihr auf und ihre Ängste verloren sich in dem wechselnden Grau seiner Augen, in denen der Feuerschein tanzte. Das Sausen in ihrem Kopf wurde leiser und verstummte dann vollends.

Heiliger Vater, warum suchen Rachesöldner nach mir? Bevor Lilja die Frage laut aussprechen konnte, wurde ihr eines bewusst. »Sie suchen gar nicht nach mir.« Die Erkenntnis traf sie wie ein Eimer kalten Wassers ins Gesicht. »Sie suchen nach meinem Bruder.«

Akjir ließ ihr Gesicht so unvermittelt los, dass sie mit dem Oberkörper leicht nach vorne sackte. Flink war er auf die Beine gekommen und durchmaß den Raum mit überlegenden Schritten. »Hast du ihnen seinen Aufenthaltsort genannt?«

»Nein!«

Nach fünf weiteren Schritten blieb er stehen, sein Blick fixierte ihren, aber sie hielt dem prüfenden Ausdruck stand.

»Weißt du überhaupt, wo er ist?«, fragte er dann, als lese er ihre Gedanken.

Lilja brauchte keine Worte, um seine Frage zu verneinen. Der aufrichtige Schmerz stand ihr ins Gesicht geschrieben. Nach einem kurzen Moment, in dem es schien, als würde er mit sich selbst hadern, trat er zur Tür. Bevor er den Raum verließ, drehte er sich noch einmal zu ihr um. »Du kannst nicht mehr zurück. Nie wieder!«

Dann verschwand er und nahm alles mit, was Lilja je etwas bedeutet hatte.

»Wie meinst du das, ich kann nicht zurück?«

Lilja bemühte sich, Akjir zu folgen. Dieser wanderte schnellen Schrittes durch das kleine Gasthaus und sammelte dabei sein ganzes Hab und Gut ein.

»Tu nicht so, als würdest du nicht wissen, was ich meine«, antwortete er, ohne sich umzudrehen oder in seinem Tun innezuhalten.

Lilja blieb stehen und massierte sich die linke Flanke. Die Haut über ihren angeschlagenen Rippen war mit Sicherheit von Blutergüssen dunkel verfärbt. Sie atmete in schweren, gepressten Stößen ein und aus.

Nachdem sie sich wieder etwas beruhigt hatte, beobachtete sie Akjir dabei, wie er einen Beutel mit allerlei Proviant und Werkzeug füllte. Ihre Hetzjagd durch das Haus hatte sie wieder zurück in die Küche geführt. Die Wirtin hatte offenbar Liljas Essensreste weggeräumt, denn der Tisch stand leer und unberührt in der Mitte des Raumes.

Vertieft in seine Arbeit reihte Akjir alle Gegenstände sorgfältig auf jenem Tisch auf, betrachtete sie, und verstaute sie dann wieder in der Tasche. Lilja biss sich auf die Unterlippe, bis sie Blut schmeckte und verhinderte so wenigstens, dass sie etwas Unüberlegtes von sich gab.

Nachdem er alles inspiziert, aufgefüllt und verstaut hatte, schnürte Akjir den Beutel zu. Kurz ruhten seine Hände auf dem zugebundenen Bündel und es schien, als würde er in Gedanken eine Liste durchgehen. Dann wandte er sich um und sein eiskalter Blick traf sie, als er erkannte, dass sie ihn weiterhin flehend verfolgte.

»Ich muss zurück.« Ihre Stimme klang so kläglich, dass es sie selbst zu Tränen rührte.

Kopfschüttelnd ging er an ihr vorbei. »Mach doch, was du für richtig hältst.«

Für einen kurzen Moment war er ihr so nahe, dass sie nicht widerstand. Sie ergriff seinen Arm und hielt ihn zurück. Wütend fuhr er herum und löste sich in einer aggressiven Geste aus ihrem Griff. »Fass mich nie wieder an!«

In den Gewitteraugen funkelte solch ein Zorn, dass Lilja sich einbildete, helle Blitze hindurchzucken zu sehen. Der abweisende Ton in der Stimme ließ sie Halt suchend an die Wand zurückweichen. Nichts erinnerte an den rücksichtsvollen Mann der vergangenen Nacht.

Nach zwei tiefen Atemzügen hatte sie den Schreck überwunden und stolperte ihm hinterher.

»Mein Vater ist in Firnheim. Wir müssen zu ihm und ihn warnen«, redete Lilja auf den fliehenden Mann ein. Sie wusste, dass sie es allein und in ihrem Zustand nie durch den Auerwald schaffen würde, egal, wie sehr es sie erniedrigte, einen Fremden um Hilfe bitten zu müssen.

Akjir ignorierte ihre Worte, schnappte sich den Mantel vom Haken und fuhr unbeirrt damit fort, die Stoffbahnen fester um seinen Kopf zu binden.

Die Hand am Türknauf wandte er sich ein letztes Mal um. Der launische Schwung seiner hellen Augenbrauen verspotteten sie. »Dein Vater ist vermutlich tot. Die Graue Garde wird ihn ebenfalls aufgesucht haben, um Hinweise über den Aufenthaltsort deines Bruders zu erlangen. Wäre ich dir nicht zu Hilfe gekommen, läge deine Leiche in der nächstbesten Pfütze und niemanden würde es interessieren.«

Überrascht über ihre eigene Wut war Lilja mit wenigen Schritten bei ihm, um ihm für die abfällige Meinung ins Gesicht zu schlagen.

Blitzschnell fuhr er herum, sodass sie nur fliegende schwarze Stoffbahnen um sich herumwirbeln sah. Seine Hand war nach vorne geschnellt und hatte ihre bereits beim Ausholen abgefangen. Langgliedrige Finger schlossen sich so fest um ihr Handgelenk, dass ihr Arm blutleer pochte.

»Sei so wütend auf mich, wie du willst, Lilja Feuersturm. Es ändert gar nichts an der Tatsache, dass die Graue Garde nur auf deine Rückkehr wartet. Nicht mehr als der Tod wartet in Firnheim auf dich. Du musst vergessen, woher du kommst und wer du warst.«

»Da scheinst du wohl aus Erfahrung zu sprechen«, entgegnete sie und versuchte, sich aus seinem Griff zu winden. Dieser wurde für einen kurzen Moment unerträglich fest, ehe er sie von sich stieß.

Lilja hatte schon immer eine Begabung dafür gehabt, den wunden Punkt ihres Gegenübers zu finden. Ein Schatten des Bedauerns ließ sie erkennen, dass es ihr auch diesmal gelungen war.

»Es dauert nicht mehr lange, bis sie dich hier suchen werden. Tu den Menschen einen Gefallen und verweile nicht zu lange an diesem Ort, damit deine Anwesenheit sie nicht auch noch das Leben kostet.« Er machte auf dem Absatz kehrt und stieß mit solch einem festen Hieb die Tür auf, dass Lilja befürchtete, sie würde aus den Angeln fliegen. Wie ein Fliehender stürmte er in das helle Gleißen hinaus und sie fragte sich insgeheim, vor wem oder was er in Wahrheit davonlief. Vor ihr oder vor seiner eigenen Vergangenheit?

Die Kälte suchte sich umgehend den Weg in die warme Stube und ließ Lilja erzittern. Die dünne Nachtkleidung hatte den frostigen Temperaturen nichts entgegenzusetzen. Tränen ließen ihre Sicht verschwimmen. Wie in Trance schaute sie auf die Fußstapfen im Schnee. Sie hörte das aufgeregte Wiehern eines Pferdes, sanfte Worte, die es beschwichtigten. Sich entfernendes, dumpfes Hufgetrappel ließ sie aus ihrer Bewegungslosigkeit erwachen und erkennen, dass er sie tatsächlich im Stich ließ.

Sie war wieder allein.

Er irrt sich! Mein Vater ist nicht tot.

Eine Zeit lang stand Lilja so da und starrte in die Wildnis hinaus, die sie ihr ganzes Leben mehr als alles andere gefürchtet hatte, in der stummen Hoffnung, Akjir würde doch zu ihr zurückkehren. Irgendwann wurde die Tür geschlossenen und Decken um sie gelegt.

»Willst du, dass die Shatar dich holen?«

Die Wirtin wechselte zwischen beruhigenden Worten und einem belehrenden Tonfall, während sie die junge Frau eine Treppe hinaufschob und in eine enge Kammer führte. Es war ein anderes Zimmer als zuvor. Die dicke Frau ließ sich neben ihr auf das strohbefüllte Bett plumpsen und rubbelte ihre Arme warm. Diese Geste erinnerte Lilja an die vergangene Nacht. Eindringlich schaute die Wirtin sie von der Seite an und fragte sie mehrmals, was geschehen war.

»Er ist fort!«, hauchte sie.

Verlassen zu werden war für Lilja keine neue Erfahrung. Sie wusste selbst nicht, was sie sich vorgestellt hatte. Akjir hatte für sie mehr getan, als sie je ausgleichen konnte. Mit ihrer Rettung vor Lady Aiyanas Rachesöldnern hatte er sein eigenes Leben in Gefahr gebracht. Außerdem war es schwer zu leugnen, dass in seinen Argumenten etwas Wahres lag.

Aber was wusste Akjir schon von ihrem Vater? Er war nicht zu unterschätzen. Er konnte kämpfen und sich verteidigen. Früher hatte er oft den Auerwald besucht, um mit den Bewohnern Forstheims und den Clans weiter im Norden Handel zu treiben. Erst auf Bitten ihrer Mutter hin hatte er dieses Geschäft aufgegeben. Hier draußen hatte er mit weit mehr zurechtkommen müssen als mit ein paar Soldaten.

Doch wem wollte sie eigentlich etwas vormachen? Jeder kannte die Geschichten, die von den Männern der Grauen Garde erzählten. Ihr Leben verpfändet, im Schweiße und Blute der Ladyfeinde gebadet, dienten sie ihr bis zur allerletzten Konsequenz. Ihre Fertigkeiten übertrafen die eines gewöhnlichen Kriegers bei weitem und ihre Hauptmänner suchten ihresgleichen.

Als Lilja so darüber nachdachte, wunderte sie sich, wie ein Mann, ein *einfacher* Reisender, wie Akjir sich nannte, es mit mehreren dieser ausgebildeten Bluthunde aufnehmen konnte.

Lilja beobachtete Anea dabei, wie sie den letzten Eimer warmen Wassers in die große Wanne schüttete. Es war der zehnte an der Zahl und die Wirtin schien sichtlich erschöpft, als sie sich aus der gebückten Haltung aufrichtete, heftig stöhnte und eine Hand in die Hüfte stemmte.

»Es gibt nichts, was ein heißes Bad nicht wieder einrenken könnte«, erklärte sie feierlich. »Komm Kind, zieh dich aus und steig in die Wanne. Du wirst sehen, wie sich deine Sorgen im Badezuber auflösen.«

Wenn sie wüsste. Doch Lilja konnte nicht anders, als der freundlichen Geste nachzukommen. Nachdem Anea den Raum verlassen hatte, entledigte sie sich ihres Nachtgewandes – wobei sie es vermied, an ihrem Körper hinabzuschauen – und stieg vorsichtig in das flüssige Glück.

Augenblicklich entspannten sich ihre steifen Muskeln. Die wohltuende Wärme durchströmte ihren gesamten Körper und erweckte eingefrorene Glieder zu neuen Kräften.

Dieser friedvolle Moment entlockte ihr sogar ein entspanntes Seufzen. Mit geschlossenen Augen vergaß sie für kurze Zeit ihren Kummer. Es vergingen einige Minuten, ehe die düsteren Gedanken wieder an die Oberfläche gespült wurden. Als sie das nächste Mal ihre Augen öffnete, war der Badeschaum verschwunden und ihre Sicht auf die Dinge ungetrübt.

Mit den Armen auf beiden Seiten der Wannenlehne abgestützt, sprang Lilja mit einem Schwung aus dem Wasser heraus. Kaum hatte sie sich abgetrocknet, war sie schon in Hose und Tunika gekleidet, die Anea ihr zuvor auf Akjirs Kosten zurechtgelegt hatte.

Die braune Lederhose anzuziehen war eine Qual. Da Lilja in ihrer Eile nicht sehr gründlich gewesen war, was das Trockenrubbeln anging, klebte sie an ihren Beinen fest und ließ sich nur schwer hochziehen. Die weiße Tunika, die locker um ihre Schultern fiel und um ihre Mitte mit einem dunklen Lederband festgezurrt wurde, gefiel ihr daher um einiges besser. Sie konnte jedoch nicht abstreiten, dass die Hose trotz des engen Schnittes angenehm zu tragen war. Das Material passte sich jeder ihrer Bewegungen an und war wunderbar weich.

Nachdem sie sich die etwas zu großen Lammfellstiefel übergestreift hatte, warf sie einen Blick in den kleinen, vom Alter befleckten Spiegel, der in der Nähe der Tür hing. Vor den Schäden ihrer Seele konnte sie sich nicht verstecken, doch zu sehen, was ihrem Körper angetan worden war, kostete sie einiges an Überwindung. Tief durchatmend öffnete sie die Augen. Ihre kastanienroten Locken fielen ihr in wüstem Wirrwarr über die Schultern bis zu ihrer Taille hinab. Rot verquollene Augen über tief dunklen Ringen starrten ihr entgegen. Der Nasenrücken war dunkellila verfärbt und noch leicht geschwollen, doch zumindest war sie nicht entstellt. Mit etwas Glück war sie nicht gebrochen, auch wenn ihre fahle Haut durch die Blutergüsse umso blasser wirkte.

Der Verband um ihren Hals war zum Teil nass geworden und braun verfärbt. Der Schnitt darunter juckte unangenehm. Je mehr Lilja darüber nachdachte, desto mehr musste sie sich zwingen, ihre Hände von der Wunde fernzuhalten.

Als sie ihre Tunika anhob, waren die dunklen Verfärbungen über ihren Rippen das Erste, was ihr ins Auge sprang. Die Prellungen standen in einem skurrilen Kontrast zu ihrer hellen Haut. *Schwarz und Weiß*, erinnerte sich Lilja an einen Spruch ihrer Mutter.

Als kleines Kind hatte sie sich mit Lerø gestritten und war danach zu Kyana gelaufen, um ihr alles zu erzählen. Verständnisvoll hatte diese ihr zugehört, dann aber nach der Perspektive ihres Bruders gefragt. Empört hatte Lilja ihre Mutter angeschrien, sie wüsste doch schon, was passiert sei. Sanft und geduldig war diese geblieben und hatte versucht ihr zu erklären, dass die Sicht der Dinge nicht immer nur in Schwarz und Weiß gemessen werden konnte. Dass man alle Meinungen und Sichtweisen mit einbeziehen sollte, ehe man ein Urteil fällte.

Doch in Zeiten wie diesen gab es manchmal bloß Schwarz und Weiß, Gut und Böse. Genauso wie es nur Ja und Nein gab.

Und genau das fragte Lilja sich. Wollte sie ihren Vater im Stich lassen?

Ja oder –

5

Schattenkrieger

Es war bereits Abend, als der Wind die Schreie an Akjirs Ohr herantrug. Es gab keinen Zweifel daran, woher sie kamen, denn Forstheim war die einzige Siedlung östlich von hier. Der Zorn in seinem Herzen war kaum zu bremsen, während er das kleine Feuer mit einigen Fußtritten löschte. Der knusprige Hase, der darüber hing, fiel dabei ungeachtet in die Asche.

Seine Sachen waren schnell zusammengepackt und kaum einige Herzschläge später saß er im Sattel und preschte durch den Auerwald in die Dämmerung hinein.

Schon von weitem sah er die dunklen Rauchsäulen aufsteigen, die nichts Gutes verhießen. Als er Forstheims westliches Tor durchritt, traf es ihn mitten ins Herz.

Überall sprühten ihm Funken entgegen, das Feuer machte vor nichts Halt. Das winzige, schiefe Häuschen, das ihm am nächsten stand, brannte lichterloh. Zäher Rauch stieg in einer mächtigen Säule aus dem geborstenen Dach, Feuerzungen schlugen ohrenbetäubend aus den Fenstern. Der Lärm des Feuers war beinahe genauso unerträglich wie die Hitze, die sich auf dem kleinen Vorplatz staute und das Atmen fast unmöglich machte. Das ganze Dorf war ein einziger glühender Ofen.

Akjir konnte sich nur schwerlich vorstellen, dass überhaupt jemand diesem Inferno entkommen war. Doch dann sah er geisterhafte Gestalten. Allesamt waren sie rußverschmiert und der Schock stand ihnen mitten ins Gesicht geschrieben. Alles rannte hin und her. Doch was ihm zunächst als ein kopfloses Durcheinander erschien, war sinnvoll und gut durchdacht. Während die einen Wasser aus dem Brunnen schöpften und lange Ketten zum Löschen bildeten, retteten andere das Vieh aus ihren Ställen, und wieder andere die unversehrten Häuser, indem sie alles Brennbare abrissen oder entfernten.

Auf einmal kam Unruhe auf und störte die Konzentration der Überlebenden, die sogar mit Äxten Schneisen in die angrenzenden Häuser schlugen, damit das Feuer hier nicht übergriff. Erneut wurden Schreie laut.

In dem Durcheinander und dem dichten Rauch, war es schwer, den Grund dafür auszumachen, bis Akjir eine Frau zu Boden stürzen sah, die leblos liegen blieb. Das Schwert des Angreifers steckte tief in ihrer Brust und wurde kurze Zeit darauf quälend langsam und mit einem grässlichen Laut aus dem Fleisch herausgezogen. Das Blut floss in einem Schwall aus der Wunde und tränkte den Schmutz am Boden. Ihr Angreifer wartete nicht einmal, bis sie ihren letzten Atemzug tat, sondern suchte sich bereits sein nächstes Opfer.

Bis dahin hätte man das alles hier als einen Unfall abtun können, doch hiermit bestätigte sich Akjirs schlimmste Befürchtung.

Eilig sprang er vom Pferd, hatte sein eigenes Schwert schon gezogen, und rannte an dem leblosen Leichnam vorbei hinter dem Mann her. Akjirs Pferd tänzelte kurz auf der Stelle, bevor es aus dem Dorf floh. Er würde es rufen, sobald sich die Lage beruhigt hätte. Wie ein Geist bewegte er sich nun durch den dichten Rauch, wurde selbst zu einem Phantom. Der Soldat hatte kaum Zeit zu reagieren, als er Akjirs Schatten wahrnahm. Er war nicht einmal mehr in der Lage, sein Schwert zur Abwehr zu erheben, schon war alles Leben aus ihm gewichen.

Akjir spürte den Luftzug, bevor er den Schwerthieb eines weiteren Kämpfers sah. Blitzschnell hatte er sich umgewandt und sich aus der Schlagbahn gedreht. Die Klinge war ihm näher gekommen als ihm lieb war. Doch es blieb keine Zeit darüber nachzudenken, schon klirrte Metall auf Metall.

Der Angreifer legte große Kraft in seine Schläge. Ohne Zweifel war er stärker als Akjir, aber wenn er so weiter kämpfte, würde er schnell ermüden. Der Rauch war mittlerweile zu einer undurchdringlichen Mauer gewachsen. Akjirs Gesichtsverhüllung schützte ihn vor dem beißenden Qualm. Das Sehen und Atmen fiel seinem Gegner von Sekunde zu Sekunde schwerer. Akjir machte nicht den Fehler, in Abwehrposition zu gehen, im Gegenteil. Er versuchte den Hieben und Schlägen so oft es gelang auszuweichen, um dann flink selbst einen Treffer zu landen.

Der Kampf wirkte seltsam bizarr. Wie eine einstudierte Choreografie drehten und wirbelten die zwei Männer umeinander herum. Die Hitze des Feuers und der Gemüter trieb den beiden den Schweiß über Stirn und Gesicht. Wie vermutet, verausgabte sich der Hüne zusehends. Bald schon musste er immer öfter husten und vergaß dabei seine linke Flanke zu schützen. Zwei weitere Schläge und der dritte durchbohrte die Schwachstelle.

Die seltsame Nähe, die Akjir empfand, wenn er ein Leben nahm, brachte ihn jedes Mal aus der Fassung.

Schockiert fiel der Getroffene auf ein Knie. Der Feuerschein spiegelte sich in den Augen des Sterbenden.

Akjir zog das Tuch über Mund und Nase herab und enthüllte seine Person. Das entsetzte »Du!«, weckte etwas in ihm, das er längst verloren geglaubt hatte, doch er hatte keine Zeit, sich diesem Gefühl länger hinzugeben.

Die junge Frau, Lilja, war in Gefahr.

Und als er schließlich das Schwert mit einem entsetzlichen Geräusch aus dem Körper des Angreifers herausriss, ausholte und den Kopf mit einem glatten Schnitt von den Schultern trennte, fühlte er keinen Zorn, nur großes Bedauern.

Wie ein Mann wirren Verstandes geisterte er Stunden später durch die verkohlten Überreste des kleinen Dorfes. Nur wenige Gebäude waren der Feuersbrunst entkommen. Zu wenig hatte der Wasserzug retten können. Die Männer und Frauen, die noch dazu im Stande waren, sammelten ihre Gegenstände von Wert ein. Die meisten verbrachten die Nacht im Dorf, ehe sie am nächsten Morgen in die schützenden Mauern Firnheims fliehen würden, in der Hoffnung, dort ein neues Heim zu finden.

Akjir hielt Ausschau nach einer ganz bestimmten Person. Zwei Mal stoppte er ein Mädchen mit Haaren aus Mitternachtsfeuer, packte es bei den Schultern, um ihm genauer ins Gesicht zu sehen. Nur um es jedes Mal enttäuscht loszulassen.

Gerade als er seine Suche aufgeben wollte, entdeckte er die stämmige Frau, die dabei war, ihre drei Ziegen an den Überresten eines Zauns anzuleinen. Von den Flammen verängstigt, gelang es ihr kaum, die Tiere festzuhalten. Eine versetzte ihr einen Kopfstoß und nutze die Gelegenheit, um Reißauszunehmen. Das Seil glitt der Frau aus der Hand und wurde von dem Tier hinter sich hergezogen. Mit einem großen Schritt nach vorne hatte Akjir den Fluchtversuch jäh unterbunden.

Anea schien nicht verwundert, ihn zu sehen. Ohne sich zu bedanken, nahm sie ihm die Schnur aus der Hand und vertäute die Ziege neben den anderen zweien.

Eine Weile schauten Anea und Akjir sich schweigend an. Als Akjir seine Stimme wiederfand, antwortete sie ihm schon auf die unausgesprochene Frage. »Sie ist fortgegangen noch bevor wir überfallen wurden. Ohne zu bezahlen.«

Akjir tilgte ihre restlichen Schulden, nickte dankend und war einige Sekunden später verschwunden, verschmolzen mit dem Schwarz der Nacht.

6

Kältezauber

– Nein.

Lilja war nicht weit gekommen, als sie die ersten Schreie hörte. Es war der helle Klang einer jungen Frauenstimme, der ihr ein Zittern durch den Körper jagte.

Den Mantel, den sie instinktiv fester um sich zog, hatte sie vom Haken des Wirtshauses gestohlen. Niemand hatte ihr Fortgehen bemerkt und sie wählte bewusst einen Schleichweg fernab des üblichen Handelsweges zurück nach Firnheim. Sie kämpfte sich durch das schneebedeckte Unterholz, ohne sich nach den immer lauter werdenden Hilfeschreien umzudrehen. Der Lärm des Kampfes trieb sie zu schnelleren Schritten an, wodurch sie immer öfter das Gleichgewicht verlor und stolperte. Das schlechte Gewissen nagte an ihr wie eine Ratte an einem saftigen Stück Aas.

Nach kurzer Zeit war der Lärm nicht mehr zu ignorieren. Sie wandte sich um und schaute ratlos auf ihre Spuren im Schnee. Zwischen den Tannen und vor dem Abendhimmel zeichneten sich dunkle Rauchsäulen ab. Der Kloß in ihrem Hals ließ sich nur schwer herunterschlucken. Unwillkürlich trat sie einen Schritt vorwärts, um den Menschen zu Hilfe zu eilen, doch die altbekannte Stimme rief sie zurück.

Was änderte es, wenn sie zurückging? Sie hatte weder eine gute Kampfausbildung noch eine Waffe, um sich zu verteidigen. Und wenn sie ihre Fähigkeit benutzte, landete sie am Ende auf dem Scheiterhaufen. Wie gelähmt stand sie inmitten des zwielichtigen

Waldes und starrte in die Leere, während der Kampflärm immer weiter anschwoll.

Es dauert nicht mehr lange, bis sie dich hier suchen werden. Tu den Menschen einen gefallen und verweile nicht zu lange an diesem Ort, damit deine Anwesenheit sie nicht auch noch das Leben kostet, hallten Akjirs Worte in ihren Gedanken nach.

Das ist alles meine Schuld, gestand sie sich ein.

Hundegebell schreckte sie auf. Aus der Drehung heraus, rannte sie los und lief, so schnell es der Untergrund zuließ. Wenn Spürhunde ihre Fährte fanden, hatte sie keine Chance. Wie im Wahn suchte sie nach einer Möglichkeit, ihre Verfolger abzuschütteln.

Wasserläufe durchqueren!

Zu ihrem Unglück hielt sie sich in einem Gebiet auf, welches ihr gänzlich unbekannt war. Während sie immer weiter voran stolperte, rief sie sich die Landkarte des Auerwaldes ins Gedächtnis. Doch es war eine Sache, das Land auf einer Karte zu betrachten, und eine vollkommen andere, sich selbst darauf zu bewegen. Es gab Nischen und Furchen, Schleichwege, umgefallene Bäume, die ihr den Weg versperrten. Es verhielt sich genau wie mit ihren Feuerfertigkeiten. Nüchtern betrachtet dürfte ihre Fähigkeit ja nicht einmal existieren, doch das wahre Leben unterschied sich von der Theorie weit mehr als es der jungen Frau lieb war.

Forstheim liegt schräg unterhalb von Firnheim. Wenn ich mich nur weit genug südlich halte, dann müsste ich bald die Auerschnellen kreuzen.

Lilja lief in ihren eigenen Fußabdrücken zurück, um keine Spuren ihrer Richtungsänderung zu hinterlassen. Nach etwa hundert Schritten blieb sie unverhofft stehen und riss mit einigem Kraftaufwand an ihrem Mantelsaum, bis sie einen losen Fetzen in der Hand hielt. Hastig schaute sie sich um und stopfte ihn letztendlich in die Furche einer abstehenden Rinde, entgegengesetzt der Richtung, in der sie sich bewegte. Der zu große Mantel, hinderte sie am zügigen vorankommen, doch ausziehen wollte sie ihn auch nicht. Nicht nur die enorme Kälte ließ sie frösteln. Sie musste all ihre verbliebende Stärke aufbringen, um nicht in Panik zu verfallen.

Nach weiteren hundert Schritten schlug sie eine leichte Biegung ein, die sie gen Süden führte. Der Wind änderte seine Richtung und brachte das Hundegebell näher an sie heran. Ihr Herz setzte einen Schlag aus, doch die Todesangst trieb sie weiter voran. Wild entschlossen raffte sie ihren Mantel und stürmte durch das Dickicht wie ein wildgewordener Hirsch.

Kurze Zeit später war es so finster, dass Lilja kaum die Fichten in wenigen Fußlängen Entfernung ausmachen konnte. Mit der Dunkelheit kam die Kälte. Eine andere Art von Kälte. So eine, die ihr bis ins Mark fuhr und drohte, jedes Leben auszulöschen. Unter das Gebell der Fährtenleser und die Stimmen ihrer Besitzer mischten sich die Laute der Nacht. In der Ferne stimmte ein Raufußkauz seinen nächtlichen Gesang an. Der unverkennbare Ruf, der Lilja immer an den Klang von Noriks Okarina erinnerte, jagte ihr einen Schauer durch die Eingeweide. Legenden erzählten davon, dass der Gesang die Shatar anlocken würde und von jeher ein Vorbote des Seelentodes war.

Ein Knacken im Unterholz links von Lilja ließ sie abrupt innehalten. Ihre Augen suchten die Dunkelheit nach dem Ursprung des Geräusches ab, doch sie erkannte nur schemenhaft die mit Winterbeeren behangenen Sträucher. Wachsamer als zuvor setzte sie sich wieder in Bewegung.

Dann vernahm Lilja seltsam schnaufende Töne. Ein Dachs auf Nahrungssuche. Selbst bei Nacht erkannte sie das unverkennbare weiß gestreifte Gesicht. Verdutzt schaute er sie an, ehe er umkehrte und von dannen tapste.

Sie atmete auf, doch sie hatte sich zu früh gefreut. Ihr Herz stolperte erneut, als das plötzliche Heulen eines Auerwolfs durch den gesamten Wald hallte. Ein zweiter und dritter stimmte mit ein.

Bisher hatte sie den Klagegesang immer hinter den sicheren Toren Firnheims vernommen und auf mystische Weise Gefallen daran gefunden.

Hier draußen, zu dunkelster Stunde, klang es wie eine Drohung. Die Hunde antworten auf den Ruf mit einer Gebellsalve. Wären ihre Verfolger nicht gewesen, hätte Lilja vor Angst keinen Schritt mehr vor den anderen gesetzt. Doch sie musste weiter.

Leiser Schneefall setzte ein, der schnell an Intensität zunahm. Immer mehr Flocken tanzten durch die schneidend kalte Luft und verwirbelten zu einer undurchdringlichen Wand. Zumindest würde er ihre Spuren verwischen.

Die bizarren Geräusche der Nacht ließen sich kaum noch zuordnen. Irgendwo brachen Wildschweine durch das Unterholz, um den Boden nach Nahrung abzusuchen. Die schmatzenden Fresslaute strapazierten Liljas Nerven und machten sie fast wahnsinnig. Im Liebesspiel kreischende Firnfüchse erinnerten an die Schreie der Frauen.

Nach einer schier unendlich anhaltenden Ewigkeit des stumpfen immer weiter geradeaus Hetzens nahm Lilja die leisen gurgelnden Geräusche des Flusses wahr. Einige Schritte später sah sie das Wasser vor sich aus dem Boden brechen. Das Flussbett war um gut eine Beinlänge herabgesenkt, sodass es beinahe unsichtbar vor ihr lag. Erschrocken stellt sie fest, dass der Fluss reißender war als sie angenommen hatte. Ob dies mit dem niedrigen Wasserstand zusammenhing, konnte Lilja nicht sagen, aber die Vermutung lag nahe, dass sie sich nicht weit von den Drei Schwestern entfernt befand.

Sie überlegte kurz, ob sie es wagen konnte, an dieser Stelle den zehn Schritt breiten Fluss zu durchqueren. Die Gefahr, von dem

Wasser fortgetragen zu werden und die Wasserfälle hinabzustürzen, war nicht zu unterschätzen. Einen solchen Sturz hatte noch keiner überlebt. Die Höhe allein verwandelte das darunterliegende Wasser zu hartem Felsgestein. Zudem säumten spitze Felsen, die wie Klauen aus dem Fjord ragten, den gesamten Küstenverlauf.

Das nahe Bellen ihrer Verfolger ließ ihr jedoch keine andere Wahl. Sie musste es hier versuchen oder es würde keinen Versuch mehr geben.

Als Lilja den ersten Schritt in das eiskalte Wasser setzte, unterdrückte sie den eigenen Schreckenslaut mit zitternden Händen. Sie spürte, wie ihr Körper Adrenalin ausschüttete, um ihren Kreislauf weiter aufrechtzuhalten. Ihr Atem kam schnell und verwandelte sich in kleine Wölkchen vor ihrem Mund.

Das Wasser reichte ihr schon nach kurzer Zeit bis zum Oberschenkel und mit jedem weiteren Schritt kam es ihrer Körpermitte näher. Schnell begriff sie, dass der nasse Mantel ihr keinen Schutz mehr bieten konnte und zudem hinderlich war. Die Strömung riss ihn ihr regelrecht von den Schultern und verdeutlichte ihr die Gefahr der Lage.

Umso tiefer Lilja in den Fluss hinein watete, desto stärker musste sie gegen das Wasser ankämpfen. Obwohl ihre Kräfte mit jedem weiteren Schritt schwanden, wollte sie nicht aufgeben. Nicht hier, nicht jetzt. Also presste sie ihre Kiefer fest aufeinander, unterdrückte das Klappern ihrer Zähne und setzte einen Fuß vor den anderen.

Bald waren ihre Glieder taub vor Kälte, doch sie kämpfte weiter, wie sie es sich geschworen hatte. Als sie den Scheitelpunkt erreichte, an dem sie in beide Richtungen gleich weit vom Ufer entfernt war, glaubte sie, jemanden ihren Namen rufen zu hören. Doch das war sicher nur eine Täuschung des Windes.

Zu ihrer eigenen Überraschung verlieh ihr Körper ihr ein letztes Mal ungeahnte Kräfte. Unsichtbare Arme zerrten an ihrer

Kleidung, umschlossen ihre Füße und drohten, sie fortzureißen. Aber Lilja blieb standhaft. Unter ihren Sohlen spürte sie den steinigen Untergrund und sie achtete sorgfältig darauf, nicht auszurutschen. Immer wieder lauschte sie in die Dunkelheit, aber durch das Rauschen des Flusses war es unmöglich, ihre Verfolger herauszuhören.

Kurz bevor sie die andere Seite erreicht hatte, streifte unter Wasser etwas ihren Körper. Lilja, die ihre Arme über ihren Kopf ausgestreckt hatte, damit ihre Finger nicht erfroren, kam kurz ins Straucheln. Erschrocken hielt sie inne und suchte das Wasser nach einer Bewegung ab.

Der Fluss leuchtete im Mondschein und ließ die Oberfläche tausendfach glänzen. Der Anblick der Wellen hatte etwas Beruhigendes und Rätselhaftes zugleich. Als sie ihren Blick wieder dem Ufer zuwandte, sah sie das Aufblitzen einer Schwanzflosse, die in allen Schattierungen aus Blau und Grün zu schimmern schien. Eine Regenbogenschuppe begleitete sie durch die Schnellen hindurch. Trotz des Ortes und der Kälte musste sie lächeln. Der Heilige Vater schickte ihr einen Wächter an die Seite. Auf einmal hatte sie ihre Lieblingsstelle aus der Heiligen Schrift vor Augen.

»Fürchte dich nicht, denn mein Licht leuchtet hell, selbst in der dunkelsten See. Es weist dir den Weg nach Hause.«

Beflügelt von diesen Worten brachte Lilja die letzten Schritte bis zum kantigen Ufer hinter sich. Der Wind blies ihr Eis und Frost erbarmungslos ins Gesicht. Schneeblind war sie wieder in der Wirklichkeit angekommen.

Ihre Verfolger waren weder zu sehen noch zu hören. Das Tosen von Wasser und Sturm schluckte jegliche Geräusche. Die nasse Kleidung klebte an ihrer Haut und raubte ihr mehr und mehr Lebenskraft. Die Arme fest um sich geschlungen, setzte Lilja sich wieder in Bewegung. Jeder stolpernde Schritt dauerte eine kleine Ewigkeit und als sie sich nach einiger Zeit umdrehte, war der Fluss noch immer nah. Ihre Fußspuren dagegen waren verschwunden.

Sie war eine Reisende ohne Vergangenheit.

Eine Reisende ohne Vergangenheit.

Immer wieder spukte dieser Gedanke durch Liljas Geist. Niemand würde sie jemals finden. Weit war sie nicht mehr gekommen, ehe sie resigniert und allem Lebenswillen beraubt auf die Knie sank. Zitternd vergrub sie das Gesicht in ihren eiskalten, geröteten Händen. Versuchte, ihnen etwas Wärme einzuhauchen. Vergebens. Sie waren taub vor Kälte, doch der Schmerz hatte nachgelassen.

Das Schneetreiben wurde immer dichter und als sie glaubte, es könnte gar nicht mehr schlimmer werden, verhielt sich plötzlich alles ganz still. Als hätte die Welt beschlossen, den Atem anzuhalten.

Es schien, als schwebten die dicken Flocken an Ort und Stelle. Kein Luftzug war zu spüren, kein Geräusch drang zu ihr durch. Als wäre auf einmal alles in Watte gepackt. Es war beängstigend.

Tränen fielen wie Perlen lautlos in den Schnee oder froren auf ihrer Haut. Das Gefühl einer aufsteigenden Panik überrumpelte sie. Das Tempo ihres Herzschlages beschleunigte sich, stolperte gar in ihrer Brust.

Dann kam die Hitze. Sie war unerträglich.

Als würde sie inmitten eines Scheiterhaufens stehen und bei lebendigem Leibe verbrennen.

Lilja wirbelte herum, schrie und riss sich die Kleidung vom Leib, während sie glaubte, jeden Moment zu ersticken. Verzweifelt versuchte sie, die frische Winterluft einzuatmen. Zerrte letztendlich an dem Verband um ihrem Hals, der ihr die Luft zum Atmen abschnürte. Doch all das half nichts.

Mit nicht mehr als ihrem Niederhemd am Leibe fiel sie, der Bewusstlosigkeit nahe, in den sanften Schnee. Er umfing sie wie ein weiches Bett aus Daunenfedern. Lilja ließ sich auf die Seite sinken und vergrub ihre Wange in dem wohltuenden Kühl. Ihr Körper kam zur Ruhe und ihr Herzschlag normalisierte sich endlich.

Die Müdigkeit ihrer Knochen, ihres Geistes, fiel mit einem Mal über sie herein. Die blauen Flecken waren nur ein dumpfes Pochen im Hintergrund ihrer Wahrnehmung. Nicht einmal die Wunde unter ihrem Kehlkopf schmerzte.

Lilja schloss die Augen für eine lange Zeit, bevor sie sie ein letztes Mal öffnete, um in die stillstehende Szene des Waldes hineinzuschauen. Auch wenn sie heute nicht sterben wollte, so war sie doch froh, dass es hier geschah. An einem Ort, der ihr Zuhause war. Und in dieser unendlichen Einsamkeit war plötzlich ihre Mutter, die zunächst in weiter Ferne schwebte.

Sie glitt zu ihrer Tochter und kniete sich schließlich neben ihren leichtbekleideten Körper. Hände hüllten sie behutsam in eine Decke, streichelten ihre eisige Wange. Eine kindheitsferne Erinnerung entlockte Lilja ein Lächeln. Ihre Mutter hatte sich oft so von ihr verabschiedet. Eigentlich sollte sie ihr vertraut sein, doch heute fühlte sich diese Berührung seltsam fremd an. Durch das Taubheitsgefühl wirkte sie pelzig und ungeheuer weit entfernt. Als würden sie sich gar nicht vollends berühren.

Kyana beugte sich zu ihr herab, so als wolle sie ihr zum Abschied einen Kuss geben. Das vertraute Lächeln war weitaus tröstender als die gehauchte Berührung auf Liljas Stirn. Es war ein Moment vollständigen Friedens und als sich ihrer Mutter Lippen von Lilja lösten und sie in die weißen Augen sah, fand sie sich mit ihrem Ende ab.

Doch etwas irritierte sie.

Hatte man ihrer Mutter nicht nachgesagt, sie besäße Augen aus flüssigem Gold?

Als ihre Gedanken von dem einem auf das andere schlossen, und sich das Entsetzen in Liljas Zügen abzeichnete, verzog sich das Gesicht ihrer Mutter zu einer grauenvollen Fratze. Noch während ihr verwirrter Verstand nach dem richtigen Wort suchte, war von der bildschönen Frau nichts mehr wiederzuerkennen. Doch ihre Stimme … ihre Stimme flüsterte: *Nicht hier. Nicht jetzt. Noch lange nicht.*

Dann schlief sie unter einer Decke aus Stille.

7

Vom Feuer geküsst

Das weiße Rauschen außerhalb der kleinen Höhle erinnerte Akjir daran, wie sehr der Mensch den Launen der Natur ausgesetzt war. Der Eingang war schon fast bis obenhin zugeweht. Nur schemenhaft sah er die dürren Stiele der Tannen, wie sie in einem fadenscheinig eingeübt wirkenden Tanz von einer Seite auf die andere schwankten. Der Wind heulte aus vielerlei Mündern sein Wehklagen in die nächtliche Stille. Jedes Lebewesen hatte sich einen sicheren Unterschlupf gesucht, um dort zu verharren, bis der Sturm sein Ende fand.

Akjir fror entsetzlich und er hätte nichts lieber getan, als sich seiner Müdigkeit zu ergeben, doch zuerst musste er es schaffen, ein Feuer zu entzünden. Er wusste nicht mehr, der wievielte Versuch es war. Die Hände brannten, als er die zwei unterschiedlichen Gesteinsarten aneinanderschlug.

Das getrocknete Heu war während der Reise wohl feucht geworden. Es wollte einfach nicht brennen. Seine Finger zitterten vor Wut und Kälte. Wieder nichts.

Seufzend schaute er zu der bewusstlosen jungen Frau. Sie lag auf der gegenüberliegenden Seite der Feuerstelle zwischen seinen Schaffellen. Gerne würde er hinübergehen und sich ebenfalls darin einhüllen, doch ohne ein Feuer sanken ihre Überlebenschancen beträchtlich.

Dass sie überhaupt noch lebte, grenzte an ein Wunder. Kein normaler Mensch überlebte ein Winterbad, wenn er sich danach nicht augenblicklich ins Warme begab.

Ein Zittern durchfuhr den zierlichen Körper und ihre Gesichtszüge erzählten von einem bösen Traum. Nachtschatten waren selten gnädig.

Er schüttelte den Kopf. Halb nackt hatte er sie aufgefunden. Ihre Kleidung war überall unweit des Flusses verstreut gewesen. Ihr vom Feuer geküsstes Haar klebte noch immer in gefrorenen Strähnen in ihrem Nacken und entblößte eine kleine Narbe an ihrer Schläfe nahe dem Haaransatz, der sie sonst verbarg.

Gerne hätte er behauptet, dass ihn ihre Geschichte unbeeindruckt ließe. Ein geheimnisvoller Schatten haftete ihrer strahlenden Gestalt an, der ihn völlig aus der Bahn warf. Sie war zudem trotz der angeknacksten Nase und der Blutergüsse wunderschön, wenngleich ihr Aussehen eindeutig nicht dem der anderen Bewohner entsprach.

Nur widerwillig riss er sich von dem Anblick ihrer Gestalt los. Sie warf zu viele Fragen in ihm auf, auf die er nie eine Antwort bekommen würde, sollte er es nicht bald schaffen, ein Feuer zu entzünden. Zwar hatte er sie in trockene Kleidung gehüllt, doch die Kälte hatte längst Besitz von ihrem Körper ergriffen. Ihre Lippen waren blauverfärbt zu einem dünnen Strich zusammengepresst. Gerne würde er sie berühren und den schlechten Traum vertreiben.

Mutlos ließ er die Feuersteine erneut aufeinander niederfahren. Ein Funke erglühte und entzündete den Zunder. Augenblicklich ließ er die Steine los, lehnte sich nach vorne und stützte sich mit den Handflächen auf dem Boden ab, während er vorsichtig und bedacht in die Glut blies. Nach nur kurzer Zeit stieg dichter Qualm daraus empor. Das Material war bei seinem Ritt durch den Sturm tatsächlich nass geworden. Eilig holte er aus der Packtasche dünne Holzspäne hervor. Sie müssten für heute Nacht genügen. Ein rauschender Luftstrom verriet zwar, dass die kleine Höhle einen natürlichen Abzug hatte, dennoch wagte er es nicht, die durchnässten Hölzer aufzulegen. Viel zu groß war das Risiko einer Rauchvergiftung.

Es dauerte nicht lange, bis die Luft sich rund um die Feuerstelle erwärmt hatte.

Sichtlich erleichtert lehnte Akjir sich an die raue Felswand zurück. Sein Blick verlor sich in den züngelnden Flammen. Erst nach einer ganzen Weile bemerkte er, dass er beobachtet wurde.

Durch den Feuerschein hindurch sah Akjir die junge Frau unverändert auf der Seite liegen. Ihre Augen waren aber nicht länger geschlossen. Schon bei ihrer ersten Begegnung war ihm das Fjordblau aufgefallen. Ein dunkler Blauton voller Ozeane. Jetzt flackerte darin allerdings nur das feurige Rot der Flammen, das ihre Augen übernatürlich erstrahlen ließ.

Er schluckte schwer.

Nichts an ihr war gewöhnlich.

8

Leichen im Wind

Als Lilja das nächste Mal die Augen aufschlug, entzündete sich ein Feuer. Ein verblüfftes Keuchen jenseits ihres Sichtfeldes ließ sie vermuten, dass sie nicht alleine war. Dann hörte sie das vertraute Knistern von brennendem Holz. So, als wäre sie aus einem ewigen Schlaf erwacht, mussten ihre Sinne sich zunächst wieder schärfen. Wichtiges von Unwichtigem trennen.

Sie spürte trockenen Stoff auf ihrer Haut und die kitzelnden Fasern eines Felles an ihrem Kinn. Jemand hatte es fest um sie gelegt, sodass sie sich kaum rühren konnte. Ihr war kalt, aber nach und nach fand die Wärme zurück in ihren Körper. Sie erkannte nicht, wo sie war – es sah aus wie eine Höhle – aber draußen musste ein wütender Schneesturm toben. Stimmen von Verstorbenen riefen nach ihr wie Leichen im Wind, doch hier drinnen waren sie harmlos. Trotzdem jagte es ihr einen Schauer über den Rücken.

Es dauerte eine ganze Zeit, bis sie sich im Zwielicht zurechtfand. Allmählich erkannte sie die dunkle Gestalt, die auf der anderen Seite des Feuers an eine Wand gelehnt saß. Die Knie vor sich aufgestellt mit den Ellenbogen darauf abgestützt, starrte Akjir in die Flammen, als würde er darin nach etwas suchen. Die schwarzen Tücher waren noch um seinen Kopf geschlungen, doch sein Gesicht war unbedeckt. Es lag zum Teil in der Dunkelheit verborgen, was ihn bedrohlicher erscheinen ließ als er in Wirklichkeit war. Die Hautpartien, die dem Licht zugewandt waren, erstrahlten hingegen in einer weißen, fast durchsichtigen Art. Für einen Moment bildete Lilja sich ein, seine Wangenknochen durchscheinen zu sehen. Als sie blinzelte, war die Täuschung verschwunden.

Vereinzelt fielen ihm ein paar seiner aschblonden Strähnen ins Gesicht und warfen Schatten wie Narben auf die helle Haut.

Dann löste sich sein Blick von dem Feuer und er schaute direkt zu ihr herüber. In seinen Zügen spiegelte sich zunächst Verwunderung, dann Misstrauen. Lange musterten sie sich. Keiner sprach ein Wort, aber Lilja erhaschte in den düsteren Gewitteraugen eine Regung, die ihn genauso zu verwirren schien wie sie selbst. Und so war es, dass zwei ungewöhnliche Augenpaare in einer Höhle am Rande der Welt eine Übereinkunft trafen, wenn nicht gar einen stummen Schwur.

Der Schneesturm hatte in den frühen Morgenstunden immer mehr von seiner Zerstörungskraft eingebüßt. Sobald der Morgen dämmerte, brachen sie auf. Akjirs Pferd hatte die Nacht einige Meter entfernt von ihrer Höhle in einer Felsnische ausgeharrt. Jetzt trug es sie ohne Murren durch den hohen Schnee in Richtung Heimat.

Es dauerte nicht lange, bis sie an einer kleinen, schneeverwehten Brücke vorbeikamen. Lilja stöhnte, als Akjir ihr befahl, vom Pferd abzusteigen, um es ohne Reiter über die vereiste Brücke zu führen. Er strafte sie ohnehin die ganze Zeit mit wütender Miene. Gab ihr die Schuld an dem niedergebrannten Dorf. Zwar sagte er es nicht offen, doch sie las den stummen Vorwurf deutlich in seinem Auftreten.

Sie sprachen nicht miteinander, es sei denn, es war nötig. Zum Beispiel, um ihr Anweisungen zu erteilen.

Sie ließ seinen Zorn stumm über sich ergehen, obwohl sie ihm gerne eine Erwiderung über die Schulter zugeschrien hätte. Er hatte sich dazu bereit erklärt, sie zurück nach Firnheim zu bringen. Am Ende würde er es sich noch einmal anders überlegen.

Die vergangenen zwei Tage und Nächte hatten deutlich mehr an ihren Kräften gezehrt als sie bereit war zuzugeben. Immer wieder nickte sie kurz ein.

Sie erschrak, als sie einmal erwachte und dabei feststellte, dass sie im Schlaf an Akjirs Brust gesunken war. Wie erstarrt saß er hinter ihr im Sattel und atmete kaum. Er entspannte sich erst, als sie sich zurück in eine aufrechte Position zog.

Von nun an zwang sie sich, wach zu bleiben.

Es konnte nicht weit nach Mittag sein, als sie endlich auf einen Weg abbogen, der Lilja bekannt vorkam. Es war nicht mehr weit bis nach Hause. Ihr Herz machte einen Sprung bei dem Gedanken.

Sie sehnte sich danach, ihren Vater wiederzusehen, aber ängstigte sich zugleich, ob ihm etwas zugestoßen war. Die Befürchtung war allerdings so absurd, dass sie die Vorstellung gleich wieder verwarf. Stattdessen legte sie sich schon die Worte zurecht, um einer Bestrafung zu entgehen. Er war mit Sicherheit halb krank vor Sorge.

Der Weg verlief die letzten fünfhundert Fuß in einer steilen Biegung unmittelbar an der Stadtmauer entlang. Zwar sah die junge Frau keine der Wachen, doch sie spürte, wie sie von dutzenden Augenpaaren beobachtet wurde.

Kurz vor Ende der Biegung zügelte Akjir seine Stute und zog sie nach rechts vom Weg herunter. Er ignorierte ihren empörten Aufschrei, bohrte dem Pferd die Absätze in die Seiten, sodass sie von jetzt auf gleich im Galopp davoneilten. Dabei lehnte er sich vor und drückte Lilja mit seinem Gewicht nach unten.

»He. Was soll das? Du reitest in die falsche Richtung!«

Lilja versuchte, an Akjir vorbei zurückzuschauen. Schemenhaft erkannte sie zwei Gestalten zwischen den Bäumen unweit der

Stadteinfahrt und eine merkwürdige Ahnung ergriff Besitz von ihr. Sie versuchte, sich aus Akjirs festem Griff zu befreien und stieß ihm letztendlich den Ellenbogen in die Seite. Er keuchte auf und ließ sie für einen Moment los.

Es blieb keine Zeit für Reue. Schnell ließ sie sich seitlich vom Pferd in den weichen Schnee fallen. Der Aufprall war härter als sie erwartet hatte, dennoch sprang sie ohne Luft zu holen auf und lief zurück zum Weg. Sie hörte Akjir einen Fluch ausstoßen, doch sie schaute sich nicht um. Stur lief sie geradeaus, die Augen auf die Füße gerichtet, damit sie nicht fiel.

Als sie sich den Stadtmauern näherte, hob sie den Blick und sah dreierlei. Erstens stand das Stadttor weit offen und ließ die Sicht auf das vertraute Alltagsleben zu, nach dem sie sich sehnte. Ihre Fähigkeit fand unzählige Fackeln und Herdfeuer.

Zweitens waren die Soldaten auf sie aufmerksam geworden und verfolgten misstrauisch das Schauspiel.

Und zuletzt erkannte sie, dass die zwei Gestalten in den Bäumen mit dicken Riemen um die Hälse aufgeknüpft worden waren. Stumm wehte der Wind die Leichen hin und her, wodurch sie an ein Glockenspiel erinnerten. Als Lilja nah genug herangekommen war, drehte eine Böe die kleinere Gestalt.

Die blonden Locken umspielten das Gesicht der jungen Frau, die taubenblauen Augen waren im Entsetzen weit aufgerissen. Der Mund, zu einem Schrei verzerrt, stand noch offen, als würde jeden Moment der Laut aus ihr herausbrechen. Doch es war kein Leben mehr in ihrer Freundin.

Lilja sank auf die Knie. Auch ihr saß ein Aufschrei in der Brust, während die Tränen leise in den Schnee fielen, der um sie herum zerfloss. Sie hielt ihren Kopf gesenkt, voller Furcht und Scham. Sie ertrug Ilvys schrecklichen Anblick nicht. Mit den Fingerknöcheln zwischen den Zähnen unterdrückte sie den Schrei, bis der erste Schock nachließ. Dann erinnerte sie sich an die zweite Person.

Langsam erhob sie sich und umrundete den Ort des Geschehens mit respektvollem Abstand. Dabei registrierte sie die Kleidung des Mannes, die übliche Kluft eines Fischers. Die Hemdärmel waren aufgerollt, zeigten beinahe schwarze Blutergüsse und fragmentäre Tätowierungen an den Unterarmen. Das waren alles Hinweise, die sie nicht sehen wollte. Mit jedem Schritt, trommelte das Herz heftiger in ihrer Brust, ihre Finger zitterten, sodass sie sie fest an ihre Seiten drücken musste, um dies zu unterbinden. Letztendlich kam sie zum Stehen und als sie den Blick von den Füßen aufwärts zu dem Gesicht des zweiten Opfers gleiten ließ, hielt sie unwillkürlich die Luft an.

Nun hallten ihre Schreie doch durch den einsamen Wald.

Plötzlich war Akjirs Stute neben ihr. Arme schlossen sich um ihre Taille, zogen sie vor ihn in den Sattel und drückten sie gegen seine Brust. Gemeinsam flogen sie über die Schneedecke davon, weit weg von diesem schrecklichen Ort. Während der Wind ihr kalt ins Gesicht blies und sie sich nichts mehr wünschte als alles ungeschehen machen zu können, sah Lilja nur das frühzeitig gealterte, totenbleiche Gesicht ihres Vaters. Vor ihren geschlossenen Augen entfesselte sich ein Flammeninferno und ihr Herz verlangte, was ihr bis dato fremd gewesen war.

Sie wollte Rache.

9

Magie des Auerwaldes

Die Magie des Auerwaldes betäubte ihre Sinne. In der Ferne krächzte ein Rabe. Bäume, die auf schwankendem Boden standen und sich in dem tiefen Morast festkrallten, waren wie Kinder des Regens. Der Nebel hing tief und verlieh dem Anblick etwas Mysteriöses.

Lilja schaute sich von dem Pferderücken aus um und sah eine Landschaft, die aus dem Wasser geboren war.

Sie ritten gen Süden. Als die Sonne längst zwischen den Baumkronen verschwunden war, überschritten sie die Schwelle ihrer bekannten Welt. Allmählich sog der Boden den Schnee auf und verwandelte alles in matschiges Nass. Die Nadelbäume waren zuvor schon nach und nach der Vegetation der sumpfigen Landschaft gewichen. Uralte Weidenbäume, die dem Wasser davon erzählten, wie es früher einmal gewesen war. Wollgras, weiße Wolle auf Stielen, das einem die Sinne zu vernebeln drohte, wenn man ihm zu nahe kam.

Akjir lenkte sein Pferd zielsicher durch die tückischen Auen. Für Lilja war es ein seltsames Gefühl, ihm ihr Leben anzuvertrauen, doch heute fiel es ihr nicht schwer. Erschöpft lehnte sie sich an seine Brust.

Nach dem Schneetreiben der Nacht war ihr die Natur am Morgen ruhig und friedlich erschienen, doch unter dem Teppich lagen schaurige Geheimnisse begraben. Manche vielleicht seit Jahrtausenden. Die Auen verschlangen alles, was liegen blieb. Sie schauderte.

Seit den schrecklichen Geschehnissen hatten sie nicht gerastet. Zunächst waren sie durch den Wald geprescht, als wäre ein Shatar hinter ihnen her. Dabei waren ihr die Zeilen eines Gedichts in den Sinn gekommen, das ihr Lerø einmal am Feuer vorgelesen hatte.

»Der Tod reist schneller als der beste Reiter.«

Die Quintessenz lehrte sie, dass man ihm nicht davonkommen konnte.

Gestohlene Zeit.

Irgendwann hatte Akjir das Tempo gedrosselt und nun stapften sie müde und erschöpft durch die Dämmerung. Das Pferd schnaubte eine imposante Atemwolke in die kalte Luft.

Erneut stiegen Lilja Tränen in die Augen und die Landschaft versank abermals im Wasser. Zu dem Ruf des Raben gesellte sich der eines Raufußkauzes. Unwillkürlich durchlebte Lilja auf ein Neues die nächtliche Flucht.

Sie war offenbar zusammengezuckt, denn Akjir flüsterte ihr beruhigende Worte ins Ohr. Sie nahm kaum wahr, was er sagte.

Im Laufe des Tages hatte er immer wieder mit ihr geredet, doch sie hatte ihm nicht einmal zugehört, geschweige denn geantwortet.

»Lilja!« Seine Stimme klang aufbrausend.

Sie drehte ihr Gesicht zur Seite, um ihn über die Schulter hinweg anzuschauen. Die Tränen auf ihrer Wange brannten im rauen Wind. Schnell streifte sie sie mit ihrem Handrücken fort.

Alles, was sie erkennen konnte, waren diese gewittergrauen Augen, die zwischen zwei schwarzen Stoffbahnen hindurchblitzen.

»Hörst du mir zu? Ich sagte, wir müssen uns ein Lager für die Nacht suchen.«

Lilja nickte und sah sich um.

Wo um alles in der Welt sollten sie hier übernachten?

Nach nicht allzu langer Zeit kamen sie an einem großen *Auerweiher* vorbei, an dem eine alte, halb zerfallene Hütte stand.

Lilja wartete auf dem Pferderücken, während Akjir sich eine Schneise durch das dichte Gestrüpp bahnte, welches das klapprige Holzkonstrukt schützend ummauerte.

Eine Esche hatte sich ihren Weg durch das Haus gekämpft und brach aus Dach und Wänden heraus. Ein bizarrer Anblick. Die Natur holte sich das zurück, was einst ihrs gewesen war. Schaurige Geräusche wehte der Wind herüber, die er selbst erzeugte, weil er durch die scharfen Kanten der Wände pfiff. Eine hauchdünne Schneeschicht rundete das Bild dieser einsamen Hütte in der Wildnis ab und verdeutlichte Lilja, dass dies kein Ort für ein Stadtmädchen war.

Akjir öffnete unter einem so ohrenbetäubenden Quietschen die Tür, dass sie sich instinktiv duckte und sich nach Feinden umsah. Als Akjir in dem Gebäude verschwand, hielt sie solange die Luft an, bis er ihr nach einigen Augenblicken zurief, sie solle endlich vom Pferd absteigen.

»Und bring die Taschen mit!«, ergänzte er, bevor ein lautes Scheppern ertönte.

Träge glitt Lilja von dem Pferderücken. Nach dem ganzen Tag im Sattel verweigerten die Beine ihre Pflicht und sie landete, am Steigbügel Halt suchend, auf den Knien. Schwerfällig kam sie wieder hoch, streifte den Dreck an ihrer Lederhose ab und nestelte an dem Gepäck herum. Mit den schweren Beuteln über der Schulter stampfte sie dann durch Akjirs vorgelegten Pfad zu ihrem Unterschlupf. Er roch modrig. Zudem heulte der Wind durch den kleinen Raum, der zur Hälfte von den ausladenden Ästen eingenommen wurde, doch für die Nacht würden sie sicher keinen besseren Ort finden.

Das laute Scheppern hatte wohl ein Topf verursacht, der von seinem Haken gerutscht war und den Akjir nun in der Hand hielt.

»Sogar eine Feuerstelle«, sagte er heiter und lächelte.

Sie rümpfte nur die Nase.

Das prasselnde Feuer wertete den Ort ein klein wenig auf und schenkte der jungen Frau ein bisschen Geborgenheit. Den Gedanken an das Geschehene nachhängend, starrte sie in die Flammen, welche skurrile Schatten an die Bretterwände zauberten. Sie hatte nur wenig von den Haferkeksen und dem getrockneten Fleisch gegessen, das Akjir ihr hingestellt hatte.

Die Nacht war schnell hereingebrochen und Lilja unendlich dankbar für diese schäbige Hütte. Auch wenn sie wohl kaum Schutz vor dem bot, was da draußen lauerte. Auerwölfe jaulten ihr Wehklagen zum Mond hinauf und bereiteten ihr eine Gänsehaut.

Akjir schien die Wildnis nicht zu beunruhigen. Gelassen lag er unter den kahlen Zweigen und schaute in die Sterne. Der Schein von Polarlichtern fuhr über seine Züge und ließ sie erstrahlen.

»Was hast du nun vor?«, brach er das Schweigen.

Sie hatte seine Frage gehört. Doch wie alles andere drang die Stimme mit dem rauen Akzent nur dumpf zu ihrem Bewusstsein durch. So, als hätte sie Wasser in den Ohren. Beinahe glaubte sie, von den Auen verschlungen worden zu sein. Das einzig klare Geräusch war das Knistern und Knacken des Feuers und der heulende Wind vor der Tür. Wie ein Räubersmann schlich er um das kleine Haus.

Es dauerte eine Weile, bis sie antwortete, obwohl sie sich dieselbe Frage den ganzen Tag über selbst gestellt hatte. Doch als Akjir sie aussprach, wusste sie endlich eine Antwort darauf.

»Ich werde nach meinem Bruder suchen. Er ist der Einzige, der mir noch geblieben ist.«

Er nickte. »Du hast im Gasthaus gesagt, du wüsstest nicht wo er ist.«

»Ja. Das entspricht auch der Wahrheit.« Eine kurze Pause entstand, als sie grob einen Plan schmiedete. »An dem Abend, bevor er fortging, und auch einige Male zuvor, sprach er davon, dass er mit mir Alkator bereisen wolle.«

Lass uns gemeinsam abhauen. Wir reisen von der Meeresstadt aus nach Jukka. Wir erkunden die Eiswüste und lassen uns von den Sternenkindern leiten.

Sie hörte die Worte in ihrem Kopf, ganz so, als wolle Lerø sie zu sich locken.

Als Lilja ihren Blick von dem Feuer löste und zu Akjir hochschaute, blieb ihr bei dem Anblick seiner Augen fast das Herz stehen. Es war wieder eine Mischung aus Faszination und Angst, die sie bei seiner Gestalt empfand. Sein Blick war fragend.

»Er wollte zuerst nach Jukka, glaube ich«, sagte sie dann vorsichtig.

Er nickte erneut. »Dann musst du in die Meeresstadt.«

»Würdest du mich dorthin bringen?«, bat sie und ihr entging nicht, wie er sich bei dieser Frage versteifte und sein Gesicht abwandte. Hastig fuhr sie fort. »Ich weiß, ich verdanke dir schon so viel. Aber als du mir nachgeritten bist, hast du eine Entscheidung getroffen. Ich weiß nicht, wieso du mir geholfen hast, aber es wäre falsch mich nun im Stich zu lassen, meinst du nicht auch?« Sie wusste, wie ungerecht sie war, aber sie brauchte seine Hilfe.

Er stand abrupt auf. »Bilde dir nichts ein, Lilja Nachtgespenst.« Er strich sich mit einer betont nachlässigen Geste die Kleider glatt. »Ich kam zurück, weil ich die Schreie der Dorfbewohner gehört habe.« Er schnaubte. »Nicht, um dich zu retten.«

Dann verließ er die Hütte und kam in dieser Nacht nicht zu ihr zurück.

Als sie am nächsten Morgen erwachte, war das Feuer längst erloschen und die Kälte hatte wieder Besitz von ihrem Körper ergriffen. Nachdem sie sich aufgerichtet hatte, sah sie, dass eine dünne Schneeschicht, wie Puderzucker auf Gebäck, ihre Decke einhüllte.

Zunächst wusste sie nicht, was sie aufgeweckt hatte, doch dann sah sie aus dem Augenwinkel eine Bewegung in dem Baum über ihr. Eine kleine Tannenmeise flatterte in dem Geäst wild auf und ab.

»Was hat dich denn hierher verschlagen?«, fragte sie das kleine Geschöpf. Dann erinnerte die sonderbare Umgebung sie daran, was geschehen war.

Tränen rannen unverhohlen über ihre Wangen, die sie schnell fortwischte, denn sie hörte matschige Schritte vor der Hütte und hoffte dabei inständig, dass es Akjirs waren.

Langsam strecke sie ihre steifen Glieder und schlich zu der Bretterwand. Durch einen Spalt erkannte sie seine vertraute Gestalt. Er kraulte sein Pferd zwischen den Augen und sprach zu dem Tier, doch Lilja verstand die Worte nicht. Sie streifte ihre Kleidung glatt, seufzte, und trat dann unter lautem Getöse zur Tür hinaus.

Er schaute sich nicht einmal zu ihr um.

Arroganter Mistkerl, schimpfte sie. Es kostete sie einiges an Stolz, dennoch stampfte sie zu ihm hinüber und blieb letztlich unsicher hinter ihm stehen.

»Ich werde dich hinbringen«, sagte er leise.

Liljas Augen weiteten sich vor Unglauben.

»Das hat nichts mit dir zu tun. Ich muss sowieso in diese Richtung«, fügte er rasch hinzu und drehte sich um. Als er an ihr vorbeiging, streifte sein Mantelsaum ihren Arm und sie konnte sich nicht beherrschen. Mit wütendem Blick schaute er auf ihre Hand an seinem Ärmel, dann in ihr Gesicht. Sie hielt ihm stand.

»Ich danke dir.« Es war fast nur ein Flüstern. Später war Lilja sich gar nicht mehr sicher, ob diese Worte je ihren Mund verlassen hatten. Doch seine Züge wurden augenblicklich weicher. Einige

Momente hielten sie beide inne, dann wandte er sich sichtlich verwirrt ab und stapfte mit energischem Schritt zur Hütte.

Um zu der Meeresstadt zu gelangen, musste man zu Liljas Leidwesen den gesamten Auerwald durchqueren. An den Ausläufern des Donnerberges entlang führte ein Pfad zur Küste. Als wären die wilden Tiere nicht schon abschreckend genug, besiedelte der Firnfuchsclan dieses Gebiet. Nicht nur, dass sie zur Wintermondwende – die kurz bevorstand – ein Stammesmitglied den Shatar opferten, sie waren auch für ihre Fremdenfeindlichkeit berüchtigt. Lilja hatte Geschichten gehört, dass sie einem Reisenden das Herz herausgerissen und es anschließend verzehrt hätten. Womöglich glaubten sie, es verlieh ihnen ein besonders langes Leben. Oder es würde ihre Potenz steigern. Einmal hatte Lilja gehört, sie hätten eine ganze Gruppe ausgeweidet und die Gedärme in den Baumwipfeln als Schutz vor bösen Geistern aufgehängt.

Akjir wollte von derlei Geschichten nichts hören. Er hob eine Augenbraue und verzog den Mund zu einem ironischen Lächeln.

»Es ist mein Ernst. Du scheinst ja nicht von hier zu sein. Aber es gibt einen guten Grund dafür, warum wir eine so hohe Stadtmauer errichtet haben«, beschwor sie ihn.

»Ich glaube, dass sich dein Volk vor allem fürchtet, das anders ist als sie selbst«, meinte er.

Mit einem Schnauben wandte Lilja sich wieder nach vorne und suchte zwischen den Bäumen nach vermeintlichen Gefahren. »Wo kommst du eigentlich her? Gehörst du zu einem der Stämme im Westen?«

Sie saß vor Akjir im Sattel und drehte sich, um seine Reaktion zu prüfen.

Er hielt die Zügel locker in den Händen, die auf Liljas Oberschenkeln ruhten. Die Nähe sollte sie eigentlich abschrecken, doch bei Akjir war es anders. Er hatte ihr Leben gerettet. Mehr als nur einmal.

Er wahrte weiter einen ruhigen Anschein, doch Lilja sah einen Schatten über seine Züge huschen.

»Nein«, sagte er gedehnt.

»Woher dann?«

»Von jenseits eurer bekannten Welt.«

»Das Land hinter dem Sterbendem Meer?«

Seine Hände verkrampften sich zu Fäusten. »Nein. Hör auf mich mit Fragen zu nerven, sonst kannst du allein weiterreisen.«

Lilja konnte nicht sagen, woher sie es wusste, doch sie erkannte in Akjir einen Verlust, der ihrem eigenen gleichkam. Er schloss seine Trauer tief in sich ein, doch Liljas Wunde war frisch und blutete. Immer wieder musste sie ihre Tränen heimlich fortwischen und sie schämte sich für ihre Schwäche. Zudem lastete die Schuld schwer auf ihr. Wenn sie die Augen schloss, hörte sie die Todesschreie der Bewohner Forstheims und sah Ilvys angstverzerrtes Gesicht. In Firnheim trauerte ein junger Mann um seine verstorbene Verlobte. Ein Vater trug wider die Natur das eigene Kind zu Grabe, falls der Hauptmann es überhaupt gestattete. Und Norik … zumindest war er wieder mit Kyana vereint.

Sie alle waren ihretwegen gestorben.

Es geschah, als sie eingenickt war. Sie hätte es nicht bemerkt, wenn Akjir sich nicht aufgerichtet und das Pferd abrupt zum Stehen gebracht hätte.

Vor ihnen, auf einer kleinen Lichtung, standen fünf Krieger. Sie waren allesamt in Tarnfarben gekleidet und trugen Pelze gefährlicher Bestien zur Schau, sodass jedem Jäger Firnheims der Mund vor Neid aufgeklappt wäre. Sie standen in einer V-Formation und der Mann an der Spitze hatte einen Umhang aus weißem Fuchsfell umgelegt, dessen ausgestopfter Schädel zu einem eindrucksvollen Kopfschmuck verarbeitet worden war. An seine Seite schmiegte sich ein prächtiger Wolf.

Lilja entfuhr ein erstickter Schrei, der dem Anführer ein gefletschtes Grinsen entlockte.

Ihre oberen Gesichtshälften samt Augen waren schwarz eingefärbt und in den Händen hielten sie Äxte, Messer sowie Pfeil und Bogen. In ihren Bewegungen spiegelte sich Kampfeslust wider. Alles an ihnen schrie nach einem Kampf.

Akjirs Hand ruhte auf dem Griff seines Schwertes und so musterten sich die Anwesenden gegenseitig. Es war ein stummes Kräftemessen.

Auf einmal knackte es rechts im Unterholz. Lilja vermutete schon einen Angriff aus dem Hinterhalt, doch als sie herumfuhr, ließ etwas schier Unglaubliches ihr Herz stolpern. Sie hielt die Luft an und auch keiner der anderen rührte sich, aus Angst dieses heilige Geschöpf in die Flucht zu schlagen.

Sie blinzelte. Einmal, zweimal.

Doch sie träumte nicht. Majestätisch und mit langen Beinen stolzierte der weiße Hirsch zwischen den Sträuchern hindurch. Wurde kurz von einem Baum verdeckt, tauchte dann wieder auf. Lilja spürte die Energie des Tieres wie Sonnenstrahlen auf ihrer Haut und als sie nach Luft schnappte, blieb das Tier plötzlich stehen und schaute ihr direkt in die Augen.

Die Zeit stand still.

Das prächtige Geweih thronte herrschaftlich auf dem Kopf des allemal zwei Meter großen Geschöpfes. Das Fell war nicht strahlend weiß, wie es die Holzfigur auf dem Markt dargestellt hatte. Grausilbrige Schattierungen verliehen ihm einen Glanz, der dem des Heiligen Vaters gleichkam. Die Augen waren viel weniger die eines Tieres als die eines sehr alten, weisen Menschen. Es war so unwirklich und doch stand er da und hielt eine stumme Zwiesprache mit ihr.

Wie durch eine unsichtbare Leine verbunden, glitt Lilja unter Akjirs Arm hindurch und landete auf dem modrigen Boden. Ihre Schritte quietschten unangenehm laut, als sie langsam auf das Tier zuging.

Der weiße Hirsch bewegte sich ebenfalls auf sie zu. Seine Hufe versanken in dem feuchten Boden, doch Lilja zweifelte keine Sekunde daran, dass er bei der kleinsten Bewegung schnell die Flucht ergreifen konnte.

Endlich standen sie sich dicht gegenüber und das Wesen schaute ihr tief in die Augen. Auf einmal fühlte Lilja sich unwohl in ihrer Haut. Sie kam sich so entblößt, so nackt, vor. Als würde der Hirsch ihre Seele betrachten, und erkennen, dass sie große Schuld auf sich geladen hatte.

Doch irgendetwas veränderte sich in dem Ausdruck des Tieres. Die Züge wurden weich, die Augen strahlten Wohlwollen aus. Obwohl es kalt geworden war, durchströmte Lilja plötzlich eine angenehme Wärme. Ehe sie sich versah, streckte sie ihre Hand nach dem Hirschkopf aus und streichelte ihm die weiche Stelle zwischen den Augen, wie sie es bei Akjir und seiner Stute beobachtet hatte. Der Hirsch ließ die Berührung für einige kurze Augenblicke zu, dann wandte er sich ab und schritt majestätisch davon.

Es war wie das Erwachen aus einem märchenhaften Traum. Das Hochgefühl erfüllte sie noch immer, während sie sich zu Akjir umwandte. Die Ernüchterung folgte sogleich, als der Anführer des Firnfuchsclans auf sie zustürmte.

Alles, woran Lilja dachte, war:

Bitte reiß mir nicht das Herz heraus!

10

Mädchen der Mythen

Es war eine Zeit lang her, dass Lilja einen Menschen so vergnügt erlebt hatte. Geschweige denn eine ganze Ansammlung von ihnen. Es war ein fröhliches Lied, das die Musiker auf ihren fellbespannten Trommeln angestimmt hatten. Begleitet wurden sie von einem Flötenspieler und einem Zupfinstrument. Die Kinder sprangen glücklich um das große Feuer und ihre langen Schatten hüpften an den hohen Zeltwänden auf und ab. Der warmen Schale mit Eintopf in Liljas Hand entströmte ein herrlicher Duft und wenn sie nicht alles verloren hätte, wäre sie vermutlich in das Lachen mit eingefallen.

Ihr war fast das Herz in die Hose gerutscht, als der Clanführer auf sie zugestürmt war. Doch anstatt sie anzugreifen, war er vor ihr auf die Knie gefallen. Verdutzt hatte sie die anderen Männer ebenfalls den Kopf senken sehen. Und Akjir, der zusammen mit dem vermeintlichen Angreifer bei ihr angekommen war, hatte ebenso verwundert das Schwert sinken lassen.

Und nun saßen sie hier bei einem ganz und gar unbarbarischen Clan am Feuer, aßen, tranken und wurden freundschaftlich in ihre Runde aufgenommen. Es herrschte eine ausgelassene Stimmung.

Ein kleines Mädchen hatte Akjir soeben am Ärmel auf die Beine gezogen. Sie kommandierte ihn, dies und jenes zu tun, bis er sie schließlich in der Luft umherwirbelte. Dabei flatterten ihre langen braunen Zöpfe um ihren Kopf, als wären es kleine Flügelschläge. Sie quiekte vor Lachen.

Auch Akjir lachte und zum ersten Mal fiel Lilja auf, wie umwerfend er war. Seine helle Haut leuchtete bronzefarben im Schein des Feuers und silbern im Glanz des Mondlichts. Er war groß und drahtig, aber unter seiner Kleidung zeichnete sich ein muskulöser Oberkörper ab.

Die kleine Kommandantin saß nun auf den breiten Schultern und wies die anderen Kinder zurecht. Sie ließ keinen Zweifel daran, wer hier das Sagen hatte. Dabei patschte sie auf Akjirs Kopf herum und zerwühlte ihm sein hellblondes Haar. Zum ersten Mal hatte er seine Tücher allesamt abgelegt. Sie lagen neben Lilja auf der schmalen Holzbank. Die langen Strähnen, die Akjir losgelöst aus seinem Zopf ins Gesicht fielen, hatte sich das kleine Mädchen als Zügel geschnappt und zerrte wie wild daran herum. Es war offensichtlich kein angenehmes Spiel für Akjir, dennoch erstrahlten seine Gewitteraugen amüsiert.

Wie alt er wohl war?

Sein Gesicht erschien merkwürdig alterslos. Sie schätzte ihn auf Mitte zwanzig.

Jemand ließ sich neben Lilja nieder und lenkte ihre Aufmerksamkeit auf sich, oder besser gesagt, auf den riesigen weißen Wolf mit dem Aalstrich, der sich neben ihm ausstreckte. Akjir hatte ihr erklärt, das Kali der Sohn von Amar, dem verstorbenen Oberhaupt des Firnfuchsclans, war. Seine Mutter war eine Wolfsprinzessin gewesen.

»Sie wird einmal eine wunderbare Anführerin sein«, sagte Kali und heftete seine dunkelblauen Augen auf das kleine Mädchen. Seinen Umhang mit dem Fuchskopf hatte er abgelegt, nachdem sie im Lager des Firnfuchsclans eingetroffen waren. Er hatte sie eingeladen, so lange zu bleiben, wie sie mochten.

»Heute wollen wir feiern. Die Prophezeiung wird sich endlich erfüllen. Der weiße Hirsch ist zurückgekehrt und folgt dem Ruf des Mädchens. Die Winterherrschaft neigt sich dem Ende entgegen«, hatte er stolz verkündet

und Lilja ein zweites Mal überrascht. Ehe sie etwas erwidern, geschweige denn klarstellen konnte, wurde sie von den jubelnden Menschen bereits umringt. Zwei Männer hatten sie auf ihren Schultern in die Lüfte gehoben, sodass jeder sie sehen konnte.

»Sie weiß, was sie will«, bestätigte Lilja und musste grinsen, auch wenn die Anwesenheit des Tieres sie nervös machte. Akjir hatte das kleine Mädchen wieder abgesetzt und sie zerrte ihn hinter sich her.

»Wenn man Kinder hat, ändert sich alles. Man wünscht sich eine sicherere Welt für sie. Man möchte sie vor allem und jedem beschützen.«

Lilja bekam einen Kloß im Hals, als sie die Narbe an seinem Unterkiefer sah. Alt und durch die Jahre verblichen. Doch sie erzählten ihr eine Geschichte, in der es ums nackte Überleben ging.

»Ich bin nicht die, für die ihr mich haltet.«

Kali wandte den Blick von seiner Tochter ab und schaute Lilja forschend an. »Doch, das bist du!«

Lilja schüttelte so heftig den Kopf, dass ihr schwindelig wurde. »Ich will nur meinen Bruder finden. Er ist der Einzige, der mir noch geblieben ist. Ich will nur ein normales Leben führen.«

»Niemand sagt, dass dies nicht der Wahrheit entspricht. Aber die Zeit wird kommen, da wird das nicht mehr genug sein. Das habe ich auch deiner Mutter gesagt.«

»Meiner Mutter?« Liljas Herz setzte kurz aus. Woher kannte Kali ihre Mutter?

»Als sie damals nach Alkator kam, führte sie die Prophezeiung zu uns.«

»Erzähl mir mehr«, forderte Lilja, doch er hob nur die Schultern und ließ sie dann traurig wieder sinken. »Da gibt es nicht viel zu erzählen. Sie hat sich gewehrt, so wie du es jetzt tust.« Er lächelte, als würde er die Erinnerung noch deutlich vor sich sehen. »Was meinst du, wer die Schauergeschichten über uns verbreitet hat?«

Lilja blinzelte einmal. Zweimal. »Das war sie? Warum?«

Kali schnaubte. »Um dich mit allen Mitteln von uns fernzuhalten. Damit wir dir nicht davon erzählen können. Damit du selbst wählen kannst.« Er machte eine kleine Pause und folgte seiner spielenden Tochter mit dem Blick. »Wenn man Kinder hat, ändert sich alles«, wiederholt er.

»Aber damals war ich doch noch gar nicht geboren«, entgegnete sie.

»Nein. Das warst du nicht. Aber ihr gefiel der Gedanke ganz und gar nicht, dass du eines Tages die Verantwortung für eine ganze Welt tragen solltest.« Eine Pause entstand, in der Lilja versuchte, ihre Gedanken zu sortieren. »Kyana dachte, dass sie dich beschützen muss. Aber niemand kann seinem Schicksal entkommen. Manche Menschen sind für Größeres bestimmt.«

Lilja schnaubte. »Und ich soll so ein Mensch sein?«

Er nickte verhalten, als wäre er sich selbst nicht ganz sicher. »*Weiße Krone, ebne den Pfad, Feuers Tochter, höre den Rat.* So lautete die Prophezeiung.«

»Dann werdet ihr alle sehr enttäuscht von mir sein.« Ihre Sicht verschwamm. Sie schluckte den Kloß in ihrem Hals herunter und blinzelte die Tränen fort. Wenn ihre Mutter das nicht für sie gewollt hat, dann wollte sie es auch nicht.

Kali legte eine Hand auf ihre Schulter. »Wir werden sehen.« Er drückte sie freundschaftlich, stand auf und nahm seine Tochter von Akjir entgegen.

»Genug, Häuptling Tiu. Jetzt wird geschlafen.«

Die Berührung glühte auf Liljas Schulter, und ihr war, als würde man sie in eine Richtung drängen, aus der es keinen Ausweg gab.

»Nein Papa, ich will noch spielen.« Die kleine Tochter strampelte wie wild, bis Kali sie losließ. Sie rannte so hektisch davon, dass Lilja den Sturz vorhersah, bevor es passierte. Tiu stolperte und vollführte einen Purzelbaum auf das große Feuer zu. Akjir sprang ihr nach, aber er kam zu spät. Die Kleidung des Mädchens brannte lichterloh. Völlig hysterisch und schreiend lief Tiu von den heraneilenden Helfern davon, statt ihnen entgegenzukommen.

Ohne nachzudenken sprang Lilja auf und hatte den stummen Schwur längst ausgesprochen, als Akjir das Mädchen endlich erreichte, sie zu Boden schmiss und im Staub wälzte.

Lilja lag auf einem der Nachtlager des Zeltes, welches man ihnen zur Übernachtung angeboten hatte, als Akjir hereinkam. Dem Feuer in der Mitte entstiegen kleine Funken, die durch das Loch in der Decke in den glänzenden Sternenhimmel schwebten. Lilja setzte sich etwas weiter auf.

»Wie geht es ihr?«, fragte sie.

»Ihre Haut ist unversehrt. Sie springt schon wieder herum und lacht, als wäre nichts gewesen.«

»Gut.« Sie atmete erleichtert aus. »Sie erinnert mich an Lerø«, fügte sie hinzu.

Akjir ließ sich mit einem tiefen Seufzer auf seinen Schlafplatz ihr gegenüber nieder. Man hatte ihnen kostbare Felle bereitgelegt. Er zog ein Bein an und legte den Ellenbogen darauf ab. Leicht nach vorne gebeugt musterte er sie. »Ihr seid Zwillinge, nicht wahr?«

Sie nickte.

»Und wer von euch beiden wurde zuerst geboren?«

»Mein Bruder.«

Sein Blick wurde eindringlich und für einen kurzen Moment glaubte Lilja, dass eine unausgesprochene Frage zwischen ihnen stand. Dann jedoch streifte Akjir seine Stiefel ab, schmiss sich nach hinten in die Felle, formte sich ein bequemes Kopfkissen und zog seine Decke bis zum Kinn hinauf. »Tiu hatte jedenfalls großes Glück.«

»Ja«, flüsterte Lilja. Sie tat es ihm gleich und kroch zurück in die Wärme.

Er konnte es nicht bemerkt haben, oder?

»Gute Nacht«, sagte sie nach einiger Zeit leise, obwohl sie glaubte, dass er schon schlief.

»Gute Nacht, Lilja Hirschflüsterin«, murmelte er und sie lächelte, während der Schlaf schon an ihr zerrte und sie mit wirren Träumen heimsuchte.

11

Jedes Ende birgt einen neuen Anfang

Der Abend dämmerte, als Akjir und Lilja durch die Tore der Meeresstadt ritten. Sie waren früh morgens aufgebrochen, damit sie den langen Tagesritt rechtzeitig schaffen würden. Das Clanoberhaupt hatte zum Abschied Liljas Fußsohlen gesegnet. *Möge das Glück stets an deinen Füßen haften*, hatte er gesagt. Erst am späten Nachmittag hatten sie eine kurze Rast eingelegt, damit die Stute sich ausruhen konnte.

Die zwei Männer auf ihren Wachposten erkundigten sich mürrisch nach Namen und Grund ihres Aufenthaltes.

Akjir, der sein Gesicht heute offen zeigte, lächelte ihnen freundlich zu.

»Ich bin Kali, dies ist meine Schwester Tiu. Sie wird unsere Tante in Jukka besuchen. Ich begleite sie bis zum Schiff.«

Wie leicht ihm die Lügen über die Lippen kamen, erschreckte sie. Lilja begriff, dass sie diesen Mann gar nicht kannte. Viel erzählt hatte er ja nicht. War selbst das gelogen gewesen?

Er behauptete, ein gewöhnlicher Reisender zu sein. Dafür konnte er aber erstaunlich geschickt mit einem Schwert umgehen. Wo er die Kampfkunst erlernt hatte, verriet er nicht. Zudem wechselte er immer das Thema, wenn sie etwas Näheres über ihn erfahren wollte. Das Einzige was sie ihm entlockt hatte, war, dass seine Familie nicht mehr lebte.

Sie wusste nicht, ob sie ihm vertrauen konnte. Deshalb hätte es ihr nichts ausmachen sollen, dass sich ihre Wege bald trennen würden. Stattdessen stimmte der Gedanke sie traurig.

Was wäre, wenn sie ihren Bruder nicht fand? Dann wäre sie allein auf einem fremden Kontinent.

Der Wachmann fragte nach ihrem Nachnamen.

»Larsen«, fügte Akjir geduldig hinzu.

Er schrieb die Informationen in ein ledernes Notizbuch, nickte und ließ sie passieren.

»Woher wusstest du, dass sie Kali und seine Tochter nicht kennen?«, flüsterte Lilja.

»Ich wusste es nicht.« Sein verwegenes Grinsen raubte ihr beinahe den Atem.

Von der Aussichtsplattform nahe des Eingangstores hatte sie einen wunderbaren Blick auf die Stadt, die am Fuße des leicht abfallenden Hügels lag, und den dahinterliegenden, scheinbar unendlichen Ozean. Die Hauptstraße führte in einem Bogen auf eine Landzunge hinaus und endete in einer steil abfallenden Klippe. Weiter vorne entdeckte Lilja eine kleine, halbkreisförmige Bucht. Größere Schiffe konnten hier nicht anlegen, was der Grund dafür war, dass die Meeresstadt weniger Ansehen genoss als Firnheim. Dennoch sah sie, was aus dieser Stadt einmal hätte werden können. Zwar tobte momentan eine raue See – hohe Wellen peitschten unter lautem Donnergrollen an die Felswände – doch Lilja wusste aus Erzählungen, dass der Strand aus weichem weißen Sand bestand.

Die Häuser, welche die gewundene Straße den Hügel hinab säumten, waren alle aus Magmagestein mit Schlangengold-ornamenten gefertigt, jedoch schien alles mit einem tristen Schleier überzogen zu sein. Zeit und salzige Meeresluft hatten dem Gestein deutlich zugesetzt, aber an einem grauen Tag wie diesem sollte man den Wert einer Stadt nicht bemessen.

Akjir lenkte sein Pferd geschickt durch die belebten Straßen und hielt auf die kleine Bucht zu, die sie von ihrem Standpunkt aus nicht mehr sehen konnten. Es war fast dunkel, als Lilja endlich am Ende einer Gasse die Stege erkannte. Der wohlbekannte Geruch von Seeluft stieg ihr in die Nase und sie schloss die Augen und holte tief Luft.

Abends, auf dem Nachhauseweg, hatte sie das mit Vorliebe getan. Wenn sie in die Nähe des Hafens gekommen war, waren ihr die verschiedensten Gerüche zugeflogen. Bei Ebbe roch es dann oft nach Fisch, Salz und Brackwasser von der anderen Seite des Moosglöckchenfjords. Manchmal nach einer Brise des weiten Ozeans. Sie liebte diesen Geruch. Es war für sie das schönste Gefühl, das Meer zu riechen und die salzige Gischt im Gesicht zu spüren. Damit verband sie ihre Heimat.

Wenn der Wind aus dem Osten blies, dann roch es nach den Kakaobohnen der Rösterei in der Speicherstadt. Wenn er aus der anderen Richtung kam, dann nach der Fischfabrik. Bei Niederdruckwetter strömte ein Duft von Holzfeuer durch die Straßen und an wärmeren Tagen wehte von der Gerberei am Stadttor der Gestank nach Verwesung und Kot herüber.

Hier roch es ähnlich wie in Firnheim, wenn auch etwas anders. Unter den salzigen Meeresduft mischte sich der Geruch von Moos und Tannen, dafür war der Fischgeruch nicht so penetrant.

Akjir lehnte sich nach vorne, offenbar hatte er Lilja schon mehrmals angesprochen.

Sie drehte sich zu ihm.

»Hast du mich nicht gehört? Ich sagte, du kannst dort vorne nach einer Überfahrt fragen. Ich habe derweil etwas anderes zu erledigen. Ich hole dich dann hier wieder ab.« Er deutete mit einem Kopfnicken auf eine Verkaufsstelle vor dem Hauptsteg. Sie nickte und ließ sich seitlich vom Pferd gleiten. Nach ein paar Schritten stoppte sie ein Pfiff. Als sie sich umdrehte, hatte Akjir ein verschmitztes Lächeln aufgesetzt. »Und vergiss nicht, Tiu. Du möchtest unsere Tante in Jukka besuchen. Sie hat frisch geheiratet.«

Er zwinkerte ihr zu, wendete das Pferd und verschwand in dem Getümmel.

Einige Augenblicke schaute sie ihm nach, um Mut für das Kommende zu sammeln und ihre Fähigkeit bestärkte sie in ihrem Vorhaben. Mittlerweile war es stockdunkel, die Fackeln waren entzündet worden. Sie reihte sich hinter zwei jungen Männern ein, die ebenfalls eine Überfahrt nach Jukka buchten. Sie würden den Wüstenstützpunkt nur als Zwischenstopp nutzen und wollten weiter zu den Abtrünnigen Inseln.

Was hatte Lerø darüber erzählt? Es hieß, von dort stammten die schönsten Frauen, doch war das ganze Land Schauplatz eines bestialischen Krieges. Die verschiedenen Stämme kämpften um kostbare Rohstoffe und um das Handelsgut, das fremde Kaufmänner über das Sterbende Meer auf die Insel brachten, um wiederum Handel mit der Eislady zu treiben. Wieso sollte jemand freiwillig dorthin wollen?

Die Route, über die es die Fremdlinge lebend über die todbringende See schafften, war bis heute wohlgehütet. Nicht einmal ihrer eigenen Mutter hatte sie dieses Geheimnis entlocken können.

Als Lilja an der Reihe war, musterten die jungen Männer sie von Kopf bis Fuß. Der eine war hoch gewachsen mit einer Narbe auf dem rechten Wangenknochen, die ihn aber keinesfalls entstellte. Der Kleinere der beiden hatte Tätowierungen am Hals, die unter seinem Hemdkragen hervorschauten. In ihren Mienen erkannte sie Neugier und etwas anderes, das ihr die Schamesröte ins Gesicht steigen ließ.

Sie räusperte sich, bevor sie sprach. »Ich möchte eine Überfahrt nach Jukka buchen.«

»Für wie viele Personen?«, fragte der kleine, dicke Mann hinter dem Tresen. Als er den Mund zu einem Grinsen verzog, blitzen Lilja vier gelbe Zahnstummel entgegen. Die anderen Zähne fehlten.

Unangenehmer Mundgeruch wehte ihr entgegen, sodass ihr übel wurde.

Sie senkte ihre Stimme, damit die jungen Männer, die in einigem Abstand redeten und immer wieder verstohlene Blicke zu ihr herüberwarfen, sie nicht hörten.

»Nur für mich, bitte.«

»Grund für die Reise und Aufenthalt?«, fragte er und notierte sich etwas in einem dicken Buch mit ledernem Einband.

»Meine Tante hat geheiratet und ich möchte sie besuchen.«

»Name?«

»Tiu Larsen.«

Als der Mann sich alles aufgeschrieben hatte, sah er wieder zu ihr auf und schenkte ihr ein weiteres zahnloses Lächeln. »Kostet zwei Goldtaler.«

Lilja schluckte schwer. »Ich hatte gehofft, ich könnte die Kosten für meine Überfahrt mit Arbeit auf dem Deck begleichen«, stotterte sie.

Das Grinsen des Dicken ging über in ein prustendes Gelächter, welches von einem jähen Hustenanfall unterbrochen wurde. »Die *Nordnorge* legt im Morgengrauen ab. Bring das Geld mit oder komm erst gar nicht.«

Enttäuscht wandte Lilja sich von dem Stand ab, um zurück zu dem vereinbarten Treffpunkt zu gehen, als ihr plötzlich einer der Männer in den Weg trat.

Es war der Tätowierte.

»Ein schönes Mädchen wie du hat noch andere Möglichkeiten, um ihre Überfahrt zu bezahlen.« Er trat dicht an sie heran und zog die Luft ein, als wolle er ihren Duft aufsaugen.

»Lass das Mädchen in Ruhe«, sagte sein Begleiter mit einem Lachen in der Stimme. Er stupste seinen Freund an und deutete auf die Schenke am anderen Ende des Platzes. »Wir wollten doch was trinken gehen.«

Der Tätowierte leckte sich langsam in einer ekelhaften Geste über die Unterlippe, folgte aber dann seinem Freund.

Lilja wartete über eine Stunde am vereinbarten Treffpunkt auf Akjir, aber er kam nicht zurück. Für einen Moment kam ihr der Gedanke, nach Mira zu suchen. Eine alte Freundin ihrer Mutter. Sie hatte die Familie vor Jahren einmal in Firnheim besucht, doch Lilja wusste nicht, wie sie die Frau finden sollte. Zudem befürchtete sie, Mira mit ihrem Auftauchen in Gefahr zu bringen, also verwarf sie diesen selbstsüchtigen Wunsch schnell wieder.

Langsam wurde es richtig kalt und die raue See blies ihr die Feuchtigkeit in die Kleidung. Nach weiteren zwei Glockenschlägen entschloss Lilja sich, nach Akjir zu suchen. Womöglich war er ja in einer der Gassen, die wie die Fäden eines Spinnennetzes von der Mitte des Platzes ausgingen. Sie bog wahllos einige Male ab, wich dem Unrat aus, der auch hier achtlos auf die Straßen geworfen wurde, als sie ihn plötzlich entdeckte. Auf einer Freifläche, die offensichtlich dem Handel diente, beugte er sich zu einer kleineren Person herab, als wolle er ihr etwas ins Ohr flüstern. Lilja reckte das Kinn und hatte schon seinen Namen auf den Lippen, doch als er sich zurückzog und die Person preisgab, blieb er ihr im Hals stecken.

Es war eine junge Frau, nicht viel älter als Lilja. Und sie war wunderschön. Ihre langen blonden Haare waren in einem Fischgrätenzopf zusammengebunden und fielen ihr über die Schulter nach vorne. Ein paar losgelöste Strähnen schmeichelten ihrem schmalen Gesicht. Ihre Lippen – sie hatte sie rot geschminkt – besaßen den perfekten Schwung. Sie trug einen langen Umhang über ihrem Kleid mit offenherzigem Halsauschnitt. Sie lächelte über das, was er ihr zuflüsterte, und gab ihm etwas in die Hand. Lilja erkannte nicht, was es war, denn er steckte den Gegenstand augenblicklich in die Satteltasche. Dann nahm er die Hand der jungen Frau, führte sie zu seinen Lippen und hauchte ihr einen sanften Kuss darauf, ehe er auf sein Pferd sprang und in Liljas Richtung trabte. Die junge Frau schaute ihm sehnsüchtig hinterher.

Schnell drehte Lilja sich dem nächstbesten Stand zu, der allerdings schon geschlossen hatte, wie ihr der Besitzer unfreundlich mitteilte. Sie wollte nicht, dass Akjir mitbekam, dass sie ihn beobachtet hatte. Als er auf ihrer Höhe ankam, schaute sie so beiläufig wie möglich zu ihm hinauf und setzte eine heitere Miene auf. »Da bist du ja.«

Wenn er überrascht war, sie zu sehen, dann verbarg er es gut. »Du solltest doch bei den Stegen auf mich warten.«

»Es hat so lange gedauert, und da dachte ich, es könnte ja nicht schaden, wenn ich mich auch etwas umschaue. Warst du erfolgreich?«

Akjir schaute sie finster an. »Was meinst du?«

Lilja spürte, wie ihre Ohren heiß wurden. »Na ja, du hast doch gesagt, du müsstest etwas erledigen.«

»Achso, das. Ja. Komm.« Er streckte ihr eine Hand entgegen. »Ich weiß, wo wir eine Unterkunft für heute Nacht finden können.«

Sie ergriff seinen Arm und mit einem Schwung saß sie wieder vor ihm im Sattel. So unauffällig wie möglich, schaute sie über ihre Schulter zurück.

Zornige Augen verfolgten Lilja und den Reiter. Schnell wandte sie ihren Blick ab und achtete darauf, Abstand zu Akjir zu halten.

Der *Auerhof* war ein kleines Gasthaus im Zentrum der Stadt. Vor der Erweiterung der Stadtmauer mochte es einmal im Randbezirk der Meeresstadt gelegen haben, zumindest würde das die veralteten Abwehrmaßnahmen an Hauswand und Fensterläden erklären.

Sie ergatterten das letzte freie Zimmer im neuen Anbau. Die Wirtsfrau trennte das zweite, provisorisch errichtete Schlaflager – das lediglich aus ein paar zusammengerafften Decken auf den

Dielen bestand – mit einem Vorhang in der Mitte des Raumes vom ersten, während die beiden Gäste in der Tür warteten. Akjir hatte darum gebeten. Das lag vermutlich an der jungen Frau, die ihm so besitzergreifend nachgeschaut hatte. Als die ältere Dame fertig war, wies Akjir auf das Bett. »Ich werde auf dem Boden schlafen.«

Lilja wusste, dass es keinen Sinn hatte mit ihm zu diskutieren, daher trat sie zum Bett und ließ sich mit einem leisen Seufzen darauf sinken.

Akjir wandte sich ihr fragend zu. Lilja schüttelte nur den Kopf, um ihm zu verstehen zu geben, dass sie nicht darüber sprechen wollte. Zumindest im Augenblick nicht.

Als die Wirtsfrau ein paar Minuten später zurückkam, hatte sie einen großen Eimer Wasser in den Händen und einen Stapel Leinentücher unterm Arm. Sie füllte eine silberne Schüssel und heißer Dampf stieg empor.

»Wenn ihr etwas essen möchtet, gibt es Rehgulasch mit frischem Brot. Kommt einfach in die Stube.« Beim Verlassen des Zimmers zog sie die Tür ins Schloss.

Akjir deutete zu der Waschschüssel.

Dankbar wusch Lilja sich Gesicht und Hände. Das Wasser war fast zu heiß, aber so hatte sie es am liebsten.

»Hast du eine Überfahrt gebucht?«, fragte Akjir, als er nach ihr zur Schüssel trat. Zischend schreckte er vor der Temperatur zurück. Mit gehobener Augenbraue registrierte er Liljas gerötete Haut und schüttelte verwirrt den Kopf.

»Ja, aber es kostet zwei Goldtaler, die ich nicht habe.«

»Du kommst aus einem Fischerdorf, kannst du dich nicht auf dem Schiff etwas nützlich machen und damit deine Überfahrt bezahlen?«

»Das habe ich auch gefragt.«

Akjir vergrub das Gesicht in einem der Tücher. Als er wieder hervorkam, standen seine aschblonden Haare in alle Richtungen ab und ließen ihn verwegen aussehen. Er schaute sie gespannt an. Sie konnte ein Lächeln schwer zurückhalten.

»Er sagt, wenn ich das Geld morgen früh nicht habe, brauche ich gar nicht erst kommen.«

Akjir nickte. »Mach dir darum mal keine Gedanken.« Er warf das nasse Tuch über eine Stuhllehne. »Wir sollten uns lieber um deine Verfolger sorgen.«

Er wandte sich, in dem Versuch seine schulterlangen Haare zu bändigen, ab. Lilja wusste zwar nicht, was sie bezüglich dieses Problems unternehmen sollte, doch fühlte sie sich dank seiner Wortwahl nicht mehr so allein.

Lilja erkannte, dass sie träumte, als sie auf die an Tauen herabhängenden Körper schaute. Denn wie es in Träumen immer der Fall ist, wusste sie nicht, wie sie an diesen Ort gekommen war. Die Kälte des Schnees drang durch ihre lederne Hose und betäubte ihre Knie. Die Hände hatte sie in einem stummen Gebet gefaltet, während der Wind die Leichen hin und her schwingen ließ und sie zu einem grotesken Tanz verführte.

Die Augen und der Mund ihrer Freundin waren weit aufgerissen, während sich auf dem Gesicht ihres Vaters dunkle Prellungen abzeichneten. Davon abgesehen sah er so aus, als würde er schlafen. Selbst der Tod hatte ihm seinen Stolz nicht rauben können.

Im Hintergrund hörte sie die Schreie all jener, die auf den Scheiterhaufen ihr Leben hatten lassen müssen. Der Sturm heulte ihr diese Erinnerungen erbarmungslos um die Ohren. Er nahm an Intensität zu, bis Lilja irgendwann Ilvy und ihren Vater im Schneegestöber nicht mehr ausmachen konnte. Um sie herum befand sich eine undurchdringliche weiße Wand.

Plötzlich vernahm sie eine vertraute Stimme. Lilja stand auf und bewegte sich in die Richtung, in der sie glaubte, den Ursprung zu finden.

Aus dem Nichts tauchte auf einmal eine Holztür auf, deren Knauf ihr mehr als vertraut vorkam. Die Form des Fischkopfes lag heimisch in ihrer Hand.

Ihr Elternhaus.

Hinter der Tür wurde gesprochen. Lilja verstand die Worte nicht, aber sie erkannte, dass es die Stimme ihrer Mutter war. Ohne nachzudenken, drehte sie den Griff und stürmte in die Stube. Die Szene vor ihren Augen kam ihr ebenfalls bekannt bevor.

Kyana lag in einem behelfsmäßig hergerichteten Krankenlager vor dem großen Kamin der Wohnstube. Ihre Augen waren geschlossen, aber sie hatte das Gesicht dem warmen Feuer zugewandt. Ihr Brustkorb hob sich nur selten und unter leisem Stöhnen. Ihre Wunden an Hals, Arm und beiden Beinen stammten von dem Angriff eines Auerwolfs. Mitten am Tag war er ungesehen an den Wachen vorbei in die Stadt eingedrungen. Sein Verhalten und der Schaum vor seiner Schnauze hatten keine anderen Schlüsse zugelassen, als dass er von der Wutkrankheit befallen war.

Einmal infiziert gab es keine Heilung.

Selbst wenn ihre Mutter sich nicht angesteckt hätte, die Wunden hätten sie allemal getötet. Doch kurz nach dem Vorfall traten bereits die üblichen Symptome, wie aggressives Verhalten bei zeitgleicher Abgeschlagenheit, Wasserangst und Halluzinationen auf.

Hier sah Lilja ihre Mutter im Stadium der Besinnungslosigkeit. Während sie sich vor das Lager kniete, nahm sie Kyanas Hand in ihre eigene. Es verging eine Weile, ehe ihre Mutter wieder etwas Fremdländisches sagte. Die Flammen im Kamin schlugen höher, daran konnte selbst Lilja nichts ändern.

Aus dem Schatten einer Nische trat eine Gestalt. Sie war in ein bodenlanges, dunkles Gewand gekleidet. Unter der tief ins Gesicht gezogenen Kapuze trat ein helles Leuchten hervor. Langsam kam die Gestalt näher und kniete sich zu Lilja auf den Boden. Die Person entzog der jungen Frau die Hand. Die Haut des Fremden funkelte weiß, als wäre sie mit einer Vielzahl kleiner Diamanten überzogen. Lilja wich instinktiv vor ihr zurück.

Kyana sagte etwas zu dem Wesen, dieses deutete ein zustimmendes Nicken an und beugte sich weiter zu ihrem Gesicht herab, um sie besser zu verstehen. Trotz ihrer Lähmungen mobilisierte ihre Mutter noch einmal all ihre verbliebenen Kräfte und streckte sich der Gestalt entgegen. Dabei spitzte sie ihre Lippen und einen Moment später trafen die beiden sich zu einem stummen

Kuss. Als sie sich voneinander lösten, atmete Kyana ein letztes Mal aus und sank leblos in die Kissen zurück. Die Person neben ihr holte dagegen laut Luft und erhob sich anschließend aus der knienden Haltung.

Alles hat seinen Anfang und sein Ende, *sagte eine unbekannte Stimme in Liljas Kopf.*

Mit großen, schwebenden Schritten durchmaß die Gestalt den Raum und war im nächsten Augenblick zur Tür hinaus verschwunden. Als Lilja ihr folgte, hüllte ein gleißendes Licht sie ein und verschluckte sie gänzlich.

»Lilja, es wird Zeit.«

Akjirs Worte drangen nur langsam zu ihr durch. Als sich der leichte Druck auf ihrer Schulter verstärkte, drehte sie sich auf den Rücken und öffnete die Augen.

Als er sie sah, wirkte er betroffen. »Was ist los?«

Mit einem Mal war Lilja hellwach und wischte sich mit dem rechten Handrücken über die feuchten Wangen, während sie sich mit dem linken Ellenbogen abstützte.

»Mir geht es gut. Wie spät ist es?«

»Es ist noch genug Zeit. Aber wir sollten uns auf den Weg machen. Die Wirtsfrau hat uns etwas zu essen für unterwegs gemacht.«

Lilja setzte sich ganz auf und nickte verschlafen. Akjir saß auf der Kante ihres Bettes. Er war schon vollständig bekleidet, gewaschen und die Bartstoppeln waren verschwunden. Das ließ ihn einige Jahre jünger erscheinen.

Nach einem kurzen Moment, indem sich beide musterten, stand Akjir auf. »Gut. Dann warte ich unten auf dich.«

Als die Tür ins Schloss fiel, stieß Lilja sich augenblicklich die Decke weg und zuckte zugleich zusammen. Es war eisig kalt. Mit schnellen Zehenspitzenschritten huschte sie zu der Waschschüssel hinüber und wusch sich rasch Gesicht und Achseln, ehe sie ihre Kleidung anlegte. Mit dem Kamm, der neben der Schüssel gelegen hatte, stellte sie sich vor den Spiegel, der über dem Waschtisch hing, und kämmte sich verbissen die zerzausten Haare. Als sie einigermaßen knotenfrei und ordentlich waren, flocht sie sie zu einem langen Zopf. Ein paar kurze Strähnen fielen ihr von den Seiten ins Gesicht, was Lilja aber nicht weiter störte.

Einen Augenblick betrachte die junge Frau sich im Spiegel. Da stand sie, keine zwanzig Jahre alt. Die linke Gesichtshälfte des sonst zarten Gesichts und der Nasenrücken waren mit gelbgrünlichen Blutergüssen überzogen. Dunkle Ringe unter den Augen ließen ihre Augenfarbe strahlender hervorstechen und ihre Lippen waren schmerzhaft trocken. Erschöpft, wie sie aussah, kam sie sich selbst unendlich fremd vor. Die Wunde an ihrem Hals war mittlerweile verschlossen, aber juckte entsetzlich unter dem Verband. Je länger sie darüber nachdachte, desto schlimmer wurde es.

Mit einem Ruck löste sie sich von ihrem Selbst und machte den ersten Schritt auf dem Weg zu einer langen, ungewissen Reise.

12

Blutiges Feuer

Er streichelte die Flanke seines flockenweißen Pferdes, nachdem er ein letztes Mal Werkzeug und Proviant in den Satteltaschen kontrolliert hatte. Alles war da. Am Tag zuvor war es ihm gelungen, alle nötigen Besorgungen aufzutreiben. Er lächelte innerlich bei dem Gedanken an das, was sich in seiner rechten Satteltasche befand.

Lilja bedankte sich bei der Gastfrau und trat auf den Hof – dabei wirkte sie so unentschlossen und ängstlich wie ein kleines Kind. Doch sie war gewiss kein Kind mehr. Sie war groß und obwohl sie von schlanker Statur war, fehlte es ihr nicht an gewissen Kurven. Die vom Feuer geküssten Haare hatte sie in einem Zopf zurückgebunden. Die Frisur entblößte die sichelförmige Narbe oberhalb ihrer linken Schläfe. Diese Gesichtshälfte war von Blutergüssen überzogen, die sich grünlich verfärbten. Ihre Augen strahlten ihn in einem Fjordblau an und wurden von langen Wimpern verdeckt, als sie verlegen zu Boden schaute. Sie hatte sich wohl wieder auf die Lippe gebissen, denn dunkles Blut ließ ihren Mund voller erscheinen.

Nun war es Akjir, der seinen Blick senken musste. »Bist du bereit?«

Sie nickte, sah jedoch alles andere als danach aus. Soweit er wusste, hatte sie ihre Heimat nie zuvor verlassen und es fiel ihr sichtlich schwer.

Da ihre Eltern tot sind und ihr Bruder ihre einzig verbliebene Familie ist, sollte es ihr doch nicht sonderlich schwerfallen, dachte er sich. Ihn hatte es zu keiner Zeit lange an einem Ort gehalten. Selbst wenn man ihm nicht die Aufgabe zugeteilt hätte, die Länder zu bereisen und den Menschen in ihrer Not beizustehen, wäre er keineswegs sesshaft geworden. Die Sehnsucht nach der Ferne war eine Leidenschaft, die er mit ihrem Bruder teilte.

Mit einem Schwung saß er auf Frostrós' Rücken und reichte der jungen Frau eine helfende Hand. Dankend nahm sie sie an und er zog sie an sich auf den Platz vor sich im Sattel. Am Abend zuvor hatte sie Körperkontakt mit ihm vermieden, heute aber lehnte sie sich gegen seine Brust, als wäre sie unendlich müde. Die ungewöhnliche Wärme, die von ihr ausging, irritierte ihn jedes Mal aufs Neue. Vermutlich war es jedoch ihre Nähe, ihre Suche nach Schutz und sein Bedürfnis, dem nachzukommen.

13

Fahrwasser

Als der Morgen graute, lag die Nordnorge in etwa 1000 Fuß Entfernung am Rande der Bucht zum Auslaufen bereit. Lilja erkannte die wuseligen Bewegungen an Deck, während sie eingereiht auf die Überfahrt mit dem kleinen Beiboot wartete. Akjir, der das Pferd in einer Seitenstraße angebunden hatte, um es dort später wieder abzuholen, und schräg hinter ihr in der Reihe stand, bepackt mit seinem wichtigsten Besitz, wirkte angespannt. Er war etwas mehr als einen halben Kopf größer als sie, und damit höher gewachsen als die meisten anderen Männer. Es schien, als suche er in dem hektischen Treiben des Hafens nach jemandem.

Nach seinem Mädchen, dachte Lilja.

Warum sie es *sein Mädchen* nannte, wusste sie nicht, aber der Gedanke versetzte sie in eine traurige Stimmung.

Auf einmal packte Akjir sie am rechten Oberarm, drückte ihren im Sonnenlicht glänzenden Rotschopf nach unten und drängte sie an den Menschen vorbei weiter nach vorne.

»Au, was zum Henker soll das werden? Du tust mi...«

Akjir unterbrach zischend ihren Protest und packte nur noch fester zu. Stattdessen beschwerten sich nun die umstehenden Passagiere.

»Sie sind hier.«

»Was?« Instinktiv wollte Lilja ihren Kopf heben, um sich umsehen, doch Akjir hielt sie davon ab und zerrte sie ungestüm weiter.

»Was erlauben Sie sich?«, fragte ein älterer, in edlen Gewändern gekleideter Mann empört, als Akjir sich mit Lilja an ihm vorbei schob.

Ihre Verfolger waren mittlerweile auf den Tumult aufmerksam geworden.

»Da vorne ist sie«, schrie eine unbekannte Stimme.

Panik wallte in Lilja auf. Sie waren fast am Ende des Steges angelangt. Akjir ließ ihr Genick frei, nun, da sie eh entdeckt worden waren, doch sein Griff um ihren Arm verstärkte sich, als er einen Entschluss fasste. Mit einem Blick nach hinten sah Lilja eine Gruppe grau gekleideter Soldaten durch die Menschenmassen stolpern. Sie waren ihnen dicht auf den Fersen.

Am Ende des Steges angekommen, mussten die Fliehenden feststellen, dass die Schaluppe im gleichen Augenblick abgelegt hatte. Das zweite, leere Beiboot war auf dem Rückweg von der Nordnorge aber noch ungefähr 200 Fuß entfernt.

»Mist. Was sollen wir nur tun?«, schrie Lilja verzweifelt auf und schaute sich angsterfüllt um. Dabei fiel ihr Blick auf die immer näher rückenden Verfolger. Der Anführer war ein Hüne von bestimmt sechs bis sieben Fuß Körpergröße und damit genauso groß wie Akjir, doch seine Statur ließ keinen Zweifel an der körperlichen Überlegenheit. Der grimmige Gesichtsausdruck und die Eisblitznarbe, das Zeichen eines Generals, ließen dunkle Absichten erkennen. Im Bruchteil einer Sekunde hatte Akjir sie herumgerissen, die Menschen zurückgedrängt und zusammen mit ihr Anlauf genommen. Der Steg unter ihren Füßen verschwand, und dicht an Akjirs Körper gedrückt flog sie über das trüb-braune Wasser hinweg. Die angehaltene Luft entwich ihr bei dem harten Aufprall mit einem lauten *Uff*.

Akjir hatte sich mit ihr im Flug gedreht, sodass Lilja auf ihm landete und er somit die Wucht des Falls abfederte. Das Beiboot schwankte kurz, doch sie hatten es geschafft. Unter wütenden

Protest der Passagiere richteten sich die beiden auf. Liljas Herz klopfte wie wild und sie hörte das Blut durch ihren Körper rauschen. Wie gelähmt starrte sie den heranstürmenden Männern entgegen, deren Reichweite sie entkommen waren. Derweil diskutierte Akjir mit dem Bootsmann, der sie am liebsten augenblicklich wieder zurückbringen wollte. Etwas Glänzendes wechselte von Akjirs in seine Hand und ein Nicken seinerseits erlaubte es ihnen, an Bord zu bleiben.

Als sie die Nordnorge betraten, waren ihre Verfolger schon auf dem zweiten Beiboot, das sie für sich alleine beansprucht hatten, und ihnen dicht auf den Fersen. Akjir war unverzüglich zum Kapitän des Segelschiffes gegangen. Nach einem kurzen Wortwechsel, bei dem Akjir äußerst geheimnisvoll auftrat, gab er den sofortigen Befehl zum Auslaufen. Lilja beobachte das Gespräch mit Adleraugen und sah, dass ihr Begleiter dem Kapitän zum Zeichen seines Dankes ein Geschenk in die Manteltasche steckte. Es dauerte nur wenige Augenblicke, bis das Segelschiff in Bewegung kam, doch das Beiboot hatte sie mittlerweile fast erreicht. Erst, als sich die Distanz endlich wieder vergrößerte, nahm Lilja einen tiefen Atemzug.

Passagiere und einige Besatzungsmitglieder warfen Münzen über Bord, um eine problemlose Überfahrt zu erbitten.

»Wie hast du das gemacht?«, fragte Lilja, als Akjir sich zu ihr an die Reling gesellte.

»Sagen wir, es ist alles eine Frage der richtigen Mittel.«

Als Lilja ihn skeptisch von der Seite ansah, grinste er und öffnete einen Beutel mit glänzenden Goldmünzen. Dabei entging ihr nicht, dass seine andere Hand schützend auf der ledernen Proviantasche ruhte. Mit offenem Mund starrte sie auf das kleine Vermögen.

»Wo hast du das her?«

»Das soll dich nicht interessieren.«

Das erweckte ihren Argwohn von Neuem, aber sie entschloss sich dafür, es erst einmal dabei zu belassen.

Stattdessen schaute sie dabei zu, wie das letzte Stück ihres alten Lebens – ihre Heimat – in weite Ferne rückte und irgendwann mit dem Horizont verschmolz.

So standen sie einige Zeit Seite an Seite, gedankenverloren und mit rauem Seewind im Gesicht. Als Lilja das nächste Mal zu Akjir hinübersah, spielte er mit einem Band, welches sein rechtes Handgelenk umschlang. Es sah aus, als wäre es aus hellen Haaren gefertigt worden. Neugierig reckte sie das Kinn. »Von wem ist es?«

Akjir schnaufte leise. Als er sich zu ihr umdrehte, umspielte ein sanftes Lächeln seine schmalen Lippen. »Von Frostrós.«

»Von wem?«

»Meinem Pferd.«

Da fiel es ihr wie Schuppen von den Augen. Die Farbe des Haares glich viel mehr dem seines Pferdes, als dem der jungen Frau. Sie schüttelte über sich selbst den Kopf. *Mir steht es nicht zu, eifersüchtig zu sein,* dachte sie.

»Es tut mir leid, dass du es zurücklassen musstest.« Sie dachte kurz nach. »Um ehrlich zu sein, tut mir alles leid.«

Er lachte erneut. »Ach, mach dir um mich mal keine Sorgen. Ich finde mich überall zurecht.« Er drehte der Reling den Rücken zu und lehnte sich in gespielter Unbekümmertheit dagegen, während er sich eine blonde Strähne aus dem Gesicht blies. »Und was Frostrós betrifft: Wir haben uns schon öfter aus den Augen verloren und wiedergefunden als du uns glauben würdest.« Dabei huschte seine Hand wieder an das geflochtene Band und spielte in einer Zärtlichkeit damit, die Lilja erstaunte.

Als wäre das Pferd ein geliebter Mensch.

»Nun lass uns mal unsere Kabine begutachten.«

»Unsere Kabine?«, fragte sie ungläubig.

»Ein hübsches Mädchen wie du sollte immer mit Stil reisen.« Er lächelte, stieß sich von dem Geländer ab und zog Lilja mit sich. Sie ließ zu, dass er sie an seinem Arm unter Deck führte. An der Tür zum Unterdeck warf sie einen letzten Blick zurück, doch ihre Sicht war versperrt.

Lilja lag in ihrer Hängematte und starrte an die Holzdecke über ihr. Die raue See ließ das Schiff hin und her schwanken. Damit ihr nicht übel wurde, versuchte sie, eine markante Stelle an der Holzplanke zu fixieren.

Das half allerdings kaum. Ihr Magen rebellierte und drohte damit, seinen Inhalt zu entleeren. Auf Hochsee zu sein war etwas ganz anderes als auf den ruhigen Fjorden dahinzutreiben. Sie schloss die Augen.

Für einen kurzen Moment hatte sie Akjir wirklich geglaubt, als er von *ihrer Kabine* gesprochen hatte. Zugegebenermaßen war es ja ihre Schlafkammer, nur dass sie sich diese mit ungefähr hundert anderen Passagieren teilte. Zumindest waren die fünfzig Mann Besatzung in einem abgetrennten Bereich untergebracht. Zusammen zählte sie etwas mehr als hundertfünfzig Seelen an Bord dieser Karacke.

Hundertfünfzig Menschenleben, die das Schiff in die Tiefen der Raahe reißen würde, sollte es auf einem Felsen auflaufen. Obwohl Lilja am Meer aufgewachsen und das Wasser ein Teil ihres Lebens war, empfand sie es nun als ein fremdes Element.

Drei Tage waren sie schon außer Reichweite der Grauen Garde. Drei Tage ohne Sichtung von Land. Wenn man der Besatzung Glauben schenkte, würden sie noch heute die Küste der Eiswüste erreichen.

Vier Glasenschläge rissen Lilja aus ihren Gedanken. Die Hälfte der Nachmittagswache war also geschafft. Sie öffnete die Augen, als sie glaubte, Akjirs Stimme zu hören.

In den vergangenen drei Tagen waren sie einander näher gekommen. Zwar hatte sie nicht viel mehr über ihn in Erfahrung gebracht, doch etwas hatte sich zwischen ihnen verändert. Einer war des anderen Schatten geworden. Wenn sie den Raum verließ, folgte er ihr. Und umgekehrt. Hatte sie ihn im Getümmel aus den Augen verloren, suchte sie stets seinen Blick. Akjir musste sie nicht suchen, er fand sie. Immer. Diese Nähe hatte Lilja anfangs beunruhigt, war ihr mittlerweile jedoch so vertraut, als würden sie sich schon ewig kennen.

Am Mittag waren sie im Gemeinschaftsraum gewesen – Akjir hatte sich an einer Kartenrunde beteiligt – als ein Sturm aufgekommen war und Lilja die Übelkeit erneut übermannt hatte. Sie hatte sich entschuldigen müssen und war hierhergekommen, um allein zu sein. Akjir hatte ihr mit einer Geste zu verstehen gegeben, nachzukommen, sobald die Runde beendet sei.

Jetzt drangen panische Stimmen an Liljas Ohr, eine Frau weinte. Aufgeschreckt setzte sie sich auf und vernahm wieder Akjirs beruhigende Worte.

Lilja sprang auf, kämpfte den neu aufkommenden Brechreiz nieder und bahnte sich einen Weg durch die hängenden Schlaflager. Am vorderen Ende des Raumes war eine kleine Menschenmenge um eine Person am Boden versammelt. Jemand kniete neben ihr, und als Lilja näher herankam, sah sie, dass es Akjir war.

Er sprach leise auf den Mann am Boden ein, was er sagte, verstand sie nicht. Eine Frau neben ihr flüsterte ihrem Begleiter ins Ohr, dass der Mann soeben verstorben sei.

Dunkle Erinnerungen flackerten vor Liljas inneren Auge auf. Sie wurde totenbleich und bemerkte, wie ihre Welt ins Wanken geriet. Sich an einem Holzbalken in ihrer Nähe abzustützend, versuchte sie, tief durchzuatmen. Doch es war zu spät. Kleine schwarze Punkte am Rande ihres Blickfeldes störten ihren Gleichgewichtssinn. Es wurden immer mehr und als ihre Umgebung nur noch aus

Schwärze bestand, hörte sie seine Stimme an ihrem Ohr. Sanfter Atem kitzelte ihre Haut. Der Duft von Schnee und Nadelbäumen umhüllte sie und trug sie auf unsichtbaren Armen davon.

Als sie wieder zu sich kam, lag sie auf einer Decke am Boden. Ihre Beine hatte Akjir angehoben, sodass das Blut zurück in ihr Gehirn floss. Hinter ihm standen dieselben neugierigen Passagiere, die zuvor um den Toten versammelt gewesen waren.

»Ist sie auch tot?«, fragte ein kleiner Junge und versuchte, an Akjir vorbeizublinzeln.

»Nein. Ihr geht es gut.« Akjir verdrehte die Augen, lächelte ihr aber zu. »Es gibt hier nichts zu sehen. Sucht euch eine andere Beschäftigung.«

Unter Murren löste sich die kleine Menschentraube auf. In der Ferne hörte Lilja die Frau bitterlich weinen.

»Was ist passiert?«, fragte sie.

Akjir half ihr beim Aufsetzen und nahm neben ihr Platz. Er lehnte sich an die Wand, zog die Knie an und legte einen Arm um ihre Schulter, während der andere auf seinem Knie ruhte. »Du bist ohnmächtig geworden.«

Jetzt rollte sie mit den Augen und schaute ihn von der Seite aus vielsagend an.

Er grinste.

»Ich meine mit dem Mann.«

»Ich weiß es nicht. Ich war gerade auf dem Weg zu dir, als ich mitbekam, wie er bewusstlos in die Arme seiner Frau sackte. Er rang nach Luft, ich habe versucht zu helfen – es war ein schneller Tod. Er hat nicht gelitten.«

»Woher willst du das wissen?«

Er zuckte mit den Schultern und drückte sie fester an seine Seite. »Ich weiß es einfach.«

So saßen sie dort schweigend, bis sie die zwei Doppelschläge und das einzelne Schlagen der Schiffsglocke dazu ermutigte, an Deck zu gehen.

Es war ein seltsamer Anblick. Das *Ostufer* mit seiner Hafenstadt Jukka. Die Wellen schlugen hoch und über die Stege hinaus. Aus dem Wasser ragten merkwürdige skelettartige Gebilde, die Akjir als *Koralleninseln* bezeichnete. Nieselregen trübte die Sicht. Trotzdem erkannte Lilja die Palmen entlang der Küste. Wie in Lerøs Erzählungen waren sie vollständig mit einer Schicht aus Eis überzogen. Den sogenannten *Astronomieturm* sah sie im Zentrum der Stadt in die Höhe emporwachsen. Doch für beides interessierte sich die junge Frau im Moment nicht im Geringsten. Sie wäre am liebsten auf die Knie gefallen und hätte den Boden geküsst, als sie endlich wieder Land unter ihren Füßen spürte, doch der Schneematsch hielt sie davon ab.

Das geschäftliche Treiben des Aus- und Abladens erinnerte sie an ihre Heimatstadt. Beinahe wäre sie über eine Kiste gestürzt, doch Akjir hielt sie in letzter Sekunde mit einem Griff an ihren Oberarm davon ab.

»Wir müssen uns eine Unterkunft suchen. Es wird bald dunkel und alle Ankömmlinge werden den gleichen Gedanken haben«, meinte er.

Lilja stimmte seinem Vorschlag nickend zu.

Das nächstgelegene Gasthaus war ausgebucht, aber die Bedienung wies sie auf ein anderes zwei Querstraßen markteinwärts hin. Hier hatten sie mehr Glück und ergatterten ein Zimmer im ersten Stock mit zwei kleinen Strohbetten. Diesmal verzichtete Akjir auf den trennenden Vorhang.

Den Eintopf zur Begrüßung verschlang Lilja so hastig, dass sie sich mehrmals verschluckte. Aber nachdem sie drei Tage lang kaum etwas hatte essen können, war sie mehr als nur froh, endlich wieder etwas zu sich zu nehmen.

Dabei nutzte sie gleich die Gelegenheit und fragte die Bedienung sowie ein paar Gäste nach ihrem Bruder. Sie hatte keine großen Hoffnungen. Selbst wenn Lerø in genau diesem Gasthaus untergekommen war, würde sich doch kaum jemand an ihn erinnern. Hellblaue Augen, bronzefarbene Haut und blonde Haare war eine Beschreibung, die auf fast jeden jungen Mann des Nordufers zutreffen würde. Ihr blieb einzig die zweigeteilte rechte Augenbraue als hervorstechendes Merkmal. Und natürlich sein unvergleichliches Lächeln, bei dem alle Frauen dahinschmolzen. Umso überraschter war Lilja, als die Bedienung kurz nachdachte.

»Wie es sich anhört, solltest du mal Estrid fragen«, sagte die ältere Frau mit einem amüsierten Kopfschütteln.

»Wo finde ich sie?«

»Sie ist unser Mädchen für alles. Manchmal hilft sie auch als Bedienung aus. Ich werde schauen, ob sie kurz Zeit hat.« Sie sammelte das dreckige Geschirr ein und verschwand in der Küche.

»Scheint, als wäre diese Estrid ein schlimmes Mädchen.« Das verlegene Lachen in Akjirs Stimme überspielte sein Interesse kaum. Aber auch Lilja war neugierig.

Konnte es wirklich so einfach sein?

Es vergingen einige Minuten, bis eine junge Frau, kaum älter als Lilja, aus der Küchentür trat und sich hastig die Hände an einer Schürze trocken wischte. Sie blickte sich in der vollen Gaststube um, fing Liljas Winken auf und schlängelte sich durch die Tischreihen. Sie war nicht so groß und schlank wie Lilja, hatte aber ein schönes Gesicht mit reiner, heller Haut. Ihre braunen Haare hatte sie in einem wirren Knoten am Hinterkopf zusammengebunden. Einige Strähnen hatten sich gelöst und klebten an ihrer verschwitzten Haut. Sie schien im Stress zu sein, zumindest waren ihre Wangen vor Hitze gerötet. Schweigend musterten sich die beiden Frauen. Wenn Lilja nicht alles täuschte, passte sie genau in das Beuteschema ihres Bruders. »Ich nehme an, du bist Estrid?«

»Ja. Womit kann ich behilflich sein?«

»Ich suche meinen Bruder, der vor etwa einem Mondlauf in Jukka eingetroffen sein muss. Er ist ungefähr so groß wie ich, hat aber blonde Locken. Über seinem rechten Auge ist eine Narbe, dadurch ist seine Augenbraue zweigeteilt.«

Die junge Frau verschränkte ablehnend die Arme vor den großen Brüsten und zog Liljas Aufmerksamkeit darauf.

Und wie es schien nicht nur ihre. Aus dem Augenwinkel sah sie, wie Akjir ebenfalls abgelenkt wurde.

»Und du bist wirklich seine Schwester? Du siehst ihm nicht gerade ähnlich«, fragte sie geradeheraus.

»Natürlich. Warum sollte ich lügen?«

Estrid schien kurz darüber nachzudenken. »Wenn du von Lerø sprichst … Er wollte über den *Dürrepass* zur *Hochebene* und von da aus weiter nach *Daora.*«

Lilja verschluckte sich beinahe an ihrem Getränk. »Wann ist er aufgebrochen?«

»Vor etwas mehr als einer Woche. Wir hatten viel Spaß miteinander.« Bei den letzten Worten schaute sie provokant zu Akjir hinüber. Ihr rechter Mundwinkel zuckte.

»Danke. Du hast uns sehr geholfen.«

»Ich helfe immer gerne.« Sie kehrte Lilja den Rücken und wandte sich Akjir zu. »Ich bin bald durch mit meiner Arbeit, verrätst du mir deine Zimmernummer?«

»Kein Interesse.«

»Natürlich, ich verstehe.« Sie schaute zu Lilja, dann zurück zu ihm und zwinkerte ihm dann im Weggehen zu, während Akjir sich verlegen den Nacken rieb.

Lilja schaute ihn vielsagend an.

»Sie ist definitiv ein schlimmes Mädchen«, sagte er nur.

Lilja rollte demonstrativ mit den Augen. »Sie passt zu Lerø.«

Lilja konnte nicht schlafen. Sie redete sich ein, dass es die Aufregung über Lerøs Aufenthaltsort war. Tief in ihrem Inneren wusste sie, dass ein kleiner Teil von ihr befürchtete, Akjir würde die frevelhafte Einladung von Estrid annehmen. Doch kurz nachdem sie sich hingelegt hatten, war er auch schon eingeschlafen. Lilja richtete sich in ihrem Bett auf. Akjirs Rücken lag ihr zugewandt aber der langsame, stetige Atem bestätigte ihre Vermutung. Sie wandte sich der Kerze auf ihrem Beistelltisch zu und entfachte sie mit einem einzigen Gedanken. Alles was sie dafür tun musste, war das Feuer im Erdgeschoss zu der Kerze weiterzuleiten. Das vertraute Zischen in ihrem Ohr beruhigte ihr aufgewühltes Gemüt. Die Flammen nahmen sie ganz für sich ein. Nach einiger Zeit hörte sie, dass Akjirs Atem sich veränderte. Kurz darauf wälzte er sich herum und schaute sie im flackernden Kerzenschein an.

»Was ist los?« Er setzte sich ebenfalls auf.

Sie zuckte mit den Schultern. »Ich kann nicht schlafen.« Sie seufzte. »Ich habe innerhalb von zwei Mondläufen alles verloren, was mir wichtig war. Meine Mutter, meinen Vater, Lerø, meine Heimat. Wohin ich auch gehe, mich verfolgt das Unglück. Du hast es in Forstheim doch selbst erlebt. Es ist meine Schuld. Ich weiß es und ich sehe es in deinen Augen«, fügte sie auf seinen fragenden Blick hinzu. Tränen verschleierten ihre Sicht.

Akjir sprang aus seinem Bett und setzte sich zu Lilja. »Ich weiß, dass du eine harte Zeit durchmachst, aber ich habe vorschnell geurteilt. Du kannst nichts für das, was geschehen ist.«

Sie ignorierte seine Worte, denn sie glaubte keines davon. »Was will die Graue Garde von meinem Bruder?«

»Auch er kann nichts dafür. Keiner außer Lady Aiyana kann dafür zur Rechenschaft gezogen werden.« Er legte ihr einen Arm um die Schulter und zog sie näher an sich heran. Als er das nächste Mal sprach, spürte sie seinen Atem auf ihrer Haut. »Außerdem hast du Lerø nicht verloren. Wir werden ihn finden.«

Lilja drehte ihren Kopf in seine Richtung. Ihre Gesichter waren einander so nahe, dass sie silberne Sprenkel in den graublauen Augen erkennen konnte. Sie spürte seinen intensiven Blick auf sich, doch auch er schien nervös zu sein. Verlegen befeuchtete er seine Lippen und zog Liljas Aufmerksamkeit darauf.

»Heißt das, du hilfst mir?« Ihre Stimme war nur ein Flüstern.

Akjir schnaufte und wandte sich der Kerze zu. Eine aschblonde Augenbraue hob sich in Skepsis und es schien wieder, als würde er einen inneren Kampf führen. Als er ihr einen Moment später in die Augen sah, umspielte ein Lächeln seinen schmalen Mund. »Du kannst dich auf mich verlassen!«

14

Kalte Wüstennächte

»Wir müssen einfach dem Weg folgen und uns an der nächsten Gabelung rechts halten.« Akjir kam aus dem Wachhäuschen heraus und steckte den Münzbeutel zurück unter seinen Umhang. Er stieg in die Steigbügel und nahm hinter Lilja Platz. Sie hatte es vorgezogen, draußen zu warten.

Die Hand ihres unergründlichen Begleiters ruhte, wie so oft, auf einer kleinen, wettergegerbten Ledertasche, die er niemals unbeaufsichtigt ließ. Es sollte sie nicht stören, doch die Neugierde ließ sich kaum zurückhalten. Die Tasche musste etwas beherbergen, das ihm kostbarer war als das Büdel Gold, denn von dem hatte Akjir mehr als genug. Wie er an solch einen Reichtum gekommen war, ließ er sich nicht entlocken. Bei persönlichen Fragen schlug seine Laune von einem auf den anderen Moment um und Lilja sah sich einem völlig Fremden gegenüber, obwohl er ihr mittlerweile vertrauter war als jeder sonst.

Möglicherweise war er ein Dieb und schämte sich dafür. Doch ihre innere Stimme warnte sie, dass es ernstere Gründe dafür geben könnte. Wenn sie den Mann heimlich betrachtete, sah sie allerdings keinen Auftragsmörder. Sie bemerkte, wie er sie im Schlaf studierte, über jeden ihrer Schritte wachte und ihr immer zuerst das Essen anbot. Zudem hatte er ihr, einer Fremden, mehr als einmal das Leben gerettet. Er hatte ihr sogar dickere Winterkleider gekauft, damit sie auf ihrer Reise nicht fror. Während Lilja sich im Gasthof umgezogen und die neuen Stiefel anprobiert hatte, war Akjir nochmal zum Markt gegangen, um ausreichend Proviant und ein robustes Pferd zu erwerben, das sie den Dürrepass entlang auf die Hochebene bringen würde.

Lilja wusste nicht, wie sie ihm jemals all das Geld zurückzahlen sollte. Davon einmal abgesehen, wie sie ihm für seine Hilfe danken konnte. Ob er den Abend, an dem er sie in Firnheim gerettet hatte, insgeheim verfluchte?

Akjir gab der Stute einen sanften Hieb. Das Pferd reagierte sofort und verfiel in einen leichten Trab.

»Wie lange wird es dauern bis wir die Hochebene erreichen?«

»Zwei volle Tagesritte. Allerdings werden wir heute nicht mehr weit kommen.«

Der Nachmittag war schon weit vorangeschritten. Nachdem alle Vorkehrungen für ihre Reise getroffen waren, hatte Akjir darauf bestanden, dass Lilja mit ihm im Gasthaus speiste, bevor sie aufbrachen.

»Wo werden wir schlafen?«, fragte sie.

»Heute Nacht werden wir uns mit dem Sternenhimmel zufrieden geben müssen. Morgen Nacht werden wir hoffentlich die *Letzte Wüsteninsel* erreicht haben. Dort soll es Unterkünfte für Reisende geben.«

»Die Letzte Wüsteninsel?«

»Ja, das ist … war die letzte Oase, bevor es in die Vergessenen Lande ging.«

»Warst du schon mal dort?«

Lilja bemerkte, wie Akjir sich hinter ihr anspannte. Sie versuchte, über ihre Schulter hinweg sein Gesicht zu deuten. Er starrte auf einen Punkt in der Ferne, ein Muskel an seinem Unterkiefer zuckte verräterisch.

»Hast du meine Frage nicht gehört?«

»Doch.« Er schnaubte. »Wenn du es unbedingt wissen musst … Ja, ich war schon mal dort. Aber das ist lange her.«

»Na, ich denke, es wird sich nicht viel verändert haben«, witzelte Lilja. »Schließlich liegt alles unter einer dicken Eisschicht begraben. Unserer Eislady sei Dank.«

Sie fanden unter den eisigen Überresten einer Schirmakazie einen Unterschlupf für die Nacht. Ein Eisvorhang schützte sie ringsum gegen Kälte und Wind. Grünes Licht, wie von Smaragden, spiegelte sich in dem dicken Eis. Ein Blick nach oben offenbarte Polarlichter, die in eleganten Wellen über den Nachthimmel glitten. Wie sehr dieser einem Ozean glich, wurde Lilja erst jetzt bewusst.

Nach kurzer Zeit war das Himmelsspektakel vorbei und Akjir hatte ein kleines Feuer entfacht. Ohne sein Wissen unterstütze Lilja ihn dabei, denn das Holz war in den Satteltaschen feucht geworden. Nun lag ein jeder unter seinem Schaffell und schaute in die sternklare Nacht hinaus. Hin und wieder sprühten Funken in den Himmel und lenkten von der atemberaubenden Sicht auf das *Jukkatal* ab.

Anfangs hatten sie entlang der Küste noch einzelne Lichter in der Hafenstadt brennen sehen, doch sie waren alle nach und nach erloschen. Ohne den störenden Schein der Erde leuchteten die Lichter am Himmel umso strahlender.

»Siehst du die drei Sterne dort drüben?«, fragte Lilja in die Stille hinein und deutete nach Westen. Kleine Wölkchen bildeten sich vor ihrem Mund. Nie war sie dankbarer für warme Kleidung gewesen und sie gestand sich ein, dass es die richtige Entscheidung gewesen war, Akjir zu erlauben, ihr die Winterausstattung zu kaufen. Ihr Stolz hatte es ihr zunächst verboten.

Als sie keine Antwort bekam, wandte sie sich ihm zu und befürchtete schon, dass er eingeschlafen war. Doch der Schein des Feuers spiegelte sich in den im Schatten liegenden Augen. Er fand ihren Blick, dann nickte er.

»Bei uns nennt man sie die *Drei Brüder*«, erklärte sie.

Schnaubend zog er die rechte Augenbraue nach oben. »Sehr einfallsreich.«

»Warte es ab.« Sie setzte sich aufrechter hin und zupfte die Decke über ihren Schultern zurecht. »Vor langer Zeit lebten in meinem Dorf drei Brüder. Sie waren stattliche Burschen mit fjordblauen Augen.«

Akjir richtete sich ebenfalls auf.

»Sie waren zudem äußerst geschickte Jäger und da das Dorf größtenteils Fischer hervorbrachte, waren sie hoch angesehen.« Sie machte eine Pause, um ihrer Erzählung eine gewisse Spannung zu verleihen. Das Spiel von Licht und Schatten verlieh der Geschichte die nötige Atmosphäre.

»Und dann?«

»Sie verliebten sich in drei Schwestern mit Augen so grün wie der Auerwald.«

»Irgendetwas sagt mir, dass die Farbe der Augen eine Rolle spielt«, witzelte Akjir, doch Liljas grimmiger Blick ließ ihn entwaffnend die Hände erheben. »Was geschah dann?«

»Eines Tages wurden die Jäger von der früh hereinbrechenden Dunkelheit überrascht. Sie schafften es nicht rechtzeitig ins Dorf und wurden in der Nacht von Shatar angegriffen. Ihre Leichen wurden nie gefunden.«

»Und deswegen sollen es Shatar gewesen sein?«, höhnte Akjir. »Wahrscheinlicher ist es, dass Wölfe sie aufgefressen haben.«

»Es waren Shatar«, bestätigte Lilja.

Akjir klappte der Mund auf, als wolle er darauf etwas erwidern, doch scheinbar überlegte er es sich anders. Stattdessen fuhr er sich mit der Hand über die müden Augen. »Ich nehme an, die Geschichte geht noch weiter?«

Lilja nickte. »Der frühe Tod ihrer Geliebten brach den drei Schwestern das junge Herz. In ihrem Kummer suchten sie im Wald nach ihren Männern. Stimmen führten sie die Auerschnellen entlang zu den drei Wasserfällen, die sich noch heute in einen tödlichen Sturz die Felsen hinab in den Fjord ergießen.« Lilja schluckte schwer. Dieser Teil der Geschichte ließ ihr immer die Tränen in die Augen schießen. »Sie standen dort oben auf den Felsen. Eine an jedem Wasserfall und sahen hinab in die Tiefe. Der Fjord erinnerte sie an die Augen ihrer Liebsten. Über ihnen leuchteten drei Sterne heller als alle anderen. Es war, als würden die Jäger nach ihnen rufen.«

»Sie sind gesprungen«, beendete Akjir die Geschichte, da Lilja es nicht über die Lippen brachte. Sie wischte sich eine Träne aus dem Augenwinkel und nickte.

»Letztendlich holt das Meer sich das Land zurück.« Sie zuckte mit den Achseln. »Die Sterne erinnern uns noch heute an dieses Versprechen. Irgendwann wird alles Land verschwunden sein.«

Akjir rutschte ein Stück zu ihr herüber. Sein Ellenbogen stupste sie in die Seite. »So traurige Gedanken?«

»Manchmal«, gestand sie.

Er legte einen Arm um sie. »Heißen die Wasserfälle deshalb die *Drei Schwestern*?«

»Ja.«

Eine Pause entstand, in der sie nur das Knistern des Feuers vernahmen.

»Der Tod ist nicht das Ende«, flüsterte Akjir mit rauem Akzent.

»Nicht?« Lilja suchte in seinem Gesicht nach Spott, doch sie fand keinen.

»Nein. Er ist erst der Anfang.«

Die nächsten Tage verliefen ähnlich wie der Tag ihres Aufbruchs. Das namenlose Pferd kämpfte sich mit den zwei Reisenden auf seinem Rücken den Weg den steilen Pass hinauf. Es hatte Lilja nicht verwundert, dass Akjir sich ausgerechnet die weiß-graue Stute ausgesucht hatte, sah sie Frostrós doch äußerst ähnlich.

Am Abend des zweiten Tages hatten sie tatsächlich die Letzte Wüsteninsel erreicht und in einem kleinen Gasthaus mit lediglich vier Zimmern Unterschlupf gefunden. Nach der unbequemen ersten Nacht war es ein Segen, wieder in einem Bett schlafen zu können. Das Essen war köstlich und eine geschätzte Abwechslung zu dem Trockenfleisch, welches Akjir mit Vorliebe verspeiste.

Da sie sehr früh aufgebrochen waren, erreichten sie am Nachmittag des dritten Tages endlich die Hochebene. Hier gab es einige kleine Siedlungen. Das Leben erinnerte mehr an das nomadenhafte Dasein des Firnfuchsclans als an das einer richtigen Zivilisation. Der Blick über die Vergessenen Lande war den rauen Alltag jedoch allemal wert. Was früher einmal dürre, karge Wüstenlandschaft gewesen sein musste, glich heute einem zugefrorenen Meer. Eine große, weite weiße Fläche, nur hier und da von skurrilen, eisüberzogenen Emporsprießungen unterbrochen.

Als Lilja nachfragte, erklärte Akjir ihr, dass es sich hierbei um wasserspeichernde Pflanzen handelte. *Kaktusken* nannte er sie. Ihr Anblick ähnelte Menschen, die mit im Gebet ausgestreckten Armen zu Eisskulpturen erstarrt waren. Lilja erschauderte.

Wo war der Heilige Vater gewesen, als das passiert war? Als ihre Mutter starb? Als man Norik und Ilvy tötete? Und wo war er jetzt?

Lilja hätte sich vor wenigen Wochen noch als gläubig bezeichnet. Doch wieso ließ ihr Gott solch Unheil geschehen? Seit dem Tag, an dem sie die Leiche ihres Vaters vor den Toren Firnheims hatte hängen sehen, suchte sie ihn nicht mehr im Gebet.

Sie war ein verlorenes Kind. Doch in der kalten Wüstennacht unter einer Schirmakazie hatte Akjir sie an etwas erinnert, das ihr über die Jahre abhandengekommen war.

Hoffnung.

Vage Umrisse in weiter Ferne erregten plötzlich ihre Aufmerksamkeit. »Was ist das da vorne?«, fragte sie.

»Hm?« Akjir hatte sich von der Eiswüste abgewandt und fütterte das Pferd. Er folgte Liljas ausgestrecktem Finger mit dem Blick. »Das ist die *Tote Stadt*.«

»Die Tote Stadt? Wie meinst du das?«

»Vor Lady Aiyanas Regentschaft gab es in den Vergessenen Landen eine wunderschöne Oase. Siedler von jenseits des Sterbenden Meeres hatten dort eine Kolonie errichtet. Das war einer der ersten Orte, die der Zorn der Eislady traf. Genauso wie die Salzseen.« Akjir deutete auf eine verrußte Fläche, die aus der Entfernung wie ein Spiegel aus schwarzem Wasser aussah. Er wies zurück auf die Ruine. »Die Bestie hat die Stadt dem Erdboden gleichgemacht.«

»Woher weißt du das alles?«

Er zuckte mit den Schultern. »Ich komme viel herum.«

Lilja musterte ihn skeptisch, während er dem Tier etwas Wasser anbot. Sie glaubte ihm kein Wort.

Kenan und seine Frau Zarina waren ein Ehepaar mit drei kleinen Mädchen. Freundlich boten sie den zwei Reisenden eine Schlafstätte für die Nacht an. Die Kosten für Mahlzeit und Übernachtung entrichtete Akjir im Voraus.

Beim Abendessen fragte Lilja das Ehepaar nach einer Möglichkeit in die Tote Stadt zu gelangen. Akjir blieb der Bissen im Hals stecken und auch die anderen beiden schauten sie entgeistert an.

»Lilja, was hast du vor?«, flüsterte Akjir ihr zu.

»Ich will dorthin.«

»Bist du verrückt? Was meinst du, woher sie ihren Namen hat?«

»Ich kenne Lerø. Er würde sich dieses Abenteuer nicht entgehen lassen.«

»Woher willst du das wissen? Estrid sagte doch, er wollte weiter nach Daora.«

Bei der Erwähnung Estrids verzog Lilja angewidert das Gesicht. »Als er in Jukka war, wusste er ja vielleicht noch nichts von der Toten Stadt.«

Akjir schnaubte ungläubig.

Das Ehepaar hatte ihren leisen Disput mitangehört. Jetzt sprach die Frau: »Dein Freund hat recht, es ist viel zu gefährlich. Schon auf dem Weg dahin würdet ihr umkommen.«

»Gibt es eine Möglichkeit?«, fragte Lilja, als hätte sie den Rest überhört.

»Es gibt einen Führer, der einen Weg zu der Stadt kennen soll«, sprach Kenan.

»Jari? Das ist ein Halsabschneider. Und keiner weiß, ob das auch wirklich stimmt«, sagte seine Frau.

»Wo finde ich ihn?«

»Lilja, das ist verrückt. Wir sollten nach Daora gehen.«

»Nein. Wenn es diesen Führer gibt und wenn mein Bruder in die Stadt wollte, dann wird er zu ihm gegangen sein.«

Akjir schüttelte den Kopf, sagte aber nichts mehr.

»Wenn ihr bis morgen Abend bleibt, kann ich ihn euch auf dem Fest zeigen. Er ist immer auf der Suche nach neuer Kundschaft«, sagte Kenan.

»Liebling, willst du für den Tod der zwei verantwortlich sein?«

»Sie wird ihn so oder so aufsuchen.«

Lilja stimmte dem Mann mit einem Lächeln zu.

»Du bist verrückt, Lilja Sturkopf«, wiederholte Akjir zum gefühlt hundertsten Mal. »Wir sollten wirklich nach Daora gehen.«

»Lass mich doch wenigstens hören, ob er mit Lerø gesprochen hat. Danach können wir immer noch entscheiden.«

»Als hätte ich in dieser Sache ein Mitspracherecht«, schnaubte ihr Begleiter.

»Du brauchst ja nicht mitkommen«, gab Lilja bissig zurück.

Hinter Kenan bahnten sie sich einen Weg durch die eng stehenden Menschenmassen. Auf dem kleinen Platz in der Dorfmitte war alles für das Entzünden des Wintermondfeuers vorbereitet worden. Die Zuschauer warteten gespannt auf den ersten Funken, der das Feuer entfachen würde.

Alles an dieser Szene erinnerte Lilja an eine Hinrichtung auf dem Scheiterhaufen. Sie fröstelte. Es war schon dunkel und der Duft von Schnee lag in der Luft. Nur die kleinen Feuerbecken spendeten etwas Licht.

Merkwürdig. Das Fest kündigte für gewöhnlich eine mildere Jahreszeit an, doch in den letzten Wochen schien es eher so, als würde ein noch kälterer Winter ins Land einziehen.

Als Akjir keine Widerworte gab, drehte sie sich zu ihm um, doch er war verschwunden. Abrupt blieb sie stehen und ließ ihren Blick auf der Suche nach ihm durch die Menge schweifen. Sie fand ihn nicht. Mit zusammengezogenen Augenbrauen biss sie sich auf die Unterlippe, verfluchte sich für diese letzte Bemerkung. Hatte er sie beim Wort genommen?

Sie hörte Kenans Ruf und beeilte sich zu ihm aufzuholen, mit der Hoffnung, dass Akjir wieder auftauchen würde. Schließlich hatten sie all ihre Verpflegung bei dem Ehepaar zurückgelassen. Ohne sein Hab und Gut reiste er mit Sicherheit nicht ab.

Oder?

»Hast du ihn gefunden?«, fragte Lilja, als sie bei dem Mann angekommen war.

»Nein, noch nicht.« Er schaute an ihr vorbei. »Wo ist dein Freund?«

»Scheinbar haben wir ihn verloren.«

»Er wird uns schon wiederfinden. Bleib dicht bei mir.«

Sie setzten sich wieder in Bewegung, doch auch nach einer ganzen Weile hatten sie den Fremdenführer noch nicht gefunden. Akjir blieb weiterhin verschwunden.

Als ein Gemeindevorsteher auf das kleine, behelfsmäßig erbaute Podium trat, um zu seinem Dorf zu sprechen, wurde Lilja von hinten an der Schulter gepackt. Erschrocken fuhr sie herum und stellte sogleich mit Erleichterung fest, dass es Akjir war. Im nächsten Moment ergriff er ihre Hand und zog sie mit sich. Da begriff sie, dass etwas nicht stimmte.

»Was ist …«

»Pscht. Du musst mir jetzt gut zuhören«, unterbrach er sie.

Sie waren in eine leere Seitengasse abgebogen, während das ganze Dorf gespannt die Worte des Anführers verfolgte. Lilja schnappte nur Wortfetzen auf. Sie blendete die Rede vollständig aus und konzentrierte sich ganz auf Akjir.

»Die Graue Garde ist hier.« Er fasste ihre Oberarme, um ihr zu helfen, das Gleichgewicht zu halten. »Sie haben deinen Bruder in ihrer Gewalt. Sie glauben, dass er ein Feuergeborener ist. Sie wollen seine Fähigkeiten auf dem Scheiterhaufen unter Beweis stellen.«

Lilja musste das Gesprochene einige Augenblicke auf sich einwirken lassen, ehe sie ihre Stimme wiederfand. »Was? Wie kommen sie darauf?«

»Erzähl mir nicht, dass du dich nie gefragt hast, warum die Soldaten deinen Bruder suchen«, sagte er mit einem skeptischen Blick.

Natürlich hatte sie sich das gefragt. Ihr waren sogar Zweifel über Lerøs plötzliches Verschwinden gekommen.

»Er ist der erstgeborene Sohn von Kyana, der letzten lebenden Feuergeborenen«, erklärte er. »Aber er ist nicht der, für den sie ihn halten, nicht wahr?«

»Was? Ich verstehe das nicht. Wir müssen …« Lilja wandte sich um, versuchte, etwas hinter der Menge zu entdecken.

Akjir drehte sie zu sich zurück. »Hör mir zu! Wir müssen hier weg. Sofort!«

»Was? Auf keinen Fall. Er ist mein Bruder. Er wird sterben!«, sie schrie es ihm ins Gesicht und versuchte sich aus seinem Griff zu befreien.

»Du bist es, die sie wollen. Du musst mich dich hier wegbringen lassen.«

»Was … wie meinst du das … ich …?« Panik und Hilflosigkeit stiegen in ihr auf. Ihr Körper drohte zusammenzubrechen, doch Akjir hielt sie mit seinem eisernen Griff aufrecht. Ihr Geist hingegen wollte Lerøs Leben retten, egal um welchen Preis.

»Sie glauben, dass *er* der Feuergeborene ist. Aber das stimmt nicht, hab ich recht?«

Tränen liefen heiß über Liljas Wangen, als sie begriff. Woher wusste Akjir das alles? »Lass mich los.«

»Nein. Du musst jetzt mit mir kommen.«

»Er wird sterben ohne mich.«

»Er ist schon verloren. Selbst wenn du das Feuer manipulierst … damit würdest du ihm nicht helfen. Wir brauchen jeden Vorsprung, den wir kriegen können. Sie werden bald wissen, dass sie den falschen Zwilling haben.«

Auf dem Platz kam es zu einem Aufruhr. Menschen riefen durcheinander, buhten den Gemeindevorstand aus. Akjir war kurz abgelenkt und so schaffte Lilja es, sich von ihm loszureißen. Ehe er wieder nach ihr greifen konnte, war sie in der Menschenmasse untergetaucht.

»Was ist los?«; fragte Lilja einen jungen Mann neben sich, als sie in den vorderen Reihen angelangt war.

Er unterhielt sich aufgebracht mit seinem Freund. »Sie sagen, es gäbe eine Änderung. Von nun an soll jedes Dorf zur Wintermondwende ein Opfer darbringen.«

Lilja klappte der Mund auf. »Wer ist es?«

»Keiner aus dem Dorf. Sie sagen, er hätte dunkle Fähigkeiten und müsste sowieso sterben.«

Da sah sie ihn. Fast zwei Mondläufe war es her, seit sie ihn das letzte Mal gesehen hatte. Seine Haut war von Blutergüssen überzogen, die blonden Locken klebten ihm verschmutzt im Gesicht. Er war geschwächt und schaffte es kaum, den Kopf anzuheben. Seine Hände waren auf dem Rücken gefesselt und er wurde von zwei Söldnern zum Scheiterhaufen geführt. Die Menge teilte sich vor Lilja und er wurde direkt an ihr vorbei gebracht. Als sich ihre Blicke trafen, weiteten sich seine Augen vor Entsetzen. Sein Mund formte ein Wort, doch sie verstand nicht, was er flüsterte. Sie war wie gelähmt. Eine Hand auf ihrer Schulter sollte sie in die Wirklichkeit zurückholen.

Doch so war es nicht.

»Wir müssen hier weg. Sie dürfen dich nicht sehen.« Es war Akjir. Diesmal versuchte er nicht, sie mit Gewalt fortzubringen.

Sie konnte sich nicht rühren. Wie in einem ihrer Alpträume gefangen stand sie da wie angewurzelt, unfähig etwas zu tun.

Verzweifelt, weil ihr Bruder ohne ihren Schutz im Feuer sterben würde.

Hoffnungslos, weil er mit ihrer Hilfe Fenyas Schicksal teilte.

Sie war wieder bei einer Hinrichtung.

Diesmal stand Lerø nicht neben ihr.

Er war auch nicht verschwunden.

Er war das Opfer.

15

Liebesopfer

Es ging alles sehr schnell und als der erste Rauch aufstieg, kam Lilja endlich über ihren Schock hinweg. Sie mobilisierte gerade ihre Kräfte, um das Feuer im Keim zu ersticken, als es bereits erlosch. Unter Akjirs Protest drängte sie sich weiter nach vorne. Hauchdünn, fast nicht zu sehen, war das Geäst mit einer Raureifschicht überzogen. Lilja runzelte die Stirn. Was hatte das zu bedeuten?

In diesem Moment ergriff der Gemeindevorsteher wieder das Wort. »Da habt ihr den Beweis für seinen bösen Zauber. Köpft ihn!«

»Nein!« Es war Liljas Schrei, der über den Platz hallte.

»Ergreift sie!«, hörte sie einen Soldaten rufen. »Das ist seine Schwester.«

Mit einem Mal war Akjirs Hand wieder an ihrem Oberarm. Sie erwartete, dass er sie mit sich wegziehen würde, doch zu ihrem Entsetzen schob er sie nach vorne auf das Podest zu. Aus dem Augenwinkel sah sie, wie ihr Bruder den Kopf schüttelte. Da fiel es ihr wie Schuppen von den Augen. Lerø hatte versucht, seine Schwester zu warnen. Sie sah seine Lippen vor sich, wie sie das Wort *Verräter* formten.

Bestürzt schaute sie zu Akjir, der seinerseits eine emotionslose Maske aufgesetzt hatte. Als sie versuchte, sich von ihm loszumachen, fasste er nur fester zu und schleifte sie grob die Stufen hinauf.

»Akjir, was tust du da?«, fragte sie voller Verzweiflung.

Er schwieg.

Der Rachesöldner, der sie zuvor erspäht hatte, trat zu ihnen heran. Mit einem Keuchen erkannte sie seine Eisblitznarbe. Ein Hauptmann. Und diese dunklen, skrupellosen Augen hatte sie vorher schon einmal gesehen.

Der Nebel ihrer Erinnerung lichtete sich und sie identifizierte ihn als den Narbenmann. Den Angreifer aus Firnheim.

Er beugte sich zu ihr herab, sodass sein Atem ihren Hals streifte, als er zu ihr sprach. »Endlich sehen wir uns wieder.« Die tiefe Stimme bebte vor Erregung. Sie nahm seinen unverkennbaren Geruch nach Asche und Pferd wahr. Ihr wurde übel.

»Das hat aber lange gedauert«, fügte er an Akjir gewandt hinzu. »Wir dachten schon, du seist mit ihr auf und davon.«

Lilja konnte nicht atmen. Akjir gehörte zu ihnen.

»Jetzt bin ich ja hier.«

»Lady Aiyana wird dich sprechen wollen.«

Er nickte. »Zuerst kümmern wir uns um ihn. Er …« Sein Kopfnicken deutete zu Lerø.

»Lasst meinen Bruder frei. Ich bin …«

Klatsch!

Akjirs Hand hatte sie unvermittelt im Gesicht getroffen. Den Mund vor Unglauben geöffnet, führte sie ihre kalten Finger an die brennende Wange. Tränen stiegen ihr in die Augen. Nicht nur vor Schmerz, sondern vor allem vor Zorn. Die Schamesröte verdeckte zumindest den roten Handabdruck auf ihrer hellen Haut.

»Wag es ja nicht, mich noch einmal zu unterbrechen, Weib.« Er wandte sich dem anderen Mann wieder zu. »Sie ist nutzlos für uns. Wir sollten sie dem Gemeindevorstand übergeben. Die wissen bestimmt etwas mit ihr anzufangen«, fuhr er fort.

»Tatsächlich?« Der Gardist grinste. »Wir sind davon ausgegangen, dass Kyanas Sohn ein Feuergeborener ist.« Seine Augen blitzten verheißungsvoll. Die Narbe hüpfte auf und ab, als er sie musterte.

»Dem ist aber nicht so. Das wirft die Frage auf, ob sie eine solche Gabe besitzt«, schloss er.

»Was?« Lilja verstand erst nicht, was er meinte, doch dann fiel ihr Blick wieder auf den Raureif.

Was bist du?

»Dein Bruder ist ein Eisgeborener. Das ist sehr ungewöhnlich, da eure Mutter eine Feuergeborene war«, antwortet der Narbenmann, als hätte er ihre unausgesprochene Frage gehört.

»Meine Mutter war was?«

»Sie hat keine besonderen Begabungen. Ich hatte genug Zeit, um alles über sie in Erfahrung zu bringen. An der ist nichts Besonderes. Wir verschwenden nur unsere Zeit.«

Hätte er sie erneut geschlagen, würde es kaum einen Unterschied machen. Seine Worte verletzten sie gleichermaßen. Sie biss sich auf die Unterlippe, um die Tränen zurückzudrängen.

»Wir sollten nur auf Nummer sicher gehen.« Der Narbenmann packte Lilja am anderen Arm und entriss sie Akjirs Klammergriff. Er übergab sie an die zwei Männer, die zuvor Lerø zum Scheiterhaufen geschleift hatten. Sie führten Lilja das Podium hinunter und zu ihrem Bruder hinüber. Von dort hörte sie, wie Akjir mit dem Mann diskutierte. Dann war er plötzlich neben ihr und überholte sie. Er löste Lerøs Fesseln, damit Lilja seinen Platz einnehmen konnte.

Hilflosigkeit schnürte ihr die Kehle zu. Sie wusste, wenn sie das Feuer überstehen würde, wäre es nur der Beweis für das, was sie war. Sie schaute zu dem Narbenmann hinauf, der die Szene von seinem Podest aus misstrauisch beobachtete.

Es gab keinen Ausweg, keine Lösung für ihr Problem. Nur das Gebet.

So betete sie. Nicht für sich, sondern für das Leben ihres Bruders.

Als Lerø von seinen Fesseln befreit war und Akjir sich ihr zuwandte, trafen sich ihre Blicke.

»Bitte …«, flehte sie und schaute ihm dabei tief in die Seele, doch sie sah nichts in den Gewitteraugen. Als hätte es die vergangenen Tage nicht gegeben.

Keine Freundschaft. Keine Vertrautheit. Keine Gnade.

Er streckte seinen Arm nach ihr aus, woraufhin die zwei Soldaten Lilja an ihn weiterreichten. Sie wollte ihm ins Gesicht spucken, doch als sie eine Bewegung hinter ihm wahrnahm, zögerte sie. Dann stolperte sie nach vorne. Akjir hatte sie bei der Hand gepackt und hinter sich gezogen, während er blitzschnell sein Schwert aus der Scheide riss. Schützend standen er und Lerø vor ihr.

»Ich denke, wir sind hier fertig«, rief Akjir dem Narbenmann zu.

Ein Reibeisenlachen wurde von den Mauern zurückgeworfen und zerriss die angespannte Stille. »Ich ahnte bereits, dass du etwas für das Mädchen empfindest. Denkst du wirklich, ihr könnt entkommen?«

»Du weißt, dass wir das können.«

»Du kannst mir vielleicht entkommen. Aber *ihr* ganz sicher nicht. Sie wird pfeifen und ihr Hund kommt zurück nach Hause gekrochen.«

Akjirs Hand verkrampfte sich bei den letzten Worten um Liljas Hand. Die drei entfernten sich langsam immer weiter von dem Scheiterhaufen. Die Menschen wichen vor ihnen zurück, als hätten sie eine ansteckende Krankheit und die meisten verließen fluchtartig den Schauplatz.

Die Soldaten machten nur halbherzige Versuche, Akjir anzugreifen. Routiniert parierte er jeden ihrer Hiebe. Als zwei Gardisten zeitgleich auf ihn losgingen, ließ er Liljas Hand los. Lerø sah verzweifelt zwischen den Angreifern und seinen Händen hin und her. Das kleine Messer, das Akjir ihm zugesteckt hatte, konnte man kaum als Waffe bezeichnen. Wahrscheinlich überlegte er, wie er helfen konnte.

»Ich möchte keinen von euch verletzen«, presste Akjir zwischen zusammengepressten Zähnen hervor. Er selbst hütete sich davor, die Soldaten anzugreifen.

»Das hat doch keinen Sinn«, sagte einer von ihnen.

»Ich kämpfe nicht gegen ihn. Das ist doch verrückt«, hörte Lilja den anderen sagen.

Es dauerte nur wenige Augenblicke und ein Pfeil durchbohrte dessen Rumpf.

Lilja schrie auf und ehe der Getroffene den Boden berührte, war alles Leben aus ihm gewichen, sein Gesicht zu einer Grimasse aus Schmerz und Unglauben verzogen.

Der Schuss war aus seinen eigenen Reihen gekommen. Von seinem eigenen Vorgesetzten.

Fassungslos sah Lilja zum Narbenmann hinauf, der die Armbrust in ihre Richtung schwenkte.

Akjir, der dem Schwerthieb eines Soldaten auswich, sah den zweiten Pfeil nicht kommen. Wie gelähmt sah Lilja das Geschoss auf sich zurasen, unfähig sich zu bewegen.

Es tat so weh.

So schrecklich weh, dass der Schrei, der aus Liljas Kehle herausbrach, ganze Häuser zum Einsturz hätte bringen können. Im letzten Moment hatte Lerø sie zur Seite gestoßen, aber Lilja sah und hörte genau, wie Fleisch zerriss und Knochen splitterten, als der Pfeil stattdessen seinen Rumpf in der Mitte durchbohrte. Noch im Fall fing sie ihn auf und sank mit ihm gemeinsam zu Boden. Das Gewicht seines Körpers drückte sie in den feucht-kalten Dreck. Keuchend lag er in ihrem Arm. Die zitternden Hände suchten verzweifelt nach Halt. Schnell ergriff sie sie. Verschränkte ihre Finger mit seinen.

»Was hast du getan?« Ihre Stimme klang schrill und ihr gesamter Körper verkrampfte sich bei seinem Anblick. Es war ihr, als fühlte sie seinen Schmerz in ihrer eigenen Burst. Ein Phantomschmerz, aber vielleicht war es auch ihr Herz.

»Verzeih mir«, flüsterte Lerø.

Akjir hatte die Angreifer zu Boden geschlagen und war nun bei ihnen. Auf sein Schwert gestützt versank er auf einem Knie in dem Schneematsch.

Der Narbenmann ergriff den nächsten Pfeil.

»Wie schlimm ist es?«, fragte Akjir ihren Bruder.

Lerø schüttelte den Kopf. »Ihr müsst fliehen.«

Der Bogen spannte sich.

»Was? Wir lassen dich nicht zurück.«

Der dumpfe Aufprall eines Pfeils auf Akjirs Schild verdeutlichte ihr den Ernst der Lage.

»Bring sie hier fort«, stöhnte Lerø und nickte ihnen zum Abschied zu. »Das bist du mir schuldig.«

Die blauen Augen waren längst geschlossen. »Lebe!«, hauchte er mit seinem letzten Atemzug, bevor der Druck seiner Hand nachließ und sie Lilja entglitt. Seine schmerzgeplagten Züge entspannten sich.

Der Schlamm unter ihm war zu Eis erstarrt.

16

Kampf der Hoffnung

Liljas Schreie hallten von den Häusern wider. Während sie verzweifelt versuchte, ihre Arme unter Lerøs toten Körper zu schieben, warf Akjir sich schützend über sie. Ein weiterer Pfeil traf auf sein Schild, als er sie mit Gewalt von ihrem Bruder losreißen musste.

»Nein!« Lilja versuchte zu protestieren, doch Akjir packte sie an der Taille und zog sie mit sich auf die Füße. Das Schild, welches er zuvor einem Soldaten abgenommen haben musste, hielt er dabei weiter schützend vor sie. So drängte er sie immer weiter rückwärts, ließ sie nur dann los, wenn er einen Angriff parierte. Zunächst wehrte sie sich gegen seinen Griff, doch schon nach kurzer Zeit verlor sie ihren Kampfgeist. Entweder stand sie unter Schock, oder sie hatte endlich begriffen, dass sie Lerø nicht mehr helfen konnte.

Die Soldaten wagten es auch weiterhin kaum, Akjir anzugreifen. Sie wussten, dass es sinnlos war. Genauso wie Loras. Dennoch wunderte er sich, dass der Heerführer nicht versuchte ihm zu folgen. Es dauerte nicht lange, bis ihnen niemand mehr hinterherkam. Lilja klammerte sich wimmernd an seine Seite, den Schild hatte er weggeworfen, nachdem sie in das enge Gewirr der Gassen eingetaucht waren. Halb zog, halb trug er sie vorwärts. Bei ihrem Anblick zerriss ihm das Herz. Doch wenn er jetzt zurückginge und ihren Bruder rächte, würde ihn das trotzdem nicht wieder lebendig machen. Es würde nur ihre Chance zur Flucht erheblich verringern.

In einer Seitenstraße, die weit genug vom Platz entfernt war, blies Akjir durch zwei Finger. Schon im nächsten Moment trabte seine Stute um die Ecke. Lilja war auf einmal seltsam benommen. Doch als er sie auf den Rücken des Tieres hieven wollte, kam sie scheinbar wieder zur Besinnung. Mit beiden Händen schlug sie ihm hart gegen die Brust. »Nein! Wir müssen zurück und Lerø holen!«

»Lerø ist tot.«

Tränen schossen ihr in die Augen. Akjir spürte ihre Fähigkeit in heißen Wellen von ihr abstrahlen. Wenn er nicht aufpasste, würde sie die Kontrolle verlieren. »Und das ist allein deine Schuld!«, brüllte sie. Unsicher sah er sich um.

»Ich habe versucht, euch beide zu retten«, beschwichtigte er sie. Sie sackte in sich zusammen. Die Wut, die sie einen Augenblick zuvor noch gestärkt hatte, war verpufft.

»Der Pfeil war für mich bestimmt«, flüsterte sie. »Wir können ihn nicht einfach zurücklassen!«

»Wir müssen ihn zurücklassen oder sein Opfer war umsonst.« Akjir hasste sich selbst für diese Worte. Er wusste, wie hart sie klangen. Doch es war die Wahrheit.

Lilja fiel auf die Knie. Der innere Schmerz ließ ihren Körper erzittern. Tränen liefen ihr über die Wangen, die in der kalten Abendluft feinen Dampf hervorbrachten. Die Eiszapfen an den Dächern begannen zu schmelzen. Ein Tropfen nach dem anderen traf ihren Kopf, den sie vornübergebeugt hielt, während sie das Gesicht in ihren bebenden Händen vergrub. Obwohl Akjir wusste, dass er sich vor ihr in Acht nehmen musste, kniete er sich zu ihr und legte behutsam seine Hände auf ihre. Er zog sie herab und schaute ihr dann tief in die Augen. »Ich weiß, wie du dich fühlst. Aber sein Opfer darf nicht umsonst gewesen sein. Lass mich dich hier fortbringen.«

Behutsam streichelte er mit dem Daumen über ihre Wange, wischte ihre Tränen fort.

Zumindest schien noch ein Fünkchen ihres starken Geistes am Leben zu sein, denn sie befreite sich grob aus seiner Umarmung, nickte aber. »Danach will ich dich nie wiedersehen.«

Sie war eingeschlafen. Nach über einer Stunde hatte sie sich der Müdigkeit endlich ergeben. Im Schlaf war sie an Akjirs Brust gesunken und er spürte ihren langsamen Atem. Um ihr einen besseren Halt zu geben, hatte er den linken Arm um ihre Taille gelegt.

Er wusste, dass es falsch war, doch es fühlte sich so richtig an. Diese junge Frau war voller Angst, dennoch war sie bereit, alles für ihre Familie zu riskieren. Ihr Körper war schwach, doch ihr Geist umso stärker. Die Wärme, die von ihr abstrahlte, erinnerte ihn daran, welche Macht in ihr ruhte. Eine Macht, die sie nicht einmal ansatzweise beherrschen konnte. Sie würde in einem Kampf gegen die Eislady nicht bestehen. Doch sie musste lernen mit dieser Gabe umzugehen, denn ein Kampf war unausweichlich. Jetzt, da die Eislady wusste, dass ihr Bruder kein Feuergeborener war, würde es nicht lange dauern, bis sie dieselben Schlüsse zog wie er. Loras kannte ihr Geheimnis, durch sein Verhalten hatte er es ihm offenbart. Doch welche Wahl war ihm geblieben?

Der Verdacht, dass Lilja eine Feuergeborene war, war ihm das erste Mal im Lager des Firnfuchsclans gekommen. Tius Kleidung war erloschen, bevor er sie zu Boden hatte reißen können. Seit diesem Vorfall hatte er ihre Gabe immer wieder auf die Probe gestellt. Beim Lagerfeuer entfachen stellte er sich absichtlich ungeschickt an, trotzdem entzündete es sich jedes Mal ohne Probleme.

In Jukka hatte sie dann ihren größten Fehler begangen. In dem Gasthaus gab es keine Streichhölzer, um die Kerze auf ihrem Nachttisch zu entzünden. Dennoch brannte sie in jener Nacht. Dort hatte er ihr ein Versprechen gegeben. Wenn er ehrlich zu sich selbst war, war die Entscheidung dazu schon an dem Tag gefallen, als ihnen der Weiße Hirsch erschienen war. Wie lange hatte er auf die Rückkehr des Weißen Hirsches gewartet?

Bei der Erinnerung an die Szene im Wald holte Akjir tief Luft. Er schloss die Augen und sah das Flammenmädchen in einer Landschaft, die aus Schnee und Eis geboren war. Es hatte dem majestätischen Tier zärtlich die Hand an die Stirn gelegt. Der Wind zerzauste das rote Haar und trug das Wispern der Verstorbenen heran.

Plötzlich bekam er einen Kloß im Hals. Selbst in seiner Welt hatte das reine Geschöpf eine gottgleiche Bedeutung. Lilja weckte eine Hoffnung in ihm, die er für immer verloren geglaubt hatte.

Ihre Begabung war einzigartig. Sie war die Letzte ihrer Art und sie würde noch viel lernen müssen. Er wusste, wie enttäuscht und wütend sie war. Er hatte es ihr angesehen. Etwas zwischen ihnen war zerbrochen. Auch wenn er in ihren Augen ein Verräter war, so war er doch der Einzige, dem sie vertrauen konnte. Wie sollte er ihr das nur verständlich machen?

Die Nacht war kalt und stürmisch. Schnee wehte ihnen um die Ohren, doch Akjir hatte eine Decke um sie beide gelegt, die das Schlimmste abhielt. Er hörte den Ruf wilder Tiere. Die Anwesenheit eines Shatars war spürbar. Sie konnten ihnen nichts anhaben, dennoch ließ ihn diese Aura innerlich frösteln.

Seine Stute schnaubte unter ihm. Sie war erschöpft. Zeit, sich eine Bleibe zu suchen, ein Feuer zu entfachen und der sturen jungen Frau zu erklären, welche große Aufgabe ihr bevorstand. Und wie sehr sie ihn brauchte. Bei dem Gedanken entwich ihm ein Seufzen. Doch in Wahrheit war er es, der Lilja brauchte. Denn nach allem, was geschehen war, sehnte er sich nach etwas Gutem in seinem Leben. Und das war sie.

Gut.

Teil II: Funkenflug

17

Hirschgeflüster

Sie erwachte mit Rauchgeruch in der Nase. Er brannte in ihren Augen, in ihrer Lunge und erinnerte sie daran, was sie war. Zum ersten Mal in ihrem Leben konnte sie den Anblick eines Feuers nicht ertragen. Sie schloss die Augen für einige Momente, bis sie neben sich ein Geräusch hörte. Ruckartig setzte sie sich auf, doch es war nur Akjir. Ein stechender Kopfschmerz bestrafte sie für diese schnelle Bewegung. Er trat hinter ihr hervor und ließ mehrere Äste auf den Boden neben dem Feuer fallen. In einiger Entfernung hörte sie das Pferd träge auf etwas herumkauen.

Karge Felsenlandschaft umgab ihr bescheidenes Schlaflager. Ein Felsüberhang bot ihnen Schutz vor dem rauen Wetter und davor rieselten winzige Schneeflocken auf den Boden.

»Darf ich?«, fragte Akjir, wartete aber nicht auf eine Antwort. Mit einem angezogenen Knie nahm er neben ihr Platz.

Lilja sog seinen vertrauten Duft nach Schnee und Moos ein. Das war also der Geruch von Verrat. Sofort rückte sie von ihm ab. Er steckte eine Hand nach ihr aus.

»Fass mich nicht an.«

»Lilja …« In seinem Gesicht zeigte sich Schmerz. Er klang verloren. »Es tut mir so leid.«

»Was tut dir leid? Dass Lerø tot ist? Dass du mich verraten hast? Dass du mich geschlagen hast? Ich habe dir vertraut. Ich dachte, wir wären Freunde. Du hast mich die ganze Zeit belogen. Und wofür?« Sie spuckte ihm die Worte ins Gesicht, die Verachtung in ihrer Stimme war nicht zu überhören. Er schluckte schwer, wandte seine Aufmerksamkeit dem Feuer zu und entzog sich so ihrem anklagenden Blick.

Feigling!

»Es ist nicht so einfach –«

»Es ist nicht so einfach? Ist das dein Ernst? Du hast dir mein Vertrauen erschlichen, um über mich an Lerø heranzukommen. Ist es nicht so?«

»Nein …«, er stockte. »Ja, am Anfang war das mein Auftrag. Aber ich habe dich nicht belogen, als ich dir in Jukka mein Versprechen gab, dir zu helfen.«

»Ach nein? Was hat deine Meinung geändert?« Ihre Wut war noch immer nicht verflogen.

»Du!« Sein Geständnis kam so unvermittelt, dass sie die Berührung zuließ. Seine Hand ergriff ihr Kinn und er zwang sich, sie anzusehen.

»Meine Herrscherin gab mir den Auftrag, Kyanas erstgeborenen Sohn aufzuspüren. Ich inszenierte deine Rettung vor der Grauen Garde, um dein Vertrauen zu gewinnen. Als ich in Forstheim erkannte, dass dir sein Aufenthaltsort genauso unbekannt war wie mir, wollte ich dich gehen lassen, obwohl mir aufgetragen wurde, keine Spuren zu hinterlassen. Doch die Graue Garde musste ja dieses Dorf dem Erdboden gleich machen …« Die rechte Hand schloss sich auf seinem Bein zu einer Faust. »Ich konnte dich nicht einfach zurücklassen … Jedenfalls, als ich dich mit dem Weißen Hirsch sah, hast du alles verändert.« Er starrte in die Flammen. »Als ich dann erkannte, dass du diejenige bist, nach der Aiyana sucht … konnte ich meinen Befehl nicht mehr ausführen.« Sein Daumen strich sanft über ihren Unterkiefer, als er sich ihr wieder zuwandte.

»Welchen Befehl?«

»Aiyana forderte das Leben des Kindes.«

Liljas Mund wurde trocken. »War meine Mutter wirklich eine Feuergeborene?« Ihre Stimme war nur ein Flüstern, das beinahe im berstenden Holz unterging.

Er nickte.

»Was ist mit meinem Vater?«

Schmerz loderte in Akjirs Augen auf. Nicht, weil er Schuld an Noriks Tod trug, sondern, weil sie ihm diese schreckliche Tat zutraute.

Er schüttelte so wild den Kopf, dass sich ein paar Strähnen lösten und ihm ins Gesicht fielen. »Ich bedauere, was mit ihm und dem Mädchen geschehen ist.«

Lilja schluckte schwer. »Ihr Name war Ilvy.« Tränen traten in ihre Augen. »Sie war meine Freundin.« Die sanfte Berührung an ihrem Rücken schenkte ihr trotz der Wut etwas Trost. Sie schniefte. »Was meinst du damit, dass unsere Begegnung mit dem Weißen Hirsch alles verändert hat?«

Mit einer schnellen Bewegung stand Akjir auf, schritt zu der Stute und holte einen Gegenstand aus der Tasche. Als er sich diesmal neben sie setzte, rückte sie nicht von ihm ab. In den Händen hielt er eine kostbare Schnitzerei. Lilja erkannte sie als jene, die sie auf dem Markt in Firnheim bestaunt hatte. Fragend schaute sie zwischen der Skulptur und Akjir hin und her.

»Ich habe gesehen, wie du dich in Firnheim für sie interessiert hast.« Er streckte sie ihr entgegen. »Also habe ich sie dir in der Meeresstadt gekauft. Der Händler wollte das Dreifache seines ursprünglichen Preises, doch die Tochter machte mir einen Sonderpreis.«

Fast ehrerbietig nahm Lilja die Hirschskulptur in ihre Hände und fuhr die Umrisse mit dem Finger nach. Noch nie hatte man ihr etwas so Wunderschönes geschenkt.

»War sie das blonde Mädchen mit den purpur Lippen?«

»Ja. Wieso?«

Lilja konnte sich nicht erklären, warum diese Erkenntnis sie erleichterte. »Du hast meine Frage nicht beantwortet.« Ihre Stimme klang kälter als beabsichtigt. »Warum hat unsere Begegnung mit dem Hirsch alles verändert?«

»Da, wo ich herkomme, ist der Weiße Hirsch ein Symbol für die Hoffnung.« Seine Augen leuchteten auf, als er davon sprach. »In Alkator steht er zwar für etwas anderes, aber letztendlich führt es auf das Gleiche hinaus.« Er machte eine Pause, um zu sehen, ob Lilja ihm folgen konnte. »Der Weiße Hirsch offenbart sich nur den Würdigsten. Du wurdest auserwählt, du wirst das Land von der eisigen Herrschaft befreien.«

Ungläubig starrte sie ihn an. »Was genau suchst du, Akjir?«

»Ich weiß nicht, was du meinst?«

»Das weißt du genau. Du sprichst von Hoffnung. Was ist *deine* Hoffnung? Suchst du Erlösung? Oder Freiheit?«

»Wir suchen doch alle nach irgendetwas oder irgendwem.«

Wie hatte sie nur einen Moment denken können, dass er ehrlich zu ihr war? Wütend spuckte sie vor ihm aus. »Du glaubst, dass ich auserwählt wurde?«

»Ich glaube es nicht.« Er streckte seine Hand erneut nach ihr aus. Diesmal wich sie vor ihm zurück. Enttäuscht fiel sein Arm in den Schoß. »Ich weiß es.«

Lilja stand abrupt auf und warf Akjir die Figur vor die Füße. »Ich habe es Kali schon gesagt, ihr beide irrt euch. Ich will davon nichts mehr hören. Sobald wir wieder in der Zivilisation sind, trennen sich unsere Wege.« Sie kletterte einen nahen Abhang hinunter.

»Lilja!« Er sprang ihr nach.

»Lass mich in Ruhe! Ich will allein sein. Wegen dir habe ich alles verloren. Meinen Vater, meinen Bruder, mein Zuhause. Einfach alles.«

Er ergriff ihr Handgelenk, zog sie zu sich heran. »Denkst du, mir macht das Spaß? Du weißt nicht, welche Macht sie über mich hat.«

Sie starrte auf seine Hand, die ihren Arm umklammerte, als würde sein Leben davon abhängen.

»Da hast du zur Abwechslung einmal die Wahrheit gesprochen. Ich weiß es nicht. Ich weiß rein gar nichts über dich.« Sie ruckte an seinem Griff. »Lass. Mich. Los!« In ihrer Stimme spiegelte sich der Zorn, den sie nur schwer unterdrücken konnte.

Wie konnte er es wagen, nach allem, was er ihr angetan hatte?

»Bitte, hör mich an! Du bist vom Feuer geküsst. Du allein besitzt die Gabe, Lady Aiyanas Regentschaft zu beenden und mein Volk zu befreien.«

Sie schüttelte heftig den Kopf. »Ich will das nicht hören. Nichts davon bringt meine Familie zurück.«

»Du musst lernen mit deiner Macht umzugehen.«

»Ich weiß, wie ich damit umgehe und jetzt *lass mich los*!« Sie packte mit der freien Hand seinen Arm und versuchte, den festen Griff zu lösen. Unvermittelt gab er ihr Handgelenk frei. Beinahe stolperte sie rückwärts den Abhang hinunter.

»Du musst mir vertrauen.« Seine Augen flehten um Verzeihung.

»Das kann ich nicht.« Sie schluckte. »Nicht mehr!« Sie wandte sich ab und lief so schnell es ihre Füße zuließen in die Nacht hinaus.

Weit war sie nicht gekommen. Zwar hatte es aufgehört zu schneien, doch der Wind wehte erbarmungslos durch die Felsspalten. Die Nacht war so schwarz, als wären mit der Hoffnung alle Sterne erloschen. Nicht einmal der Mond war am Himmel auszumachen.

Nach kurzer Zeit hatte Lilja eingesehen, dass es besser war, umzukehren. Sie hatte gehofft, einige Zeit für sich zu sein. Um zu trauern, und um nachzudenken. Da war so vieles, das sie nicht verstand. Zudem fühlte sie neben dem Verlust ihres Bruders auch eine tiefe Traurigkeit gegenüber Akjir. Seit ihrem Aufbruch aus

Firnheim hatte sie sich immer mehr zu ihm hingezogen gefühlt. Er war zu ihrem Vertrauten geworden, aber in Wirklichkeit hatte er sie nur benutzt.

Eine Stimme in ihr wollte das nicht glauben. Schließlich hatte er ihr mehrmals das Leben gerettet, letztendlich hatte er sogar versucht, Lerø zu befreien.

Sie schüttelte den Kopf. Nein, ohne ihn wäre es ja überhaupt nicht so weit gekommen. Dennoch fragte sie sich, wieso die Eislady eine solche Macht über Akjir besaß. Ihr war zudem die vertraute Anrede nicht entgangen. *Aiyana.* Und wäre er nicht gewesen, dann hätte sie jemand anderen geschickt.

Lilja dachte an ihre Mutter. Hatte sie ihre Gabe an sie vererbt? Warum hatte sie nie darüber gesprochen? Gab es noch mehr, die so waren wie sie?

Was wäre, wenn sie die Einzige war, die das Land von der Lady befreien konnte? Nein, das war unmöglich. Glaubte Akjir wirklich, was er erzählte?

Zumindest glaubte Lady Aiyana daran. Warum sollte sie sonst die Graue Garde hinter ihr herjagen?

Zu viele Fragen.

Lilja presste die Handballen auf ihre müden Lider. Das ergab doch alles keinen Sinn.

In Gedanken verloren trieben ihre Schritte sie wieder den Berg hinauf. Ihre Hände fanden an dem rauen Felsgestein zu ihrer Linken immer wieder Halt, bewahrten sie vor einem Sturz. Als sie doch einmal auf ihrem Knie landete, durchfuhr der Schmerz sie wie Eiskristalle. Doch sie war dankbar dafür. Er lenkte sie für eine Weile von ihren wirren Gedanken ab.

Als sie in das Lager zurückkam, lag Akjir eingemummelt in einer Felsecke und schlief an der Seite der Stute. Als sie Lilja bemerkte, stellte sie ihre Ohren auf. Mit wachem Blick folgte sie jeder ihrer Bewegungen.

Der Kloß in ihrem Hals war schlagartig wieder da, denn auf ihrem Schlafplatz beim Feuer erwartete sie die Figur des Weißen Hirsches.

Ein Säuseln im Wind formte fast vergessene Worte. Das dichte Schneetreiben raubte ihr die Sicht und so war sie gezwungen, ihren Instinkten zu folgen.

Dieser Stimme zu folgen.

Mit nach unten gerichtetem Gesicht marschierte sie durch den kniehohen Schnee, der um sie herum schmolz.

Sie schaute nach vorne. Sah nichts. Sie lugte nach hinten. Leere.

Nicht einmal ihre Spuren im Schnee waren zu erkennen. Manchmal glaubte sie, sich im Kreis zu bewegen, doch die Stimme wurde immer deutlicher. Also setzte sie ihren beschwerlichen Weg fort. Unvermittelt tauchte aus dem Weiß eine Holztür mit dem ihr allzu vertrauten, von den Jahren speckigen Fischknauf auf. Ohne zu zögern trat sie ein, denn sie wusste, wo sie war. Mit nur wenigen Schritten war sie am Krankenlager ihrer Mutter und hielt ihre Hand verzweifelt umklammert.

»Wer bist du? Was bin ich?«

Tränen tropften auf den Boden. Die Flammen im Feuer flackerten im Zug des Schornsteines.

»Wieso hast du mich nicht auf das vorbereitet?«

Sie bekam keine Antwort. Stattdessen wurden die Atemzüge ihrer Mutter schwächer. Dann wurde ihr die Hand behutsam entzogen und der Alptraum wiederholte sich. Lilja schloss kurz die Augen, als sie die Gestalt erblickte. Erneut sah sie dabei zu, wie sie ihre Mutter küsste. Sie hörte ihren letzten Atemzug und wusste, dass die Person ihr die Seele geraubt hat. Als sie aufstand, erhaschte Lilja mit schmal zusammengekniffenen Augen einen Blick unter die Kapuze. Zwischen all dem Glitzern und Leuchten bohrte sich ein helles Augenpaar in ihre Gedanken. Dann wandte sich das Wesen ab und zurück blieben nur die Worte in ihrem Kopf.

Alles hat seinen Anfang und sein Ende.

18

Wegweiser

Die Provianttasche traf ihn hart im Schlaf. Keuchend fuhr er hoch. Die Nacht auf dem hartem Felsuntergrund hatte ihm ein steifes Genick beschert. Mit verzogenem Gesicht massierte er sich den Nacken und musterte dabei die junge Frau über sich mit fragendem Blick.

»Das habe ich wohl verdient«, murrte er.

Lilja funkelte ihn schadenfroh an. »Ich werde es tun.«

Ihm blieb der Mund offen stehen. Müde kam er auf die Beine. »Was wirst du tun?«

»Was nötig ist, um den Tod meiner Familie zu rächen.«

Er trat dicht an sie heran. Er erkannte, dass sie gerne vor ihm zurückweichen würde, doch sie rührte sich nicht, um ihm zu zeigen, dass sie keine Angst vor ihm hatte.

Sie ist mutiger, als sie aussieht.

»Hier sollte es nicht um Rache gehen. Du musst ein ganzes Land befreien.«

Seine Hände strichen über ihre Unterarme. Jetzt trat sie doch einen Schritt zurück.

»Wie auch immer«, sagte sie trotzig.

»Du verstehst mich nicht. Rache zerfrisst deine Seele. Sie trennt dich vom Leben, von der Liebe … und von deinem Gott.«

»Der Heilige Vater hat mich längst verlassen.«

»Du weißt, dass das nicht stimmt.«

Ja, sie wusste es. Er sah es in ihren Augen. Er fühlte, wie ihre Emotionen hochkamen. Wärme schlug ihm entgegen. Sie wandte den Blick zur Seite und versteckte ihre Tränen.

Er wechselte das Thema. »Du wirst lernen, deine Kräfte besser einzusetzen. Ich werde dir alles beibringen, was du über Aiyana wissen musst.«

Sie verstand.

Als er an ihr vorbei zu seinem Pferd trat, ergriff sie seinen Arm. Noch vor kurzer Zeit hätte ihn ein solcher Eingriff in die Privatsphäre rasend gemacht, doch mittlerweile wünschte er sich nichts mehr als ihre Berührung auf der Haut. Der Ärmel seiner Tunika war nach oben gerutscht, entblößte den Unterarm. Erst beim zweiten Hinsehen bemerkte er, wieso Lilja wie erstarrt darauf hinabschaute. Ein roter Handabdruck, der kleine Blasen zeigte, entlockte ihr ein Stöhnen.

»War ich das?« Ihre Stimme war kaum lauter als ein Flüstern.

»Es ist nichts.« Er löste sich behutsam von ihr, zog den Ärmel herab.

»Tut es weh?« Als sie ihn weiterhin entgeistert ansah, nahm er ihre Finger und führte sie zu seinen Lippen.

»Du könntest mir niemals wehtun, Lilja Feuerhand«, sagte er mit einem Lächeln, während er ihre Knöchel küsste.

Schnell entzog sie sich ihm. »Ich wünschte, ich könnte dasselbe sagen.« Mit diesen Worten stampfte sie an ihm vorbei zum Pferd.

»Warum wollten die Männer der Grauen Garde nicht gegen dich kämpfen?« Endlich brach die junge Frau das unangenehme Schweigen. Lilja saß wie üblich vor Akjir im Sattel und suchte das Gelände nach möglichen Angreifern ab. Seitdem sie die kleine Siedlung der Hochebene verlassen hatten, war ihnen niemand mehr begegnet.

Akjir lenkte die Stute weitab der üblichen Pfade durch die trostlose Eislandschaft bergab nach Daora. Es hatte sich hier nichts verändert.

Er dachte kurz nach, bevor er ihr antwortete: »Ich bin ein gut ausgebildeter Schwertkämpfer.«

Lilja schnaubte. »Das sind sie alle.« Sie schaute ihn über die Schulter hinweg an. Er hatte zwar den Stoff um seinen Kopf geschlagen, aber sein Gesicht blieb frei. Sein Grinsen ließ sich nicht verstecken.

Von der jungen Frau strahlte eine solche Wärme ab, dass er sich fragte, wie er jemals hatte übersehen können, was sie war. Vermutlich hatte er es einfach nicht erkennen *wollen*. Misstrauen stand in ihren strahlenden Augen.

»Ich bin außerdem der Lady erster Heerführer.«

Auf ihren verblüfften Ausruf reagierte er nur mit einem Schulterzucken. Gerne hätte er ihren vor Unglauben offenstehenden Mund geschlossen.

»Und wo ist dann dein Heer?«

Eine einfache Frage, auf die er ihr keine Antwort gab. »Für uns ist nur von Bedeutung wo sich Loras' Männer befinden.«

Das Pferd glitt auf einem vereisten Felsen aus und katapultierte Lilja gegen Akjirs Brust. Sie verlor kurz den Halt und wäre beinahe abgerutscht, aber Akjirs Arm um ihre Taille verhinderte es im letzten Moment.

Nach einigen tiefen Atemzügen hatte Lilja sich von dem Schreck erholt. Sein Griff lockerte sich.

»War das der Mann mit dem Narbengesicht?«, fragte sie, während sie versuchte, wieder eine bequeme Position zu finden.

Er nickte. »Er ist der zweite Heerführer.«

»Er schien dich nicht sonderlich zu mögen.«

»Das beruht auf Gegenseitigkeit.«

In den eisüberzogenen Ästen einer Schirmakazie zwitscherten zwei Eisvögel um die Wette. Es würde einige Tage dauern, bis sie Daora erreicht hätten. Das unwegsame Gelände kostete sie zwei weitere Tagesritte. Loras hatte bei ihrer Ankunft hoffentlich schon einen Ozean zwischen sich und die Flüchtigen gebracht, um der Herrscherin von seinen Enthüllungen zu berichten. Oder er erwartete sie. Doch Loras kannte den Pass nicht und ging mit Sicherheit davon aus, dass die beiden nach Jukka zurückgereist waren.

»Wieso hast du keine Eisblitznarbe?«

Ihr entgeht aber auch gar nichts.

Er hob erneut die Schultern und versuchte dabei gelassen zu wirken. »Ich habe zwar keine Narbe.« Seine Hand verschwand in der ledernen Tasche, die er wie sein Schwert hütete. »Dafür besitze ich das hier.«

Liljas Augen verengten sich zu Schlitzen. Er hielt ihr den Siegelring, der ihn als Heerführer der Lady kennzeichnete, hin. Sie nahm ihm den kleinen Gegenstand aus den Fingern und betrachte das Wappen der eisigen Herrscherin. Es zeigte einen Eisblitz.

»Welche Macht hat sie über dich?«

»Verflucht, Lilja! Soll das ein Verhör werden?« In den Worten klang Zorn mit, auch wenn er versuchte, ihn hinter seinem Humor zu verbergen.

»Du hast gelogen und mein Vertrauen missbraucht. Geschlagen hast du mich sogar. Ich dachte, du wärst ein anderer Mensch. Was erwartest du von mir? Dass ich alles so hinnehme und keine Fragen stelle?«

Jetzt war es Lilja, die wütend klang.

Akjir zwang seine Stute zum Anhalten. Hielt dem Blick der jungen Frau stand. »Es war nicht alles gelogen.«

»Welche Macht hat sie über dich?«, beharrte Lilja.

Er wich ihrem Blick nun doch aus, betrachtete die Spuren einer Schneekatze. Sie waren nicht alt und überschnitten sich mit einer zweiten Spur. Ein Junges. Die Abdrücke waren deutlich kleiner als die der Mutter. Er schwieg weiterhin, als er eine dritte Spur im Schnee ausmachte, die so gar nicht zu den anderen beiden passte.

Es waren die Spuren eines Hirsches. Sie hier oben aufzufinden war ungewöhnlich.

Sein Blick fand zu Lilja zurück.

»Mir wurde das Leben eines Menschen anvertraut. Meine Fähigkeiten sollten eine sichere Überreise gewährleisten. Doch ich habe versagt. Ich wurde überlistet, seitdem bin ich der Eislady zur Treue verpflichtet.«

»Wieso?«

»Weil sie etwas hat, das mir gehört.«

»Das heißt, sie erpresst dich?«

Er stieß das Pferd an. Langsam setzte es sich wieder in Bewegung. Ein knappes Nicken bedeutete ihr, dass er ihr diesbezüglich keine weitere Frage beantworten würde.

19

Verbündete auf Zeit

Daora war ein kleines Städtchen am Rande der steil aufragenden Felsformationen, die die Hochebene vom Meer trennten. Als Lilja auf den Felshang zurückblickte, konnte sie es kaum fassen, dass sie dort herunter geklettert waren. Teilweise zu Fuß, während Akjir die Stute über Felsspalten und mit Geröll übersäte Abhänge geführt hatte. Jedes andere Pferd hätte schon vor dem Abstieg reißausgenommen, doch dieses hier schien seinem Führer blind zu vertrauen.

Vor wenigen Tagen hätte sie noch das Gleiche behauptet. Sie versuchte zu verstehen, warum er sie hintergangen hatte. Die Eislady hatte ihm etwas genommen, für das er sich verantwortlich fühlte, und mit diesem Druckmittel wurde er zum Gehorsam erpresst. Aus irgendeinem Grund, dachte sie dabei an einen geliebten Menschen. So wäre es zumindest bei ihr. Lilja würde wahrscheinlich alles tun, um Lerø oder ein anderes Familienmitglied zu beschützen. Sogar etwas so Abscheuliches.

Sie fragte sich, wer die Person wohl sein mochte, an der Akjirs Herz hing. Es sollte sie nicht interessieren, doch der Gedanke, dass es sich dabei womöglich um seine Geliebte handelte, erzürnte sie.

Zumindest kannte sie jetzt das Geheimnis mit dem Ring. Mit dem Zeichen der Lady hatte er ihnen eine ungestörte Reise erkauft. Ihr war wohl bewusst, was er mit seinem Geständnis bezweckte. Er versuchte, ihr weiszumachen, dass er von nun an mit offenen Karten spielte. Lilja hatte zwar nicht oft an den Spieleabenden von Ilvy teilgenommen, doch selbst sie wusste, dass man das Ass immer bis zum Schluss aufbewahrte. Ohne es zu wollen, spürte sie wieder den Riss ihrer Verbindung. Sie waren keine Freunde, nur Verbündete auf Zeit.

Die vergangenen Nächte hatten sie in Felsspalten zu Füßen eines kleinen Feuers geschlafen. Akjir hatte kaum etwas Brennbares gefunden, doch dank Lilja hatte es länger gebrannt, als es üblich gewesen wäre.

Nun waren sie hier. Der verblüffte Gesichtsausdruck der Stadtwachen war ihnen die letzten hundert Fuß gefolgt. Sie sahen es offenbar nicht alle Tage, dass zwei Reiter über die Berge in die Stadt einreisten. Auf Akjirs Erklärung hin, sie hätten sich verlaufen, zog der ältere der beiden Soldaten die Augenbrauen zusammen. Zumindest fragten sie nicht weiter nach, doch bei einer Befragung würden sie sich an sie erinnern.

Es war kurz nach Mittag, somit beschlossen sie, umgehend den Hafen aufzusuchen. Auffallend wachsam suchte Akjir die Straßen ab, obwohl er ihr am Morgen versichert hatte, dass man sie hier wahrscheinlich nicht suchen würde. Dass der Heerführer nervös war, beunruhigte sie.

Lilja belauschte ein Gespräch zweier Seeleute, während sie in einer Seitengasse auf Akjir wartete. Auch wenn sie in gedämpftem Ton miteinander sprachen, hörte sie deutlich die Worte *Piraten* und *Krieg* herausstechen.

Eingeschüchtert biss sie sich auf die Unterlippe und kaute darauf herum, bis sie Blut schmeckte. Dann wandte sie sich ihren Fingernägeln zu.

Als Akjir zu ihr zurückkehrte und sie ihm davon berichtete, bestätigte er die Geschichte mit einem Nicken. »Der Krieg hat den Abschaum hervorgelockt. Die Rusanpiraten überfallen die Handelsschiffe, töten die Seemänner, stehlen Vorräte und versklaven Frauen und Kinder. Die Kosten für eine Überfahrt haben sich daher verdreifacht.«

»Was?« Ihre Stimme war ein hohes Piepsen.

Akjir war auf den Pferderücken geklettert und reichte ihr eine helfende Hand. Ihr Zittern war nicht zu übersehen, als sie danach griff.

Er lehnte sich im Sattel nach vorne. Sein Atem strich warm und sanft über ihren Hals. »Keine Sorge. Wer dich will, muss erst an mir vorbei!«

Sie hätte ihm für diese Bemerkung gerne eine verpasst, andererseits breitete sich dennoch eine wohlige Wärme in ihr aus. Tatsächlich war sie sich absolut sicher, dass er es ernst meinte. Bei ihm konnte ihr keiner etwas anhaben.

Niemand, außer der Eislady.

Solange, bis er sich dazu entschloss, die Seiten erneut zu wechseln. Lilja sog seinen vertrauten Duft nach Schnee und Moos ein. Das war also der Geruch von Verrat.

Sie erschauderte bei dem Gedanken.

»Was ist? Ist dir etwa kalt?«

»Nein.«

Zwei Tage später verließ ein Handelsschiff den Hafen. Akjir hatte ihnen eine Überfahrt ausgehandelt. Lilja atmete gierig die frische Morgenluft ein. Nachdem sie seit ihrer Ankunft das kleine Zimmer in dem naheliegenden Gasthaus nicht verlassen hatte, war die Aussicht auf das alltägliche Leben für sie mit einem Fest gleichzusetzen.

Die Stute hatte das Ende der kleinen Gasse erreicht. Als sie auf die Hauptstraße abbogen, brachen mit einem Mal alle Geräusche auf Lilja ein. Da waren Tiere, die blökten und gackerten. Kinder, die beim Nachlaufenspielen vergnügt quiekten.

Händler, die ihre Waren anpriesen. Und eine Schiffsglocke, die zum Auslaufen läutete.

»Wir sollten uns beeilen. Das ist unsere Mitfahrgelegenheit.«

Lilja reckte den Hals, um einen Blick auf die Stege zu erhaschen. Erstaunt drehte sie sich dann zu dem Reiter herum. »Das ist *unser* Schiff?«

»Es hat mich einiges an Überzeugungskraft gekostet, aber ja, die Eisenhaut wird uns nach *Turas* bringen.«

Akjir schien überrascht dass Lilja, obwohl sie aus einer kleinen Stadt am Südufer stammte, von der Eisenhaut gehört hatte. Doch das Schiff steuerte gelegentlich auch Firnheim an. Von Lerø wusste Lilja, dass die Eisenhaut das größte und am besten bewaffnete Handelsschiff war. Mit ihren 16 Kanonen und den vier Geschützen auf Achterdeck und Brack hatte sie selbst den Piraten etwas entgegenzusetzen. Zudem war der Rumpf des Schiffes an wichtigen Positionen mit Eisen verstärkt worden. So hieß es, dass die Eisenhaut selbst eine Fahrt durch den *Trümmergürtel* heil überstehen könnte.

»Deine Geldbörse leert sich schneller als dir lieb ist, oder?«

»Noch haben wir genug, Lilja Stirnfalte.«

»Was?«

»Mach dir nicht so viele Sorgen, ansonsten brennt sich die Sorgenfalte irgendwann ein.«

Er tippte mit dem Zeigefinger auf die Stelle zwischen ihren Augenbrauen. Sein Lächeln verschwand, als sein Blick auf ihre Lippen fiel.

Verlegen wandte sich Lilja nach vorne. »Ich bin froh, wenn wir hier weg sind«, sagte sie.

»Ich auch.« Und diesmal hörte sie in seinen Worten eindeutig den Anflug von Sorge.

20

Sterbendes Meer

Warum es das Sterbende Meer hieß, verstand Lilja nicht. Es sah aus wie jedes andere Meer. Ein Matrose erklärte ihr in seiner Freiwache, dass sich der Name auf das bezog, was sich unter der Oberfläche abspielte. Nämlich gar nichts. In den vergangenen Jahrzehnten war der Fischbestand stetig zurückgegangen, bis schließlich kein Lebewesen mehr aufzuspüren gewesen war. Dies war der Grund, warum die Abtrünnigen Inseln so stark vom Handel abhängig waren. Die wenigen Rohstoffe, die den Bewohnern zur Verfügung standen, waren ihr einziges Zahlungsmittel. Ihre Lebensgrundlage.

Die verschiedenen Stämme führten deshalb einen blutrünstigen Krieg. Es gab Menschen – Lilja hatte zwei davon in der Meeresstadt kennengelernt – die sogar daraus Profit schlagen wollten.

»Weiß man, warum die Meerestiere ausgestorben sind?«

Der Schiffsmann schüttelte das mit Zöpfen übersäte Haupt. »Manche behaupten, es läge an den Schwefelgasen, die das Wasser verpesten.«

»Schwefelgase?«

»Unterseevulkane stoßen sie gelegentlich aus.«

»Woher weiß man das?«

»Du kannst es riechen. Es stinkt wie verdorbene Eier.«

Sie war auf der einen Seite froh, dass die Eisenhaut sie zusammen mit den Ziegen – dem Handelsgut – fort von Loras und seinen Männern der Grauen Garde brachte. Andererseits behagte es ihr überhaupt nicht, dass sie auf den Abtrünnigen Inseln anlegen würden. Und sogar von Bord gehen mussten, denn das Schiff segelte nicht weiter nach Norden. Es würde über die Südpassage Firnheim ansteuern. Bei dem Gedanken, dass die Eisenhaut in ihre Heimat zurückfuhr, wurde ihr schwer ums Herz. Sie hatte das Handelsschiff von ihrem Felsenversteck aus gerne beobachtet. Niemals hätte sie gedacht, dass sie einmal damit reisen würde.

Sie waren seit zwei Tagen auf See. Entweder hatte sich Lilja mittlerweile an das Schaukeln gewöhnt, oder es war ein kleines Wunder geschehen. Ihr Magen war stabil und sie war sogar in der Lage, die Aufgaben durchzuführen, die Akjir ihr jeden Morgen auftrug. Zunächst hatte sie ihn belächelt, als er ihr beibringen wollte, wie sie richtig atmete. Doch bald erkannte sie, dass sie damit und mit den meditativen Übungen ein inneres Summen wahrnahm. Akjir hatte es als den Widerhall ihrer Macht beschrieben. Mit Hilfe dieser Techniken war das Feuer in ihren Eingeweiden nahezu spürbar, sobald sich in ihrer Nähe ein Funke entzündete. Es bedurfte keiner Worte mehr, um es herauszulassen. Das war ihr zuvor nur selten und eher durch Zufall geglückt.

Am dritten Tag kam der erste Dämpfer. Lilja beherrschte zwar alle passiven Fähigkeiten zufriedenstellend, doch die aktiven stellten eine Hürde dar, die sie nicht überwinden konnte.

Zu ihrer Verblüffung hatte Akjir ihr offenbart, was ihre Fähigkeit alles zu tun vermochte. Dafür hatte er ihr erst einmal erklärt, wie sie funktionierte.

Tatsächlich trug Lilja gar nicht das Feuer in sich, wie sie es immer geglaubt hatte. Alles um sie herum bestand aus Energie, und wenn sie diese nutze, benötigte es nur einen Funken, um alles in Brand stecken zu können. So weit, so gut. Nun musste sie lernen, dass sie die Energie um sich herum auch entziehen, absorbieren und speichern konnte.

Sie schüttelte den Kopf. »Ich kann das nicht.«

Wie oft hatte sie es während der vergangenen zwei Glasenschläge schon probiert?

Sie wusste es nicht.

»Eigentlich ist es dir doch schon gelungen«, ermutigte Akjir sie.

Sie öffnete die Augen und schaute ihn fragend an. Er saß wie sie mit gekreuzten Beinen auf den Dielen zwischen Fässern und Kisten. Die Arme ruhten entspannt auf seinen Oberschenkeln.

»Als du Tiu gerettet hast. Es ist genau das gleiche Prinzip.«

Sie zog kritisch die Augenbrauen zusammen und biss sich auf die Unterlippe.

Er lehnte sich nach vorne, strich ihr mit dem Zeigefinger über den Nasenrücken.

»Augen zu!«, wies er sie an. »Einatmen. Ausatmen. Lass dich von einem positiven Gedanken durchströmen. Lass dich fallen.«

Lilja gehorchte. Es dauerte einige Atemzüge. Sie konzentrierte ihre Sinne und suchte nach den Energien, die außerhalb ihres eigenen Körpers herumschwirrten.

Sie nahm so vieles wahr. Da war das Fiepen einer Maus, das Tippeln von Spinnenbeinen auf Holz. Auf dem untersten Deck konnte sie sogar die Hufschläge der Ziegen spüren. Der Duft von Essen stieg ihr in die Nase und erinnerte sie daran, dass es bald Zeit für das Mittagessen war. Ihr Magen rumorte sehnsüchtig. Sie versuchte, sich wieder auf ihre Aufgabe zu besinnen, doch es gelang ihr nicht. Nach einer nahezu endlosen Zeit öffnete Lilja vorsichtig das rechte Auge. Stöhnend hob sie die Arme und ließ sie wieder fallen.

Der Krug zwischen ihnen war immer noch mit Wasser gefüllt.

»Es wird nie einfrieren.«

Akjir erhob sich. »Warte hier.«

»Was hast du vor?«

Er machte eine Geste, die ihr bedeutete, sitzen zu bleiben.

Als er wieder kam, hatte er eine Kerze in der Hand. Er nahm dieselbe Haltung ein wie zuvor. Entfernte den Krug aus ihrer Mitte und stellte stattdessen die Kerze dorthin.

»Wärst du so lieb und machst die Kerze für mich an?«

Lilja suchte die umliegenden Kammern ab und schüttelte den Kopf. »Ohne Funken kein Feuer.«

Aber Akjir hatte natürlich auch daran gedacht. Er ließ grinsend den kleinen Feuerstein über seine Fingerknöchel tanzen, bevor er einen Funken daraus schlug. Ehe er noch etwas sagen konnte, war das Zischen der entflammenden Kerze zu hören. Er nickte. »Ich möchte, dass du die Augen schließt. Konzentriere dich und lösche die Flamme.«

Lilja tat wie ihr geheißen. Als sie das nächste Mal die Augen öffnete, war die Kerze erloschen.

»Na bitte. Du kannst es.«

»Das ist nicht dasselbe.«

Akjir tauschte die Kerze wieder gegen den Wasserkrug.

»Versuche dich an das Gefühl zu erinnern, als du die Flamme gelöscht hast. Halte dich daran fest und versuche, dem Wasser seine Energie zu entziehen.«

Stöhnend schloss sie die Lider. Es war gar nicht so einfach, sich auf etwas zu konzentrieren, das einem sein Leben lang nie viel Mühe gekostet hatte. Es war wie mit dem Atmen. Ohne, dass einem bewusst ist wie, tut man es. Doch genauso, wie sie lernen konnte, sich auf ihre Atmung zu konzentrieren, würde sie auch das hier erlernen.

Lilja versuchte, ihre Umgebung auszublenden, nicht an das Wasser in dem Krug zu denken, sondern rief sich die züngelnde Flamme der Kerze vor Augen.

Da war sie, die Energie. Sie spürte die Vibrationen in der Luft und ein Summen in ihrem Ohr. Sie horchte in sich hinein, brachte den Widerhall ihrer Macht in Einklang mit der Energie, die sie im Raum wahrnahm.

Auf einmal wurde das Summen lauter, die Vibrationswelle warf sie nach hinten. Ihr Hinterkopf traf hart auf den Holzboden, raubte ihr das Bewusstsein. Sie hörte Akjir etwas rufen, doch verstehen konnte sie es nicht.

21

Salz, Feuer & Eisen

»Atme! Lilja, du musst atmen!«

Wie hatte er es nur so weit kommen lassen können? Er hatte sich in ihr getäuscht. Sie war noch nicht so weit. Oder er hatte zu viel auf einmal von ihr erwartet. Sie war ungewöhnlich begabt und schien es tatsächlich nicht zu wissen.

Manchmal klang ihre Geschichte so unglaubwürdig, dass er meinte, sie würde in Wirklichkeit ihn benutzen und nicht umgekehrt.

Die junge Frau lag bewegungslos in seinen Armen. Nachdem das Wasser im Krug zu Eis erstarrt war, hatte eine gewaltige Druckwelle den zarten Körper nach hinten geschleudert. Der Aufprall hatte ihr das Bewusstsein geraubt.

Akjirs Lippen bebten vor Aufregung.

»Komm zurück.« Seine Stimme war ein Flehen.

Er ließ den Blick durch den Raum gleiten. Auf dem Boden, an den Wänden, einfach überall hatte sich Raureif gebildet. Sein eigener Atem kam in kleinen Wölkchen, doch bei ihr war nichts zu sehen.

»Lilja …«

Sie atmete nicht. Hilflos hielt er sie in seinen Armen, hin und hergerissen, was er tun sollte. Er spürte den Schatten des Todes über ihr schweben. Shatar waren in der Nähe. Ihm blieb keine Zeit mehr.

Seine Hand zitterte, als er sie an die Wange der jungen Frau hob. Sein Daumen strich über ihre heiße Haut. Sie hatte die gesamte

Energie der Umgebung absorbiert, ohne zu wissen, wie sie damit umzugehen hatte. Er schüttelte den Kopf über seinen Fehler.

»Es tut mir so leid.«

Er neigte sich zu den Lippen des Mädchens herab. Mit einem tiefen Atemzug presste er die Luft in ihre Lungen. Einmal, zweimal. Immer wieder, doch sie atmete weiterhin nicht selbstständig. Seine Versuche wurden verbissener. Letztendlich gab er es auf. Kalte Lippen ruhten auf einem glühenden Mund. Warm und rau schmeckten sie nach Salz, Feuer und ein bisschen auch nach Eisen. Es war ein verzweifelter Kuss, doch er gehörte ihm.

22

Namen ändern alles

Hitze durchströmte ihren Körper. Verbrannte sie. Eine Stimme raunte ihr versöhnliche Worte zu. Es waren die gleichen unverständlichen Worte, die sie bereits kannte.

Das Krankenlager tauchte vor ihren Augen auf. Sie hielt die Hand ihrer sterbenden Mutter umklammert.

»Wieso hast du mich nicht auf das hier vorbereitet?«, schrie sie ihr entgegen. Sie schaute Kyana an, doch es war nicht das Gesicht ihrer Mutter, sondern ihr eigenes, das sie sah. Entsetzt ließ sie die Hand fallen. Mit einem Mal war sie es, die auf dem Krankenlager ruhte. Es drückte sich ein fremder Mund auf ihre spröden Lippen. Erst sanft, dann fordernder aber zu jeder Zeit eiskalt. Zunächst wollte sie schreien und die diamantglitzernde Gestalt von sich schieben, doch dann teilten sich ihre Lippen in dem stummen Kuss, der ihre Seele stahl. Doch es geschah nicht. Anstatt ihr das Leben zu rauben, wurde es in sie hineingedrängt. Schmerzhaft hob und senkte sich ihr Brustkorb durch die Luft, die man ihr mit Gewalt einzuflößen versuchte. Angespannte Arme hielten sie fest umklammert. Nach einer Weile gab man die Versuche auf. Weich ruhte der Mund nun auf dem ihren, gewärmt von ihrem inneren Feuer. Zärtlich strichen Finger über ihre Wange, fuhren über die geschlossenen Lider.

Alles hat seinen Anfang und sein Ende, *hörte sie die Stimme sagen.*

Der Moment schien ewig zu dauern, aber vielleicht waren es nur Sekunden. Die Hitze ebbte ab, war nur noch eine warme Erinnerung. Ihre Lungen brannten vor Schmerz.

Sie musste atmen. Mit einem Japsen holte sie tief Luft. Der Duft nach Schnee und Nadelwäldern durchströmte jeden Zipfel ihres Körpers, schenkte ihr ein Gefühl von Geborgenheit.

Als Lilja blinzelte und die Augen öffnete, waren ihre Atemzüge endlich langsamer und regelmäßiger geworden. Das Erste, was sie sah, war Akjir, der sie auf seinen Schoß gezogen hatte und fest umschlungen hielt. Sein Gesicht war nicht mehr als eine Handbreit von dem ihren entfernt. Die schmalen Lippen waren leicht geöffnet, seine Augen mit Blitzen durchzogen.

»Was – Was tust du da?«, fragte Lilja geschwächt.

»Ich dachte, man würde dich mir wegnehmen.«

Der fremdländische Klang seiner Worte versetzte ihr selbst jetzt eine Gänsehaut. Doch sie hörte auch seinerseits ein Zittern heraus.

»Was meinst du?«

»Du hast die gesamte Umgebungsenergie absorbiert, ohne ein Ventil zu benutzen. Die Druckwelle hat dich zurückprallen lassen und du hast nicht mehr geatmet.«

Lilja setzte sich etwas mehr auf. Akjir wich nicht zurück.

Seine Lippen – sie konnte den Blick nicht davon abwenden – waren so nah. Eine ferne Erinnerung an den Geschmack von Schnee, Erde und Moos streifte ihre Gedanken. Hatte er sie geküsst?

Unter ihrem Blick befeuchte er sie. Lilja schluckte, doch der Kloß in ihrem Hals blieb. Sie versuchte, sich von ihm loszumachen, doch er verstärkte seinen Griff.

»Lilja …«

»Was?«, ihre Stimme war nur ein Flüstern. Mit einem Mal fand sie sich in einem stürmischen Kuss wieder. Er war sanft und doch fordernd, als würde sein Leben davon abhängen. Sie schloss die Augen, ließ zu, dass er sie noch näher an sich heranzog, die Fäuste in ihrem Haar vergrub. Liljas Hand ruhte auf seiner Brust, spürte den kräftigen Herzschlag mit ihrem vereint.

Dieser Kuss war falsch und doch heilte er die Schnitte in ihrem Herzen. Sein Duft, sein Geschmack, alles an ihm erinnerte sie an ihre Heimat. Sie war bereit, ihm sogar seinen Verrat zu verzeihen, doch dann beendete er ihn so schnell, wie er ihn begonnen hatte. Ehe sie sich versah, hatte er sie von sich geschoben, war aufgestanden und hatte mehrere Schritte Abstand zwischen sie beide gebracht.

»Es tut mir leid. Das war mein Fehler.«

»Wie bitte?«

Der Raum hatte sich aufgeheizt, Schweißperlen standen ihm auf der Stirn, überall tropfte es von der Decke.

Er strich sich verlegen durch die hellen Haare und schien dabei nicht zu wissen, wie wild ihn das aussehen ließ. Er räusperte sich, doch in dem Moment hörten sie die vier doppelten Glasenschläge. Er wartete, bis die Klänge verhallten, ehe er wieder das Wort ergriff. »Wir sollten zum Essen gehen.« Er wandte sich ab.

»Ist das dein Ernst? Du küsst mich und dann möchtest du essen gehen?«

»Ich sagte doch: Es war mein Fehler.« Er spuckte ihr die Worte fast entgegen.

Tränen füllten ihre Augen, doch ihre Wut hielt sie zurück. »Liegt es an ihr?«

Erschrocken fuhr er herum. »An wem?«

»An der Frau, die du schützen willst?« – *und mit der die Eislady dich erpresst.*

Den letzten Satz sprach sie nicht aus.

Er schloss die Augen, rieb sich über das Gesicht. Erkannte sie Schmerz in seinen Zügen? Plötzlich sah er endlos erschöpft aus.

Er nickte und Lilja schloss kurz die Augen. Es zu vermuten war eine Sache gewesen, es zu wissen dagegen …

»Wie … wie heißt sie?«

Er zögerte. »Kaijenn.«

»Kaijenn«, wiederholte Lilja den Namen flüsternd, als wäre er ein Geheimnis, das niemand erfahren dürfte. Der Stich der Eifersucht traf sie ins Herz, riss die Wunde erneut blutig. Fast schmerzte diese Erkenntnis mehr, als sein Verrat es getan hatte. Nicht nur, dass er sie betrogen hatte, nein, er hatte sie für eine andere Frau hintergangen. Für eine Frau, der sein Herz gehörte. Nun wünschte sie sich, sie hätte ihren Namen nie erfahren.

»Weißt du jetzt alles, was du wissen musst?« Seine Stimme hätte Wasser gefrieren lassen können.

»Ja.«

»Dann können wir ja jetzt gehen.« Ohne auf ihre Reaktion zu warten, drehte er sich um und verließ den Raum. Lilja blieb zurück, denn sie wollte nicht, dass er die Tränen sah, die heiß auf ihren Wangen glühten. Diesmal nicht.

Es war schon komisch, wie übel das Schicksal einem mitspielen konnte. Es war nicht einmal zwei ganze Mondläufe her, da hätte Lilja sich ihr Leben in Firnheim nicht schöner vorstellen können. Nie wäre sie aus ihrer Heimatstadt fortgegangen, nie hätte sie den bitteren Stich der Eifersucht erfahren.

Doch nun saß Akjir, zum Greifen nah und doch so unendlich weit entfernt, am anderen Ende der großen Kammer, während die Matrosen und die wenigen Passagiere zum Tanz riefen. Der erste Offizier hatte sie beim Mittagessen alle zu einer Feier anlässlich seines Dienstjubiläums eingeladen.

»Darf ich Sie zum Tanz auffordern?« Ein Schiffsjunge, kaum älter als Lilja, streckte ihr eine rissige Hand entgegen. Sein Lächeln war ehrlich und obwohl es nur einen einzigen Mann gab, mit dem sie tanzen wollte, ergriff sie die ausgestreckte Hand. Dieser schien sein Glück kaum fassen zu können. Auf der Tanzfläche legte er eine Hand auf ihre Taille, während er ihre andere in seine nahm. Als er sie dicht an sich zog, nahm sie den Geruch von Rum und Schweiß, gemischt mit Salzwasser, wahr. Ein vertrauter Duft, wenn sie an die jungen Männer aus Firnheim zurückdachte.

»Mein Name ist Soren.«

»Tiu«, log Lilja und dann wirbelten sie gemeinsam durch die tanzende Menge. Sie ließ sich in einer schnellen Drehung nach hinten fallen. Ihre roten Haare flatterten wild umher. Soren lachte lauthals, steckte sie damit an. Für einen Moment vergaß sie ihren ganzen Kummer, ihre Wut auf Akjir, die Enttäuschungen.

Das Lied endete und sie wurde an einem Holzpfosten zum Warten aufgefordert.

»Ich hole uns etwas zu trinken«, sagte Soren.

Nach Atem ringend hielt sie sich die stechende Flanke. Sie war ihm nicht weniger als dreimal auf die Füße getreten, aber er hatte sich nicht daran gestört. Während sie wartete, suchte sie nach Akjir, doch sein Platz war leer.

»Hat es Spaß gemacht?«

Lilja fuhr herum. Ebenfalls an den Holzbalken gelehnt, musterte Akjir sie über die Schulter.

Sie entschied sich, den stummen Vorwurf in seinen Worten zu ignorieren. »Ja, das hat es in der Tat.«

Er drehte sich langsam zu ihr um. Er war wütend, doch sie sah vor allem Bitterkeit in seinen Augen aufblitzen.

»Das hat ja nicht lange gedauert.«

»Was?«, fragte sie und verschränkte abwehrend die Arme vor der Brust.

»Gibt es ein Problem?« Es war der junge Matrose. Er hielt zwei Becher in seinen Händen, in denen sich dem Geruch nach zufolge eindeutig Rum befand.

Lilja nahm ihren Becher entgegen. »Nein, gibt es nicht.« Lächelnd nahm sie einen Schluck, musste sich aber eine Grimasse verkneifen. Das Zeug schmeckte widerlich.

Ehe sie einen zweiten Schluck nehmen konnte, entfernte Akjir das Gefäß aus ihrer Hand.

»Doch es gibt ein Problem«, entgegnete er. Er schob Lilja schräg hinter sich. »Du bist mein Problem.«

Der Schiffsjunge schaute an Akjir vorbei zu Lilja, dann zurück zu ihm. Er nickte in Liljas Richtung. »Das sieht sie anders.« Er ballte die Hände zu Fäusten.

Akjirs Hand ruhte auf dem Schwert und ein Muskel an seinem Kiefer zuckte gefährlich.

»He, was soll denn das?«, Lilja versuchte, an ihm vorbeizukommen, doch er schob sie mit einem ausgestreckten Arm zurück.

»Wir gehen«, sagte er, anstatt ihr zu antworten.

»Ich will aber nicht gehen.«

»Das spielt keine Rolle.« Akjir wandte sich ab und schob Lilja zum Ausgang. Die Musik übertönte ihren kleinen Disput, doch es richteten sich die Blicke der unmittelbar in der Nähe stehenden Männer auf sie. Ihre erhitzten Gesichter spiegelten Vorfreude auf eine bevorstehende Schlägerei wider.

Soren packte Akjir an der Schulter und riss ihn herum.

»Feigling. Sie gehört dir nicht.«

»Nennst du mich einen Feigling?«

Lilja wusste, dass Akjir alles andere als ein Feigling war, und was den Matrosen erwarten würde, wenn er sich auf einen Kampf mit ihm einließe.

Bevor der Heerführer reagieren konnte, schlüpfte sie unter ihm hindurch und trat zwischen die beiden. »Es reicht!« Sie schaute von dem einem zum anderen. »Wir gehen!«, sagte sie dann und deutete Akjir vorauszugehen.

Die Luft hatte sich deutlich erhitzt. Einige Sekunden starrte er wütend auf seinen Gegner, doch dann öffnete er die Fäuste und wandte sich ab. Nach einem weiteren Blick auf den Schiffsjungen tat Lilja es ihm gleich und verließ den Raum.

»Tiu, warte!«, hörte sie den Mann rufen, doch sie ließ ihn stehen.

»Würdest du mir verraten, was das eben sollte?«, platzte es aus Lilja heraus.

»Das gleiche könnte ich dich fragen.«

Ungläubig und wütend schaute sie ihn an. Sie waren die Einzigen in der Schlafkammer. Die Musik drang gedämpft durch die Tür zu ihnen hindurch.

»Ich hätte nicht gedacht, dass du gleich dem Nächstbesten um den Hals fallen würdest.«

Lilja blieb vor Staunen der Mund offen stehen. Sie brauchte einen Moment, um diese Unverschämtheit zu verdauen. »Ich glaube es nicht. Bist du eifersüchtig?«

»Nein. Du weißt aber nicht, wer er ist, und ob du ihm trauen kannst.«

»Dasselbe trifft auf dich zu.«

Das hatte gesessen. Akjir verzog das Gesicht zu einer Grimasse aus Schmerz. Es erfüllte Lilja mit einer gewissen Genugtuung. Er schwieg.

Um einander nicht in die Augen sehen zu müssen, suchten sich beide einen Punkt im Raum, den sie stumm anstarrten. Die Stille war kaum auszuhalten.

»Du vertraust mir immer noch nicht«, sagte er schließlich.

Es war keine Frage.

Lilja wusste nicht, was sie darauf erwidern sollte. Natürlich traute sie ihm nicht. Er hatte sie belogen. Doch am Ende hatte er sich für sie entschieden, oder zumindest für ihre Seite. Ihr erneutes Schweigen war ihm Antwort genug.

»Gut«, sagte er gefasst. »Du kannst mir nicht vertrauen. Du kannst niemandem vertrauen. Nicht mal dir selbst.«

Verbitterung zeichnete sich auf seinen Zügen ab. Er hob eine Hand, als wolle er ihre Wange streicheln, hielt aber in der Bewegung inne und zog sie zurück.

»Ich wünschte, es wäre anders«, flüsterte er. Weißblonde Strähnen versteckten seine Augen.

Gerne hätte Lilja die Wahrheit in ihnen gesucht. Tränen liefen nun doch heiß über ihr Gesicht. Als hätte sie nicht schon genug wegen ihm vergossen. Sie wandte sich von ihm ab. Ihr Blick fiel dabei auf seine von den Fackeln beleuchteten Hände. Sie zitterten.

Sie wich vor ihm zurück, als er nach ihr griff.

»Ich muss dir etwas …«

Schiffsglocken übertönten seine Worte. Noch bevor Lilja sich versah, war Akjir auch schon zur Tür hinaus. Die Musik brach abrupt ab. Offiziere brüllten Kommandos, Matrosenschritte donnerten die Treppe zum Deck herauf. Lilja folgte ihnen nach draußen, aber sie taumelten mehr vor ihr her, als dass sie geradeaus gingen. Einer stützte sich auf der Reling ab, während er sich lautstark darüber erbrach. Auf der Nordnorge war es ihr genauso ergangen. Nur war die Ursache eine andere gewesen. Als hätte man mit einem Stock in einen Ameisenhaufen gestochen, wuselten die Männer unkoordiniert auf dem Schiffsdeck herum. Ein Sturm kam auf und trug die Befehle weit auf das offene Meer hinaus. Lilja folgte dem ausgestreckten Arm eines Mannes, der auf dem höher gelegenen Achterdeck postiert war. Zuerst sah sie nicht, was er seinem Kollegen zeigte, doch dann nahm es ihr den Atem. Blut rauschte in ihren Ohren und übertönte das des Windes. Ihr Herz trommelte in ihrer Brust, als wolle es ihr herausspringen.

Ein Schiff hob und senkte sich über die hochschwappenden Wellen, eine Laterne auf dem Krähennest erleuchtete die Flagge zweier gekreuzter Säbel auf rotem Untergrund.

Rusanpiraten.

23

Unter gekreuzten Säbeln

Lilja hatte bereits die Männer in Daora davon sprechen hören, doch nun sah sie es mit eigenen Augen. Anscheinend hatte die Nachricht sich schnell herumgesprochen. Matrosen hielten in ihrem Tun inne und starrten auf die See hinaus. Ein Knall zerriss die Nacht und holte die Männer in die Wirklichkeit zurück. Angespornt erledigten sie ihre Aufgaben schneller als zuvor. Lilja sah den Kapitän mit einer in die Luft gestreckten Röhre auf dem Halbdeck stehen. Nässe peitschte ihr ins Gesicht und nahm ihr kurz die Sicht. Ausgerechnet jetzt musste ein Sturm aufkommen. Das Vorkastell mit der schönen Frau als Galionsfigur sowie die Poop ragten wie ein Wehrturm aus den Fluten empor, während Wassermassen erbarmungslos das Hauptdeck fluteten und drohten, die Männer von Bord zu spülen. Lilja klammerte sich an einem Tau fest, um nicht den Halt zu verlieren. Auf einmal war Akjir bei ihr und zerrte sie zurück unter Deck. Einige Male rutschte sie aus, doch der Heerführer richtete sie jedes Mal erneut auf und zog sie voran.

»Was war das für ein Ding, das den Knall verursacht hat?«, fragte sie.

»Eine Pistole.«

Eine Pistole? Davon hatte sie noch nie etwas gehört. Verständnislos folgte sie Akjir in die Schlafkoje.

Er wühlte in seinem Beutel und brachte ein Exemplar davon zum Vorschein.

»Sie funktioniert so ähnlich wie eine Schiffskanone.« Er streckte das Rohr nach vorne.

»Hahn spannen, zielen, abdrücken. Der Funken löst die Explosion aus.«

Er führte es ihr zweimal trocken vor, dann überreichte er ihr die Schusswaffe. »Verstanden?«

Sie nickte und tat es ihm gleich, ohne den Abzug durchzudrücken.

»Du hast fünf Schuss, setze sie gezielt ein. Ich versuche, dich so lange es geht zu beschützen.« Seine Gewitteraugen verrieten, dass sie keine Chance hatten. Zitternd steckte sie die Pistole in ihren Gürtel. Akjir zog sie in eine Umarmung und drückte ihr einen Kuss auf die nassen Haare.

»Keine Sorge, Lilja Feuerhaar. Wir werden das überstehen.«

Beinahe hätte sie ihm geglaubt.

Als der Morgen dämmerte und das feindliche Schiff vor ihnen aufragte, lag der Rauchgeruch der Kanonen schwer in der Luft. Wie lange sie versucht hatten, den Rusanpiraten davonzusegeln, wusste sie nicht, nur dass sie verloren hatten. Lilja erkannte, dass etwas nicht stimmte, als der glatzköpfige Zimmermann auf dem Achterdeck einen Fluch ausstieß.

»Was ist los?«, hörte sie jemanden rufen, doch der Sturmwind trug die Antwort in Fetzen davon.

Ein junger Mann in ihrer Nähe schrie auf und dann hörte sie das Knirschen. Es war ein Geräusch, das sich wie ein Messer in die Herzen der Männer stieß. Gleichzeitig sah die den Vormast wanken. Eine Kanonenkugel hatte ihn gestreift und damit den Kampf beendet, bevor er überhaupt begonnen hatte.

»Der Fockmast!« Alle Blicke folgten dem ausgestreckten Arm des Matrosen zur Spitze des Schiffes.

Jeder Mann, der entbehrt werden konnte, bahnte sich über das schwankende Deck einen Weg nach vorne. Die blonden Locken von Soren wirbelten im Wind, während er unter Einsatz seines Lebens versuchte, Haltetaue anzuschlagen. Zwei weitere Seemänner assistierten ihm dabei. Alle drei hatten sich mit Seilen festgemacht, damit sie nicht von der Wucht der Wellen über Bord gerissen wurden. Weitere Matrosen taten es ihnen gleich, klammerten sich an die Trossen, an denen ihr Leben hing. Andere rührten sich kaum vor Angst.

»Ich muss ihnen helfen«, schrie Akjir. Er hatte Lilja ebenfalls mit einem Seil gesichert, nachdem er sie nicht davon hatte überzeugen können, unter Deck bei den anderen Passagieren auszuharren.

Ohne auf eine Erwiderung zu warten, lief er los. Als er bei den Männern angekommen war, versuchten sie mit vereinten Kräften, den Mast vor der totalen Zerstörung zu bewahren. Ein Donnern zerriss die gebrüllten Befehle, der Aufprall folgte nur Momente später. Die Wucht katapultierte Lilja auf die Planken. Eine weitere Kugel hatte das Schiff am Heck getroffen. Splitter bohrten sich tief in ihre Handflächen. Das Blut quoll aus den Wunden und vermischte sich mit dem Regen zu skurrilen Figuren. Betäubt verfolgte sie einen leeren Eimer, der vor ihr über das Deck rollte. Ihr Blick stolperte dabei über einen Gegenstand nahe dem Abgrund zur tosenden See. Die Pistole musste sich von ihrem Gürtel gelöst haben und drohte, jeden Moment über das Deck davonzurutschen. Schnell sprang sie nach vorne und griff nach ihr, während sie noch immer taub war.

Als sie sich aufrichtete und sich die schmerzenden Ohren rieb, hörte sie das fürchterliche Knirschen und Knacken. Es verriet, dass Akjir und die anderen den Fockmast nicht retten konnten. Er lehnte sich nach Steuerbord. Quälend langsam fiel er um und Lilja sah machtlos dabei zu.

»In Deckung!«, rief einer.

»Auf den Boden!«, brüllte Akjir gegen den Sturm an.

Lilja ließ sich augenblicklich zurück auf die Knie fallen. Das Beben, mit dem der Mast in die Schanzkleidung krachte, hätte sie sowieso umgehauen. Sie hörte, wie einige Männer über Bord gingen. Ihre Schreie brachen abrupt ab, als das Meer ihre Körper verschlang.

»Mann über Bord!«, hörte sie durch den Wind hallen.

»Wir schlagen quer!«, rief der Schiffszimmermann.

Der gebrochene Mast lag weit über der Hälfte außerhalb des Schiffes und drohte, sie zum Kentern zu bringen, da der splittrige Stummel noch mit der *Eisenhaut* verbunden war.

»Besorgt mir eine Axt!«

Ein Schauer lief Lilja den Rücken hinab, denn die letzten Worte stammten von Akjir. Das Schiff neigte sich gefährlich nach Steuerbord und hatte das Deck in eine steile Rutschbahn verwandelt. Lilja sprang auf die Beine, klammerte sich wie zuvor an einem Tau fest und stemmte die Füße auf den Boden. Ihre Hände waren taub vor Schmerz, doch sie durfte nicht loslassen. Sie sah dabei zu, wie der Schiffszimmermann seine Axt an Akjir aushändigte, und wie dieser dann zum toten Mast kroch. Auf dem steilen Deck stand kein Mann mehr aufrecht. Mittlerweile lehnten sich Besan- und Großmast ebenfalls bedrohlich zur Seite. Ihnen blieb kaum Zeit, ehe das Schiff sie in die Tiefen des Sterbenden Meeres ziehen würde. Bei der Ironie dieses Gedankens hätte Lilja beinahe hysterisch aufgelacht.

Endlich war Akjir bei seinem Ziel angekommen und hieb mit voller Wucht auf die heimtückischen Fasern ein. Selbst von ihrem Platz aus erkannte Lilja, wie sich bei jedem Schlag die Oberarmmuskeln anspannten. Seine hellen Haare peitschten durch den Wind. Ganz in Schwarz gekleidet hob er sich wie ein düsterer Held vor dem blutroten, morgengeröteten Horizont ab. Die dunklen Wolken über ihnen grollten bedrohlich, doch bald waren sie vorbeigezogen. Soren und der Zimmermann hatten sich ebenfalls zu Akjir gehangelt und hieben zusammen auf den Maststummel ein. Ihre Schläge fanden einen Rhythmus und ihre Bewegungen bekamen etwas bemerkenswert mechanisches. Splitter regneten aufs Deck hinab und nach einer gefühlten Unendlichkeit krachte es laut. Der Vormast löste sich vom Deck und raste durch das demolierte Schanzkleid in die brodelnde See. Kurze Zeit neigte sich das Schiff gefährlich, doch als der Mast endlich verschwand, ruckte es zurück nach Backbord.

Liljas Beine verloren den Halt und sie stürzte. Schwankend kam die Eisenhaut zum Stehen, doch die Wellen warfen sie gleich darauf von rechts nach links.

Die Besatzung atmete hörbar auf, bis ihnen der Ernst der Lage zurück ins Gedächtnis kam.

Der Kampfschrei, der den Angriff einleitete, lenkte Liljas Blick auf das Piratenschiff, das unmittelbar neben ihnen aufragte. Sie seufzte verzweifelt. Mit Tauen in der einen und Waffen in der anderen Hand enterten die Feinde das Schiff.

Die Schreie der Sterbenden rissen Lilja aus ihrer Benommenheit. Verzweifelt nestelte sie an ihrer Pistole und versuchte, dabei auf die Beine zu kommen. Zitternd spannte sie den Hahn, streckte die Schusswaffe geradeaus. Sollte einer ihren Weg kreuzen, würde sie ohne zu zögern abdrücken. Zumindest redete sie sich das ein.

Es dauerte nur wenige Augenblicke und Akjir war bei ihr. Die Axt durchtrennte das Seil, welches Lilja mit dem Schiff verband. Fast gleichzeitig schleuderte er sie weiter und spaltete den Schädel eines heranbrausenden Piraten. Mit gezogenem Schwert stellte er sich schützend vor sie und sah dabei wie das aus, was er war.

Der tödliche erste Heerführer der Eislady.

Der nächste Gegner ließ sich nicht so leicht ausschalten. Mit dem Säbel ging er mindestens genauso geschickt um wie Akjir mit seinem Schwert. Trotzdem war er dem Piraten eindeutig überlegen.

Zumindest was die Beinarbeit betraf. Während sein Gegenspieler nur wutblind auf ihn einschlug, setzte Akjir auf Strategie. Staunend sah Lilja dabei zu, wie er sich tänzelnd um seinen Feind bewegte, Schläge parierte, um im selben Moment nach vorne zu stoßen. Mehrmals hatte sie die Pistole zum Schuss angesetzt, doch sie bekam keine freie Zielbahn.

Der Pirat funkelte Akjir aus pechschwarzen Augen hasserfüllt an und zu Liljas Entsetzen begegnete ihm der Krieger mit einem unheilvollen Grinsen. Dem Heerführer war seine Überlegenheit bewusst. Unwillkürlich fragte sie sich erneut, wer Akjir war und welche Ziele er verfolgte. Doch dazu blieb ihr nicht viel Zeit. Von der linken Seite hörte sie den Todesschrei eines Matrosen und konnte im letzten Moment dem Messerwurf des Siegers ausweichen. Mit grimmiger Gier wandte er sich ihr vollends zu und kostete den Moment aus. Warme Nässe lief über ihre rechte Gesichtshälfte, und Lilja stellte überrascht fest, dass sie getroffen worden war. Der Schmerz kam verzögert, doch ihr blieb keine Zeit, das Ausmaß ihrer Verletzung zu erforschen. Sie wich zurück und hob zitternd die Waffe.

Doch sie zögerte.

Akjir war auf sie aufmerksam geworden und trat mit wenigen Sprüngen zwischen sie und ihren Angreifer. Nun musste er es mit zwei Gegnern gleichzeitig aufnehmen.

Lilja wich an die Reling zurück und klammerte sich mit ihrer freien Hand daran fest, während sie mit angehaltenem Atem das Kampfgeschehen beobachtete. Ihre Nägel brachen, so tief versenkte sie ihre Finger in dem salzzerfressenen Holz. Die Matrosen waren den Rusanpiraten gnadenlos unterlegen. Ihre Grundausbildung in Waffenkunde lag entweder schon zu lange zurück oder sie hatte nie stattgefunden. Es kam ihr ungeheuerlich leichtsinnig vor, diese teilweise viel zu jungen Männer ohne den Hauch einer Chance ins Sterbende Meer auszusenden. Doch die

Handelsmänner zahlten scheinbar ein Gehalt, das sich nur schwer ausschlagen ließ.

Sie sah, wie Soren gegen einen weißhaarigen, muskulösen Seeräuber kämpfte. Ein Hieb traf seine Schulter. Der Schmerzensschrei ging im Kampfgebrüll unter, doch Lilja erkannte die Qual in den zu einer Grimasse verzerrten Gesichtszügen. Ein näherer Aufschrei zog ihre Aufmerksamkeit zurück auf den Kampf, der direkt vor ihrer Nase stattfand. Der Messerwerfer war zu Boden gegangen. Er hielt sich die klaffende Bauchwunde, versuchte verzweifelt, die Organe in seinem Körper zu halten. Es dauerte keine zwei Atemzüge, bevor er das Bewusstsein verlor und liegen blieb. Der zweite Mann verdaute den Schock schneller als sie erwartet hätte, schlug heftig und kopflos auf Akjirs Schwert ein, drängte ihn dabei näher an Lilja heran.

»Pass auf!«, brüllte sie.

In letzter Sekunde warf Akjir sich aus der Wurfbahn des heranfliegenden Messers. Seine Kampfkünste hatten einen weiteren Piraten aufmerksam werden lassen. Blutüberströmt stand dieser über der Leiche eines Matrosen. Ohne den Blick von Akjir zu lösen, stieg er über die toten Gebeine des jungen Mannes hinweg und gesellte sich zu seinem Kameraden. Gemeinsam nahmen sie ihre Kampfstellung ein. Sie bleckten die Zähne wie wilde Tiere. Wahrscheinlich sollte Akjir das Angst einjagen, doch der blieb davon unbeeindruckt. Seine Muskeln spannten sich an, als wolle er jeden Moment auf sie losspringen, ganz so, als wäre er das Raubtier. Für einen Augenblick fragte Lilja sich, wen sie mehr fürchtete, doch dann betrat ein dritter Gegner den Ring. Mit einem rotgesprenkelten Auge starrte er zu ihnen herüber. Das andere wurde von einer Augenklappe verdeckt, doch Lilja ahnte, dass dieses nicht besser aussah. Nachdem er seinen Gegner kurz mit abfälligen Gesten gemustert hatte, fiel sein Blick auf die junge Frau.

»Wen haben wir denn da?« Der Wind trug seine Stimme zu ihr herüber. Obwohl er nicht laut sprach, verstand sie jedes Wort und erschauderte.

Akjirs Hand verkrampfte sich um das Heft seines Schwertes. Von der Leichtigkeit, mit der er zuvor die Waffe geführt hatte, war nichts mehr zu sehen.

Keiner antwortete.

»Die Eislady zahlt ein hohes Kopfgeld für ein einfaches Mädchen mit feuerrotem Haar und noch mehr für ihren gefallenen ersten Heerführer.« Sein Blick wanderte zurück zu Akjir.

Keine Antwort.

Ein breites goldenes Grinsen erschien auf dem Gesicht des Gegenübers, das unter seiner Augenklappe verschwand. Das war wohl ihr Kapitän. Lilja bemerkte erst, dass er unbewaffnet war, als ihm ein Säbel gereicht wurde.

Zitternd erhob sie die Pistole. Der Regen hatte aufgehört, nur das Donnern in der Ferne erinnerte an das Unwetter der Nacht.

Als die drei Männer auf einen stummen Befehl hin angriffen und Akjir in die Mangel nahmen, konnte Lilja nichts tun, um ihm zu helfen. Zu groß war ihre Angst, ihn anstelle der Piraten zu treffen. Es dauerte nicht lange, bis ihr klar wurde, dass Akjir zwar gut war, aber dass seine Kräfte langsam nachließen. Jeder Schritt wurde schwerfälliger, die Ausweichmanöver kamen verzögerter und seine eigenen Angriffe blieben aus. Wie lange würde er noch gegen sie bestehen können?

Was Lilja bemerkte, erkannten auch die Piraten. Ihr verabscheuenswertes Grinsen würde die junge Frau noch lange verfolgen, sollte sie dieses Grauen überleben.

Der Splitterhagel einer Explosion lenkte die Kämpfenden für zwei Herzschläge ab. Obwohl er es besser wissen müsste, ließ Akjir kurz seine Deckung sinken. Im allerletzten Moment zog er sein

Schwert wieder nach oben und verhinderte damit den tödlichen Hieb in die Halsschlagader.

Das Halbdeck mit dem Steuerrad existierte nicht mehr, stattdessen klaffte dort ein schwarzes Loch und es wütete ein tosendes Feuer. Der scharfe Wind ließ die Flammen für kurze Momente so hochschlagen, dass die Segel in Brand gerieten. Es würde nicht lange dauern, bis das ganze Schiff sich in einen singenden Ofen verwandelte. Das Hohnlachen auf dem Gesicht des Piratenanführers wurde breiter. Wurde zu seiner Maske. Lilja wollte ihm jeden Goldzahn einzeln herausschlagen.

Akjir wich dem nächsten Angriff des rechten Mannes aus, trat geschickt durch die Mauer der Angreifer hindurch und traf den mittleren im Rücken. Mit gequältem Gesicht, jedoch ohne einen Laut von sich zu geben, stürzte dieser nach vorne. Aber nicht, um zu Boden zu gehen, wie Lilja mit Schrecken feststellte, sondern um die entstandene Lücke zu nutzen.

Während er mehr stolperte, als dass er lief, zog er sein Krummmesser und war beinahe bei ihr angelangt, als sie den Abzug betätigte. Obwohl das Zündpulver nass geworden war, reichte der Feuergeborenen der Funke, um die Kugel abzufeuern. Diese traf ihn ins Bein, was ihn endgültig straucheln ließ. Mit der Wucht des Sturzes kam er bei ihr an. Keine Sekunde zu früh, wich Lilja einen Schritt zur Seite. Sie hörte den Schrei in ihren Ohren verklingen, während der Pirat über die Reling in sein nasses Grab stürzte. Akjir war blitzschnell wieder zwischen die Gegner getreten, die immer noch zu zweit waren. Möglicherweise war er doch noch nicht am Ende seiner Kräfte?

»Guter Schuss«, sagte er.

Im Auge des einen sammelten sich düstere Schatten. Lilja sah, wie seine Kiefer arbeiteten. »Vielleicht möchtest du den Herren zeigen, warum Lady Aiyana nach einem *einfachen* Mädchen mit Haar aus Sturm und Feuer suchen lässt?«.

Dass sie nicht selbst auf diese Idee gekommen war, beschämte sie. Der misstrauische Ausdruck in den Gesicherten der Männer verriet ihr, dass sie nicht im Geringsten etwas von ihrer Begabung wussten. Mit einem Lächeln trat Lilja neben Akjir. Ein kurzes Nicken zeigte ihm, dass sie verstanden hatte.

Verbrenn sie, schrie eine wütende Stimme in ihren Gedanken. *Verbrenn sie alle!*

Mit einem tiefen Seufzen schloss sie die Augen. Die Energie um sie herum füllte ihre Lungen bis in die Zipfel, durchströmte ihr Herz, verteilte sich überall in ihrem Körper. Alles, was sie brauchte, war ein Funke. Was sie bekam war ein Flammeninferno.

Keiner würde überleben.

Es dauerte weniger als zwei Atemzüge, bis sie die Macht des Feuers in sich aufgenommen hatte. Als sie die Augen aufschlug, sah sie blankes Entsetzen in den Gesichtern der Rusanpiraten. Die meisten Kämpfe waren entschieden, kaum ein Matrose war noch am Leben. Alle hatten ihre Waffen gesenkt, um das Mädchen in Flammen anzustarren. Flüssiges Feuer strömte aus ihren Fingerspitzen und suchte sich tänzelnd einen Weg ihren Arm hinauf. Die Hitze war überwältigend, aber sie verbrannte Lilja nicht. Genauso wenig wie das Feuer, das in ihrem Inneren tobte. Das war anders als alles, was sie je zuvor getan hatte. Niemals hatte sie sich ihrer Fähigkeit so bedient. Nie hätte sie sich vorgestellt, sie so einzusetzen. Doch Akjir, der sie einst betrogen hatte, hatte es sie gelehrt.

Die Autorität, die sie ausstrahlte, war berauschend. Selbst ihr Mentor trat bei dem Anblick einen Schritt zurück, vielleichte fürchtete er sie sogar. Der Piratenkapitän jedenfalls tat es. Die Angst stand ihm in sein blutgefülltes Auge geschrieben.

Er verstand wohl in diesem Augenblick, dass er sterben würde.

Dass sie alle sterben würden.

»Es war ein Fehler dieses Schiff anzugreifen«, rief sie ihm zu. »Euer letzter Fehler.«

So viel Selbstvertrauen hätte sie sich selbst gar nicht zugetraut.

Der Seeräuber stieß einen grimmigen Schrei aus und stürzte mit erhobenem Säbel auf sie zu, doch die gewaltige Feuerwalze riss ihn zu Boden, bevor er auch nur eine Mannslänge weit gekommen war. Die anderen versuchten zurück auf ihr eigenes Schiff zu fliehen, doch sie waren nicht schnell genug. Ohne Gnade fegte Lilja sie nieder. In der Gestalt eines Hirsches jagte sie die rot glühende Welle über das gesamte Deck hinweg. Als erstes fingen die Kleidung und ihre mit Perlen und Lederriemen geschmückten Haare an zu brennen. Ziellos umherlaufend, kreischend und mit wild erhobenen Armen wankten die Piraten über die Planken. Einige warfen sich zu Boden, um die Flammen zu ersticken. Sinnlos, denn Lilja entfachte die Glut einfach von neuem. Manche sprangen über Bord in eine andere Art von Tod hinein. Doch es waren die Schreie der Verbrennenden, die Lilja erweichen sollten, Gnade walten zu lassen. Aber sie taten es nicht. Mit einem grimmigen Grinsen und ausgebreiteten Armen betrachtete sie ihre Feinde wie eklige Insekten, die dringend zertreten gehörten.

Die Flammen züngelten über Liljas nach oben gewandte Handinnenflächen in der Farbe ihrer Augen. Denn sie wusste, dass heißeste Feuer brennt blau. Ihr Zopf hatte sich zum Teil gelöst, wild flogen die roten Strähnen um ihr Gesicht, das zu einer eisigen Maske aus Zorn und Triumph verhärtet war. Es schien, als peitschte sie die Funken aus ihrem Inneren in die glühende Luft. Sie stiegen zwischen der Takelage empor, bis die Morgendämmerung sie verschluckte. Alles, was in ihre Nähe gelangte, zerbarst unter der enormen Hitze ihrer Glut. Akjir winkte die übrig gebliebenen Matrosen zu sich heran. Nur widerwillig gehorchten sie seinem Befehl. Doch sie waren nicht der Feind des

Flammenmädchens. Als kein Pirat mehr lebte, brachen die Matrosen in Jubel aus.

Aber Lilja konnte nicht aufhören.

Sie wollte die ganze Welt in Schutt und Asche legen.

Als es vorbei war, zog Akjir sie fest in seine Arme und hauchte ihr einen Kuss auf die Stirn. »Du riechst nach Rauch, Lilja Flammenkämpferin.«

Sie erwiderte die Umarmung mit einem Lächeln, in das sie ihre tiefe Dankbarkeit hineinlegte.

»Danke«, flüsterte sie. Er wusste wofür. Ihr Atem jagte ihm eine Gänsehaut über den Nacken, dann lehnte sie sich nach hinten. »Ich bin noch nicht bereit.«

Das Lächeln auf seinen Lippen erstarrte. Dunkle Augen wurden traurig, doch er bestätigte ihre Worte mit einem Nicken.

Obwohl Lilja das Feuer im Keim erstickte, blieb von der Karacke nichts übrig außer verkohltes Holz, Asche und knarzende Balken, die vom Himmel fielen wie die todgeweihte Beute eines Raubvogels. Die Eisenhaut musste aufgegeben werden. Zum Glück hatte das Piratenschiff kaum etwas abbekommen. Die wenigen Seeräuber, die sich darauf verkrochen hatten, waren schnell in Ketten gelegt. Sie ergaben sich kampflos.

Zwei Dutzend Matrosen hatten die Seeschlacht überlebt. Noch weniger Passagiere. Lilja schaute in jedes einzelne Gesicht von ihnen. Sie erkannte darunter den ersten Offizier, dessen Feier sie beigewohnt hatten, den Zimmermann und einige andere, die sie vom Sehen her kannte. Auch der junge Wachmann, der ihr von den Geheimnissen des Sterbenden Meeres erzählt hatte, war unter den Überlebenden. Der Schiffsarzt war verletzt, dem Heiligen Vater zum Dank aber nur leicht. Er versorgte zuerst die Wunden der anderen, ehe er sich um seine eigenen kümmerte. Soren, den

Jungen, mit dem sie getanzt hatte, suchte Lilja vergebens. Ein Säbel hatte sich tief in sein Fleisch gebohrt, als sie ihn das letzte Mal gesehen hatte.

Möge der Heilige Vater seiner Seele gnädig sein.

Die Reise an Bord des gekaperten Schiffes sollte nicht mehr lange dauern. Die Seeschlacht hatte sie einen ganzen Tag gekostet, doch schon am nächsten Morgen müssten sie die Abtrünnigen Inseln erreichen. Beflügelt durch ihren Sieg übte Lilja wie eine Besessene. Wann immer ihr danach war, absorbierte sie die Energien um sich herum, um der gewaltigen Macht nachzuspüren und um sich zu ermutigen.

»Wenn du nicht aufpasst, raubst du ihnen noch ihre Lebensenergie.«

Damit meinte Akjir die Matrosen.

Lilja konnte es erst nicht glauben, doch dann bemerkte sie, wie die Männer zu frösteln begangen, wenn sie in ihre Nähe kam. Mit einem Mal erschienen sie um Jahre gealtert. Manchmal dauerte es mehrere Glasenschläge, bis sie sich davon erholt hatten und die tiefen Augenringe verschwanden. Sie hielten ehrfürchtig Abstand zu ihr, was Lilja ihnen nicht verübeln konnte. Wenn sie ihr nicht zahllos unterlegen wären, würden sie sie wahrscheinlich ebenfalls in Ketten legen, sie über Bord werfen, oder sie bei nächster Gelegenheit auf einen Scheiterhaufen stellen.

»Sie sind eine Gefahr für uns«, sagte Akjir, als er am Abend zu ihr auf das Halbdeck trat. Von hier aus hatten sie einen guten Blick über das Hauptdeck. »Sogar die Piraten wussten, wer du bist«, setzte er zögernd hinzu. »Lady Aiyana muss überall Fahndungsplakate in Umlauf gebracht haben.«

Lilja schwieg. Sie wusste, was Akjir ihr zu sagen versuchte.

»Sie wird uns finden, sobald sie von der Frau hört, die eine ganze Piratenmannschaft in Flammen aufgehen ließ.« Seine Worte bekamen etwas Drängendes.

»Was schlägst du vor?« Sie spuckte die Frage vor ihm aus. Einige Männer wurden auf ihre Anwesenheit aufmerksam, wandten sich aber bald wieder ihrer Arbeit zu.

Akjir legte seine Hand auf ihre. Unter der Berührung lockerte sie ihren Klammergriff um das Geländer ein wenig.

»Es ist deine Entscheidung«, sagte er beschwichtigend.

»Ich bin nicht wie sie«, flüsterte Lilja. »Ich töte nicht zu meinem Vorteil.«

Als hätte er nichts anderes von ihr erwartet, drücke er ihr ermutigend die Schulter. »Ich werde sehr gut auf dich aufpassen.«

»Akjir?«

Er hatte sich bereits von ihr abgewandt, doch der Ruf hielt ihn zurück. »Ja?«

»Damals in Firnheim als Loras mich überfallen hat …« Sie schluckte schwer bei der Erinnerung. »Ich habe es nicht geschafft, mich mit Hilfe meiner Magie zu verteidigen.«

»Du hattest Angst und warst ungeübt.« Er lächelte ihr aufmunternd zu. »Deswegen trainieren wir.«

Damit ließ er sie und ihre Gedanken allein.

Die Sonne versank am Horizont und verwandelte die Welt in ein Inferno aus Gelb, Orange und Rot. Früher hätte sie den Sonnenuntergang als wunderschön und friedlich bezeichnet. Von nun an würde er sie immer daran erinnern, wie viele Leben sie mit einem Mal ausgelöscht hatte.

Und sie wusste, dass sie dafür bestraft werden musste.

24

Der Verräter & die Hexe

Nachdem sie eine Seeschlacht überlebt hatte, wirkten die Abtrünnigen Inseln nicht mehr ganz so bedrohlich auf Lilja wie zuvor. Was aus dem angsterfüllten Mädchen geworden war, das sich nicht mal getraut hatte, allein den Auerwald zu betreten, wusste sie nicht. Es musste irgendwo zwischen Firnheim und Daora verloren gegangen sein. Ihre Sorgen von damals kamen ihr geradezu lachhaft vor. Auf ihrer Reise war sie durch tiefe Wälder geritten, hatte am Lagerfeuer mit dem Firnfuchsclan gespeist, war über die Hochebene geklettert, von der Grauen Garde und Piraten überfallen worden. Doch niemals war sie nur ansatzweise in die Nähe eines Shatars gekommen. Da sollte ihr ein Handelshafen doch keine Angst mehr einjagen, oder?

Aus der Ferne wirkte die *Kupferhöhle* ebenso klein wie die Schiffe, die dort vor Anker lagen. Sie schauderte bei dem Gedanken an das, was sie dort erwartete.

Es gab eine Frau, die das genaue Gegenteil von ihr war. Die statt des Feuers das ewige Eis beherrschte. Zwar war Lilja in der Lage ein Glas Wasser in Eis umzuwandeln, doch das bedeutete noch lange nicht, dass sie es beherrschen konnte. Sie entzog dem Element lediglich seine Energien. Doch nach allem, was Akjir ihr beigebracht hatte, mussten die Fähigkeiten der Eislady so ähnlich funktionieren.

Und die meines Bruders.

Die Erinnerung an Lerø schmerzte. Sie verstand nicht, wie ihre beider Leben so falsch hatten verlaufen können. Wie hatten sie so aneinander vorbeileben können? Und welche Rolle spielte ihre Mutter dabei? Zusammen hätten sie eine Chance gegen ihren Feind gehabt. Doch allein war sie der Macht nicht gewachsen.

Die Überlebenden mussten den Zweimaster in einiger Entfernung zum Ufer zurücklassen und das Beiboot benutzen. Beim von Bord gehen wurde Lilja von dem ehemals ersten Offizier – nunmehr Kapitän – zurückgehalten. Die Beförderung stand ihm gut. Stolz richtete er seine Statur auf.

»Ich habe mit meinen Männern geredet.« Kapitän Vadis deutete auf die Matrosen. »Euer Geheimnis ist bei uns sicher. Wir sind euch zu tiefstem Dank verpflichtet.« Die Finger zogen an einer Kette, die um seinen Hals hing, und brachten dabei einen Anhänger zum Vorschein. Neben einer Brosche taumelte eine kleine weiße Krone. Das Symbol der Rebellen.

»Wir haben lange auf dich gewartet, Flammenkämpferin.«

»Was meint Ihr?«, wollte Lilja wissen, dabei ahnte sie es bereits.

»Der Hirsch aus den Flammen«, erinnerte er sie an die Seeschlacht. Unbewusst hatte sie dem Feuer diese Gestalt gegeben. »Überall spricht man von der Prophezeiung«, fügte Vadis an.

Verlegen trat Lilja von einem Bein auf das andere. Ihre Lippe hing bereits in Fetzen, dennoch vergrub sie ihre Zähne darin.

Weitere, die auf sie setzten. Sie war sich nicht sicher, ob sie den Erwartungen gerecht werden konnte. Statt etwas zu sagen, wandte sie sich wortlos der Strickleiter zu. Als Akjir hinter Lilja das Schiff verließ, gab Vadis ihm einen väterlichen Klaps auf die Schulter.

Die Fahrt an Land schenkte Lilja und Akjir genug Zeit, um alles in Augenschein zu nehmen. Die junge Frau staunte nicht schlecht über die gigantische Höhle, die von Menschenhand in die steilen Felsklippen geschlagen worden war und den Hafen umschloss. Der

Kapitän hatte ihnen zwar davon berichtet, aber es mit eigenen Augen zu sehen war etwas ganz anderes.

Auf der Suche nach Kupfer hatten die Bewohner diese Höhle erschaffen. Die Mittagssonne zeigte den Stein in seinen facettenreichen Farben von blassem Grün über Aquamarin bis hin zu Bronze. Das Kupfervorkommen war scheinbar noch längst nicht erschöpft. Angeblich führte ein kleiner Tunnel mit steilen Treppenstufen durch den Berg zum Felsplateau hinauf, wo die Stadt Turas über den Wellen thronte. Lilja erkannte von hier unten nur die weiße Mauer, die sie vor Feinden schützte. Warum, wusste sie beim besten Willen nicht. Schließlich lag die Ebene gute 350 Fuß über dem Meeresspiegel. Wer sollte sie von der See aus angreifen?

Festen Grund unter den Füßen zu spüren war ein Segen. Zwar hatte die Seereise auf der Nordnorge Lilja um einiges mehr mitgenommen, trotzdem war sie froh, wieder an Land zu sein. Vielleicht lag es daran, dass Wasser ihr natürlicher Feind war. Als Feuergeborene verwandelte Lilja zwar Wasser in Dampf, aber gegen einen ganzen Ozean konnte selbst sie nichts ausrichten.

Akjirs Augen suchten wachsam den Steg und die umliegenden Gassen ab. Auch wenn sie sich auf das Wort des Kapitäns verlassen konnten, gab es doch genug andere Gefahren, die auf sie lauerten.

Da es mitten am Tag war, herrschte reges Treiben. Boote wurden beladen und dann brav eingereiht zu den Schiffen ausgesendet. Träge schwappten sie von einer auf die andere Seite und gaben sich damit vollends den Wellen hin. Der Geruch von Salz und Fisch hing in der Luft und erinnerte Lilja augenblicklich an Zuhause.

Was ihre alten Schulfreunde wohl gerade taten?

Ohne dass sie es verhindern konnte, blitzten taubenblaue Augen durch ihr Bewusstsein. Ein im Schrei aufgerissener Mund zeigte einen schwarzen Abgrund, der sie zu verschlingen drohte. Ilvys Tod durfte nicht umsonst gewesen sein.

Überall engten die Schneemassen die Straßen ein. Sorgfältig hatte man die Wege davon befreit, doch es gab kaum noch Platz zum Auftürmen. Selbst die vielbefahrenen Wege waren mit einer dicken Eisschicht überzogen. Damit der Gang darüber nicht in einer Schlitterpartie endete, hatte man Stroh oder Steinchen verstreut. Trotzdem schaute Lilja bei jedem Schritt misstrauisch zu Boden und auf ihre geliebten Lammfellstiefel. Sie hatten Akjir ein Vermögen gekostet und sie leisteten ihr gute Dienste. Leider sahen sie schon sehr mitgenommen aus.

Zwar hatte Lilja sich vor Verlassen des Schiffes weitestgehend gereinigt, doch als sie sich in einem Spiegel erblickte, wurde sie rot vor Verlegenheit. Sie brauchte dringend ein Bad. Ihre Blutergüsse waren verheilt, die Narbe an ihrem Hals nicht mehr gerötet, doch dafür leuchtete die rote Messerschramme frisch auf ihrer Wange. Die Haare sahen heute zur Abwechslung einfach nur braun aus. Wenn ihr Haaransatz nicht schwarz verrußt und ihre Spitzen nicht leicht angesengt wären, würde nichts mehr an die wütende Flammenkämpferin erinnern. So hatten die Überlebenden sie hinter vorgehaltener Hand genannt. Und der Kapitän hatte es frei ausgesprochen. Sie fürchteten die junge Frau zu Recht.

Doch wenn sie ehrlich war, hatte sie die meiste Angst. Vor den Matrosen, vor der Eislady, aber vor allem vor sich selbst. Es hatte während der Schlacht einen Moment gegeben, in dem sie das Feuer kaum im Griff gehabt hatte. Sie hatte versucht, es sich nicht anmerken zu lassen, doch Akjir hatte es ebenfalls bemerkt. Sie durfte niemals die Kontrolle verlieren. Nicht, wenn sie dabei unschuldige Menschenleben gefährdete.

Ihr Begleiter betrachtete ebenfalls ihre Spiegelbilder. Einen Moment zögerte er, dann reichte er Lilja eines seiner Tücher. Mit geschickten Handgriffen hatte er sich das eigene binnen Sekunden um das Gesicht geschlungen. Nur ein Schlitz ließ die Augen frei, trotzdem sah sie das Grinsen, mit dem er ihre Versuche belächelte. Lachfalten umrandeten die dunklen Gewitteraugen.

»Brauchst du Hilfe dabei?«, fragte er amüsiert.

Liljas Ellenbogen traf ihn in die Seite. Das war Antwort genug.

Die Steintreppe war so steil und eng, dass Lilja kurz vor einer Panikattacke stand. Gerade breit genug, um einen Entgegenkommenden vorbei zu lassen, schlängelten sich die Stufen fast senkrecht nach oben. Lilja suchte an beiden Seiten der Mauer Halt. Der kühle Stein erhitzte sich unter ihrer Berührung. Die Fackeln, die den Weg ausleuchteten, heizten die Luft auf und erschwerten das Atmen ungemein.

Beim Betreten der Höhlentreppe hatten sie beide die Verkleidung heruntergenommen. Es schien, als gäbe es hier im Inneren des Felsens nicht genügend Sauerstoff. Die brennenden Fackeln bewiesen jedoch das Gegenteil und Lilja war beruhigt. Ihren Blick hatte sie unverwandt nach oben gerichtet, in der Hoffnung, Licht am Ende des Tunnels zu sehen. Doch da war nichts als Finsternis.

Akjir war dicht hinter ihr. Als würde er ihr Unbehagen spüren, legte er ihr ermutigend eine Hand auf den Rücken. Das half etwas, doch sie hörte auch ihn nach Luft ringen. Als sie zurückblickte, entdeckte sie Schweißperlen auf seiner Stirn. Bei dem Anblick fuhr sie sich selbst über das Gesicht und verzog es zu einer Grimasse, als sie sich das Salz in die Wunde rieb. Auf ihr Zischen fragte Akjir besorgt nach.

»Es ist nichts«, beruhigte sie ihn. Sie holte tief Luft und setzte ihren beschwerlichen Weg fort. Möglicherweise wäre es ratsamer gewesen, den Lastenaufzug zu benutzen, der über eine Seilwinde an der steilen Klippe die Handelsgüter nach oben transportierte. Zu spät.

Es kam Lilja wie eine halbe Ewigkeit vor, bis der Treppentunnel eine Biegung einschlug und sie endlich das quadratische Lichtfenster am Ende erkannte. Erleichtert und schwer atmend trat sie ins Freie. Die Sonne stand inzwischen tief über dem Sterbenden Meer.

Spätnachmittag.

Es war Zeit, sich nach einem Zimmer umzusehen.

»Und nach einer Badewanne!«, fügte Lilja hinzu.

Akjirs Blick flog über die junge Frau. Sein verschmitztes Lächeln versuchte er dabei zu verbergen.

»Du siehst auch nicht gerade wie ein Prinz aus.«

Zu ihrer Verblüffung gluckste er. Ihr verdutzter Gesichtsausdruck schien ihn gänzlich die Fassung verlieren zu lassen. Er krümmte sich vor Lachen und hielt sich den Bauch.

Lilja verdrehte nur die Augen und trat an ihm vorbei auf einen Gasthof zu, dessen goldene Lettern den Namen *Kupferhaus* verkündeten.

Äußerst einfallsreich.

Als es an der Tür klopfte, zerknüllte Lilja das Stück Pergament in ihren Händen. Am liebsten hätte sie es augenblicklich in Flammen aufgehen lassen, doch da trat das Zimmermädchen schon ein. Lilja versteckte es schnell hinter ihrem Rücken.

Mit gezielten Schritten war die Magd an die Wanne vorgetreten und füllte den letzten Eimer warmen Wassers ein. Ihr Blick huschte zu ihrem Begleiter und wanderte schnell weiter, doch ihre rote Gesichtsfarbe und die Flecken auf Hals und Dekolletee verrieten ihre Gedanken.

Lilja sollte sich mittlerweile daran gewöhnt haben. Schließlich schaute jede Frau ihn so an. Ob jung oder alt. Sie waren sich alle einig, dass Akjir ein gutaussehender Mann war. Mit den weißblonden Strähnen, die ihm aus seinem Zopf in die mit Blitzen durchzogenen Augen fielen, sah er verwegen und geheimnisvoll zugleich aus. Die weichen Gesichtszüge und das spöttische Grinsen standen im Widerspruch zu seinem trainierten, vor Stärke strotzendem Körper und dem kantigen Kinn. Genauso wie die schwarze Kleidung auf der hellen, makellosen Haut. Für einen ersten Heerführer hatte er erstaunlich wenig Narben. Oder er wusste sie besser zu verbergen als Lilja.

Akjir bemerkte nichts von alldem. Gedankenverloren saß er auf der gepolsterten Bank am Fenster und schaute der glühenden Sonne beim Sinken zu.

Ihr Zimmer befand sich im zweiten Stock des Kupferhauses. Der Ausblick auf das Sterbende Meer war atemberaubend. Auch wenn sie noch nicht die Zeit dafür gefunden hatte, ihn zu bewundern.

Das Papier in ihrer Hand erinnerte sie daran, dass es eine notwendige Vorsichtsmaßnahme war, dass sie sich zu keiner Zeit trennen durften. Ohne Akjirs Schutz war sie verloren. Sie wagte es nicht, auch nur daran zu denken, ihre Gabe ein weiteres Mal einzusetzen, bevor sie die nötige Selbstbeherrschung dazu aufbrachte.

Seitdem sie die Insel betreten hatten, war Akjir nervös. Auch seine derzeitige Haltung war angespannt. Lilja biss sich auf die Unterlippe.

Kein gutes Zeichen.

»Wenn das alles ist, was Ihr wünscht, Herrin, dann komme ich später wieder, um Eure Wäsche zu holen.«

Die Wirtsfrau hatte Lilja vorgeschlagen, ihre Kleidung zu reinigen. Solange es dauerte, würde man ihr Ersatzgarderobe stellen. Diese lag sorgsam gefaltet auf einem Schemel neben dem großen Bett.

Dankend hatte sie dieses Angebot angenommen. Eine Wäsche hatte sie dringend nötig.

»Danke.«

Auf Liljas Nicken hin verließ das Mädchen den Raum, aber nicht ohne noch einen letzten, verstohlenen Blick auf den wundersamen Mann zu werfen. Es war mit Sicherheit nicht älter als vierzehn Jahre.

Er ist zu alt für dich, hätte sie ihr am liebsten ins Gesicht geblökt.

Stattdessen hielt sie den Mund und zerknüllte das Papier fester in ihrer Hand, nur um es dann doch wieder auseinanderzufalten, nachdem die Tür ins Schloss gefallen war. Die zerknitterte Frau darauf starrte ihr finster entgegen. Man hatte Lilja als das dargestellt, was man den Menschen weismachen wollte. Als Hexe.

Akjir hatte das Flugblatt zusammen mit der Darstellung seiner Selbst am Hafen an einer Hauswand abgerissen.

»Der Verräter und die Hexe.«

Wut entzündete das Papier und sie ließ die verkohlten Überreste achtlos zu Boden fallen, ohne sich dabei verbrannt zu haben.

Akjir betrachtete sie nachdenklich. Seine Miene verriet nichts.

»Würdest du dich bitte umdrehen?«, bat sie.

Lilja bildete sich ein, einen Hauch von Rot auf seinen Wangen wahrzunehmen. »Natürlich.«

Dass er sich unbehaglich durch die schulterlangen Haare fuhr, zeigte, wie verlegen er war.

Lilja entledigte sich schnell ihrer Kleidung und glitt in das heiße Wasser. Jeder andere würde sich dabei verbrennen, doch Hitze und Flammen konnten ihrer Haut nichts anhaben. Nur eine schwache Rötung verriet die zu hohe Temperatur. Mit einem leisen Stöhnen tauchte sie mit dem Kopf unter die Decke aus Badeschaum, verharrte einige Augenblicke, ehe sie wieder auftauchte. Akjir hatte einen Stuhl herangezogen und sich darauf nieder gelassen. Obwohl er ihr so nah gekommen war, schaute er weiterhin gedankenverloren aus dem Fenster.

Aus ihrem Winkel sah Lilja nur den graublauen Himmel. Sie betrachtete stattdessen Akjir einige Zeit. Er war eindeutig nicht ohne Grund zu ihr herübergekommen. Ihm brannte etwas auf der Seele. Was auch immer es war, es kostete ihn Mut. Das Feuer im Ofen knisterte.

»Woran denkst du?«

Er wandte sich ihr zu. Das Lächeln, das über sein Gesicht huschte, verunsicherte sie.

Fragend zog sie ihre Augenbrauen zusammen.

Er streckte seine Finger nach ihr aus.

»Du hast da etwas auf dem Kopf.«

»Was –«, setzte sie an, doch da hatte Akjir schon ihre Schaumkrone in der Handfläche und pustete sie ihr ins Gesicht.

Quietschend spielte sie das Spiel mit, nahm ebenfalls eine Hand voll Schaum und wollte ihn damit bewerfen, doch Akjir war schneller. Wie immer.

Seine Finger umschlossen ihr Handgelenk blitzschnell.

»He. Das ist nicht fair«, maulte sie.

Sein Lächeln erstarrte und er wurde nüchtern. Seine Augen huschten zu ihrem Schmollmund.

»Nein«, bestätigte er. Seine Stimme klang trocken, rau. »Das ist es nicht.«

Wasser floss über den Wannenrand, als er sie mit einem Ruck zu sich heranzog.

Seine Lippen schwebten dicht an ihren.

»Lilja …«, begann er.

»Willst du mich küssen und dann wieder davonjagen?«, fragte sie halb im Spaß, halb im Zorn.

Ein zartes Lächeln kehrte auf sein Gesicht zurück, aber er ließ sie los und lehnte sich im Stuhl nach hinten, als würde er versuchen, so viel Abstand wie möglich zwischen sie zu bringen. Wieder schwappte Wasser auf den Boden.

»Du hast recht. Das wäre ein Fehler.«

Am liebsten wäre sie vor Wut aufgesprungen, doch dann hätte sie Akjir einen Anblick geboten, den er wohl nie wieder vergessen würde. Für einen kurzen Moment war dieser Gedanke verlockend. Doch dann dachte sie an Kaijenn und daran, dass dies ihr gegenüber nicht fair war.

Die Trauer darüber vertrieb die Wut.

Schließlich nickte sie. Beschämt senkte sie den Blick.

»Kaijenn«, sagte sie.

»Ja.«

»Sie muss eine tolle Frau sein. Ist sie hübsch?«, wagte sie leise zu fragen.

Die Aufmerksamkeit hatte er seinen Fingernägeln zugewandt. Mit dem Daumennagel kratzte er den Dreck unter den anderen fort. Er schwieg so lange, dass Lilja glaubte, er hätte ihre Frage absichtlich überhört.

»Sie würde sich niemals als hübsch bezeichnen, doch mir ist keine schönere und stärkere Frau begegnet«, sagte er dann und hob den Blick. In seinen Augen tobte ein Sturm.

Liljas Hals wurde trocken. Tränen brannten hinter ihren geschlossenen Lidern. Sie schaffte es nicht, ihn anzusehen. Schnell griff sie nach dem Badeschwamm und gab vor, sich zu konzentrieren. Doch er hatte sein Gesicht bereits wieder dem Fenster zugedreht. Eifersucht kochte in ihren Gefäßen, heißer als jedes Feuer. Diese Kaijenn besaß alles, was sie sich wünschte.

Schönheit. Stärke. Und ihn.

Nachdem Akjir ebenfalls gebadet hatte, klopfte es wieder an der Tür. Lilja hatte die ganze Zeit mit zur Wand gerichtetem Blick im Bett unter ihrer Decke gekauert. Jedes Plätschern und Stöhnen seinerseits war eine Qual gewesen. Wie gerne hätte sie sich umgedreht, um ihm dabei zuzusehen. Seine makellose Haut betrachtet, wie sie sich straff über die eleganten Muskeln zog. Sie hatte Akjir schon einmal mit freiem Oberkörper gesehen, doch waren ihre Gefühle jetzt andere.

Er war tabu. Aus mehr als nur einem Grund. Er gehörte zu Kaijenn. Außerdem durfte sie ihm nicht vertrauen. Er selbst hatte es gesagt. Und das lag ebenfalls an dieser Kaijenn.

Sie spuckte den Namen in Gedanken gehässig aus. Wegen ihr würde er sie jederzeit wieder verraten.

Als sie sich im Bett aufsetzte, wäre ihr beinahe ein wehmütiges Seufzen entwichen. Akjir stand, nur mit einem Leinentuch um die schmalen Hüften und mit zerwühlten Haaren, mitten im Zimmer. Die nassen Strähnen klebten an der Haut, die breiten Schultern waren angespannt und seinen Rücken liefen Wassertropfen hinab, die unter dem tief sitzenden Tuch verschwanden.

Das Zimmermädchen starrte Akjir mit weiten, sehnsüchtigen Augen an. Sie stand unschlüssig in der Tür, und schien vergessen zu haben, warum sie gekommen war.

Lilja rollte die Augen. »Ja, bitte?«

Das Zimmermädchen räusperte sich, zwang sich, den Blick von dem Krieger abzuwenden und stattdessen Lilja anzuschauen.

»Ich … wollte die Kleidung zum Waschen holen … Herrin«, stotterte sie.

Sie suchte das Zimmer ab. Kurz huschte ihr Blick zurück zu Akjir, was ihr wiederum die Schamesröte ins Gesicht trieb.

»Auf dem Stuhl«, stöhnte Lilja genervt.

Konnte sie bitte aufhören, ihn so anzuhimmeln?

Akjir fuhr unbeirrt damit fort, seine Tunika über den Kopf zu ziehen. Er tat dabei so, als würde er von alldem nichts bemerken. Doch als er sich Lilja zuwandte, zuckte es verräterisch in seinem linken Mundwinkel.

Arroganter Mistkerl.

Das Mädchen sammelte widerwillig Liljas Kleidung ein, verließ dann den Raum.

»Wie fühlt sich das an?«

»Was?«, fragte er, als wüsste er nicht, was sie meinte.

Lilja zeigte auf die Tür. »Ach komm! Als würdest du nicht bemerken, wie dich alle Weiber anschmachten.«

Er lachte auf.

»Was ist so witzig?«

»Die gleiche Frage gebe ich gerne zurück.«

»Was?«

»Die jungen Männer können ihre Augen nicht von dir lassen. Und ihre Gedanken …« Er fuhr nicht fort. Sie wurde rot, als sie begriff, was er meinte.

»Du spinnst!«

Auf einmal wurde er ernst. Seine Augen flogen zu dem Fußende des Bettes, auf ihre Beine, die unter der Decke hervorblitzen. Ihr langer Schlafrock war bis zum Oberschenkel nach oben gerutscht und entblößte ihre nackte Haut.

Schnell zog sie ihn herab und die Bettdecke zur Vorsicht gleich mit.

Es war düster geworden. Die Flammen im Kamin zuckten durch das Grau seiner Augen. Der Anblick war furchterregend. Feuer und Sturm.

»Würdest du dich bitte umdrehen?«, zitierte er ihre eigenen Worte.

Ertappt wandte sie sich wieder der Wand zu, doch ihr inneres Auge sah, wie er das Tuch von seinen Hüften abstreifte und in die Hosen schlüpfte.

Sein Schatten an der Wand ließ sie an den Abend in Forstheim zurückdenken. Akjir hatte sie vor Loras und den Rachesöldnern der Eislady gerettet und dorthin gebracht. Er hatte sie durch einen Schneesturm getragen, ihre Wunden versorgt, ihr Haar gestreichelt.

Es schmerzte immer noch, wenn sie daran dachte, welch fürchterlichen Plan er damals verfolgt hatte. Er hatte das alles nur getan, um an Lerø heranzukommen. Sein Auftrag forderte sogar ihren Tod. Doch er hatte sie nicht getötet.

Was sagte das über den ersten Heerführer aus?

Akjir war an das Bett herangetreten und ergriff eine der Decken.

Empört fuhr sie herum.

Dieser hob nur abwehrend die Hände. »Keine Sorge, Lilja Hasenherz. Ich schlafe auf dem Fußboden.«

Er langte erneut zu, entfernte sich und breitete sie auf dem Boden aus.

Lilja rutschte das Herz in die Hose. Schlagartig wurde sie von Schuldgefühlen übermannt. »Wieso hast du nicht nach einem Zimmer mit zwei Betten gefragt?«

»Wir sollten doch als Ehepaar durchgehen.« Er bemerkte ihren skeptischen Seitenblick. »Auf den Inseln sind sie sehr streng in Bezug auf unverheiratete Beziehungen. Ohne Anstandsperson dürfen unverheiratete Paare nicht miteinander verkehren. «

Ein erschrockener Laut entfuhr der jungen Frau.

»Gesellschaftlich verkehren«, fügte Akjir schnell hinzu.

»Und anderswo ist das nicht so?«

»Heutzutage nicht mehr.« Er zuckte mit den Schultern. »Na ja, und weil wir keinen Aufpasser haben, dachte ich, es wäre einfacher uns als Mann und Frau vorzustellen.«

Lilja dachte an das Gespräch mit Ilvy zurück. Es wäre unvorstellbar für eine Frau, sich auf einen Mann einzulassen, ohne verheiratet zu sein. Das tragische Schicksal ihrer Tante war der Beweis dafür. Den Frauen, mit denen Lerø sich gelegentlich getroffen hatte, war dieser Vorsatz offenbar egal gewesen. Doch es war nicht an ihr über diese Menschen zu urteilen.

Akjir streckte unter lautem Knacken seine Glieder. Als er Anstalten machte, sich auf dem Boden niederzulegen, sprang Lilja auf.

»Es ist genug Platz im Bett für uns beide.«

Vor Verblüffung stand ihm der Mund offen. Er blinzelte mehrmals. »Du willst, dass ich zu dir ins Bett komme?«

Lilja schnappte laut nach Luft, was Akjir zum Grinsen brachte.

»Wenn du es bitte nicht so ausdrücken würdest – aber ja. Es ist nicht nötig, dass du auf dem Boden schläfst. Wir sind zwei erwachsene Menschen, die freundschaftlich eine Schlafstelle teilen. Ohne Hintergedanken.«

»Ohne Hintergedanken?«, fragte er süffisant. Er verschränkte die Arme vor der Brust.

»Genau.«

Er fuhr sich mit beiden Händen durch das nasse Haar. Zwar hatte er es grob trocken gerieben, dennoch flogen Wassertropfen durch die Luft. Die junge Frau duckte sich.

»Was ist?«, fragte sie erneut, als er ihr keine Antwort gab. Er hob entschuldigend den Blick.

»Es tut mir leid, Lilja. Aber ich glaube nicht, dass das möglich ist.«

Sie lief dunkelrot an. Ihre Wangen glühten vor Hitze, obwohl ihr eben noch kalt gewesen war. Sie spürte seine Augen überall auf sich.

Weil sie sich nicht besser zu helfen wusste, schnappte sie sich eines der Kissen und machte es sich auf der ausgebreiteten Decke am Boden bequem.

»Bei meinen Waffen, was tust du da?«

»Ich schlafe auf dem Boden. Wer sagt, dass ich das Bett bekomme?«

»Das ist doch kindisch.«

»Du bist doch derjenige, der sich nicht wie ein Erwachsener benehmen kann.«

»Glaub mir, wenn ich mich wie ein erwachsener *Mann* benehmen würde …«, er beendete den Satz nicht.

Lilja spürte, wie sich ihr Herz zusammenzog. *Denk an Kaijenn!*

Eine ganze Weile stand Akjir still neben ihr. Schließlich seufzte er. Er schritt zum Bett hinüber, zog die Decke zurück und kroch darunter. Mit einem tiefen Atemzug winkte er sie heran.

»Es ist genug Platz im Bett für uns beide«, zitierte er sie erneut.

Lilja tat so, als wäre sie überrascht, dass er sie meinte. Übertrieben gestikulierend schaute sie sich um, ob er wohl eine andere meinen könnte.

Akjir scheiterte dabei, sein Lachen zu unterdrücken.

»Du willst, dass ich zu dir ins Bett komme?«, fragte sie betont langsam.

»Ja.«

»Höre ich da auch ein *Bitte*?«

Seine Augenbrauen zogen sich finster zusammen. Lilja zwinkerte ihm lächelnd zu.

»Kommst du *bitte* zu mir ins Bett?«

Wenn er dabei doch nur nicht so wütend klingen würde.

»Na, wenn du es unbedingt willst.« Seufzend erhob sie sich mit ihrer Decke. Als sie zu ihm herüber kam, stolperte sie über das lange Nachthemd und stieß sich den großen Zeh am Bettpfosten an. Stöhnend und mit zusammengekniffenen Augen fiel sie nach vorne. In Akjirs Arme.

»Alles in Ordnung?« Seine Worte kitzelten an ihrem Ohr.

»Wieso habe ich denn immer so ein Pech?«

Er schloss sie fest in seine Arme, denn er wusste, dass sie nicht ihre Tollpatschigkeit meinte.

»Ich weiß es nicht.«

»Ob es der Heilige Vater weiß?«

»Ja.« Es entstand eine Pause. »Daran glaube ich. Und an seine Erlösung.«

Beinahe hätte sie bitter aufgelacht. Doch wem machte sie eigentlich was vor? In ihrem Herzen wusste sie, dass Akjir recht hatte. Es war nur leichter, jemandem die Schuld zu geben.

25

Räuber & Sklaven

Akjir hatte erkannt, dass sie eingeschlafen war, als ihr Körper sich nicht länger in Beben geschüttelt und ihr Atem endlich regelmäßigere Züge angenommen hatte.

Die junge Frau hatte zu viel durchgemacht, als dass es keine Spuren an ihr hinterlassen hätte. Sie versuchte zwar, den Anschein zu wahren, doch in seiner Gegenwart bröckelte ihre Fassade zusehends.

Sie fing an, ihm wieder zu vertrauen.

Hatte er sie nicht davor gewarnt?

Der Wunsch war töricht, das wusste er. Das änderte aber nichts daran, dass er sie küssen wollte. Es brauchte nur die Berührung seiner Lippen und sie würde ihm alles anvertrauen.

Kaijenn! Niemals das Ziel aus den Augen verlieren!

Er erstarrte, als die Flammenkämpferin sich ihm murmelnd zuwandte. Behutsam hatte er sie neben sich abgelegt und in Decken eingehüllt. Die Schnittwunde in ihrem Gesicht leuchtete selbst in der Dunkelheit glühend rot. Obwohl von ihr eine enorme Hitze abstrahlte und das Feuer im Kamin den Raum nach und nach aufgewärmt hatte, zitterte sie am ganzen Leib.

Anfangs hatte er nicht schlafen können, weil ihre Zähne so laut aufeinander geklappert hatten. Danach hatten ihn alle möglichen Sorgen wachgehalten, bis er letztendlich in einen unruhigen Dämmerschlaf gefallen war. Immer wieder war er aufgeschreckt, weil er glaubte, Stimmen und Gefahr wahrzunehmen. Auf der Insel fand man überall ihre Gesichter. Auf teurem Pergament hatte man sie als Mörder und Terroristen abgestempelt.

Der Verräter und die Hexe.

Er schnaubte. Kurz vor dem Piratenangriff hatte er es ihr beinahe erzählt. Und auch vorhin war er kurz davor gewesen. Er wusste, dass es das Richtige wäre, doch er brachte es nicht über sein Herz. Vielleicht war es einfach noch nicht an der Zeit für die ganze Wahrheit.

Der Morgen dämmerte und tauchte das Zimmer in ein merkwürdiges Zwielicht. Akjir betrachtete aus dem Bett heraus den schneeverhangenen Himmel. Er überlegte, ob er sich wieder an das Fenster setzen sollte, um die Gegend zu beobachten und die Aussicht zu genießen. Aber da streckte Lilja ihren Arm aus und umklammerte seinen Oberkörper. Sie murmelte dabei etwas, das sich wie *Lilo* anhörte.

Er hatte sie nie gefragt, wen sie alles hatte zurücklassen müssen.

Besser so!

Sie vergrub ihr Gesicht an seiner Schulter. Er wagte nicht mal mehr zu atmen. Lilja trainierte jeden Tag fleißig ihre Fertigkeiten. Sie hatte vor nicht mal einem Tag ein ganzes Schiff zerlegt. Ihre Seele schwand von Tag zu Tag, doch ihre Fähigkeit wurde stärker. Er durfte nicht zulassen, dass das eine das andere verschlang.

Trotzdem hatte sie auf dem Schiff beinahe die Kontrolle über das Inferno verloren, das sie selbst heraufbeschworen hatte. Es war ihm nicht entgangen. Sie brauchte mehr Kampferfahrung, bevor sie ihrer Feindin entgegentrat.

Sein Herz geriet ins Stolpern, wenn er an Aiyana dachte.

Sie hatte ihm alles genommen, was ihm wichtig war. Sie hatte ihm die Frau geraubt, die er liebte.

Beraubt und versklavt.

Das musste ein Ende haben. Sie lebte sowieso schon viel zu lange.

26

Schwarze Wurzeln

Warme Sonnenstrahlen auf Liljas Haut weckten sie aus wirren Träumen. Sie hatte wieder das Krankenbett ihrer Mutter besucht, doch diesmal war Lerø ebenfalls anwesend gewesen.

Sie wollte die Augen nicht öffnen und gab sich lieber weiter der Illusion hin, ihr Bruder sei noch am Leben.

Der stetige, dumpfe Herzschlag an ihrem Ohr war der Beweis dafür. Ihre Hand fühlte definierte Bauchmuskeln. Der Duft ihrer Heimat haftete an der Kleidung des Mannes. Ihre Finger zuckten über weiches Leinen, klammerten sich an der Hoffnung fest.

Sie wusste, dass Lerø nicht mehr auf dieser Welt war. Sie war dabei gewesen, als er seinen letzten Atemzug getätigt hatte. Als das Leben aus ihm gewichen, der Boden gefroren und die Temperatur gefallen war.

Der Tod eines Eingeborenen.

Würde die Welt nach Liljas Tod im Feuer vergehen?

Wir sind davon ausgegangen, dass Kyanas Sohn ein Feuergeborener ist.

Das hatte Loras auf der Hochebene zu ihr gesagt. Woher kannte die Eislady ihre Mutter? Wieso wusste sie, dass Kyana diese Fähigkeiten besaß und an ihre Kinder vererbt hatte?

Und warum kam die Graue Garde erst jetzt?

So viele Fragen.

Der Körper neben ihr hob sich mit einem leisen Seufzen. Ihr Atem stocke, als ihr bewusst wurde, dass sie in Akjirs Armen lag. Sie musste sich im Schlaf an ihn geschmiegt haben. Am liebsten wäre sie vor Scham in ihren Decken versunken.

Er hatte es zugelassen.

»Bist du wach?«

Mist.

Sie richtete sich auf. Seine Augen waren an den Horizont geheftet, der sich strahlend blau jenseits des Fensters abzeichnete. Lilja blinzelte ein paar Mal.

»Es tut mir leid«, murmelte sie verlegen.

Ihre Haare waren zerwühlt und die Wangen klebrig von dem Salz der Tränen.

Er wandte sich ihr zu. Sein kritischer Blick wanderte an ihr herab. »Was denn?«

Als Antwort deutete sie auf die schwarze, nun mit hellen Flecken beschmutzte Tunika. Seine Hand ruhte weiterhin auf ihrem Rücken, die Finger glitten sanft ihre Wirbelsäule hinab. Die Nerven leiteten diese elektrisierende Berührung durch ihren ganzen Körper. Lilja spürte sie in ihren Fingern, in ihren Ohren, aber vorwiegend in ihren Eingeweiden.

»Ich sah schon schlimmer aus.« Mit einer wegwerfenden Handbewegung wischte er die Entschuldigung beiseite. Er wollte aufstehen, doch Lilja griff nach seinem Arm, nur um ihn sofort wieder fallen zu lassen. Zum einen, weil sie wusste, wie sehr er das hasste, zum anderen, weil die Erinnerung an einen glühenden Handabdruck sie erschaudern ließ.

»Wieso hat die Eislady nach uns gesucht? Woher wusste sie von uns?«

Akjir löste sich von ihr und stand auf. Seine Gesichtszüge verhärteten sich, die Lippen presste er zu einer schmalen Linie zusammen.

»Du weißt es.« Es war keine Frage. Seine wütenden Schritte führten ihn zum Fenster, von wo aus er in den Gassen nach etwas Verdächtigem suchte.

Lilja biss sich auf die Unterlippe. »Sag mir endlich die Wahrheit!«

Helles Haar wirbelte durch die Luft, als er sich ihr zuwandte. »Die Wahrheit?«, fragte er.

In seinen Augen tobte ein Gewitter. Ihr schien es, als würden jeden Moment Blitze daraus hervorschießen.

»Ja«, sagte sie kleinlaut, stand aber auf, um ihren Standpunkt zu verdeutlichen. »Wenn du willst, dass ich dir helfe deine Geliebte zu retten, dann erwarte ich das als Gegenleistung.«

Er zog die Lippen zu einem ironischen Lächeln.

»Das ist es doch, warum du den Tod der Eislady willst, oder? Damit sie in Sicherheit ist.«

Er zögerte. »Das ist einer der Gründe.«

»Und welche gibt es noch?«

Plötzlich sah Akjir nicht mehr wie der Krieger aus. Viel mehr erinnerte er sie an einen Mann, der trotz seines jungen Alters schon zu viel gesehen, zu viel erlitten hatte.

Er erinnerte sie an Norik.

Das Herz zog sich in ihrer Brust in einem Krampf zusammen. Ihr Mund wurde trocken und ihre Augen brannten bei dem Versuch, nicht in Tränen auszubrechen.

Akjir musste ihr den Schmerz ansehen. Seine Schultern sanken herab, über sein Gesicht huschten tiefe Schatten.

»Akjir?«

»Ich möchte endlich wieder nach Hause.«

Die Antwort irritierte sie. Sie wusste nichts über ihren Begleiter, aber die Sehnsucht in seiner Stimme schlug einen dunklen, sirrenden Ton in ihr an. Ein Widerhall ihres eigenen Schmerzes und den verbotenen Wunsch, nach Hause zurückzukehren.

»Und wo ist das?«

»Weit weg.«

Natürlich wich er ihr aus.

Lilja bewegte sich auf ihn zu. Als er nicht vor ihr zurückwich, ergriff sie seine Hand. »Bitte. Sag mir die Wahrheit.«

Es schien, als würde er einen Moment mit sich ringen. Sie hatte diesen inneren Kampf schon einmal bei ihm beobachtet. Damals in Forstheim, als er erfahren hatte, dass sie den Aufenthaltsort ihres Bruders nicht kannte. Heute wusste sie, dass sein Befehl lautete, sie zu töten, wenn sie ihm nichts mehr nützte. Er hatte es nicht getan.

Ihre Hände wurden feucht. Angst machte sich breit.

Was quälte ihn diesmal?

»Die Wahrheit bedeutet nichts aus dem Mund eines Verräters.« Geschickt entwand er sich ihrer Hand und floh so schnell aus dem Zimmer, dass man meinen könnte, ein Shatar sei hinter ihm her.

Nachdem sie ein bescheidenes Frühstück eingenommen hatten, machten sie sich auf die Suche. Nach was, konnte Lilja nicht sagen. Akjir wollte es ihr auch nicht verraten.

Mit dem verhüllten Gesicht kam sie sich wie die Verbrecherin vor, für die man sie hielt. Die Maskerade gab ihr zumindest die Möglichkeit, ihre Umgebung besser in Augenschein zu nehmen. Mit einem hatte Lerø jedenfalls Recht behalten: Die Frauen auf den Abtrünnigen Inseln waren wirklich wunderschön. Das half ihr jedoch nicht, es bewirkte nur, dass sie sich noch unwohler in ihrer eigenen Haut fühlte.

Turas war eine kleine Stadt auf dem eisigen Plateau oberhalb der Kupferhöhle. Nördlich fiel die Hochfläche über mehrere Terrassen steil ab. Hier und dort befanden sich Gasthäuser, in denen man einkehren und ausruhen konnte.

Weiter unten entdeckte sie auf einer größeren Ebene eine kleine Siedlung. Akjir erklärte ihr, dass diese als sogenanntes *Basislager* bezeichnet wurde. Lilja erschauderte bei dem Gedanken, dass der Berg auf einer Seite fast vollständig ausgehöhlt worden war. Alles nur wegen der unendlichen Gier nach Rohstoffen. Würde Turas eines Tages einfach in sich zusammenstürzen?

Sie wartete in einiger Entfernung zu den ersten Treppenstufen. Die Steinmetze hatten gute Arbeit geleistet und jede einzelne Stufe akkurat in demselben Abstand und der gleichen Länge in Stein gehauen. Lediglich das behelfsmäßige Geländer aus Holz und die gespannten Seilen schützten die Reisenden vor einem tödlichen Absturz.

Lilja trommelte ungeduldig mit den Fingern auf der brusthohen Mauer, während ihr Blick über das Tal wanderte. Der blaue Himmel war dunklen Wolken gewichen. Der Wind pfiff über die Felskuppe hinweg und kündigte den Schneesturm an, der bereits im Landesinneren tobte. In der Ferne konnte sie nichts außer dem grauen Dunst und sich biegende Wipfel ausmachen.

Akjir unterhielt sich einige Schritt entfernt gedämpft mit einer Gruppe Männer.

Ein älterer Mann mit Vollbart und glattrasiertem Schädel, über den sich eine lange, gebogene Narbe zog, der offenkundig das Sagen hatte, diskutierte mit Akjir. Ein junger Kerl von vielleicht zwanzig Jahren grinste ohne Unterlass in Liljas Richtung. Er und die übrigen drei Männer trugen Dolche unter ihren Mänteln, die sie bei jedem von Akjirs Worten demonstrativ ein Stück hervorblitzen ließen. Alles in allem war ihr Erscheinungsbild nicht sehr vertrauenserweckend. Immer wieder huschten alle Augen zu der jungen Frau herüber. Als der Älteste schließlich nickte, wanderte etwas von Akjirs Hand in seine. Mit einem breiten Grinsen im Gesicht trat der verstoßene Heerführer wieder zu ihr. Was auch immer er von den Männern gewollt hatte, scheinbar hatte er es bekommen.

»Und?«, fragte sie.

Er hob fragend die Augenbraue.

»Wer sind diese Männer?« Lilja schaute vorsichtig an ihm vorbei. Sie flüsterten untereinander, sahen dabei angespannt zu ihnen herüber.

»Schmuggler.«

Lilja verschluckte sich fast an ihrem eigenen Speichel. Akjir klopfte ihr auf den Rücken, darum bemüht, sein Lächeln zu verbergen.

»Sie werden uns zum Nordufer bringen.«

Lilja hatte sich wohl verhört. Ihre Augen weiteten sich vor Entsetzen. »Das kann nicht dein Ernst sein.« Wieder schaute sie zu der Gruppe hinüber, doch sie war verschwunden.

»Wir können nicht mit einem üblichen Handelsschiff übersetzen. Nicht, nachdem wir überfallen wurden und unsere Gesichter auf Plakaten die Städte zieren.«

Sie öffnete den Mund, um eine Erwiderung hervorzubringen, doch Akjir hatte recht. Ihr fehlten die passenden Argumente.

»Aber das sind Verbrecher«, sagte sie.

»Uns bleibt leider nichts anderes übrig.«

»Wann?«

»Sie werden uns kontaktieren.«

Sie zog die Lippe zwischen die Zähne. Voller Unbehagen suchte sie ihre Umgebung nach den Schwarzhändlern ab.

»Hast du etwa Angst?«

Was für eine dumme Frage. Lilja schnalzte mit der Zunge. »Natürlich habe ich Angst.«

Leise lachend verschränkte er die Arme vor der Brust. Er musterte sie einige Momente, dann setzte er sich in Bewegung. Im Vorbeigehen stupste er sie an. »Na komm, wir besorgen dir etwas, womit du dich etwas sicherer fühlen kannst.«

Sie hörte nicht, was Akjir mit den Schwarzhändlern in der dunklen Nebengasse besprach, doch dafür hatte sie jetzt ohnehin keinen Sinn. Bald würde sie eine Waffe in ihren Händen halten, mit der ihr niemand mehr etwas anhaben konnte.

Vorgestern Mittag hatte Akjir ein Schmuckstück für sie in Auftrag gegeben. Genauer gesagt ein Armband aus hitzebeständigem Material. Titan und Aluminium. Beides äußerst seltene Rohstoffe, nicht nur hier auf den Abtrünnigen Inseln. Dafür hatte Akjir fast den gesamten Rest seiner Ersparnisse ausgegeben.

Das Entscheidende an dem Armband war allerdings nicht der kostbare Edelstahl, sondern die zahlreichen kleinen Feuersteine, die wie Anhänger das Silberband zieren sollten. Wenn es so funktionierte, wie die beiden es sich erhofften, würde es nur eine Drehung ihres Handgelenks benötigen, um kleine Funken hervorspringen zu lassen.

Die Idee war Akjir während der Seeschlacht gekommen. Die Pistolen hatten ihn dazu inspiriert. Damit sorgte er auf elegante Weise dafür, dass Lilja immer in der Lage war, ihre Fähigkeit zu aktivieren. Solange sie die Armkette trug, würde sie nie wieder ohne ihr Feuer dastehen.

Der Gedanke erfüllte Lilja mit tiefer Ruhe. Dieses Schmuckstück war mehr als nur ein Geschenk. Es war ein Vertrauensbeweis.

Tränen traten ihr in die Augen.

Es war ein Schutzschild und eine Waffe gleichermaßen.

Heute würde der Goldschmied endlich damit fertig werden. Seitdem sie ihn beauftragt hatten, konnte Lilja nicht mehr klar denken. Viel zu aufgeregt und voller Erwartungen fieberte sie dem Moment entgegen, an dem sie es in den Händen halten konnte.

Die Straßenlaterne an der nächsten Ecke flackerte nervös und spiegelte Liljas Gefühle wider. Zum Glück waren kaum Menschen in dem abgelegenen Stadtteil, und jene, die es doch hierher wagten, bedachten sich darauf, schnell zu verschwinden. Das lag wahrscheinlich an der hohen Kriminalitätsrate, die hier herrschen sollte. Der Schneesturm, der gestern Abend die Stadt erreicht hatte, wütete zudem in den letzten Zügen und trug seinen Teil dazu bei.

Nun spielte Lilja vor lauter Vorfreude sogar mit dem Laternenfeuer. Figuren tanzten wild in dem lodernden Orange, während die Schneeflocken an der Verglasung zischend zerschmolzen.

»Du musst lebensmüde sein.«

Lilja drehte sich zu Akjir. So lautlos, wie er an sie herangetreten war, erinnerte er sie an ihren Bruder. Lerø war ein Meister darin gewesen.

»Es ist doch keiner hier.«

»Lady Aiyana hat ihre Augen überall.«

»Du musst es ja wissen.« Die Worte kamen ihr schneller über die Lippen, als sie nachdenken konnte. Und sie bereute es sofort.

Zorn und Scham lieferten sich in Akjirs Gesicht einen ausgeglichenen Kampf.

Sie senkte den Blick.

»Das wollte ich nicht sagen.« Ihre Finger nestelten an ihrem Mantelsaum herum. Er hatte ihr mehr gegeben, als sie verdiente, das wusste sie. Er hatte den Verrat längst aufgewogen. Wie könnte sie ihn dafür verurteilen, dass er versuchte, seine Geliebte zu retten? Sie tat es nicht mehr. Was würde sie alles tun, um ihren Bruder wieder zu bekommen? Ihren Vater und Ilvy? Könnte sie Akjir verraten?

»Schon gut.« Er klopfte ihr auf die Schulter. »Komm! Lass uns den Schmied aufsuchen.«

Nichts lieber als das.

Sie setzten sich in Bewegung und Akjir verhüllte sein Gesicht. Das Flackern der Laterne spiegelte sich in seinen grauen Augen. Sie erreichten die Ecke der Straße. Der linke Weg führte zur *Felsentreppe*, der rechte zurück zum Gasthaus und zur Schmiede.

Akjir deutete ihr, den rechten einzuschlagen.

»Und?«, hakte Lilja nach, als er weiterhin schwieg. »Was haben die Schmuggler gesagt? Wann brechen wir endlich auf?« Für ihren

Geschmack verweilten sie schon zu lange an diesem Ort. Auf einer Insel, die sie nicht einmal hatte betreten wollen.

Seine Augenbrauen zogen sich unter der Tarnung besorgt zusammen. Lilja hörte ihn erschöpft ein- und ausatmen. »Um Mitternacht.«

Die Flammenkämpferin blieb abrupt stehen. Ehe sie etwas sagen konnte, hob Akjir beschwichtigend die Arme. Er packte sie bei den Schultern und schaute sie dabei eindringlich an. Seine Stimme war leise, doch sie verstand jedes der geflüsterten Worte klar und deutlich. »Eine bessere Gelegenheit wird sich uns nicht bieten.«

In Firnheim wäre Lilja vor einer solchen Berührung zurückgewichen, doch seitdem war viel passiert. »Aber warum Mitternacht?«

Er ließ sie los, um mit den Achseln zu zucken. »Wachwechsel.«

Der Schnee unter ihren Schuhen knarzte bei jedem ihrer Schritte, als sie ihren Weg fortsetzten. Lilja konzentrierte sich auf ihre Füße. Etwas missfiel ihr bei dem Geräusch. Wie von selbst zogen ihre Finger das Tuch über ihre Nase.

»Wir werden verfolgt«, flüsterte sie so leise, dass nur Akjir sie hören konnte.

Er nickte stumm. Natürlich hatte er es bemerkt.

»Wie geht es jetzt weiter?«, erkundigte sie sich betont beiläufig in normaler Lautstärke.

»Das entscheidest du allein.«

Lilja musterte ihn skeptisch von der Seite. Er schien es nicht zu bemerken oder er ignorierte es schlichtweg. Stattdessen führte er sie um eine Biegung auf einen kleinen Platz.

Als er stehen blieb und sich umwandte, folgte sie seinem Blick.

Eine Person, in etwa genauso gekleidet wie sie, stand in der Straßeneinmündung. Es war eindeutig die Gestalt eines Mannes. Seine Haltung war angespannt. Mit breiten Schultern und einem wehendem, dunklen Umhang auf weißem Untergrund wirkte er wie ein düsterer Krieger. Unter seinem Überwurf blitzte ein großes Schwert im Schein der Laternen.

Der Abend war nicht mehr fern.

Reglos betrachteten sich die beiden Parteien. Ohne es zu bemerken, verkroch Lilja sich immer mehr hinter Akjirs Statur. Der Mann jagte ihr einen Schauer den Rücken hinunter. Der Moment des schweigenden Abtastens dehnte sich ins schier Unendliche aus, bis der Mann schließlich mit geübten Handgriffen seine Tarnung fallen ließ.

Lilja spähte vorsichtig an Akjir vorbei. Und was sie sah, ließ ihr das Herz aus der Brust fahren.

Auch wenn die Haare geschoren waren und sich dunkle Ringe unter seinen Augen abzeichneten – was ihn um Jahre älter erscheinen ließ – würde sie dieses Gesicht überall wiedererkennen. Die geteilte Augenbraue bestätigte, was sie sowieso schon wusste.

»Lerø?« Sie entfernte die Tücher aus ihrem Gesicht, als könne sie so besser sehen. Sie traute ihren Augen nicht.

Als Antwort auf ihre Frage schenkte er ihr sein Ohnmachtslächeln. Lilja trat aus dem Schutz des Kriegers und ging einige Schritt auf ihren Bruder zu. Ihre Beine trugen sie kaum.

Lerø bewegte sich nicht.

»Warte.« Akjir berührte sie nicht, obwohl seine Hand über ihrem Arm schwebte. Er wusste, dass er ihr nichts verbieten oder vorschreiben konnte. Es war lediglich eine Bitte.

Ihr Blick wechselte zwischen den beiden Männern hin und her. Mit jedem Atemzug schlug ihr Herz einen Ton lauter, hämmerte gegen ihre Brust, verkrampfte sich und jeden Muskel in ihrem Körper. Sie wollte die Augen schließen, diesem Anblick entfliehen. Es war ein Traum, oder ein Alptraum. Je nachdem. Seit seinem Tod wünschte sie sich nichts mehr, als Lerø noch einmal wiederzusehen. Konnte das hier wirklich real sein?

Lilja wollte die Wahrheit in einem Ozean aus Lügen versenken. Diese Wahnvorstellung, den Trick oder die Falle. Aber was, wenn es keine Lüge war? Wenn er wirklich überlebt hatte? Sie musste sich dem stellen.

»Ich habe dich sterben sehen«, hauchte sie dünn und leise und ihre zittrige Stimme verklang im Schneegestöber. Aber der Wind trug die Worte zu ihrem Bruder. Bevor Lerø ihr antworten konnte, faltete Lilja die Arme abwehrend vor der Brust und drängte das Brennen hinter ihren Augen zurück. Intuitiv wappnete sie sich vor dem Schmerz, der da unweigerlich kommen musste. Hoffnung war etwas Grausames. Jeder, der etwas anderes behauptete, war wohl noch nie enttäuscht worden.

Lerø musterte ihre ablehnende Geste. Seine Brauen zogen sich finster zusammen. »Ich wurde gerettet.«

Er zog ebenfalls seine Arme vor die Brust. Selbst in dem Zwielicht registrierte Lilja, dass er reichlich an Muskelmasse zugelegt hatte.

»Von wem?« Die Frage kam von Akjir, ehe Lilja sie aussprechen konnte. Sie musste erst einmal begreifen, was ihr Bruder da soeben offenbart hatte. *Ich wurde gerettet.*

Gerettet. Und sie hatte ihn verletzt zurückgelassen. Während sie ihr eigenes, jämmerliches Leben gerettet hatte, verließ sie ihn in Blut und Schlamm liegend.

Wütend zeigte Lerø auf den ersten Heerführer. Dabei sollte sein Zorn sich gegen Lilja richten. Die Schwester, die ihm Untreu gewesen war. »Nicht von dir, so viel steht fest. Verräter!« Das letzte Wort spuckte er verächtlich aus, während er einen Sprung nach vorne machte.

Augenblicklich wich Lilja einen Schritt zurück. Sie hatte Lerøs Augen niemals so böswillig aufblitzen sehen. Noch nicht einmal, als Fenya hingerichtet worden war.

Als ihr Bruder Liljas Zurückweichen bemerkte, hob er entschuldigend die Arme. »Ich wurde von Lady Aiyanas Männern gerettet.«

»Von der Grauen Garde? Von denen, die dich lebendig verbrennen wollten?«

Lilja wich bei dem Gedanken an Loras weiter vor ihm zurück. Der Narbenmann kannte keine Gnade. Das konnte nicht die Wahrheit sein.

»Sie wollten mich nicht töten, Lilja. Sie wollten mich nur finden. *Uns* finden.« Er trat vorsichtig weiter auf seine Schwester zu. Diese hatte Akjir erreicht, wechselte ungläubige Blicke mit ihm.

»Bleib, wo du bist!«, knurrte Akjir.

Lerø strafte ihn mit vor Zorn sprühenden Augen, doch er blieb dort, wo er war. »Lilja, ich bin dein Bruder. Du musst mir vertrauen. Die Eislady steht auf unserer Seite.«

Ein Rauschen in Liljas Ohr übertönte die Worte ihres Bruders. Sie hörte zwar gedämpft, was er sagte, verstand es jedoch nicht. Verzweifelt schaute sie zu Akjir, doch der hatte sein Gesicht abgewandt und fixierte Lerø.

Als sie sprach, war ihr Mund staubtrocken. »Das kann nicht sein.«

»Das glaubte ich zunächst auch. Ich dachte, sie würden mich nur wieder zusammenflicken, um mich danach zu foltern und an Informationen über dich zu gelangen. Oder um mich qualvoll zu töten. Aber –«, er unterbrach sich selbst.

»Aber?«, hackte Lilja nach. Gespannt wartete sie auf seine Antwort und hielt dabei den Atem an.

Seine Gesichtszüge glätteten sich und das Lächeln kehrte zurück. »Aiyana würde niemals ihren eigenen Neffen foltern, geschweige denn töten.«

Ihr Herz verstummte und es brauchte ein paar Momente, ehe die Worte in Liljas Kopf einen Sinn ergaben. Die Erkenntnis warf sie um. Akjir ergriff ihren Arm.

Lerøs Grinsen wurde breiter.

»Lady Aiyana ist –«, setzte Lilja an.

»Unsere Tante«, beendete er ihren Satz und lächelte schief. »Sie kam nach unserer Mutter nach Alkator. Es gab Auseinandersetzungen … Lange Zeit wusste sie nicht, dass ihre Schwester überhaupt noch am Leben war.«

Lilja fiel das Atmen immer schwerer. Sie stützte sich mit einer Hand an Akjir ab, während sie sich mit der anderen an die Brust griff.

»Wieso hat unsere Mutter sie nie erwähnt?«

Das passt doch alles nicht zusammen.

Lerø antwortete mit einer Gegenfrage: »Wieso hat sie uns nichts von ihren Fähigkeiten erzählt?«

Akjir räusperte sich. »Lilja«, raunte er ihr zu. »Du darfst ihm nicht trauen.«

Lerø schnalzte empört mit der Zunge. »Das sagt der Richtige.«

Ihr Bruder stand nur noch wenige Armlängen von ihr entfernt. Wie gerne würde sie ihn in die Arme schließen. Doch Akjirs Worte waren nicht zu ignorieren.

»Sie wollten mich töten«, sagte sie.

Lerø stutzte.

Sie half ihm auf die Sprünge. »In Firnheim. Sie haben nach dir gesucht und waren bereit, mich zu töten. Sie haben Vater getötet.«

Schmerz verdüsterte seine Miene. Als er das Wort das nächste Mal ergriff, huschten die glasblauen Augen zu Akjir. »Haben sie das?«

Zu Liljas Überraschung waren die Worte nicht an sie gerichtet, sondern an Akjir.

Der Mann an ihrer Seite versteifte sich. Seine Hände ballte er zu Fäusten. Die Knöchel traten weiß hervor.

Unwillkürlich wich Lilja einen Schritt von ihm fort. Ohne etwas zu sagen, ließ Akjir sie los.

»Was meint er damit?«

Akjir wandte sich ihr langsam zu. In seinen Augen tobte ein Sturm. »Fragst du mich das wirklich?«

Sie schluckte schwer. Ehe sie auf seine Frage antworten konnte, sprang Lerø zwei Schritte nach vorne und ergriff ihr Handgelenk.

Mit einem Ruck hatte er seine Schwester zu sich gezogen und hüllte sie schützend in eine Umarmung.

»Das Spiel ist aus«, sagte er zu Akjir.

In genau diesem Moment bemerkte Lilja, wie Gestalten aus den Schatten der umliegenden Gassen hervortraten. Ihr Bruder wich mit ihr weiter zurück, während die Graue Garde ihre Waffen zückte.

Akjirs Augen fixierten die der jungen Frau. Sie las darin Trauer und noch etwas, das sie zuvor nur an sich selbst im Spiegel erblickt hatte. Den Schmerz des Verrates.

»Ich habe dir ja bereits gesagt, dass du ihr nicht davonlaufen kannst.« Loras' düsterer Auftritt wurde von dem unheimlichen Pfeifen des Windes untermalt, als er zuletzt aus der Finsternis trat.

Akjirs Schultern sackten herab, als wäre er zu müde für diesen Kampf. Dann drehte er die Arme in ihren Gelenken, als würde er sie für eine seiner Übungen lockern.

»Sie bekommt mich nicht«, flüsterte er kaum hörbar. »Keinen von uns.«

Loras lachte. Widerhallend stimmten die anderen in das Gelächter mit ein. »Das werden wir ja sehen.«

Lerø zerrte seine Schwester fort.

Das Letzte, was Lilja sah und hörte, war, wie fünf Krieger auf Akjir zustürmten und das kreischende Geräusch von aufeinandertreffenden Schwertern.

27

Diamanthafen

Der *Diamanthafen* machte seinem Namen alle Ehre. Die Sonne strahlte mit dem funkelnden Gestein um die Wette. Der Schnee und die spiegelnden Eisflächen trugen ihr Übriges dazu bei, den größten Hafen Alkators in all seinen leuchtenden Facetten zu präsentieren und doch nichts durch das helle Gleißen preiszugeben.

Lerø stand breitbeinig und mit verschränkten Armen neben seiner Schwester am Bug der Königsfregatte. Die *Schneewind* war mit ihren vierundzwanzig Kanonen das am besten bewaffnete Kriegsschiff der eisigen Flotte. Diese waren ausschließlich auf dem Oberdeck montiert, um gegenüber den üblichen Zweideckern ein höheres Freibord zu erzielen. Dank dieser Konstruktion hatten sie trotz geringerer Kanonenzahl bei schwerer See einen großen Vorteil gegenüber den kleineren Zweideckern, wenn die ihr dicht über der Wasserlinie liegendes Kanonendeck nicht benutzen konnten. Dazu kamen zwei Geschütze auf dem Achterdeck.

All das wusste Lilja von ihrem Bruder, der wie ein Lehrer die Informationen herunterleierte, die er über das Schiff, das Land oder die Hauptstadt gesammelt hatte.

In Loras' zornigem Gesicht las Lilja wie in einem Buch. Der zweite Heerführer war nicht im Stande gewesen, seinen ehemaligen Vorgesetzten zu besiegen. Doch Lilja hatte keine Gelegenheit gefunden, nach Akjir zu suchen. Gerne hätte sie ein paar Antworten von ihm gefordert, aber sie waren noch am selben Abend ausgelaufen. Mit gespannten Segeln hatten sie Turas und die Kupferhöhle mit rasender Geschwindigkeit hinter sich gelassen.

Auch wenn der Narbenmann ihr über Akjirs Verbleib keine Auskunft gab, hatte Lerø doch zumindest darauf reagiert.

»Der Feigling hat sich aus dem Staub gemacht. Wenn wir Glück haben, müssen wir ihn nie wieder sehen.«

Seitdem war Lilja zu keiner Zeit mit ihrem Bruder allein gewesen. Zwar hielt man gebührend Abstand zu den Zwillingen, doch in irgendeiner Nische stand immer ein grauer Gardist.

Auf ihre erneute Frage, ob Akjir für den Tod ihres Vaters verantwortlich war, wich er ihr nur aus und es kam ihr wie ein weiterer Verrat vor. Sein enttäuschter Gesichtsausdruck brannte hinter ihren Lidern, jedes Mal wenn sie die Augen schloss.

»Wer soll es sonst gewesen sein?«, hatte Lerø gefragt.

Lilja wusste keine Antwort darauf. Ihr Bruder war sich sicher, dass die Graue Garde nicht dafür zur Rechenschaft gezogen werden konnte. Und Lilja war sich sicher, dass Akjir Norik nicht umgebracht hatte.

Er war ein Lügner und ein Betrüger, was seine Person und Motive betraf, doch wäre er so weit gegangen, einen unschuldigen Mann zu töten? Er war ja noch nicht einmal dazu in der Lage gewesen, die Soldaten zu erschlagen, die ihn am Fest der Wintermondwende angegriffen hatten.

»Was genau ist passiert, nachdem wir dich …« – *zurückgelassen haben,* fragte sie schon zum vierten oder fünften Mal. Doch sie brachte den Satz noch immer nicht vollständig über die Lippen.

Lerø seufzte. »Das habe ich dir doch schon erzählt.«

»Sag es mir nochmal.«

Sie wusste nicht, warum sie ihn immer wieder danach fragte. Vielleicht um eine Ungereimtheit, einen Fehler aufzuspüren. Aber vielleicht auch nur, um es besser zu verstehen.

»Als ich wieder zu mir kam, waren meine Wunden verbunden. Ich bekam zu essen, zu trinken und die nötigen Schmerzmittel.

Keiner sprach mit mir, bis ich in der *Obsidianzitadelle* unserer Tante gegenübertrat.«

Lilja sprach in Gedanken beinahe jedes einzelne Wort mit. Er wiederholte sich, als hätte er die Worte wie ein Gedicht in der Schule auswendig gelernt.

»Und was geschah dann?«

Lerøs Fingernägel kratzten abwesend über eine raue Stelle der Reling. »Sie ließ meine Fesseln entfernen und hat mir alles erklärt.«

»Erklär es mir!«

Seine stahlblauen Augen waren wie scharfe Eiskristalle, die sich in ihre dunkleren Iriden bohrten.

»Wieso vertraust du mir nicht? Ich bin dein Bruder.«

Sie machte eine entschuldigende Geste. »Ich versuche doch nur, alles zu verstehen.«

Er wandte sich erneut von ihr ab und zuckte mit den Schultern, doch seine Hände waren zu Fäusten geballt. »Nachdem unsere Mutter *Dorshan* verlassen hatte, um auf Reisen zu gehen, kam es zu blutigen Auseinandersetzungen mit Rebellen. Der Thron aus Feuer und Eis wurde zerstört. Unsere Großeltern und alle übrigen Verwandten wurden heimtückisch ermordet. Aiyana konnte über das Sterbende Meer nach Alkator fliehen, aber auch hier trachtete man ihr nach dem Leben. Der Bärenkönig nutzte die Gunst der Stunde für einen Handel. Er ließ Aiyana suchen und gefangen nehmen, um sie den Aufrührern auszuliefern. Doch dazu kam es nicht mehr.« Lerø machte eine Pause, in der er tief einatmete. Lilja kannte ihren Bruder gut genug, um zu wissen, dass er seine nächsten Worte mit Bedacht wählte. »Tante Aiyana tötete den Bärenkönig und seine Frau Vika, ehe sie ihren scheußlichen Plan in die Tat umsetzen konnten. Sie nahm den Platz auf dem Thron ein, um den Verrat der Terroristen an ihrer – unserer – Familie zu rächen.«

Dorshan. Das war der Name des Landes weit jenseits des Toten Meeres, in das sich keiner wagte. Lilja erinnerte sich an die wenigen Unterrichtsstunden, bei denen sie voller Neugier den Worten des Lehrers gelauscht hatte. Ein Land, in dem kein Normalsterblicher überlebte. Ein Land aus Feuer und Eis. Bei der Erkenntnis entfuhr ihr ein Keuchen.

»Bereit machen zum Ankern«, brüllte der erste Offizier über Deck. Matrosen huschten über die Planken, um die Befehle ihres Vorgesetzten auszuführen.

»Wieso hat Mutter nie darüber gesprochen?«

Das war die Frage, die Lilja am meisten beschäftigte. Wie hatte Kyana das alles zulassen können?

Lerø schien in seinen rissigen Händen nach einer Antwort zu suchen. »Ich weiß es nicht. Aiyana hat nach ihr gesucht, aber als die Jahre ins Land gingen, musste sie sich mit dem Gedanken abfinden, dass man sie bereits getötet hatte, wie alle anderen Mitglieder der Jarl-Häuser.«

»Jarl-Häuser?«

»Unsere Verwandten.«

»Woher wusste sie dann von uns?«

Ihr Bruder rieb die Handflächen aneinander, hauchte etwas Wärme in sie hinein, obwohl er als Eisgeborener kaum Kälte empfinden konnte. Eine Verlegenheitsgeste. Er war nur mit einem leichten Umhang bekleidet, während Lilja sogar in ihrem fellbesetzten Mantel fror.

So wie mir Hitze nichts ausmacht, dachte sie.

Lerø drehte dem Diamanthafen ruckartig den Rücken zu. »Mir steht es nicht zu, dir diese Frage zu beantworten.«

»Wie bitte?«

»Tante Aiyana hat darauf bestanden, es dir selbst zu erklären.« Ohne auf Liljas Erwiderungen einzugehen, überquerte er mit großen Schritten das Deck. Fast als würde er fliehen.

Lilja hätte Loras am liebsten das breite Grinsen aus dem Gesicht geschlagen, als er ihr gegenüber in dem schaukelnden Beiboot Platz nahm.

Sie stellte sich den glühend heißen Handabdruck auf seiner Wange vor, den sie hinterlassen würde.

»Das weckt doch Erinnerungen«, sagte er und strich sich dabei wie beiläufig über den nackten Hals. Ihre Narbe brannte. Lilja schloss die Augen und stellte sich vor, wie sie ihm den Kehlkopf mit bloßen Händen aus dem Fleisch riss, nur um ihn denselben Schmerz spüren zu lassen. Oder besser noch, wie sie seine Augenflüssigkeit zum Kochen brachte.

»Du musst doch zugeben, dass es viel angenehmer ist, auf derselben Seite zu stehen.«

Lilja schlug die Augen auf und funkelte ihn wütend an.

Er lachte. »Du bist doch nicht nachtragend, oder?«

So wie er das fragte – arrogant, neckisch – wirkte er um einiges jünger. Er konnte nicht viel älter als Akjir sein, doch die Jahre als Gardist in Diensten der Eislady waren nicht spurlos an ihm vorüber gegangen. Angefangen von der Eisblitznarbe in seinem Gesicht, über die dunklen Augenringe, die beinahe aussahen wie Blutergüsse, bis hin zu zahlreichen, schlecht verheilten Wunden. Einige blitzten frisch und rot unter seiner Kleidung hervor. Diesmal war es Lilja, die lächelte.

»Das solltest du besser Akjir fragen«, erwiderte sie.

Sein Grinsen verschwand, wich dem nur schwer beherrschten Zorn. »Du denkst immer noch, er steht auf deiner Seite?«

»Er hat mich gerettet.«

Loras schnalzte missbilligend mit der Zunge. »Ich habe euch ziehen lassen«, bemerkte er spitz.

»Was?«

»Ich bin im Jukkagebirge aufgewachsen. Denkst du, ich würde die Schleichwege nicht kennen, die der Narr benutzt hat?«

»Das sagt gar nichts darüber, auf wessen Seite Akjir steht«, flüsterte Lilja. Doch was sagte das über den Narbenmann aus?

»Wenn du erst einmal weißt, wer er ist, wirst du dir noch wünschen, er wäre dir niemals begegnet.«

»Wer ist er denn?«, forderte sie den Mann heraus.

»Lilja, das reicht!«

Ihr Bruder sprach sanft und leise, doch die Haltung ließ keinen Widerspruch zu. Seine hellen Augen waren wie unergründliche Bergseen.

Die Flammenkämpferin stemmte wütend die Hände in die Seiten und stand auf. Unter ihrer plötzlichen Bewegung schwankte das Boot bedrohlich. Lilja fühlte sich augenblicklich auf die Nordnorge zurückversetzt. Schnell setzte sie sich wieder hin.

»Ich habe das Recht auf Erklärungen«, sagte sie mit Nachdruck und wählte bewusst nicht das Wort Wahrheit. Darauf hatte sie die Hoffnung längst aufgegeben.

»Und die wirst du von Aiyana erhalten.« Lerø zog sie in seinen Arm. »Vertrau mir, Schwesterchen. Du hast nichts zu befürchten«, flüsterte er an ihrem Scheitel.

So gern sie ihrem Bruder Glauben schenken wollte, Loras' Gesichtsausdruck lehrte sie eines Besseren.

Lilja hatte noch nie so weich geschlafen. Eingepackt in zwei dicke, daunengefüllte Decken – die bei dieser Kälte unbedingt erforderlich waren – fühlte sie sich wie auf einer Wolke. Die Matratze war neben dem üblichen Heu zusätzlich mit Gänsefedern befüllt. Lilja hatte am Abend zuvor das halbe Bett auseinandergenommen und dabei festgestellt, dass sie von Riemen, gefertigt aus silbriger Tierhaut, getragen wurde, die jede ihrer

Bewegungen sanft abfederten. So einen Luxus hatten sich nicht einmal die wohlhabenden Handelsleute in Firnheim geleistet.

Der Weg zu der königlichen Residenz würde fast zwei Tagesmärsche dauern. Zwei Tage durch Schnee und Eis. Stöhnend setzte sich die junge Frau in ihrem gemütlichen Schlaflager auf und betrachtete ihre Kammer. Die ersten Sonnenstrahlen fielen durch die beiden Fenster, tauchten das Zimmer in warmes Licht. Staubkörner flogen wie in Zeitlupe durch den Raum und legten an Geschwindigkeit zu, wenn eine Windböe die geöffneten Fensterläden scheppernd herumwarf. Das Heulen jagte ihr eine Gänsehaut über Arme und Beine. Wenn sie die Augen schloss, sah sie die Auerwölfe durch die Wälder streifen.

Neben ihrem Bett, welches für sie alleine viel zu groß war, stand ein kleiner Nachtschrank mit Kerze, die sie schmerzlich an Akjir erinnerte.

Den Wasserkrug darauf hatte sie zur Hälfte geleert. Die Kälte, die nicht einmal durch das Feuer im Kamin vertrieben werden konnte, hatte dünne Eiskristalle an der Oberfläche gebildet. Bei dem Anblick zog Lilja die warme Decke etwas höher.

Am Fuße des Bettes stand eine massive, dunkle Holztruhe mit neuer Kleidung obenauf. Darin war Lilja auch auf die zweite Decke gestoßen.

Ihre Lammfellstiefel sahen gegen die neuen ganz blass und abgenutzt aus. Dennoch würde sie Akjirs Geschenk nicht austauschen. Anders als den fellbestückten Wintermantel, den Lerø ihr in Turas überreicht hatte und der als einziges Kleidungsstück am Garderobenständer hing.

Ein Geschenk der Eislady. Ihrer Tante.

Der Gedanke war falsch.

Liljas Finger fuhren über den freien Platz neben ihr.

Wo Akjir wohl steckte?

Sie kniff die Augen zusammen. Sie wollte die spiegelnd polierte Messingbadewanne, den mächtigen, steinernen Kamin und die anderen teuren Annehmlichkeiten nicht sehen.

Viel lieber hätte sie die Nacht in einer von Tieren verwaisten Höhle zusammen mit Akjir verbracht. Das erschien ihr ehrlicher als dieses königliche Prunkzimmer, das so gar nicht zu ihr passte. Lady Aiyana war hier einst vor und nach Seereisen eingekehrt. Doch seit Jahren hatte die Herrscherin ihren Palast nicht mehr verlassen. Dass man die Flammenkämpferin ausgerechnet in diesem Zimmer untergebracht hatte, war kein Zufall. Keines der Räume im Herrenhaus war besser zu bewachen als ihres.

Lilja war nach dem Betreten als erstes zum Fenster gehastet, um dann enttäuscht in einen samtigen Sessel zu sinken.

Zwei Stockwerke tief würde sie sich bei einem Sprung mehrere Knochen brechen, wenn nicht sogar das Genick. Selbst wenn es die Möglichkeit zum Klettern gegeben hätte, war Lilja nicht geübt darin. Es war etwas ganz anderes, den Trampelpfad die Klippen entlang zu balancieren, als sich an einer Häuserwand herunter zu hangeln.

Selbst dann gäbe es aber die Wachen, die alle zehn Meter voneinander entfernt ihre Posten sicherten.

Obwohl man größten Wert darauf legte, ihr das Gegenteil zu beweisen, fühlte Lilja sich von Tag zu Tag mehr wie eine Gefangene.

Natürlich war sie unendlich glücklich darüber, dass Lerø am Leben war, und dass sie endlich wieder mit ihm vereint war. Doch sie beschlich das Gefühl, dass ihr Bruder nicht mehr der war, den sie einst gekannt hatte. Die Züge waren verhärtet, die Stimme rau. Über seine Miene huschten gelegentlich Schatten, die ihr Sorgen bereiteten. Und mit den Locken war die Unbekümmertheit verschwunden. Nur das Ohnmachtslächeln war geblieben. Dies setzte er geschickt ein, um ihr Misstrauen zu zerstreuen.

Sie liebte ihren Bruder dafür, doch zweifelte sie an seinen Motiven. Diese Gedanken setzten ihr mehr zu, als sie sich selbst eingestand.

Wie kann man seinem eigenen Bruder nicht über den Weg trauen?

Das musste aufhören!

Dennoch wurde sie das Unbehagen nicht los, sich für die falsche Seite entschieden zu haben.

Für den falschen Mann!

Sie vergaß Akjirs Enttäuschung und den Sturm der Gefühle in seinen Augen nicht.

»Wie geht es jetzt weiter?«

»Das entscheidest du allein.«

Er hatte geahnt, was passieren würde. Er hatte gewusst, dass Lerø in Turas war. Und er hatte durchschaut, dass er sie mitnehmen wollte. Und trotz all dem hatte Akjir ihr die Entscheidung überlassen, wohlwissend, dass sie sich damit dem Feind auslieferte.

Einem Feind, den sie sich geschworen hatten, gemeinsam zu bekämpfen.

Es polterte an ihrer Zimmertür.

Erschrocken fuhr sie zurück und stieß sich dabei den Kopf an dem hohen Rückenteil des hölzernen Bettrahmens. Mit zusammengekniffenen Augen massierte sie die Stelle an ihrem Hinterkopf. Dabei entgingen ihr die vielen Knoten in ihrem Haar nicht.

Ohne ein weiteres Mal anzuklopfen, wurde ihre Stube gestürmt. Mit großen Schritten und wehendem Zopf betrat der zweite Heerführer den feuerbeheizten Raum. Mehr Kälte strömte ins Innere.

Loras' schwarze Augenbrauen zogen sich wütend zusammen, als er sie in ihrem Bett vorfand. Kurz wirkte er verlegen.

»Wir brechen auf.«

Lilja klappte der Mund auf. »Jetzt gleich?«, fragte sie empört.

Wie konnte er es wagen, in ihre Privatsphäre einzudringen und ihr dann auch noch Befehle zu erteilen? Zudem hatte sie bisher nichts gefrühstückt.

»Ja.«

Seine Narbe glänzte silbern im Sonnenlicht. Er verharrte im Raum.

Als Lilja sich nicht bewegte, war er mit einem Schritt an sie herangetreten, riss die Decke zurück und zerrte sie an ihrem Handgelenk auf die Füße.

»Aua, du tust mir weh.« Widerspenstig versuchte sie, sich aus dem festen Griff herauszuwinden. Doch das bewirkte nur, dass er den Druck verstärkte.

Während der Narbenmann sie durch das halbe Zimmer zog, griff Lilja nach einer der Decken, die sie sich schützend vor ihren Körper hielt. Ihr Nachthemd reichte gerade einmal über ihre Knie. Sie wollte nicht, dass er auf dumme Gedanken kam und sie sich gezwungen sah, ihm zu zeigen, dass man sich mit einer Flammenkämpferin besser nicht anlegen sollte. Das Feuer im Kamin knisterte bedrohlich.

Am Fuße des Bettes stieß er sie auf die Truhe. Die hölzernen Verzierungen bohrten sich unangenehm in ihr Fleisch.

Er deutete auf die bereitgelegte Kleidung.

»Du hast zwei Minuten, dich anzukleiden und nach unten zu kommen.« Er wandte sich der Tür zu.

»Zehn!«, zischte Lilja.

Erstarrt drehte er sich auf dem Absatz zu ihr um. »Wie war das?«

»Zehn Minuten! Ich möchte mich noch waschen.«

Lilja sah, wie breite Kiefer arbeiteten. Das Knirschen der Zähne jagte ihr einen Schauer den Rücken hinab. Eine hervorstehende Ader pulsierte heftig an seinem Hals.

»Fünf«, erwiderte er.

»Zehn.«

»Sieben.«

»Zehn!«, beharrte Lilja. Das Lächeln konnte sie kaum verbergen. Sie wusste nicht, ob es an ihrer Fähigkeit lag oder daran, dass sie fest davon ausging, dass Lady Aiyana sie unversehrt antreffen wollte. Jedenfalls war die Zeit, in der sie Angst vor diesem Mann gehabt hatte, vorbei. *Er* sollte *sie* fürchten.

»Weißt du nicht, wie man feilscht, Weib?«

Zum ersten Mal bemerkte Lilja bewusst, dass mit Loras' Augen etwas nicht stimmte. Sie waren von einem undurchdringlichen Schwarz, das sie an einen Nachtschatten erinnerte. Solche Augen hatte sie nie zuvor gesehen.

Jetzt zitterte sie doch. Schnell ballte sie die Hände zu Fäusten, bevor ihr Gegenüber es registrierte. Trotzig reckte sie ihr Kinn in die Höhe. Präsentierte die Narbe, die er ihr zugefügt hatte. Die Geste war unmissverständlich: *Sieh her, was du mir angetan hast. Und trotzdem habe ich keine Angst vor dir!*

Das Schweigen, mit dem er sie eingehend musterte, zog sich quälend in die Länge. Er rieb sich das stoppelige Kinn. Schließlich nickte er. Die Tür krachte ins Schloss, sodass sie beinahe aus den Angeln sprang. Als sie ihn die Treppe herunter stampfen hörte, musste sie erleichtert lachen. *Dieser Sieg geht an mich, Soldat!*

Epona war eine sanftmütige Stute mit rotgoldenem Fell.

Mähne, Schweif und Fesseln des Tieres waren gleichermaßen weiß wie die schneebedeckte Landschaft des Südufers.

Es war bitterkalt. Liljas winterfeste Kleidung spendete kaum genügend Wärme, um ihr Zittern zu verhindern. Epona strahlte jedoch eine schwitzige Hitze aus, arbeitete sie sich doch durch die fast kniehohen Schneemassen. Das *Firnfeld* glitzerte wie Millionen Diamanten, und auch wenn sie ihn nicht sah, hörte sie den Diamantfluss in seinem Flussbett gurgeln. Lilja rief sich die Karte Alkators ins Gedächtnis, die Lerø mehr als nur einmal an

Lagerfeuerabenden hervorgeholt hatte. Die Obsidianzitadelle lag landeinwärts hinter dichten Nadelwäldern verborgen in einem Tal, das von dem Eisvulkan und seinem Gebirgszug umschlossen war. Es gab nur einen einzigen Zugang über einen gefahrvollen Bergpass.

Der Eisvulkan war vor Lady Aiyanas Herrschaft ein gewöhnlicher Vulkan gewesen, der seit Jahrhunderten nicht mehr ausgebrochen war. Lerø hatte ihr aber einmal erzählt, dass Vulkane Jahrtausende friedlich wie ein Baby schlafen konnten, um dann plötzlich wieder zu erwachen und das ganze Land mit glühender Lava zu überfluten. Sogar der Ascheregen allein wäre in der Lage, jegliches Leben auslöschen.

Lilja faszinierte und ängstigte dieser Gedanke zugleich.

Ob der Vulkan Eis ausspucken würde, wenn die Zeit gekommen war?

Epona schnaubte. Der Firn war an der Oberfläche zu einer dünnen Eiskruste erstarrt und schnitt dem armen Tier bei jedem Schritt ins Fleisch, aber es schien sich daran kaum zu stören. Es war dafür ausgebildet, die Schmerzen zu ertragen.

Instinktiv lehnte sich die junge Frau in ihrem ledernen Sattel nach vorne und tätschelte der Stute den Hals.

Man hatte Eponas Mähne zu vielen kleinen Zöpfen geflochten. Wem dieses Tier auch gehören mochte, man schien es gut zu behandeln.

Es hatte Lilja überrascht, dass man ihr gestattete, auf einem eigenen Pferd zu reiten. Doch als sie die Stadt verließen, erkannte sie, dass eine Flucht kaum unbemerkt bleiben würde. Vor ihren Augen erstreckte sich eine riesige weiße Eisfläche, die nur am Horizont von dunklen Tannen unterbrochen wurde. Es würde mit Sicherheit mehrere Stunden dauern, ehe sie den Wald erreicht hätte. Dazwischen gab es nichts, außer dem hellen Gleißen von

Schnee und Eis im trüben Licht der Sonne, die immer wieder zwischen den tiefhängenden Wolken hervortrat.

Die Flammenkämpferin kniff die Augen zusammen, als sie in ihrer Nähe eine Bewegung wahrnahm. Bei genauerem Hinsehen erkannte sie, dass ein kleines Kaninchen über die Ebene huschte und, von den Reisenden erschreckt, unvermittelt die Richtung änderte. Es war kaum mit den Augen zu verfolgen, da es durch das helle Fell mit dem Landstrich verschmolz.

Doch scheinbar nicht ausreichend genug. Es dauerte keine fünf Atemzüge, bis Loras' Pfeil den kleinen Laib des Tieres durchstieß. Lilja zuckte zusammen und unterdrückte ihren hilflosen Ausruf gerade noch rechtzeitig, um sich nicht lächerlich zu machen.

Sie warf dem zweiten Heerführer vernichtende Blicke zu, während er sein Pferd an das erlegte Schneekaninchen heranführte. Als er von dem Rücken seines Wallachs abstieg, versank er knietief in dem Altschnee. Er zog den Pfeil mit einem unangenehmen Schmatzen aus dem zierlichen Körper und streckte es ihr entgegen.

»Unser Mittagessen.« Sein Grinsen wurde breiter, als er ihren angewiderten Gesichtsausdruck bemerkte. Lilja wich seinem Blick aus.

»Wer hätte das gedacht? Die Flammenkämpferin kann den Anblick eines toten Tieres nicht ertragen«, spottete er. Seine Männer stimmten in sein Gelächter ein. Alle außer Lerø. Er kannte Lilja besser.

Sie ließ die Zügel los und verschränkte die Arme vor der Brust. »Hier gibt es nur ein *Tier* dessen Anblick ich nicht ertrage.«

Das Lachen erstarb. Einige Gardisten schauten verlegen weg, andere trieben ihre Pferde vorwärts, während der Rest sich etwas zuraunte. Aus dem Augenwinkel sah sie ihren Bruder den Kopf schütteln.

Schwarze Augen bohrten sich in blaue. Wütend kräuselte Loras die Lippen. Er griff nach dem Sattelhorn und stemmte sich mit geschmeidigen Bewegung auf den Rücken des Pferdes. Unter seiner Last tänzelte das Tier auf der Stelle. Er rammte ihm seine Stiefelabsätze in die Seiten und trieb es in ihre Richtung. Als sich Loras und Lilja auf einer Höhe befanden, beugte der Narbenmann sich Furcht gebietend zu ihr herab. Sein Wallach war nochmal um einiges größer als Epona.

»Wenn du es noch einmal wagst, so mit mir vor meinen Männern zu sprechen, vergesse ich mich«, flüsterte er bedrohlich.

»Die Eislady …«, setzte Lilja an, kam aber nicht weiter.

Loras' Hand war nach vorne geschnellt und hielt ihren Kiefer in einem eisernen Klammergriff. Intuitiv machte sich Liljas Fähigkeit auf die Suche nach einem Funken, den sie in ein Inferno verwandeln konnte.

»Die Eislady wünscht, dass du sie lebend erreichst. Von unversehrt stand nichts in meinen Befehlen.« Er zog ihr Gesicht zu sich heran, dabei rutschte sie ungemütlich weit aus dem Sattel.

Loras' nächste Worte waren ein Knurren an ihrem Ohr. »Haben wir uns verstanden?«

Lilja schluckte schwer.

»Heerführer! Das reicht!«

Er vergrößerte den Abstand, um ihren Bruder anzusehen, ließ sie aber noch immer nicht frei.

»Sie hat verstanden«, sagte Lerø.

Loras' schwarze Augen wanderten von dem Bruder zur Schwester. Mit einem Ruck zog er seine Hand zurück.

»Das hoffe ich.« Er zerrte an den Zügeln und der Wallach kehrte um. »Für euch beide, Kaydar!«, fügte er hinzu, als er an Lerø vorbeikam. Lilja fragte sich, ob dieses Wort ein Titel oder eine Beleidigung sein sollte. Oder beides.

»Was ist nur los mit dir, Lilja?«

Die Zwillinge hatten sich zurückfallen lassen, damit keiner ihre Unterhaltung mitanhörte.

»Das könnte ich dich fragen. Du kannst mir nicht allen Ernstes erzählen, dass du ihnen traust.« Lilja zeigte auf die Männer der Grauen Garde, die von Lerø früher als Rachesöldner bezeichnet worden waren. Er war es gewesen, der ihr erzählt hatte, was viele gar nicht wussten. Nämlich, dass die Graue Garde gar nicht im Dienst der Krone stand. Sie schworen demjenigen die Treue, der am besten bezahlte. In diesem Fall war es die Krone, besser gesagt die Eislady. Die Hauptmänner von König Artaios, den sogenannten Königswächtern, waren nach dem Sturz des Bärenkönigs hingerichtet worden. Die gewöhnlichen Soldaten hatten sich letzten Endes der Grauen Garde angeschlossen, die seit fast zwanzig Jahren unter dem Kommando der eisigen Herrscherin diente.

Lerø warf seiner Schwester einen warnenden Blick zu. Durch die hellen Augen zogen sich Eiskristalle. »Ich traue unserer Tante«, erwiderte er in gedämpftem Ton.

»Was genau ist passiert, als wir dich zurückgelassen haben?« Endlich führte Lilja den Satz zu Ende. Es versetzte ihr dennoch einen Stich.

Ihr Bruder verdrehte die Augen und stöhnte.

»Wie oft muss ich es dir denn noch erzählen?«, fragte er und trug seine auswendig gelernten Sätze vor.

Lilja unterbrach ihn. »Nein! Was ist mit *dir* passiert?«

Er schnappte laut nach Luft. »Was soll das heißen?«

»Der Lerø, den ich kannte, würde nie – nie – niemals all seinen Argwohn über Bord werfen und der Eislady trauen.«

Ihr Bruder erstarrte für einen Moment. Er sah verletzt aus. Dann fing er sich wieder und machte eine wegwerfende Geste. »Ich habe sie kennengelernt. Wenn du sie erst einmal getroffen hast, wirst du mich verstehen. Sie gleicht uns so sehr … und unserer Mutter.«

Der Gedanke an Kyana schmerzte. Sie fühlte sich von allen Menschen verraten, doch am meisten von ihr. Dennoch, sie vermisste sie schmerzlich. Tränen brannten in ihren Augen. Sie drängte sie zurück.

»Auch unsere Mutter hat uns etwas verheimlicht. Vergiss das nicht, Lerø.« Sie erwartete, dass er ihr widersprach. Doch zu ihrer Überraschung nickte er.

»Ich verstehe nicht, warum unsere Mutter Geheimnisse vor uns hatte.«

»Ich auch nicht.«

»Ob Vater Bescheid wusste?«

Diese Frage hatte Lilja sich schon mehr als einmal gestellt. So sehr sie sich auch bemühte, einen Hinweis darauf zu finden, es gab keinen.

»Das Geheimnis ist mit ihnen gestorben«, sagte Lilja traurig und dachte dabei an einen von Bäumen herab baumelnden Körper. Nun liefen die Tränen doch heiß über ihre Wangen. Sie wandte sich ab, doch Lerø hatte sie längst in ihrer Stimme gehört. Er kannte sie besser als jeder andere.

»Ich vermisse sie auch.« Er berührte sie für einen Moment an der Schulter. Seine Hand fühlte sich trotz ihrer dicken Kleidung kalt an. Als sie zusammenzuckte, zog er die Hand zurück.

Erschrocken sah sie ihn an. Er trug dieselbe Kleidung wie zuvor auf der Schneewind. Graue, enge Lederhosen zu einer Leinentunika unter einem schwarzen, mit Regenbogenschuppen besetzten Brustharnisch. Der dunkle Umhang wirbelte bei jedem Windstoß hinter ihm her.

»Du frierst.«

Er verzog die Lippen zu einem traurigen Lächeln. »Kannst du verbrennen, Schwesterherz?«

Sie zog skeptisch die Augenbrauen zusammen. Worauf wollte er hinaus? Sein Grinsen wurde breiter, als sie den Kopf schüttelte. »Ich glaube nicht.«

»Dafür kann ich nicht erfrieren.«

So wie er das sagte, klang es, als würde er es bedauern.

28

Der klirrende Tod

Es war kurz nach Mittag, als die kleine Gruppe die Ausläufer der *Klirrenden Wälder* erreichte. Loras ließ sich als erster aus dem Sattel gleiten. Er band seinen Wallach an einer nahestehenden Fichte an und stapfte mit geübten Schritten durch den hohen Firn auf Lilja und ihre Stute zu.

Als er bei ihr angelangt war, schaute sie demonstrativ in eine andere Richtung.

Die Gardisten sprangen gleichfalls in den Schnee, und errichteten ein kleines Lager. Ein schmächtiger Soldat – er war kaum älter als die Zwillinge, wenn nicht sogar jünger – verschwand im Wald, auf der Suche nach Feuerholz.

»Geh nicht zu weit«, mahnte ihn ein großer Mann mit von silbernen Strähnen durchzogenem Haar.

»Absteigen!«

Lilja wandte sich mit feuerfunkelnden Augen dem Befehlshaber zu. Loras war es scheinbar nicht gewöhnt, dass man auf ihn herabblickte. Er hatte die Arme in die Hüften gestemmt und musterte sie mit zusammengepressten Zähnen. Sie sah aus dem Augenwinkel, wie Lerø sich nervös in seinem Sattel bewegte, somit tat sie ihm den Gefallen und schwang ein Bein über Eponas Rücken.

Loras griff unter ihre Arme, um ihr beim Absteigen behilflich zu sein. Sie schlug nach ihm.

»Finger weg! Ich kann das alleine«, fauchte sie.

Sie hätte erwartet, einen erneuten Wutanfall heraufbeschworen zu haben, doch zu ihrer Verblüffung zeigte sich ein diabolisches Grinsen auf seinem Gesicht.

»Wie du willst.« Er trat einen Schritt nach hinten und verschränkte die Arme vor der starken Brust. Auch er trug einen Panzer aus Regenbogenschuppen. Im Licht der Sonne funkelten sie in allen Farben von feuerrot bis eisblau. Er nickte ihr herausfordernd zu.

Als Lilja auf ihrem Hinterteil im Schnee landete, hörte sie als erstes das schallende Gelächter der Gardisten. Allen voran das des Narbenmannes. Sie war in die harte Firnkruste eingebrochen und von dem locker darunterliegenden Schnee eingeschlossen worden. Es kostete sie alle Mühe, um sich von ihrem unfreiwilligen Sitz zuerst in die Hocke und dann auf die Beine zu kämpfen. Dank ihrer Fähigkeit schmolz der Schnee auf ihr bereits, als sie aus dem Weiß kletterte. Scham und Wut ließen ihre Haut erglühen.

Unter dem Blick von elf Augenpaaren, stapfte sie auf die ausgehobene Stelle im Firn hin, die man als Feuerstelle nutzte. Leichter gesagt als getan. Bei Loras hatte es kinderleicht ausgesehen. Zwar hatte Lilja ausgesprochen lange Beine für eine Frau, doch brauchte man für einen Spaziergang, bei dem man knietief in Altschnee steckte, ebenfalls Geschick. Und an dem mangelte es ihr scheinbar gänzlich.

Schlussendlich ließ sie sich schmollend auf einem Holzhocker nieder, den ihr einer der Soldaten überreichte. Nach einer kurzen Weile war das letzte Lachen verklungen und sie hörte, wie Lerø an sie herantrat.

»Hast du dich verletzt?«, fragte er mit einer Hand auf ihrer Schulter.

»Nur meinen Stolz.«

Ihr Bruder schnaubte.

»Iss!« Loras streckte ihr eine Terrine mit dampfender Suppe und einem Stück Brot entgegen.

Obwohl Lilja sich vorgenommen hatte, nicht von dem Kaninchen zu essen, und ihm die Schüssel am liebsten um die Ohren schlagen würde, griff sie nach ihr. Der Duft war entschieden zu verführerisch und überdeckte sogar Loras' Gestank nach Asche und Pferd. Zudem hatte sie nur ein paar Haferkekse zum Frühstück bekommen.

»Hör auf, mich herumzukommandieren. Ich bin keiner deiner Soldaten«, sagte sie stattdessen.

Er nahm auf einer Kiste neben ihr Platz. »Allerdings. Dann würdest du mir nämlich gehorchen«, schnaubte er.

Zur Antwort zischte sie ihn an.

Er lachte.

Verblüfft über seinen Gefühlsausbruch beobachtete sie ihn dabei, wie er den ersten Löffel zum Mund führte. Die Suppe schmeckte offenbar, denn er schloss für einige Momente genüsslich die Augen. »Ist was?«

Lilja schloss den Mund geräuschvoll. Schnell wandte sie sich ab und probierte ebenfalls die warme Mahlzeit. Sie schmeckte in der Tat köstlich. Ihr entwich ein sanftes Stöhnen.

»Gut, nicht?« In seinen Augen entdeckte sie ein teuflisches Glitzern.

»Man kann es essen«, erwiderte sie.

Für einige Momente aßen sie schweigend am Lagerfeuer. Die Gardisten tauschten sich leise untereinander aus, während sie ebenfalls von dem Eintopf aßen. Lilja meinte, etwas über Hirschspuren im Schnee zu verstehen. Vermutlich sorgte sich der wohlbeleibte Mann, nicht ausreichend satt zu werden.

Gardisten waren in etwa dreißig Fuß Entfernung in alle Richtungen als Wachen postiert worden. Aufmerksam ließen sie ihre Blicke zwischen den Bäumen hindurch gleiten.

Lilja erschauderte. Sie biss sich auf die Unterlippe, doch die Frage musste heraus. »Nach was halten sie Ausschau?«

Loras' Blick folgte Liljas ausgestrecktem Löffel. Er zuckte mit den Achseln. »Dies und das.«

Die Flammenkämpferin atmete geräuschvoll durch die Nase ein. Missmutig presste sie die Lippen aufeinander.

Das Feuer flackerte auf einmal bedrohlich in der Kuhle. Eine Flamme züngelte in Loras' Richtung und streckte die glühenden Finger nach seinem Bein aus. Instinktiv wich er zurück. Forschend beäugte er sie von der Seite und als sich ihr Mundwinkel spöttisch nach oben zog, wusste er Bescheid.

»Du solltest deine Gefühle besser verbergen.«

»Den gleichen Rat gebe ich gerne zurück.«

»Wie ist das so?«, fragte er dann und stellte die halb leere Schüssel neben sich auf dem Boden ab. Er beugte sich nach vorne und stützte seine Ellenbogen auf den Oberschenkeln ab.

»Was?«

»Das Feuer beherrschen zu können?«

Lilja wusste nicht, was sie sagen sollte. Ob sie überhaupt antworten *wollte*. Gedankenverloren ließ sie die Flüssigkeit immer wieder von ihrem Löffel zurück in die Schale rinnen.

»Es ist wie ein Rausch.« Sie ließ den Löffel endgültig in die Schüssel fallen. »Als hätte ich zu viel Eiswein getrunken, aber noch nicht so viel, dass mir übel davon wird.« Sie dachte nach. »Es ist aber auch beängstigend. Manchmal verliere ich die Kontrolle.«

»Dein Bruder hat gesagt, du hättest die Rusanpiraten getötet?«

Sie schaute wütend auf, doch sie las in seiner Miene keine böse Absicht. Bei ihrem zaghaften Nicken zogen sich die schwarzen Augenbrauen zusammen.

»Und du bereust es.« Es war keine Frage.

Zunächst wollte sie abermals nicken, doch dann sah sie Sorens Gesicht in den Flammen. Er war bei dem Angriff ums Leben gekommen, kurz nachdem sie beide bei fröhlicher Musik und ausgelassener Stimmung getanzt hatten. »Nein. Durch mein Handeln habe ich zumindest einige wenige unschuldige Leben retten können.« Sie seufzte. Es hatten nur etwas mehr als zwanzig Matrosen überlebt. Noch weniger Passagiere.

»Dann war es das kleinere Übel«, bestätigte er ihre Worte.

Das Gesicht des Narbenmannes verschwamm vor ihren Augen, als sie zu ihm schaute. Sie wandte sich schnell ab und blinzelte mehrmals, bis die Tränen verschwanden.

Loras rutschte nervös auf seinem Platz herum. »Ich wünschte, ich könnte sagen, dass es leichter wird …«, begann er und stöhnte. »Aber das wird es nicht.«

Lilja fuhr unbeherrscht zu ihm herum. »Wie kannst du es wagen, Vergleiche zwischen uns anzustellen? Dir macht das Töten doch Spaß.«

Das Feuer tobte. Die Flammen schlugen mit einem Mal so hoch, dass die Gardisten mit vor Schreck geweiteten Augen aufsprangen. Lilja war ebenfalls aufgestanden und lehnte sich zähnefletschend über den zweiten Heerführer.

Dieser erhob sich seelenruhig von seiner Kiste und zwang Lilja dabei, einen Schritt zurückzuweichen. Seine Stimme war nur ein Flüstern, doch die Drohung war nicht zu überhören. »Wage es nicht, über mich zu urteilen. Du weißt rein gar nichts über mich, Flammenkämpferin.« Er spuckte ihr den Spitznamen angewidert vor die Füße.

Obwohl Loras nur ein wenig größer war als Lilja, fühlte sie sich auf einmal ganz klein neben ihm. Ein Seitenblick verriet ihr, dass Lerø sich ebenfalls aufgerafft hatte und einen Schritt auf sie zumachte. Loras hob eine Hand, die ihn innehalten ließ.

»Und jetzt setz dich und iss deine Suppe.« Er kam dicht an sie heran. »In zehn Minuten brechen wir auf.« Den letzten Satz richtete er an seine Soldaten. Während einige ihre Reste herunterschlangen, brachen die Übrigen schon das Lager ab. Der junge Gardist, der das Feuerholz gesammelt hatte, brachte den zwei Wachen ihre Portion und übernahm zusammen mit einem Älteren ihre Posten.

Lilja hielt dem erbitterten Blick des Narbenmannes für einige Momente in einem stummen Protest stand. Es war wieder einmal Lerø, der sie vor dem Schlimmsten bewahrte.

»Lilja, kontrolliere es!«

Sie hatte gar nicht bemerkt, dass ihre rechte Faust in Flammen stand. Tänzelnd bewegten sich die Feuerzungen über den eisigen Boden zu ihr hin. Wie eine Feuerschlange schlängelten sie zu ihr herüber und hinterließ eine Spur aus Schmelzwasser. Erschrocken über sich selbst drängte sie die Flammen zurück an ihren Platz.

Einatmen. Ausatmen. Akjirs Worte echoten durch ihren Kopf. Wenn er doch nur hier wäre. Es dauerte mehrere kontrollierte Atemzüge, bis das Feuer wieder auf seine ursprüngliche Größe geschrumpft war und die vertraute Stimme in ihrem Kopf Ruhe gab.

»Wir haben mehr gemein als du denkst.« Sie hörte Loras' Worte kaum, als er an ihr vorbei trat. »Wir wurden von ihr zu dem gemacht, was wir sind.«

Lilja sah ihm nach und kämpfte gegen das Mitgefühl an, das sie auf einmal bei seinem Anblick überkam. Die breiten Schultern hingen erschöpft herab und die Schritte, mit denen er durch den hohen Firn stapfte, hatten an Geschmeidigkeit eingebüßt.

Er hat sein Schicksal selbst gewählt, sagte sie sich. Sie trat zu ihrem Bruder hinüber, der sie scheltend betrachtete. Doch als sie abermals zu Loras sah, haderte sie.

Ist das so?, fragte ihre innere Stimme.

Der Zweifel in ihrem Herzen wuchs.

Nach nicht einmal einer Stunde machte sie das klirrende Geräusch der vereisten Zweige und Eiszapfen fast wahnsinnig. Bei jedem

Windzug zitterten die Äste und ließen diesen melancholisch hohen Ton erklingen. Es war ein gespenstisches Geräusch. Der Himmel hatte sich im Laufe des Vormittags immer weiter zugezogen und so verbarg eine tiefhängende Wolkendecke die Wipfel der Tannen. Dumpf warf der Nebel die hellen Töne zurück, verzerrte und mischte sie zu anderen Geräuschen. Epona schnaubte. Die Bäume standen zu dicht beieinander, als dass man zu Pferd reisen konnte. Also führte jeder Reiter sein Tier an den Zügeln. Lilja stapfte vor ihrer Stute her. Sanft stupste sie Lilja mit der Schnauze an der Schulter. Die Nähe spendete ihr Trost, doch sie wusste nicht, ob sie oder das Tier mehr Angst hatte.

Farik, der junge Gardist, der das Feuerholz besorgt hatte, war der Sohn des Hauptmannes mit dem silberdurchzogenen Haar. Lilja führte Epona in einem Bogen um die Soldaten herum, um an den jungen Mann heranzukommen. Bei ihm angelangt, räusperte sie sich. »Hallo«, sagte sie.

Farik schaute sie kurz verwundert an, dann nickte er ihr zur Begrüßung zu. Das war alles, was sie von ihm bekam. Schnell hatte er seinen Blick wieder den dunklen Schatten zwischen den Stämmen zugewandt. Lilja nutzte die Gelegenheit. »Was ist da draußen?«

Fariks linke Faust verkrampfte sich um den Schaft seines Schwertes, er drückte die Schultern nach hinten, als würde er sich gegen irgendetwas wappnen. Lilja drehte sich, um den jungen Soldaten besser betrachten zu können. Sein Brustpanzer aus Regenbogenschuppen war alt und abgenutzt. Die Farben waren stumpf, hier und dort fehlte eine Schuppe und unter der Achsel war ein schlecht geflickter Schnitt zu erkennen. Vielleicht hatte der Harnisch ja einmal seinem Vater gehört oder er musste sich erst einen hochwertigen verdienen. Eine solche Rüstung war ein Vermögen wert. Das wusste Lilja besser als jeder andere. Die Fische waren unverwundbar. Nur ein gezielter Kiemenschnitt tötete die Fischart artgerecht. Das, oder man setzte sie so lange der Luft aus, bis sie elendig erstickten. Um an die kostbaren Schuppen zu gelangen, suchte man das letzte Plättchen, über dem kein weiterer Panzer saß. Vom Schwanz bis zum Kopf ließ sich der Fisch mit geübten Händen danach schnell entschuppen. Doch es war ein gefährliches Handwerk. Die unscheinbar wirkenden Schuppen waren rasiermesserscharf und verursachten oft eitrige Entzündungen.

Sie sah Farik forschend in das bronzefarbene Gesicht. Er hatte stahlblaue Augen und zog seine Unterlippe zwischen die Schneidezähne. Eine Angewohnheit, die Lilja von sich selbst kannte. Entweder war er wütend oder nervös. Sie tippte auf Letzteres.

Lilja blieb stehen und ergriff seinen Unterarm. Die Berührung ließ den Mann zurückweichen, doch als sich ihre Blicke trafen, wehrte er sich nicht weiter.

»Wovor hast du Angst?«, flüsterte sie. Das Pfeifen des Windes und das Klirren des Eises verschluckten ihre Worte fast. Farik musterte sie kurz, bevor er wieder in den Wald starrte. Die nachfolgenden Soldaten beschritten einen Bogen um die Anhaltenden. Einige fluchten im Vorbeigehen. Lilja sah, dass Loras an der Spitze der Kolonne ebenfalls stehen geblieben war und argwöhnisch zu ihnen herübersah.

Sie griff nach den Schultern des Mannes und schüttelte ihn. »Sag es mir!«

»Sie sind hier.«

Er ließ sich nicht losreißen von dem, was er sah. Lilja suchte verzweifelt die Umgebung ab, doch sie fand nichts, vor dem man sich derart fürchten musste.

»Wer?« Sie legte Farik eine Hand an die Wange, drehte sein Gesicht mit sanftem Druck dem ihren zu. Dabei strich sie ihm beruhigend über die kalte Haut, ließ dank der glühenden Pfeife eines Gardisten etwas Wärme hineinsickern. In seinen Augen brannte ein eisiges Feuer.

»Wer ist hier?«

»Shatar!«, seine Antwort war gleichzeitig ein Warnruf für die Kameraden. Mit einem Mal hatte er das Mädchen von sich gestoßen und das Schwert aus der Scheide gerissen.

Lilja landete im Schnee, und bevor sie sich wieder aufrichten konnte, hatten auch die übrigen Soldaten ihre Waffen gezogen.

Der Hauptmann eilte zu seinem Sohn, tauschte wenige Worte mit ihm aus, ehe er weiter zu Loras hastete, der sich längst auf halber Strecke zu ihnen befand. Er hörte dem Bericht des Hauptmannes geduldig zu. Anschließend brüllte er seinen Männern Befehle zu, die offenbar eine Aufstellung betrafen. Jedenfalls ordneten sich die Gardisten zu einem Kreis zusammen. Lilja suchte den nebelverhangenen Wald nach Angreifern ab, als Loras sie an ihrem Arm mit sich zog. Alles, was sie erspähte, waren die Pferde, die in alle Himmelsrichtungen davontrieben. Der Kreis aus Soldaten öffnete sich kurz und schloss sich sofort wieder, als Loras mit ihr hindurchgetreten war. Lerø wartete dort auf sie. Er schnellte einen Satz nach vorne und zog sie in seine Arme.

»Mach dir keine Sorgen. Alles wird gut«, murmelte er an ihrem Ohr, doch es klang mehr wie eine Beschwörung als wie eine Ermutigung. Ihr Bruder wusste, dass es die Shatar waren, wegen denen Lilja sich schon als kleines Mädchen nicht in den Wald gewagt hatte. Zwar hatte sie sich von ihm und Fenya immer wieder dazu überreden lassen, mitzukommen, doch ihre Sorge war nie verschwunden. Sie hatte sich alle Mühe gegeben, die Todesengel als Ammenmärchen abzutun, doch ihr Bruder kannte ihr Herz. Das hämmerte verräterisch in ihrer Brust im Gleichklang mit der Todesangst. Sie musste sie überwinden, ansonsten würde die Angst sie eines Tages überwältigen.

»Bleibt hier«, brummte der Narbenmann und kehrte auf dem Absatz um.

Lilja löste sich entschieden von ihrem Bruder. »Wir können helfen.«

Loras musterte die Feuergeborene mit verbissenem Ausdruck. Lerø ergriff ihre Hand. Er war eiskalt und diesmal stand Panik in seinen Augen. »Nein Lilja, das ist zu gefährlich. Wir sind zu wertvoll. Wir …«

Weiter kam er nicht. Lilja entzog sich aus seinem Griff.

»Nein, Lerø. Du irrst dich. Zu viele sind meinetwegen schon gestorben. Kein Leben ist wertvoller als das andere. Deines nicht und meines auch nicht. Ganz gleich, welche Fähigkeiten wir auch besitzen.«

Mit diesen Worten trat sie auf den Heerführer zu. Er suchte den Blick ihres Bruders. »Kaydar?«

Lerø reagierte nicht auf den Mann. Somit wandte Loras sich wieder an die junge Frau. Nach einem kurzen Zögern nickte er schließlich. Er streckte ihr seine Hand entgegen. »Folge mir!«

Die alte Lilja wäre vor der Berührung des Narbenmannes zurückgeschreckt. Wäre davongelaufen. Aber die Flammenkämpferin wusste: Es gab viel Schlimmeres, wovor es sich zu fürchten lohnte.

»Wo gehen wir hin?«, keuchte Lilja und versuchte, mit dem Heerführer schrittzuhalten. Der Schnee war in den Wäldern nur halb so hoch, doch überall lauerten Gefahren auf sie. Einmal war Lilja an einer Wurzel hängengeblieben und mit dem Gesicht voran im Schnee gelandet. Loras war immer noch wütend über ihren plötzlichen Aufschrei. Grob hatte er sie wieder auf die Beine gezogen und auch jetzt ließ er ihre Hand nicht mehr los. Sie kam sich wie ein törichtes Kind vor.

Er blieb stehen, als aus der Ferne Kampfgeschrei zu ihnen herüberwehte. Der helle Klang der aneinander peitschenden Äste übertönte die meiste Zeit jedes andere Geräusch. Doch es war, als würde selbst der Wind seinen Atem anhalten, um dem Kampfgeschehen zu lauschen. Auf einmal war es windstill, und so hörte Lilja, wie die Gardisten versuchten, Lerøs und ihr eigenes Leben zu schützen. Aber womöglich handelte es sich hierbei auch um eine Täuschung. Mittlerweile hatten sie einen Bogen um die Kampfzone beschritten und näherten sich somit von hinten dem Kampfplatz an. Als sie einen lauten Aufschrei hörten, verstärkte sich Loras' Griff. »Jeder von uns hat ein Codewort für den anderen. Somit können wir sie entlarven.«

Lilja erinnerte sich an die Geschichten. Shatar waren gefangen zwischen den Welten und immer auf der Suche nach Nahrung. Sie ernährten sich von den Seelen der Menschen. Es hieß, sie waren imstande jede Gestalt anzunehmen, um ihre Opfer in die Falle zu locken. Die tragischen Gutenachtgeschichten ihres Kindermädchens endeten immer gleich: Der gutaussehende junge Mann starb mit dem langersehnten Kuss seiner Herzensdame. Sie saugte ihm die Seele aus, während er sein Glück nicht fassen konnte. Lilja schüttelte sich. War das wirklich alles wahr?

Loras wandte sich ihr zu. »Wir sollten auch eins festlegen.«

Auf einmal war Liljas Mund trocken. Es fiel ihr schwer, sich zu konzentrieren.

Die schwarzen Augen des Heerführers bekamen einen Glanz. »Wie wäre es mit Weißer Hirsch?«

Das Mädchen schnappte laut nach Luft. »Woher …?«, fragte sie atemlos.

Das Augenlid mit der Narbe darüber zuckte für einen Moment. Er winkte ab. »Dafür haben wir jetzt keine Zeit.« Sein Griff um ihre Hand wurde lockerer und er verschränkte die Finger mit ihren. »Also? Wie lautet deins?«

Lilja wollte sich seiner Nähe entziehen, doch da sie sich auf direktem Weg zu den Shatar befanden, verließ sie der Mut. Zwar war Loras noch immer ihr Feind, doch lautete sein Befehl, sie lebend ihrer Tante zu überbringen. Er würde nicht zulassen, dass man ihr die Seele raubte. Als spürte er ihr Zögern, drückte er ihre Hand zur Ermutigung.

»Pistole.« Lilja sagte das erste Wort, welches ihr in den Sinn kam. Loras warf ihr einen skeptischen Blick von der Seite zu. Sie hob verzweifelt die Achseln. »Sind praktische Waffen«, sagte sie.

Doch Loras beachtete sie gar nicht mehr. Er drängte sich dicht an eine Fichte und zog sie an sich. Er atmete nicht, aber sie hörte sein Herz wie wild schlagen. Instinktiv hielt auch sie die Luft an und lauschte. Das Klirren des Waldes schluckte einmal mehr die Geräusche der Lebenden und der Toten. Doch selbst in windstillen Momenten vernahm Lilja keinen Laut. War der Kampf etwa schon vorbei?

Dann hörte sie, was Loras bereits zuvor gehört haben musste.

Schritte.

Schwerfällig bewegte sich jemand – oder etwas – auf sie zu. Voller Furcht drängte sie sich dichter an den Heerführer. Sein Arm lag fest um ihren Oberkörper, als würde sogar er nach Halt suchen.

Es dauerte nicht lange, bis eine langgewachsene, drahtige Gestalt in Sicht kam. Sie humpelte kraftlos durch den Schnee, strauchelte bei jeder Unebenheit und zog zu Liljas Entsetzten eine tiefrote Spur hinter sich her. Das blonde, kurzgeschorene Haar ließ den Blick auf sein haselnussbraunes Gesicht frei.

»Lerø?«

Er war längst an ihnen vorbei geschritten, als Lilja endlich ihre Stimme wiederfand und aus der Deckung trat.

Der Schwung, mit dem er sich zu seiner Schwester umwandte, nahm ihm das Gleichgewicht und ließ ihn stöhnend zu Boden fallen. Die Hand an ihrem Arm verhinderte, dass sie zu ihm eilte.

»Das ist eine Falle«, sagte Loras unter zusammengepressten Zähnen.

»Verzeih mir«, krächzte Lerø. Eine rote Flüssigkeit tropfte von seiner erhobenen Hand auf den weißen Grund.

Lilja wechselte einen vielsagenden Blick mit dem Narbenmann. Er schüttelte den Kopf.

»Wo sind die anderen?«, fragte sie.

»Ihr müsst fliehen.« Er versuchte, sich bequemer hinzulegen, doch stattdessen schrie er auf vor Schmerz.

Lilja wollte ihrem Bruder wahrhaftig zu Hilfe kommen, ihm sagen, dass alles wieder gut werden würde. Doch sie traute ihm nicht.

»Erinnerst du dich noch an Mutters Heilsalbe?«, fragte Lilja. »Sie hat sie aus Schnee und Eisblüten in dem großen Kessel am Kamin gebraut.«

Ihr Bruder nickte mit geschlossenen Augen.

»Ich werde gleich nach den Blumen suchen gehen«, sagte sie und wandte sich ab. »Loras«, sie ergriff den Oberarm des Mannes. »Weißt du, wo hier Eisblumen wachsen?«

Der Mann streckte nickend einen Arm zur Seite und bedeutete dem Mädchen voranzugehen. Lilja sah aus dem Augenwinkel, wie Lerø sich unter Schmerzen zum nächstgelegenen Baum zog und an dessen Stamm lehnte.

»Wir sind gleich zurück«, rief sie über die Schulter, doch sie brachte es nicht fertig, ihn direkt anzusehen.

»Das ist nicht mein Bruder«, sagte sie außer Atem, als die beiden außerhalb seiner Hörweite waren.

Loras nickte verstehend. »Es gibt keine Heilsalbe.«

»Zumindest keine, die unsere Mutter hergestellt hat. Was sollen wir jetzt tun?«

Der Heerführer deutete nach Westen. Bläulich schimmernde Blümchen säumten den Fuß einer Tanne unweit der Stelle, an der sie sich befanden. Die Pflanze wuchs hier überall. Die winzigen Blüten waren beinahe durchsichtig und von der Last kleiner Eistropfen nach unten gebogen.

Es brauchte keine Worte, um ihr seinen Plan zu erläutern.

Lilja redete sich ein, die Flammenkämpferin vorzutäuschen würde sie stärken. Psychisch wie auch physisch. Sie spürte das Feuer in sich, dennoch zitterten ihre Finger. Sie würde gerne behaupten, es läge an den eiskalten Blumen in ihren Händen, doch es war die blanke Furcht. Vor dem Shatar, aber besonders vor dem, was sie zu sehen bekäme. Der Seelenräuber hatte die Gestalt von Lerø angenommen. Ihn sah sie sterben, wenn sie den Shatar töteten. Ein scharfer Schmerz durchfuhr sie bei der Erinnerung an das Geschoss, das den Leib ihres Bruders durchdrungen hatte.

Loras' Pfeil.

Tränen nahmen ihr die Sicht, als sie kurz die Augen schloss und das Bild seines im Schneematsch liegenden, leblosen Körpers vor ihr auftauchte.

Als sie die Lider wieder aufschlug, überlagerten sich die Bilder. Lerø war an dem Stamm mit geschlossenen Augen zusammengesunken. Die Schultern hingen schlapp herab und seine Handflächen lagen nach oben im rotgefärbten Schnee. Sie stockte und betrachtete die Szenerie. Sie fragte sich instinktiv, ob es sich nicht doch um ihren Bruder handelte. Möglicherweise war das alles nur ein Missverständnis. Womöglich hatte der hohe Blutverlust ihn nicht mehr klar denken lassen. Es dauerte einen unerträglich langen Moment, bis sich der Brustkorb in einem Atemzug hob. Erleichtert stieß sie die Luft aus, von der sie jetzt erst merkte, dass sie sie angehalten hatte. Sie schritt weiter.

Hätte man ihr vor einiger Zeit erzählt, dass sie einmal an der Seite des Mannes kämpfte, der ihr fast den Bruder geraubt hatte, der sie überfallen und verletzt hatte, hätte sie demjenigen die Augenbrauen weggebrannt. Und da stand immer noch die unbeantwortete Frage im Raum, wer ihren Vater und Ilvy ermordet hatte.

Als sie bei dem Shatar angelangt war, sackte sie auf ein Knie herab.

Er würde versuchen, ihre Seele mit einem Kuss auszusaugen. Soweit wollte Loras es aber gar nicht erst kommen lassen. Er wollte den Shatar angreifen, sobald er abgelenkt war. Sie legte ihr Leben in die Hände eines Gardisten. Diese Vorstellung war fast noch angsteinflößender. Loras hatte ihr erklärt, dass man einen Shatar niemals töten konnte. Mit einem tödlichen Hieb beförderte man ihn trotzdem in seine Zwischenwelt zurück. Zumindest vorerst.

»Lerø?« Sie nahm all ihren Mut zusammen und legte ihm eine Hand auf die Schulter. »Ich bin zurück.«

Er rührte sich nicht. Sie kämpfte gegen den Wunsch an, sich fragend nach Loras umzusehen, der sich aus dem Hinterhalt näherte. Sie schluckte. Unsicher, was sie tun sollte, schüttelte sie seinen Oberkörper. »Lerø!«

Doch er bewegte sich nicht. War das eine weitere Falle?

Erneut kamen ihr Zweifel. Sie betrachtete den verwundeten Körper. Blut, das aus einer Wunde in der Brust sickerte, bildete kleine Eiskristalle. An dem Brustpanzer, der Kleidung und seinen Händen klebte die rote Masse ebenfalls, doch sie machte keine weiteren Verletzungen aus. Stutzig untersuchte sie die Stelle, während sich sein Brustkorb immer seltener hob. Keine Waffe hätte die Schuppen durchdringen dürfen. Der Herzschlag unter ihrer Hand geriet merkwürdig aus dem Takt. Erst schlug es ungewöhnlich schnell, dann stolperte es wie ein Stein, der einen Felsabhang herunter kullerte. Dann hielt es still. Sogar der Wind schwieg.

Lilja traten Tränen in die Augen, als sie begriff, dass sie sich offenbar geirrt hatte. Sie hob zitternd ihre Hand an Lerøs Wange. Sie war so kalt.

Unter ihrer Berührung bekam seine Haut kleine Risse. Der Anblick erinnerte Lilja an einen zugefrorenen See, dessen Eisfläche einzubrechen drohte. Ihr erstickter Schrei verhinderte nicht, was als nächstes geschah. Fassungslos sah sie dabei zu, wie der Leib ihres Bruders in sich zusammenfiel und nichts außer einem Häufchen Schnee zurückblieb.

Nur wenige Augenblicke später, stand Loras mit gezogenem Schwert über ihr. Seine Augen weiteten sich.

»Was … Was ist passiert?«

Gefrorene Tränen schnitten feine Risse in Liljas Haut. »Ich weiß es nicht.« Sie blickte nicht zu dem Krieger empor. Sie wollte nicht, dass er ihren Kummer sah.

»Er war nicht dein Bruder«, sagte er bestimmt und ging in die Hocke. »Hast du mich gehört, Lilja?« Er ergriff ihre Oberarme. Durch seine behandschuhten Hände drang etwas Wärme in ihre Glieder. Sie fühlte sich seltsam hohl. Loras zwang sie, ihn anzusehen. Die Augen von der Stelle abzuwenden, an der zuvor ihr Bruder gelegen hatte.

»Woher …«, ihre Stimme versagte. Sie räusperte sich. »Woher willst du das wissen?«

»Ich habe noch nie gehört, dass ein Eisgeborener zu Eis zerfallen ist. Genauso bezweifle ich, dass ein Feuergeborener in Flammen aufgeht, wenn er stirbt.«

»Nicht?«, fragte Lilja.

»Nein.« Loras verkniff sich ein Lächeln. »Auch wenn ich dir einen solchen Abgang gönnen würde.«

Lilja wischte sich die Tränen aus dem Gesicht. »Ist das eine versteckte Drohung?«

Der Heerführer erhob sich und zog sie mit auf die Füße. Schnaubend strich er sich das dunkle Haar aus dem Gesicht. »Wenn ich dir drohe, dann weißt du es.«

Es war nicht mehr weit und die Gardisten kamen in Sichtweite. Der Kampf war noch lange nicht vorbei. Es schien eher, als begann er gerade erst. Die Shatar waren zu dritt und hatten entweder ihre eigene Gestalt oder die von Menschen angenommen, die Lilja nicht kannte. Ihre Haut schimmerte seltsam in dem Zwielicht des Waldes. Die Soldaten warteten angespannt in ihrer Kreisformation. In der Mitte stand ihr Bruder aufrecht und unversehrt. Erleichtert seufzte Lilja auf. Am liebsten wäre sie geradewegs durch die Linie der Angreifer hindurchgelaufen, um zu ihm zu gelangen, doch ein ausgestreckter Arm schützte sie vor dieser törichten Tat. Loras schenkte ihr einen Seitenblick. »Was habe ich gesagt?«

Die Körperhaltung ihres Bruders war steif, seine Augen sah Lilja sogar aus der Entfernung leuchten. Die Augenfarbe war das einzige, was die Zwillinge teilten. Lerø hatte mit seinen blonden Locken, der bronzefarbenen Haut und den fjordblauen Augen immer wie ein typischer Bewohner des Nordufers ausgesehen und kam damit nach ihrem Vater. Lilja hatte kastanienbraunes, glattes Haar, eine helle, manchmal fast durchscheinende Haut. Sie sah aus wie eine Fremdländische, so wie ihre Mutter. Doch ihre Augenfarbe hatte sie ebenfalls von Norik geerbt. Aber heute hatten ihre Augen nicht den gleichen Farbton. Lerøs strahlten in einem nahezu gleißenden Hellblau, als spiegelte sich das Eis in ihnen. Er wirkte konzentriert und als der rechts stehende Shatar versuchte anzugreifen, wusste sie auch, warum. Er kam nur wenige Schritt weit, ehe er auf eine unsichtbare Wand traf und zurückprallte. Wütend ballten die Angreifer ihre Hände zu Fäusten. Jetzt begriff sie, warum es so still war. Lerø hatte die Gardisten in eine schützende Eisschicht eingehüllt. Ein Lächeln huschte über das Gesicht ihres Bruders, aber sie sah ihm die Anstrengung an. Wie lange würde er die Barriere aufrechterhalten können?

Wie, um ihre Frage zu beantworten, sprang der Mittlere nach vorne und rammte seinen Körper dagegen. Es knackte und es entstanden Risse, die sich in alle Richtungen ausbreiteten. Das Muster erinnerte Lilja an ein Spinnennetz, das seine Beute von allen Seiten einschloss. Sie schauderte.

Nun warfen sich alle drei auf einmal nach vorne und hämmerten mit ihren Fäusten auf die rissige Oberfläche ein.

»Lilja?« Die Stimme des Heerführers erinnerte sie daran, warum sie sich hier und nicht im Inneren des Schutzwalls neben ihrem Bruder befand.

Loras ließ zwei Feuersteine aufeinanderprallen. Ein Funke entstand, den keiner sehen, sie aber spüren konnte. Ihr Mut kehrte zurück. Sie rollte ihre Schultern in den Gelenken als würde sie sich für die Arbeit auf Noriks Schiff wappnen. Ihr Körper war in den vergangenen Wochen über die Maßen strapaziert worden, doch sie hatte dadurch auch an Stärke gewonnen. Lilja richtete sich gerade auf, drückte ihr Kreuz durch und schritt erhobenen Hauptes geradewegs auf die angreifenden Monster zu. Der Schnee knarzte unter ihren Füßen. Augenblicklich brachen die Shatar ihre Bemühungen ab und drehten sich der jungen Frau zu. Funken sprühten aus Liljas Fingerspitzen, entfachten das Feuer, das sich ihre Unterarme hinaufschlängelte. Der Wind blies ihr ins Gesicht, ließ die Flamme gefährlich fauchen. Ihr Zopf löste sich auf und ihre Haare flatterten rot im Schein des Feuers. Die Gardisten ließen ihre erhobenen Waffen sinken und starrten mit offenen Mündern auf die Feuergeborene. Es fehlte nicht viel und sie würden augenblicklich vor ihr auf die Knie sinken. Die Macht, die sie verströmte, war nahezu greifbar.

Die Shatar ließen ihre Arme fallen und reihten sich nebeneinander ein. Lilja war soweit herangekommen, dass sie ihre Gestalten aus der Nähe betrachten konnte. Sie sahen beinahe aus wie ganz normale Menschen, doch ihre Haut war unnatürlich hell und ohne Makel. Keine Schönheitsflecken, weder Narben, noch Gefäße, waren zu erkennen. Stattdessen glitzerte ihre Haut wie tausende von Sternen. Obwohl sie nur kurzärmelige Oberteile und einfache Lederhosen trugen, schien ihnen die Kälte nichts auszumachen. Ihre Augen glimmten undefinierbar. Wie es aussah, veränderten sie ihre Augenfarbe stetig. In einem Augenblick erstrahlten sie blau, dann verschwammen sie zu einem Grau, dann zu Gelb, Grün, Braun. Es ging immer so weiter. Lilja räusperte sich, um zu sprechen. Doch sie wusste nicht, was sie sagen sollte.

Die Shatar nahmen dies zum Anlass, auch ihr Aussehen zu wechseln. Die glitzernden Strukturen auf ihrer Haut bewegten sich zu Narben und Tätowierungen zusammen. Ihre Haut wurde neu ausgepolstert. Die eine Gestalt wuchs heran, während die andere schrumpfte. Haare wuchsen, wellten sich, veränderten ihren Ton. Es dauerte keine drei Atemzüge und die Verwandlung war abgeschlossen. Mit einem Mal war Liljas Feuer verschwunden und sie schlug sich die Hand vor den Mund.

Da standen sie. Die Menschen, die ihr am liebsten waren.

Norik, Kyana, Fenya.

Alle drei waren sie gestorben und dennoch standen sie hier. Nicht mehr als zehn Schritt von ihr entfernt. Lilja brauchte Loras nicht, um zu wissen, dass dies nur eine Illusion war. Dennoch brachte sie der Anblick aus der Fassung.

»Lilja. Wo warst du?«, fragte ihre Freundin. Ihr war klar, dass sie damit nicht die letzten Jahre meinte, sondern den Tag ihrer Festnahme.

»Ich …«, sie wurde unterbrochen.

»Warum bist du von zu Hause fortgegangen?« In Noriks Gesicht spiegelte sich Wut und Trauer. Hilflos schaute sie zu ihrer Mutter. Kyana betrachtete sie tadelnd.

»Was passiert mit denen, die mit dem Feuer spielen?«, fragte sie kopfschüttelnd.

»Ich habe das alles nicht gewollt«, schrie sie den dreien entgegen.

»Lilja!«, Loras rief weit entfernt ihren Namen. Es klang tiefe Verzweiflung darin mit, sodass der Ruf sie an Akjir erinnerte. Sie suchte die Umgebung ab, doch sie fand keinen der beiden. Auch Lerø und die Gardisten waren verschwunden.

Ein aufziehender Sturm fegte der jungen Frau losen Schnee und rotbraune Strähnen entgegen. Schützend hob sie eine Hand vor das Gesicht. Als sie wieder klar sehen konnte, waren die Gestalten keinen Arm breit mehr von ihr entfernt. Lilja wich schreiend zurück, stolperte und landete mit dem Rücken auf dem Boden. Der Aufprall raubte ihr für einen Moment den Atem.

Ihre Mutter beugte sich zu ihr herab. Kyanas Gesicht veränderte sich erneut. Diese Fratze hatte sie schon einmal gesehen. Damals, als sie im Schneesturm fast erfroren wäre. Flüssiges Gold verwandelte sich zu gefrorenem Eis. Weiß leuchtende Augen durchbohrten sie. Lilja drehte sich und versuchte, auf Händen und Knien zu fliehen, doch weit kam sie nicht. Eine dichte Mauer aus Bäumen, die vorher noch nicht da gewesen war, versperrte ihr den Fluchtweg. Mühsam kam sie auf die Beine. »Lasst mich in Ruhe.« Ihre Stimme klang dünn, als würde alle Lebenskraft aus ihr gesogen.

»Wir sind nicht wegen dir hier«, sagte Fenya.

Norik nickte. »Du gehörst noch zu den Lebenden.«

»Weswegen seid ihr dann gekommen?«

»Lilja!« Lerøs Ruf hörte sich meilenweit entfernt an. »Du musst gegen sie kämpfen.« Sie spürte, dass ein Funken erglühte.

Verbrenn sie, flüsterte die innere Stimme. *Jetzt sofort.*

Die Shatar bewegten sich auf sie zu. Ihre Füße hinterließen keine Abdrücke im Schnee.

»Wer mit dem Feuer spielt …«, setzte Kyana an, doch eine Feuerwalze jagte dicht an ihr vorbei. Sie schaffte es, im letzten Moment auszuweichen. Ein Lächeln umspielte ihre Lippen. »Du bist stark geworden, meine Tochter.«

»Ich bin nicht deine Tochter«, schrie Lilja, da wurde die Frau auch schon von den Flammen verschlungen. Die Feuersbrunst hatte die Richtung geändert und sie von hinten getroffen. Es dauerte nicht lange und ihr Körper hatte sich verflüchtigt als hätte der Sturm sie fortgeweht.

Sie erwartete, dass die andern zwei augenblicklich zum Angriff übergingen, doch zu ihrem Erstaunen wandten sie sich um und liefen davon. Eine Schneewehe hüllte sie ein und im nächsten Moment waren auch sie fort.

Übelkeit stieg in der Flammenkämpferin auf. Alles um sie herum drehte sich und ihre Welt kippte. Starke Arme fingen sie auf.

Jemand flüsterte ihren Namen. Sie wünschte, es wäre Akjir.

29

Eis & Obsidian

Lilja stand auf einem Felsüberhang und betrachtete atemlos die Landschaft. Am Horizont entdeckte sie den Diamanthafen und die Raahe. Der Übergang von Land zu Wasser war fließend und nur schwerlich auszumachen, da überall auf dem Meer Eisschollen trieben. Es war kaum vorzustellen, dass jenseits des Eisozeans Firnheim existierte. Wenn Lilja an ihre Heimat zurückdachte, verspürte sie immer einen tiefen Verlust. Für sie waren die aus Schlangengold gemauerten Straßen, die kotgesäumten Gassen und ihre Felsenhöhle oberhalb der Drei Schwestern Vergangenheit. Ein Ort, den es nicht mehr gab. Sich vorzustellen, dass das Leben dort ohne sie weiterging, war schwer zu ertragen.

Ihre Augen wanderten über das Weiß des Firnfeldes. Niemand war dort unterwegs. An den Ausläufern des Eisvulkans schmiegten sich die Klirrenden Wälder wie eine Decke um ihre Füße. Bedrohlich und behaglich zugleich. Lilja schauderte bei dem Gedanken daran, dass sie dort unten die Nacht verbracht hatten. Die Begegnung mit den Shatar hatte sie viel Zeit gekostet. Es wäre unverantwortlich gewesen, bei anbrechender Dämmerung den steilen Bergpass zu erklimmen. Sie hatte zwar ihren Unmut darüber kundgetan, sich aber letztendlich den Befehlen des Heerführers untergeordnet.

Lilja hatte angenommen, der gemeinsame Feind ließe ihn versöhnlicher werden, doch nachdem sie aus der Bewusstlosigkeit erwacht war, fiel er in sein altes Verhalten zurück. Er kommandierte sie herum wie einen seiner Soldaten. Lilja ließ es sich natürlich nicht gefallen. Sie gerieten mehr als nur einmal aneinander und Lerø war es langsam leid, den ewigen Streitschlichter zu spielen.

»Kaydar!« Der Ruf des Heerführers schallte an den Felswänden herauf.

Wie gerufen, tauchte ihr Bruder neben ihr auf. Er reagierte nur insofern, dass er stöhnte.

»Was hat es damit auf sich? Ist das ein Rang oder ein Name?«

»Kaydar? So heiße ich.« Er zuckte mit den Achseln.

Lilja sah ihn wütend von der Seite an.

Er lachte. »Lerø bedeutet in Katani *der Lächelnde*.«

Auf Liljas Stirn erschien eine skeptische Stirnfalte.

»In Dorshan heißt *der Lächelende* Kaydar.« Um dem Namen alle Ehre zu erweisen, legte er sein Ohnmachtslächeln auf, für das er berühmt war. »Tante bevorzugt die alten Namen unserer Heimat«, fügte er hinzu. »Ich studiere die alten Schriftrollen, die Händler im Namen der Herrscherin heimlich nach Alkator schmuggeln.«

»Und was heißt *die Rote*?«, fragte Lilja neugierig.

Lerøs Mundwinkel zuckten amüsiert. »Du kennst die Bedeutung deines Namens? Woher?«

Sie schüttelte den Kopf. »Das spielt keine Rolle.« Sie sah verlegen weg. »Weißt du es nun oder nicht?«

»Kaijenn.«

»Was?«, Lilja fuhr erschrocken zu ihm herum. »Bist du dir sicher?«

Ihr Bruder schaute sie verwundert an und machte einen Schritt zurück. Vor Schreck war er ein bisschen zu nah an den Abgrund getreten. »Ja. Wieso reagierst du so merkwürdig?«

»Ach nichts«, flunkerte sie. »Ich dachte nur, ich hätte ihn schon mal gehört.«

»Und?«

»Ich habe mich geirrt.« Eine kurze Pause entstand.

»Also?«, Lerø wies auf die Zitadelle. »Was denkst du?«

Sie drängte das Gefühlschaos in ihrem Innern zurück und wandte den Kopf, um über die Schulter zu schauen. Die Festung in ihrem Rücken war gewaltig und fast vollständig aus Obsidian gefertigt worden. Im Licht der Mittagssonne schimmerte der schwarze, glatte Stein stellenweise grünlich, während die Schatten düsterer als üblich erschienen.

Lilja durchlief ein Schauer bei dem Gedanken, dass Shatar in den Nischen und Ecken auf sie lauern mochten. Der Angriff des vergangenen Tages hatte sie mehr mitgenommen, als sie sich anmerken ließ. Wieder ein neues Ereignis, das weitere Fragen aufwarf. Seufzend ließ Lilja ihren Blick schweifen. Die Festungsdächer sowie der große und die drei kleinen Türme waren mit eisernen Ziegelplatten, überzogen von einer glitzernden Eisschicht, versehen. Die Ausmaße des Schlosses vermochte Lilja nicht zu ermessen. Geschützt war der Herrschaftssitz von einem tiefen Riss in der Eiskruste, der nur über die gegenwärtig hochgezogene Brücke zu überwinden war. Von hinten verstärkte der Eisvulkan die Abwehr. Lilja beschlich ein unbehagliches Gefühl, als sie an der Bergkette hinaufblickte. Wann würde der Vulkan aus seinem Winterschlaf erwachen?

»Wir sind nicht so lange gereist, um hier Wurzeln zu schlagen«, fauchte Loras im Vorbeigehen. Ihm schien der beschwerliche Weg nichts ausgemacht zu haben. Der jungen Frau schmerzten noch immer die Lungen vor Anstrengung und der dünnen Luft. Wenigstens hatte ein Gardist ihr Epona abgenommen, so musste sie sich bloß auf ihre eigenen Füße konzentrieren. Zum Glück war Lilja schon an Höhen gewöhnt, sonst wäre sie angesichts des schmalen Wegs mit Sicherheit vor Angst erstarrt. Das Einfangen der Rösser nach dem Angriff hatte sie die meiste Zeit gekostet und das gestrige Eintreffen verhindert. Kein Wunder, dass der Heerführer ungeduldig wurde.

Dennoch tauschten die Zwillinge einen genervten Seitenblick, während sie dem Mann folgten. Lilja vernahm das mechanische Klicken, als die Fallbrücke zu ihnen herabgelassen wurde und den Blick auf ein gewaltiges Eisentor freigab. Der Abgrund zwischen ihnen und der Festung schien keinen Boden zu haben. Es behagte ihr ganz und gar nicht, ihr Leben einem Stück Holz anzuvertrauen, erst recht nicht, wenn unter ihren Füßen ein mehrere hundert Fuß tiefes Nichts klaffte. Loras blieb inmitten der Überführung stehen. Lerø drängte seine Schwester voran, bis sie den Narbenmann erreichten, dann warteten sie. Um sich von der Schlucht abzulenken, richtete sie das Wort an den zweiten Heerführer. »Wann unterhalten wir uns denn über dein Codewort?«

Wenn ihm diese Frage unangenehm war, so ließ er es sich nicht anmerken. Mit hinter dem Rücken verschränkten Händen musterte er sie von der Seite. Sein Blick huschte kurz zu ihrem Bruder, der eine Unterhaltung mit Farik begonnen hatte und sie nicht beachtete. »Ich werde dich heute Abend zum Fest abholen.« Er schaute geradeaus, als er das sagte.

Zur Abwechslung klang seine Feststellung wie eine Frage. Und nicht umgekehrt.

Dem Heerführer zuckte ein Muskel im Kiefer. Allem Anschein nach hielt er die Luft an.

Es gibt also ein Fest, dachte Lilja und schnaubte verächtlich. Obwohl sie ihre Antwort bereits kannte, ließ sie den Mann einige Atemzüge zappeln.

»In Ordnung«, sagte sie in dem Moment, als das Tor geöffnet wurde mit dem Anflug eines schlechten Gewissens Akjir gegenüber.

30

Zwei Schneiden eines Schwertes

Die Stunden bis zum Abend wollten einfach nicht vergehen. Als Kind war es ihr genauso ergangen, wenn sie fieberhaft auf die Rückkehr ihres Vaters gewartet hatte. Man wies der jungen Frau ein prächtiges Zimmer zu. Wie überall im Schloss war auch hier der Boden mit Pechstein gefliest. Das Material stammte aus den Höhlen unterhalb der Festung und war, wie der Obsidian, vulkanischen Ursprungs. Lerø hatte sie bei ihrer Ankunft über alles Wichtige in Kenntnis gesetzt. Zumindest was die Bauweise des Herrschaftssitzes anging.

Lilja saß auf der Kante ihres überdimensional großen Bettes. Mit dem Gesicht auf die Hände gestemmt, studierte sie den Boden unter sich. Die Hauptfarbe der Fliesen war, wie alles in diesem Schloss, schwarz. Hier und dort waren Einschlüsse im Gestein, die von Braun und Rot bis hin zu Grün reichten. Die Unterschiede rührten von der Zusammensetzung her. Kein Muster glich dem anderen. Immer wieder ermahnte sie sich, nicht an Akjir zu denken. Nach Lerøs unabsichtlicher Enthüllung wechselten ihre Emotionen von Freude, über Trauer bis hin zu Verzweiflung und Verwirrung.

Als es an der Tür klopfte, fuhr Lilja herum. Ehe sie an der Tür war, wurde diese aufgestoßen und es traten zwei Frauen ein. Die erste schritt ohne ein Wort mit gesenktem Kopf an ihr vorbei. Sie trug ein Bündel zu ihrem Bett, legte es dort ab, und fiel in einer Verbeugung auf die Knie. Die zweite, eine deutlich ältere Frau, begrüßte Lilja mit einem Nicken und einem Knicks.

»Wir sind hier, um Euch anzukleiden, Herrin.«

»Wie bitte?«, entfuhr es ihr, doch die jüngere Frau hatte sich längst erhoben und breitete Kleider auf dem Bett aus.

Die Flammenkämpferin war gewiss keine Expertin auf diesem Gebiet, aber selbst ihr entging nicht, dass die Gewänder aus überaus edlen Stoffen gefertigt waren. Nicht einmal die teuersten Marktstände Firnheims boten derlei Kostbarkeiten an.

Man hatte Lilja bei ihrer Ankunft darüber informiert, dass die Zwillinge an einem Fest teilnehmen würden, das zur Rückkehr der verlorenen Jarl-Kinder ausgerichtet wurde. Bei den Feierlichkeiten würde sie auch die Eislady kennenlernen.

Womöglich hätten sich viele andere Frauen bei der Erwähnung eines Festes den Kopf darüber zerbrochen, was sie anziehen sollten. Lilja dagegen hatte nicht einen Gedanken daran verschwendet. Stattdessen hatte sie über den Sinn dieses Treffens nachgedacht und sich gefragt, wie es nun weitergehen sollte.

Ihr Blick schweifte durch den großen Raum. Gegenüber der Zimmertür hing ein raumhoher Spiegel. Sie machte sich üblicherweise nichts aus ihrem Aussehen, dennoch siegte die Neugierde.

Die Frau im Spiegel war ihr fremd. Die Haare zottelig und voller Knoten, die vermutlich nicht einmal die geübten Hände dieser Zofen zu entwirren vermochten. Ihre Nase war vollständig verheilt, aber die Wunde im Gesicht hatte eine unschöne Kruste gebildet. An manchen Stellen war sie herunter gekratzt und zeigte eine weitere rotleuchtende Narbe. Ihre Züge waren von Schmerz gezeichnet und ließen sie älter als die neunzehn Winter wirken, die sie zählte. Vermutlich würden sie nicht einmal mehr Firnheims Dorfburschen als schön bezeichnen. Stolz stellte Lilja jedoch fest, dass ihre Haltung nicht mehr gedrungen oder ängstlich war. Den Rücken und ihre Schultern drückte sie gerade durch und Arme sowie Beine waren muskulöser als je zuvor. Die Feuergeborene versteckte sich nicht mehr. Schließlich war ihr schon jedes Unglück widerfahren, vor dem sie sich immer gefürchtet hatte. Das Schicksal hatte sie gezeichnet, aber es hatte sie stärker aus den Trümmern hervortreten lassen. Es hatte sie zu einer Kämpferin geformt.

Phönix aus der Asche erinnerte sie sich an ein Volksmärchen ihrer Mutter.

»Herrin, würdet Ihr bitte Platz nehmen?« Die ältere Frau stellte einen Hocker bereit.

»Nennt mich bitte Lilja. Ich bin keine Lady.«

»Ihr seid die Nichte der Eislady«, empörte sie sich.

Lilja suchte den Blick der Jüngeren, stellte jedoch fest, dass sie ihrerseits bereits von der jungen Frau taxiert wurde. Lilja schritt zu dem Schemel. »Das wird sich erst noch zeigen.«

Amüsiert über den erschrockenen Ausruf ihrer Meisterin, schaute die Zofe zurück auf ihre Arbeitsutensilien. Verschiedene Haarbürsten, kleine Reagenzien mit hellen Flüssigkeiten und zu Liljas Erschrecken eine Schere. Sie kamen doch wohl nicht auf die Idee ihr die Knoten einfach herauszuschneiden? Erschrocken sprang sie auf. Die junge Zofe lächelte sanft. »Keine Sorge, Lilja. Die ist nur für die Spitzen.«

Die ältere Frau schnaubte bei der vertrauten Anrede, doch sonst behielt sie ihre Gedanken für sich. Misstrauisch nahm die Feuergeborene erneut Platz.

»Du kannst mir vertrauen. Ich habe nichts Böses im Sinn.«

Sie ließ zu, dass sie ihr die Haare kämmte.

»Wie heißt du?«, fragte sie nach einer Weile.

»Marit«, antworte die junge Frau, die sie durch den Spiegel anschaute. »Zu deinen Diensten.«

Als sie Loras die Tür öffnete, weiteten sich seine Augen. Er musterte sie von den offen über die Schulter fallenden roten

Locken bis zu den unbequemen hohen Schuhen. Ihm entfuhr ein leiser Pfiff, der Lilja erröten ließ. Die Zofen hatten alle Tricks und Finessen angewandt, um die Flammenkämpferin in Szene zu setzen. Sie trug ein dunkelrotes Kleid mit V-förmigen Ausschnitt. An den dünnen Trägern flatterten bei jedem ihrer Schritte die Seidenbänder. Von Rot bis Orange waren alle Farben des Feuers vertreten. Während das Oberteil des Kleides eng anliegend war, entfaltete sich der Rock mit jedem Schwung wie die Flügel einer Tannenmeise.

Der Narbenmann hatte sich ebenfalls herausgeputzt. Er trug eine dunkelgraue Ausgehuniform mit unzähligen Abzeichen bestückt. Für welchen Preis er sie erhalten hatte? Die wadenhohen, schwarzen Stiefel waren auf Hochglanz poliert und glänzten im Schein der Kerzen genauso wie seine frisch geschnitten Haare. Die kurze Frisur ließ ihn jugendlicher erscheinen, ebenso wie das glatt rasierte Kinn.

»Du bist zu früh«, bemerkte sie.

Eine schwarze Augenbraue schnellte nach oben. »Bin ich das?« Das amüsierte Lächeln passte so gar nicht zu dem sonst so verbitterten Mann. Er streckte ihr einen Arm entgegen. »Sollen wir?«

Sie seufzte laut. »Mir wird wohl nichts anderes übrig bleiben.« Sie hakte sich bei ihm unter, froh für den Halt, den er ihr damit bot. Sie waren kaum ein paar Schritte gegangen, da knickte sie bereits um. Ihr entwich ein Fluch.

»Vorsicht.« Loras lächelte verlegen.

»Wer hat diese Schuhe bloß erfunden?« Lilja packte einen der Absätze und wedelte damit vor seinem Gesicht herum. Loras zog amüsiert beide Augenbrauen nach oben.

»Weißt du was?« Lilja zog den anderen ebenfalls von ihrem Fuß. »Ich kann gut auf Schuhe verzichten.«

Im nächsten Moment landete das Paar in der gegenüberliegenden Ecke.

Der Mann neben ihr prustete. »Du hast recht. Es wird keinem auffallen.«

Sie beide schauten an ihr herab. Ohne erhöhten Absatz verschwanden ihre Füße unter dem langen Rock des Kleides.

Sie setzten sich wieder in Bewegung. »Besser?«, fragte der Heerführer.

»Besser«, bestätigte Lilja.

»Na dann.«

Sie schwiegen, während Loras sie durch den Palast führte. Jeder Gang glich dem vorherigen und bald hatte Lilja bedauerlicherweise die Orientierung verloren, obwohl sie sich den Weg einzuprägen versuchte. Sie spazierten nun auf eine schmale Wendeltreppe zu, die zu ihrer Verblüffung nach oben statt nach unten führte.

»Nach dir.«

Oben angekommen, deutete Loras auf eine Öffnung in der Decke. Er stieg drei Stufen einer Holzleiter hinauf, stieß die Lucke auf und sprang aus dem Weg. Bei seiner Landung wirbelte Staub auf. Lilja musste augenblicklich niesen. Hier war wohl längere Zeit niemand mehr gewesen.

Zögernd trat sie auf die erste Stufe der Leiter. Sie erschrak, als Loras sie an der Taille berührte. »Gut, dass du die Schuhe losgeworden bist.« Seine Augen fixierten ihr Gesicht, dabei lief ihr ein Schauer den Rücken hinab. Sie zwang sich, den Blick abzuwenden und weiter hinauf zu klettern. Kurz nachdem sie den kleinen Raum betreten hatte, stieg der Mann hinter ihr aus der Öffnung im Boden. In der Hand hielt er eine kleine Öllaterne, die er an einen Haken hängte. Lilja schaute sich in dem kreisrunden Raum um.

»Wo sind wir hier?«, fragte sie, obwohl sie erkannte, dass sie sich in einem der kleineren Türme befanden.

Es stapelten sich Bücher zu hohen Bergen auf. Manche lagen umgestoßen überall im Weg verteilt. Teilweise waren die Seiten aufgeschlagen und durch den Aufprall zerknickt worden. Wenn Lerø diese verwundeten Einbände sähe, würde ihm das Herz bluten. Einige Decken türmten sich auf dem dreckigen Boden zu einem notdürftigen Lager.

»Früher kam ich oft hierher.« Loras durchschritt den Raum, bückte sich nach einem der Bücher. »Hier hat mich keiner gefunden. Erst recht nicht mein Vater.«

Lilja beobachtete, wie er zart über den Einband strich. Seine Augen glänzten auf einmal verdächtig im Schein des Lichts, doch er blinzelte und die Erinnerung war wohl verstrichen. Er schaute zu ihr auf. Lilja biss sich unsicher auf die Unterlippe. Obwohl Loras sie hergebracht hatte, fühlte sie sich dennoch wie ein Eindringling.

»Wieso sind wir hier?«

Er ließ das Buch achtlos zu Boden fallen und zuckte mit den Achseln. In seinen Zügen las sie aber, dass ihm die Geste schmerzte. Diese Bücher, dieser Ort, hatten einen eigenartigen Einfluss auf den brutalen Heerführer.

Als würde man einem Köter Knochen zuwerfen.

»Warum hast du dir dieses Codewort ausgesucht?«, fragte sie geradeheraus.

Er lehnte sich lässig an den Stützbalken in der Mitte der Kammer und verschränkte die Arme vor der Brust. Seine Ehrenabzeichen klirrten. Diese Haltung erinnerte sie an einen anderen Mann, der nicht weniger geheimnisvoll war.

»Ich habe dich auf dem Markt beobachtet.«

Lilja klappte der Mund auf. »Du also auch?«

Bei der Andeutung der anderen Person, verzog sich sein Mund.

»Und weiter?« Das war mit Sicherheit nicht der einzige Grund. »Willst du mir mit diesem Wissen drohen? Ich habe die Figur nicht gekauft!«

»Ich weiß.«

»Ach ja?«

»Ja.« Er strich sich schnaubend über den Kopf. Diese Bewegung wirkte merkwürdig abgehackt, da er längeres Haar gewöhnt war. Er haderte.

»Das hat er mir in der Meeresstadt bestätigt. Trotzdem war die Figur nicht mehr in seinem Besitz.«

Lilja schluckte schwer, was Loras' Blick auf ihren Hals lenkte. Ein Schatten huschte über seine Züge, als er die schlecht abgedeckte Narbe sah, die sich quer über ihre Kehle zog.

»Was hast du mit ihm gemacht? Du hast ihm doch nichts getan?«

Er schwieg. Doch die Tatsache, dass er ihr nicht in die Augen sehen konnte, war Antwort genug.

Die junge Frau wich einen Schritt vor dem Mann zurück. »Du Bestie.« Sie legte so viel Verachtung wie möglich in die Beschimpfung.

Wütend sprang er nach vorne. »Ich hatte meine Befehle.«

Sie nickte wissend. »Und was waren deine Befehle?«

»Grausame Befehle.« Die zu Fäusten geballten Finger lösten sich. Seine Züge wurden weicher und es wirkte, als würde eine Last von ihm abfallen.

Lilja konnte es nicht verhindern. Die Tränen weinten sich von alleine. »Mein Vater …« Ihre Stimme zitterte und brach.

»Lilja.« Er griff nach ihr, doch ihre erhobene Hand wehrte ihn ab. Er biss sich auf die Innenseite seiner Wange. »Ich habe ihn nicht getötet.«

Lilja verstand nicht wieso, aber sie war unendlich erleichtert darüber. Sie fuhr sich mit dem Handrücken über das feuchte Gesicht. Sie wusste nicht, warum sie ihm glaubte.

»Weißt du, wer es war?«, krächzte sie, ehe sie sich räusperte.

Der Heerführer presste die Lippen zu einem harten Strich zusammen. Natürlich wusste er es. Doch er würde es ihr nicht verraten. Genauso wenig wie Akjir.

Was stimmt mit diesen Männern bloß nicht?

»Ich will dich nicht anlügen«, sagte er stattdessen.

Lilja lachte auf. »Hat die Bestie auf einmal ein Herz?«

»Nenn mich nicht so!« Er starrte sie düster an.

»Willst du mir etwa auch erzählen, dass du Lerø gar nicht töten wolltest?«

»Der Pfeil war für dich bestimmt«, sagte er kleinlaut.

Da fiel es Lilja wieder ein. Lerø hatte sich nur dazwischen geworfen, um ihr Leben zu retten. Was wäre passiert, wenn der Pfeil sein Ziel nicht verfehlt hätte?

»Aber wieso? Ich dachte die Eislady wollte uns lebend?« Sie reckte herausfordernd das Kinn nach oben.

Er nickte langsam. Dann richtete er den Blick auf seine Hände. »Ich bin nicht stolz auf das, was ich getan habe«, sagte er so leise, dass Lilja den Atem anhielt, um ihn zu verstehen. »Was ich tue …«, er unterbrach, um sich zu verbessern. »Ich werde tun, was ich tun muss, um meinen Vater zu rächen.«

Das Mädchen stutzte. »Was ist passiert?«

»Er wurde ermordet.«

»Von wem?«

Ein unsagbarer Schmerz verdüsterte seine Züge. Da war wieder dieser Schatten, der ihn um Jahre altern ließ. »Das spielt keine Rolle.«

Sein Blick landete wieder auf dem Buch. Lilja wusste, dass dieser Mann eine Bestie war. Dass es keine Entschuldigung für das gab, was er anderen Menschen angetan hatte. Doch sie verstand auch, dass dieses Schwert zwei Schneiden hatte. Und sie selbst wusste am besten, was Verlust, Schmerz und Angst in einem Menschen hervorbringen konnte. Schließlich verlangte auch ihr Herz nach Rache. Wie weit würde sie dafür gehen? Sie wusste es nicht.

»Was hat der Tod deines Vaters mit mir zu tun?«, unterbrach Lilja ihre düsteren Gedanken.

Seine Augen sahen gebrochen aus, als er sie wieder ansah. »Das wird sich noch zeigen, Flammenkämpferin.« Sein Mundwinkel zog sich bei Liljas Anblick nach oben.

»Nenn *du* mich nicht so«, fauchte sie, doch sie konnte seinem Lächeln nicht widerstehen. Diesmal nicht.

»Sicher ist, dass wir alle für die Liebe schreckliche Dinge tun«, schloss er.

Traurig stellte sie fest, dass der Narbenmann und sie in der Tat mehr gemeinsam hatten, als sie bereit war zuzugeben. Sie verband derselbe Schmerz.

»Ich habe ihn gesehen«, flüsterte sie, während er ihr eine Hand reichte, als sie durch die Luke nach unten stieg.

»Wen? Akjir?« Seine Augen sprühten vor Hass.

Lilja schüttelte den Kopf. Die Locken kitzelten an ihrem Schlüsselbein. Doch bei dem Gedanken an den anderen Mann zogen sich ihre Eingeweide schmerzlich zusammen.

»Den Weißen Hirsch.«

Das Letzte, was sie sah, bevor sie aus der Vergangenheit zurück in die Gegenwart kletterte, waren die vor Verwunderung geweiteten Züge des zweiten Heerführers.

Auf dem Absatz der Leiter packte er sie bei den Schultern. »Merk dir meine Worte, Lilja. Und lass sie dir eine Lehre sein.« Obwohl sein Ton aufbrausend war, strich er ihr zärtlich mit dem Daumen über die nackte Haut. »Die Eislady bekommt immer das, was sie will. So oder so.«

»Was ist denn mit euch passiert?«, fragte Lerø, als sie in einen großen Saal kamen, der über und über mit Spiegeln bestückt war.

Ihr Bruder wartete mit einer blonden Frau am Arm vor einer raumhohen, massiven Flügeltür, vor der zwei Wachen postiert waren. Als das Paar näher herankam, rümpfte Lerø die Nase. Lilja erblickte sich in einem der Spiegel. In ihrem Haar klebten Spinnweben, ihr Rocksaum sah aus, als hätte sie damit den Boden gewischt und ihre Schminke im Gesicht war größtenteils verwischt.

»Oh«, entwich es ihr. Schnell trat sie an den Spiegel heran und versuchte, den Schaden zu mildern. Als sie die Spinnweben aus den Haaren strich, verloren die meisten Locken dabei ihren Schwung. Die Schminke ließ sich ohne großen Aufwand entfernen, doch ihr Rocksaum sah nach dem Ausklopfen nicht besser aus.

»Wo sind denn deine Schuhe?« Lerø konnte sich nicht entscheiden, ob er belustigt oder empört sein sollte. »Was werden die Leute denn von uns denken?«

Lilja starrte ihren Bruder durch den Spiegel hindurch an. »Was werden die Leute denn von uns denken?«, wiederholte sie sarkastisch und legte dabei so viel Spott wie möglich in ihre Worte. Sie wandte sich den anderen zu. »Ich sage dir, was sie denken. Dass ich aus einer kleinen Stadt stamme, in der man hart arbeiten muss, um zu überleben.« Ihr Blick huschte zu dem blonden Mädchen. Lilja hatte sie zwar noch nie zuvor gesehen, doch ihr war gleich aufgefallen, dass sie ihre Nase eindeutig zu hoch trug. Sie schenkte der dreckigen Schwester einen herablassenden Blick, ehe sie sich wieder ihren perfekt geformten Fingernägeln zuwandte. »Weißt du überhaupt noch, wo unsere Heimat ist? Oder haben dir deine Ausschweifungen alle Erinnerungen daran ausgelöscht?«

Loras lachte hinter vorgehaltener Hand. »Staub«, hustete er, als Lerø ihm einen wütenden Blick zuwarf und klopfte dabei auf seine Uniform.

Scheinbar hatte sich ihr Bruder auch hier schon einen gewissen Ruf eingehandelt.

»Natürlich weiß i…«, begann er, doch in dem Moment öffnete sich das Tor.

Loras winkte und Lilja hastete an seine Seite.

»Eure Hoheit, Prinz Kaydar aus dem Hause Jarl. Er wird begleitet von Kalina aus dem Hause Eros«, kündigte der Herold ihren Bruder und seine Gefährtin an.

Die Feuergeborene traute ihren Ohren nicht. Wieso leugnete Lerø seine Herkunft?

Die blonde Frau richtete sich auf. Während sie in Begleitung von Liljas Bruder durch die Eingangspforte schritt, strahlte sie eine solche Anmut aus, dass die junge Frau sich auf einmal doch ihre Schuhe herbeiwünschte. Loras bemerkte ihre Unsicherheit und drückte ihr ermutigend die Hand, die auf seinem Unterarm ruhte.

»Du siehst wunderschön aus«, flüsterte er. Doch so fühlte sie sich nicht. Das alles hier war ein Schauspiel, eine Demonstration von Macht, und Lilja war sich nicht sicher, welche Rolle sie dabei spielte. Sie wusste nicht, wie viel sie preisgeben konnte.

Sollte sie der Eislady zeigen, wozu sie fähig war? Die Ausmaße ihrer Macht dank Akjirs Unterricht? Oder verkörperte sie lieber ein schwaches Mädchen, dessen Fähigkeiten lediglich dazu ausreichten, ein Feuer zu löschen? Es schmerzte, dass es keinen mehr gab, den sie um Rat fragen konnte. Zwar war Lerø am Leben, doch wurde sie das Gefühl nicht los, ihren Bruder dennoch verloren zu haben.

»Prinzessin Lilja aus dem Hause Jarl. Sie wird begleitet von Loras Lorasson Beshtur, Sohn der Bestie und Heerführer der königlichen Hoheit Lady Aiyana.«

Bei der Erwähnung des falschen Titels sprang ein glühender Funken über Liljas Handfläche. Loras bemerkte es und zuckte für den Bruchteil einer Sekunde davor zurück. Es kostete Lilja all ihre Beherrschung, das Feuer in ihrem Inneren unter Kontrolle zu halten. Sie presste die Lippen aufeinander und versuchte, eine

Maske der Gleichgültigkeit aufzusetzen. Zumindest hatte man ihr den Geburtsnamen gelassen.

Sie spürte Loras' Rabenaugen auf sich. Als sie ihn ansah, zog er fragend seine Brauen zusammen. Um kein Aufsehen zu erregen, setzten die beiden sich in Bewegung. Liljas Blick schweifte durch die Menge. Lerø und Kalina bahnten sich einen Weg durch die Anwesenden, somit mussten sie nur folgen.

Die Adligen hatten sich allesamt in kostbare Kleider gehüllt, ihre Frisuren waren aufwendig hochgesteckt und ihre Gesichter übertrieben geschminkt. Gerne würde Lilja ihr Festgewand gegen die abgewetzte Kleidung tauschen, die Akjir ihr gegeben hatte. So würde sie sich wenigstens nicht wie ein gut dressiertes Pferd fühlen, das den Hochwohlgeborenen präsentiert wurde.

Die Männer betrachten ihren Körper wie Vieh, das man zur Schlachtbank führte. Die Frauen tuschelten untereinander mit gerümpften Nasen. Die spröden Haare und die vielen Narben hatten die Zofen nicht vollständig verstecken können. Aber gerade darauf war Lilja stolz. Sie erinnerten sie daran, was sie durchgemacht hatte, und wohin ihre Reise sie führte.

Als sie am Ende des Ballsaals angelangt waren, hatte die Menge die Schneise hinter ihnen wieder geschlossen und der Fluchtweg war somit versperrt. Es gab kein Zurück mehr. Lerø verbeugte sich und Kalina machte einen eleganten Knicks. Dann trat das Paar nach links, um Loras und ihr den Platz zu überlassen.

Ohne den Blick zu der Frau auf dem Thron zu erheben, fiel Lilja wie ihre Vorgängerin in eine kleine Verbeugung. Der Boden unter ihren nackten Füßen war eisig, und die Temperatur schien von Sekunde zu Sekunde weiter zu sinken. Als sie sich wieder erhob, huschte ihr Blick über die schneebedeckten Stufen zu der Eislady hinauf. Ihr zierlicher Körper versank beinahe auf dem eisüberzogenen Stuhl. Er musste einmal einem viel größeren König gehört haben.

Dem Bärenkönig, erinnerte sie sich. Auch wenn die Eislady dünn und zerbrechlich wirkte, strahlte sie eine Überlegenheit aus, die Lilja frösteln ließ.

Lady Aiyana war wunderschön und sah keinen Tag älter aus als die Zwillinge. Ihre Augen hatten etwas Elektrisierendes und spiegelten das helle Blau des Eises wider, das ihren Thron umgab. Ihre Haare waren so hell, dass das Blond fast weiß wirkte. Eine Krone aus Eis hielt ein paar der hellen Strähnen zurück und ließ den Blick auf die hohen Wangenknochen frei.

Auf einmal erkannte Lilja, dass Lerø sein Aussehen nicht von ihrem Vater geerbt hatte, sondern von seiner Tante. Die Ähnlichkeit war verstörend. Wie ihr Bruder war sie hochgewachsen, hatte drahtige Muskeln und dasselbe verschmitzte Lächeln, das Lilja gern als sein Ohnmachtslächeln bezeichnete. Es an jemand anderem zu sehen, war irritierender als alles zusammen.

Die Frau erhob sich graziös von ihrem Sitz. Das hochgeschlossene, zartblaue Seidenkleid umfloss sie wie frisches Gletscherwasser, während sie ihr die Arme entgegenstreckte. Doch zu Liljas Verwunderung richtete sie das erste Wort an den Heerführer.

»Wie ich sehe, habt Ihr Euren Auftrag erfüllt und mir meine Nichte zurückgebracht.« Ihr Lächeln erstarrte. »Lilja. Es tut mir so leid, welchen Schmerz du erleiden musstest.«

Die Feuergeborene staunte, wie geschickt sich die Herrscherin mit den Absätzen auf dem Eis bewegte. Eine Stufe nach der anderen schritt sie zu de der jungen Frau herab, um sie in die Arme zu schließen. Ein lieblicher Geruch, der Lilja augenblicklich an Eisblumen erinnerte, entströmte der Herrscherin. Er vermischte sich mit einem anderen Duft, ebenso süßlich, undefinierbar und auf unerklärliche Weise unangenehm.

»Du siehst aus wie deine Mutter«, sinnierte sie.

Loras trat mit einer weiteren Verbeugung beiseite. Für Lilja fühlte es sich wie ein Verrat an und am liebsten hätte sie es dem Mann gleichgetan. Doch sie stand still und ließ das Schauspiel beginnen.

31

Weiße Kronen bluten Rot

Das Schauspiel endete in einer Hinrichtung.

Die Ansprache der Eislady über die glückliche Wiedervereinigung mit den Kindern ihrer geliebten Schwester war von freudig erregt zu düster verstimmt umgeschlagen. Denn die Mörder der Jarl-Familie seien weiterhin auf freiem Fuß und bekämpften die Regierung aus dem Untergrund heraus, hieß es.

»Im Namen des Weißen Hirsches entführen sie Kinder adliger Familien und ermorden unseresgleichen auf offener Straße.«

Lilja stand zusammen mit Lerø und Kalina rechts hinter der Eislady auf dem Podest. Loras war auf Befehl der Königin durch eine Nebentür verschwunden. Das bedeutete nichts Gutes. Nervös trat Lilja von einem Bein auf das andere.

»Doch das alles wird bald ein Ende haben. Trotz ihrer finsteren Machenschaften sind die verlorenen Kinder zurückgekehrt.« Die Eislady ließ eine taktische Pause. »Die Macht der Jarl-Familie ist wiedervereint.« Sie wies mit ihrem rechten Arm zur Seite. »Eis und Feuer sind wiedervereint. Gemeinsam erklären wir der Weißen Krone den Krieg. Eis und Feuer werden siegen!«

»Eis und Feuer«, wiederholten die Gäste immer wieder und klatschten Beifall. Lilja ereilte eine dunkle Vorahnung, da wurde die Flügeltür von den zwei Wachen aufgestoßen und eine junge Frau landete mit einem erstickten Schrei und dem Gesicht voran auf den schwarzen Fliesen.

Loras stand mit ausdrucksloser Miene breitbeinig hinter ihr. Nur seine Augen verrieten, dass ein Sturm in ihm tobte. Er trat einen

Schritt nach vorne und sammelte das dürre Ding vom Boden auf. Blut lief ihr aus der Nase und besudelte das graue Kleid. Sie hielt ihre Hand vor den Mund, doch als sie sich mit aller Kraft gegen Loras Brust stemmte, erkannte Lilja die junge Zofe, die ihr das Haar gebürstet hatte. Instinktiv trat die Flammenkämpferin einen Schritt nach vorne, doch Lerøs Hand schloss sich um ihren Unterarm. Somit blieb sie, wo sie war, und verkrampfte die Hände in dem Stoff ihres Kleides, versuchte, die aufflammende Wut zu unterdrücken. Sie wollte schreien, doch ihre Stimme würde hier kein Gewicht haben. Also betete sie.

Marit fauchte Loras wild an, doch der beachtete sie nicht und zerrte sie skrupellos weiter durch die Menge geradewegs auf den Thron zu. Sein Blick streifte Liljas und für einen kurzen Moment geriet er ins Stocken. Ein Schatten huschte über seine Züge, als er beschämt zu Boden sah. Er spürte wohl dennoch den anklagenden Blick der Flammenkämpferin, denn Lilja erkannte, wie er verzweifelt versuchte, den Kloß im Hals herunterzuschlucken. Sein ausgeprägter Adamsapfel hüpfte verräterisch auf und ab. Er fiel auf ein Knie und riss seine Gefangene mit sich. Ihre Hände klatschten auf den Stein, als sie im letzten Moment verhinderte, hart aufzuschlagen.

Der eiserne Griff des Narbenmannes hielt sie in Position, doch die Zofe hatte bereits allen Widerstand aufgegeben. Sie schien zu versuchen, die Tränen zurückzudrängen, scheiterte aber. Eine einzelne rann ihr den Nasenrücken hinab und gefror auf dessen Spitze zu einer kleinen Eisperle.

Lady Aiyana grinste finster. »Dieses Mädchen wurde auf frischer Tat ertappt, als es sich aus dem Schloss stehlen wollte. Bei einer Durchsuchung fand man die Holzfigur eines Weißen Hirsches bei ihr.«

Ein Diener trat mit einem Silbertablett an das Podest heran und die Eislady ergriff den Gegenstand, um ihn in die Höhe zu strecken. Liljas Atem stockte. Sie kannte die Figur nur zu gut, denn es war ihre eigene.

Loras schien sie ebenfalls wiederzuerkennen, denn seine Augen weiteten sich und richteten sich dann auf die Zwillingsschwester. Jeden Augenblick würde er die Bombe platzen lassen. Es war einer dieser Momente, in denen die Ahnung zur Gewissheit fand. Er würde vor versammeltem Hof verkünden, dass die Schnitzerei aus Firnheim stammte. Die Verbindung zu der neuernannten Prinzessin würde selbst für einen Blinden offensichtlich sein. Panik lähmte ihren Verstand. Sie suchte verzweifelt nach einer plausiblen Erklärung, doch Loras schüttelte kaum merklich den Kopf. Versuchte er, sie zu warnen?

Wovor?, fragte sie sich. Da fiel es ihr wie Schuppen von den Augen. Er glaubte, Lilja wollte für die Zofe einstehen. Die Schuld auf sich nehmen, sich selbst opfern.

Das rettet sie nicht. Wir würden beide sterben, erkannte sie. Und das versuchte Loras ihr verständlich zu machen. Nur, dass Lilja nicht für einen Atemzug diese edle Absicht verfolgt hatte. Sie lief rot an vor Scham. Das Blut rauschte ihr in den Ohren und machte es fast unmöglich, den Worten ihrer Tante zu folgen.

»Jeder kennt das Gesetz. Wer sich der Weißen Krone anschließt und oder ihre kriminellen Machenschaften unterstützt, sei es nur in Form von Propaganda, macht sich des Hochverrates schuldig und wird zum Tode verurteilt.«

»Eis und Feuer«, brüllte ein Mann in den vorderen Reihen. Andere stimmten mit ein. Die Menschen begannen, miteinander zu tuscheln. Einer schrie, man solle sie auf der Stelle hinrichten. Doch es war ein Mann mit ähnlich vielen Abzeichen wie Loras, der vortrat und angehört wurde. Vermutlich war er einer der Hauptmänner.

»Wir sollten erst herausfinden, was die kleine Verbrecherin weiß.«

Lady Aiyana zog belustigt eine Augenbraue nach oben. Offenbar verstanden die beiden sich ohne weitere Worte. Und auch Lilja begriff, welchen Plan der Hauptmann verfolgte.

»Heerführer.« Die Eislady bedeutete Loras, beiseitezutreten Er gehorchte, doch Lilja meinte ein kurzes Zögern in seinen Bewegungen wahrzunehmen. Mit aufeinandergepressten Zähnen erklomm er die Stufen des Podiums und stellte sich hinter seine Begleiterin. Die langen Finger streiften kurz Liljas Handgelenk und sie wünschte sich plötzlich nichts sehnlicher, als ihre mit den seinen zu verschränken. Doch aus dem Augenwinkel bemerkte sie, dass Lerø sie von der Seite beobachtete. Eine so vertraute Geste würde ihres Bruders Argwohn erregen.

Die Anwesenheit des Narbenmanns beruhigte sie auf verstörende Art und Weise. Er gab Lilja das Gefühl, unter all den Monstern einen Verbündeten zu haben. Doch sie war längst nicht mehr so naiv wie früher. Er war der Sohn der Bestie, was auch immer das heißen mochte. Sie wusste, dass sie ihr Herz vor dem Mann verschließen musste, selbst wenn es anderer Meinung war.

Marit schaffte es, sich aus eigener Kraft aufzurichten. Kampfbereit reckte sie der Eislady ihr markantes Kinn entgegen. Ihre Hände hatte sie zu Fäusten geballt, ihre Adern traten dunkelblau hervor.

»Wer hat dich beauftragt?« Die eisige Stimme der Herrscherin ließ Lilja erzittern.

Die junge Frau schluckte, doch sie antwortete nicht.

Lady Aiyana schnalzte ungehalten mit der Zunge. »Wir können das auf die sanfte oder die harte Art machen, Verräterin.« Sie zuckte mit den Schultern und ließ ihre Finger tänzelnd durch die Luft gleiten. »Deine Entscheidung.«

Wieder keine Antwort.

Der darauffolgende Schrei ließ Lilja unwillkürlich einen Schritt nach hinten wanken. Sie prallte gegen Loras.

Ihre Zofe versuchte unter Schmerzen aufrecht stehen zu bleiben, doch es dauerte nicht lange und sie fiel zuerst auf das eine, dann auf beide Knie. Ihre Augen waren fest verschlossen, aber ihre Fäuste hatten sich geöffnet und ihre Finger verkrampften sich in merkwürdigen Winkeln. Sie versuchte, die Schreie zurückzuhalten, aber je länger die Qual anhielt, umso weniger gelang es ihr. Lilja erkannte nicht, was ihr diese schrecklichen Schmerzen verursachte.

»Deine Auftraggeber!«, zischte die Eislady und entließ Marit aus ihrer Folter. Sie fiel vorn über und landete auf allen vieren, wo sie ein paarmal heftig ein- und ausatmete, bevor sie den Blick zu der Herrscherin hob.

»Miststück.« Sie spuckte vor ihr aus. So viel Mut hätte Lilja der zerbrechlichen, jungen Frau gar nicht zugetraut.

»Na schön«, erwiderte ihre Tante und die Folter begann von neuem.

Der Jubel der Gäste kreischte in Liljas Ohren, die Schmerzensschreie der Zofe dafür in ihrem Herzen. Wie oft sich die Tortur wiederholt hatte, wusste sie nicht. Irgendwann hatte sie aufgehört zu zählen. Ungefähr zu dem Zeitpunkt, als sie begriffen hatte, was Lady Aiyana ihr antat. Sie ließ der Zofe das Blut in den Adern gefrieren. Immer und immer wieder.

Allmählich verfärbten sich ihre Fingerkuppen schwarz. Sie starben ab. Lilja schüttelte sich bei dem Anblick. Als dann aber kleine rote Splitter Marits Haut von innen durchstachen, wandte sie sich ab.

»Nicht wegsehen!«, warnte Loras sie und legte ihr eine Hand auf die Schulter. Widerstrebend sah sie zurück auf den am Boden liegenden Körper ihrer Zofe. Aus vielen kleinen Schnitten rann Blut auf die glänzende Eisfläche unter ihr. Es gefror innerhalb kürzester Zeit zu einem skurrilen Kunstwerk. Doch so sehr sich die Lady auch bemühte, sie entlockte der jungen Frau keine einzige

Information. Mittlerweile wäre sie zum Sprechen wahrscheinlich gar nicht mehr in der Lage. Ihre Haut hatte sich durch den Frost weiß verfärbt, was nur von ihren zahlreichen Wunden durchbrochen wurde. Ihre Augen, die normalerweise in einem warmen Braunton strahlten, glitzerten weißblau. Die Art und Weise, wie sie in ihren Höhlen herum kullerten, ließ Lilja darauf schließen, dass sie längst erblindet war.

Letztendlich begriff Liljas Tante, dass die Folter nicht zu dem gewünschten Ergebnis führen würde und verlor den Spaß daran. Mit einem gezielten Schuss ihres Frostblitzes durchstieß sie das Herz der jungen Frau und erlöste sie endlich von ihrem Leid. Selbst Lerø zuckte zusammen und ließ damit erkennen, dass ihm das Gesehene ebenso zusetzte.

Die Gäste bejubelten den Tod der jungen Frau trotz der Niederlage. Ihr lebloser Körper wurde von zwei Wachen durch die Nebentür hinausgeschleift. Das Blut schmolz und hinterließ rote Schlieren auf den dunklen Fliesen.

»Wie unbefriedigend«, säuselte die Eislady. Ihr Blick folgte der Spur, dann wackelte sie mit den Schultern, als schüttele sie so die Erinnerung an die Folter bequem ab. »Ihr Tod zeigt uns, dass sie uns nichts entgegenzusetzen haben. Wir werden jede dieser Ratten aufspüren. Früher oder später wird einer geständig sein – Eis und Feuer!« Die letzten Worte schrie sie und die Mauern warfen ihren Kampfruf zurück. »Nun lasst uns feiern.«

Lilja war nicht nach Feiern zumute. Die Demonstration von Macht hatte ihr nur eines verdeutlicht: Sie hatte sich für die falsche Seite entschieden.

Sie saß rechts, Lerø links von Lady Aiyana, die wiederum am Kopfende der großen Tafel Platz genommen hatte. Lilja bekam keinen Bissen der Speisen herunter, von denen sie in ihrem Leben noch nie gekostet hatte, obwohl die Familie Falk der oberen Mittelschicht angehört hatte.

Kalina versuchte verzweifelt, der Herrscherin zu gefallen, indem sie ihr ein Kompliment nach dem anderen wie Honig um den Mund schmierte. »Wie schafft Ihr es nur, so jung auszusehen, nach alldem, was Ihr in Eurer Jugend durchmachen musstet?«

Lilja schnaubte verächtlich. Als ihr Bruder sie böse anfunkelte, tat sie so, als hätte sie einem anderen Gespräch gelauscht. Dass hier aber ein dunkler Zauber im Spiel war, sah doch jedes Kind. Keine Frau mittleren Alters konnte so jung aussehen. Egal wie gesund sie sich ernährte oder wie fit sie sich hielt. Lady Aiyana verbrannte Kräuterfrauen auf dem Scheiterhaufen, doch in Wirklichkeit war sie die Hexe. Lilja hatte in der letzten Stunde mit eigenen Augen gesehen, wie geschickt sie Lerø manipulierte. Er glaubte jedes ihrer Worte. Wie konnte ihm entgehen, dass Aiyana ein falsches Spiel mit ihm trieb? Doch Lilja verstand auch, wie tröstlich der Gedanke war, zumindest ein Familienmitglied am Leben zu wissen, wo ihnen doch alle anderen auf tragische Weise genommen worden waren.

Ihre Tante hatte Lilja versprochen, ihr alles zu erklären. Ihr jede Frage zu beantworten, sobald die Gäste aufgebrochen waren. Also saß sie auf ihrem mit Samt gepolsterten Stuhl und stocherte in ihrem Essen herum.

Loras stieß sie von der Seite an. »Keinen Hunger?«

Demonstrativ ließ sie die Gabel auf den Teller fallen. »Schmeckt eben nicht so gut wie dein Hase«, meinte sie und zwinkerte ihm zu.

Lachfalten zierten seine Augenwinkel. »Wieso hast du die Pistole als dein Codewort gewählt?«, fragte er zusammenhangslos.

Sie zuckte mit den Schultern. Die Seidenbänder kitzelten ihre Oberarme. »Wie ich schon sagte, es sind nützliche Waffen.«

Er brach in schallendes Gelächter aus. »Ja, für Frauen und Piraten.«

»Was soll das heißen?«

»Was schon?«

Lilja betrachtete ihn gereizt. »Eine Bestie benutzt natürlich *bestialische* Waffen, ich vergaß.«

Er nahm geduldig einen Schluck Wein. »Mir ist schon klar, warum ich dir wie eine Bestie erscheine.« Er schwenkte die rote Flüssigkeit in seinem Glas. Sogar der Wein erinnerte Lilja an die verstorbene Zofe.

»Ach ja?«

»Ja. Ein Mädchen wie du musste nie ums Überleben kämpfen.«

Lilja strahlte bei seinen Worten Hitze aus. Sie war drauf und dran etwas Wütendes zu erwidern, doch da erinnerte sie sich an den Titel, mit dem ihn der Herold angekündigt hatte, und wie gereizt er zuvor darauf reagiert hatte. Zudem musste sie sich eingestehen, dass er in einer gewissen Weise Recht hatte. Die Familie Falk genoss großes Ansehen in Firnheim. Das Geschäft mit der Regenbogenschuppe war so ertragreich, dass es ihnen nie an Essen gemangelt hatte, dass sie selbst im tiefsten Winter nicht hatten frieren müssen.

»Das mit der Bestie musst du mir erklären«, sagte sie stattdessen.

Zögernd nahm er einen weiteren Schluck und stellte das Glas wieder ab. Für einen Moment behielt er den Wein im Mund, ehe er ihn herunterschluckte. Das Thema machte ihn nervös.

»Mein Vater war auch Heerführer.« Er nickte in die Richtung der Herrscherin. Verstohlen schaute sie ebenfalls zu ihr herüber. Sie unterhielt sich inzwischen mit einem wohlbeleibten Mann, der neben Kalina saß. Gut möglich, dass er ihr Vater war. Eine gewisse Ähnlichkeit war jedenfalls vorhanden, obwohl sie eine so gegensätzliche Statur besaßen.

»Vor seinem Tod.« Er räusperte sich, bevor er weitersprach. Lilja wandte sich ihm wieder zu. »Loras der Erste war besser bekannt als *die Bestie*.«

»Ja, und weiter?«

Er nickte, aber presste die Lippen fest zusammen. Der Titel kam Lilja bekannt vor. Sie hatte ihn vom Herold nicht zum ersten Mal gehört und durchforstete ihre Gedanken, suchte fieberhaft nach der Erinnerung.

Loras beobachtete sie dabei. Er öffnete den Mund, um ihr auf die Sprünge zu helfen, aber anscheinend rang er sich nicht dazu durch.

»Ich glaube, ich habe den Namen schon einmal gehört«, sagte sie nach einer Weile. »Ich weiß aber nicht mehr wo und in welchem Zusammenhang.«

Loras' Finger zuckten erneut zu dem Weinkelch. Er leerte den Rest in einem Zug. »Du hast bestimmt auf der Hochebene von ihm gehört«, sagte er bitter.

Das war das fehlende Puzzlestück. Auf einmal stand sie mit Akjir auf dem Felsplateau und schaute auf die weite Fläche der Eiswüste. Überall waren merkwürdige Auswüchse zu ewigem Eis erstarrt und in der Ferne zeichnete sich die Ruine einer Stadt ab.

Die Bestie hat die Stadt dem Erdboden gleichgemacht, das hatte Akjir zu ihr gesagt.

»Was ist passiert?«, fragte sie.

Seine schwarzen Augen huschten erneut zu der Eislady, als wolle er sich vergewissern, dass sie ihm nicht zuhörte. »Aufständische aus Dorshan hatten die Stadt in Besitz genommen. Um dem allen ein Ende zu setzen, musste die Stadt fallen. Und mit ihr jeder einzelne Rebell.«

Lilja stellte sich das Grauen vor. Für einige Momente schloss sie die Augen. »Und die Frauen und Kinder?«

Sein zerknirschtes Gesicht war Antwort genug. »Erinnerst du dich daran, was ich dir gestern über das Töten gesagt habe?«

Lilja stutzte. »Dass es nicht einfacher wird?«

»Für die Bestie traf das nicht zu.« Seine Stimme zitterte. »Ich glaube, es hat ihm sogar Freude bereitet.«

Der düstere Einblick in Loras' Seele ging Lilja unheimlich nahe. Wie hatte seine Kindheit unter einem solchen Vater ausgesehen? Sie wusste nicht, was seit gestern Morgen passiert war, doch auf einmal empfand sie tiefes Mitleid für den Narbenmann. Das alles erinnerte sie erneut daran, dass das Leben eben nicht nur aus Gut und Böse, Schwarz und Weiß bestand. Eine Weisheit, die ihre Mutter sie schon gelehrt hatte, als sie noch ein kleines Mädchen gewesen war. Loras war grausam, aber er war zu dem Mann, der er war, erzogen worden. Wie hätte aus ihm etwas anderes werden können, als ebenfalls …?

War Loras eine Bestie?

Derselbe Mann, der sie überfallen, verletzt und gejagt hatte, bewahrte ihr kleines Geheimnis über die Hirschfigur für sich. Er beschützte sie. Warum? Er hatte auch ihren Vater nicht ermordet. Und er hatte nahezu erleichtert gewirkt, als er Marit loslassen und zu Lilja auf das Podest treten durfte. Wer hatte ihm Mitgefühl gelehrt?

»Was ist mit deiner Mutter?«

Loras hielt dem Diener sein leeres Weingefäß zum Nachfüllen hin. Lilja, die zuvor immer abgelehnt hatte, reichte ihm nun ebenfalls den Kelch. Der Heerführer prostete ihr zu. Doch bevor er das Glas an seine Lippen setzte, beugte er sich zu ihr vor. Sein Atem war heiß auf ihrer Haut, die Stimme nur ein Flüstern an ihrem Ohr. »Auf die Flammenkämpferin.« Sein Atemhauch verursachte eine Gänsehaut auf ihrem Nacken.

Der Wein schmeckte köstlich. Das vollmundige Aroma harmonisierte vorbildlich mit der Süße des Weines. Diese wurde mit ihrem Gegenpol, der Säure, wunderbar abgerundet.

»Meine Mutter starb, als ich mit sechs Jahren in die Lehre ging.« Er zuckte mit den Schultern. Der Blick seiner schwarzen Augen suchte den Saal ab.

»Hattest du eine gute Beziehung zu ihr?«, wagte Lilja zu fragen, bereute es aber sofort. Er wandte sich ihr brüsk zu. »Was spielt das für eine Rolle?«

Unbewusst wich Lilja in ihrem Stuhl zurück. Loras fluchte leise. »Es tut mir leid. Es spielt einfach keine Rolle für mich«, sagte er sanfter.

»Ich hatte eine gute Beziehung zu meiner Mutter.«

Er musterte ihr Gesicht. Sah er ihre Trauer, ihre Verletzung?

»Ich kann mir nicht erklären, warum … warum sie …« Ihre Stimme brach.

Jetzt bloß nicht weinen, ermahnte sie sich.

»Warum sie dir nichts erzählt hat?«, beendete er ihren Satz. Diesmal war sie es, die nur nickte.

»Man erzählt nun mal nicht eben so, dass man das Feuer beherrschen kann«, sagte er achselzuckend. Er wies auf ihr Glas und nahm sich das eigene wieder zur Hand. »Vor allem nicht in einem Land, wo diese Fähigkeit gänzlich unbekannt ist.«

»Sie wusste doch, was ich bin«, entfuhr es ihr etwas zu laut. Einige Gäste schauten verärgert zu ihr herüber. Als sie bemerkten, wer ihre Unterhaltung störte, verflog der Ärger aus ihren Mienen und machte einer anderen Regung Platz, die Lilja nicht einzuschätzen wusste.

»Du solltest deine Gefühle besser verbergen«, sagte Loras. Ein Rat, den er ihr zuvor schon gegeben hatte. Sie biss sich vor Wut über sich selbst auf die Unterlippe.

»Das sagtest du bereits.«

Nach dem exorbitanten Abendmahl mit sagenhaften fünf Gängen eröffnete man die Tanzfläche. Lilja wäre am liebsten im Boden versunken, als Loras sie in die Mitte des Saals führte. Lerø und Kalina nahmen ebenfalls ihre Tanzhaltung ein, jedoch wirkte es bei ihnen so, als hätten sie Übung darin. Zu Liljas Fluch und Segen zugleich konnte Loras ebenso wenig tanzen wie sie. Er beherrschte zwar die Schrittabfolge, womit er eindeutig im Vorteil war, doch fehlte ihm jegliches Taktgefühl. Eines der wenigen Dinge, die man Männern nicht beibringen konnte. Doch wie sollte sie dem Heerführer einen Vorwurf machen? Schließlich war sie es, die ihm andauernd auf die Füße trat. Wenigstens hatte sie keine Schuhe an. Das flüsterte er ihr zu, als sie sich für ihr Ungeschick entschuldigte.

»Wieso hast du vorhin nichts gesagt?«, wagte Lilja in einem unbeobachteten Augenblick, als der Heerführer sie nach einer Drehung einwickelte, zu fragen. Er wusste, wovon sie sprach. Von der Hirschfigur.

Loras verstärkte den Griff um Liljas Rücken und ließ sie in eine Tanzfigur sinken, bei der sie rückwärts in seinen Arm fiel. Er beugte sich zu ihr herab. »Sag du es mir«, flüsterte er an ihrem Ohr, bevor er sie wieder aufrichtete. Heute roch er anders. Nach Haselnuss und Zedernholz. Und sowieso erinnerte sie nichts mehr an den Überfall in Firnheim. Sie glaubte schon, das wäre die einzige Antwort, die sie von ihm erhielt, doch seine Augen wirken plötzlich, als würde er sich in eine andere Zeit begeben, als würde er durch einen Schleier in die Vergangenheit blicken. »Ich habe den Weißen Hirsch auch schon einmal gesehen«, flüsterte er.

Liljas Herz setzte einen Schlag aus. Sie wagte es nicht, etwas darauf zu sagen. Eine Pause entstand.

»Als ich noch ein Kind war, folgte er einer Frau, ohne dass es jemand bemerkte. Ohne, dass *sie* es merkte.«

»Einer Frau?« Ihre Stimme ging in der Musik und dem Stimmengewirr unter, doch Loras nickte und sein Blick klärte sich. »Einer Frau mit Haar aus Mitternachtsfeuer.«

Ein Schauer lief ihren Körper hinab. So als wäre sie auf eine unangenehme Wahrheit gestoßen, fühlte sie sich auf einmal unwohl in ihrer Haut. In diesem Moment erschien ihr Loras nicht mehr wie eine Bestie. Obwohl das Leben Lilja gelehrt hatte, dass niemand sich so einfach änderte, glaubte sie wieder an das Unmögliche.

Ihr Bruder ließ es sich nicht nehmen, mit den schönsten Frauen der Gesellschaft zu tanzen. Dass Kalina ihm dabei vernichtende Blicke zuwarf, ignorierte er meisterhaft.

Zumindest schreckte Loras jeden jungen Mann davor ab, auch nur ansatzweise in Liljas Nähe zu kommen. Somit war der Eröffnungstanz ihr einziger. Zwar fragte der Heerführer sie, ob sie gerne erneut mit ihm tanzen wolle, doch er wirkte erleichtert, als sie ablehnte.

Bei allerlei Halbwahrheiten, die über die Feierlichkeiten in der Obsidianzitadelle verbreitet wurden, stimmte zumindest die eine, dass exotische Tänzerinnen den Gästen einheizten. Natürlich waren es Frauen von den Abtrünnigen Inseln und selbstverständlich trugen sie weniger als jede Dirne. Einmal hatte Lerø sich nach einer umgeschaut, was ihm einen Klaps seiner Begleiterin eingebracht hatte.

Nun verließen endlich die letzten Gäste den großen Saal. Es war schon weit nach Mitternacht, als nur noch die Zwillinge mit ihren Begleitern übrig blieben. Liljas müde Knochen sehnten sich nach dem großen, weichen Bett in ihrem Zimmer, doch ihre Seele dürstete nach Antworten.

»Meine Nichte.« Zum zweiten Mal an diesem Abend fand sie sich in einer eisigen Umarmung wieder. Ihre nackten Füße schmerzten von der Kälte, die die Eislady umgab. Es fehlte nicht viel und sie wäre an Ort und Stelle festgefroren. Diesmal erwiderte Lilja die Umarmung nicht. Fragend löste sich die Frau von ihr. »Lilja?«

»Ich erwarte Antworten.« Sie versuchte, so viel Entschlossenheit wie möglich in ihre Worte zu legen. Die Augen der Herrscherin verengten sich, doch dann wies sie auf die Tafel. »Natürlich. Nimm Platz. Ich werde dir alle Fragen beantworten.«

»Lässt du uns bitte allein, Liebes?« Lerø legte Kalina eine Hand an die Wange. »Wir sehen uns später.«

Kalina entfuhr ein empörter Ausruf. Ihre grünen Augen funkelten in Liljas Richtung. Die Schwester ließ es sich nicht nehmen, die Augenbrauen in einer spöttischen Erwiderung hochzuziehen. Ihrem Bruder entging dies nicht. Er stöhnte betrübt, als seine Beischlafgelegenheit verärgert zum Ausgang stöckelte. Müde ließ er sich auf den Stuhl zur Rechten der Lady sinken. Damit saß er Lilja direkt gegenüber. Loras nahm wie zuvor neben ihr Platz. Er stärkte ihre Flanke, doch die junge Frau wusste besser als jeder andere, auf wessen Seite der zweite Heerführer stand.

»Also? Womit sollen wir beginnen?« Die Stimme der Eislady war so dünn und erinnerte Lilja unweigerlich an das Klirren der Wälder am Fuße der Bergkette.

»Nun, zuerst einmal: Warum wollte Loras mich töten?«

Dem Heerführer neben ihr entfuhr ein Keuchen, doch er blieb ruhig sitzen. Die Eislady presste wütend die Lippen aufeinander. Sie hatte nicht erwartet, dass Lilja so schnell zur Sache kommen würde. Ihr Blick wanderte von dem Mann zu ihrer Nichte.

»Der Heerführer hat die Lage fehlinterpretiert. Er hat versagt und bereits seine gerechte Strafe erhalten.«

Der Mann neben ihr verkrampfte sich augenscheinlich.

»Gerechte Strafe?«, hakte Lilja nach.

Die Herrscherin nickte. »Zwanzig Schläge mit der Frostpeitsche.«

Lilja schnappte entsetzt nach Luft. Auf der einen Seite empfand sie Mitleid für Loras, da sie ihn mittlerweile besser kannte und wusste, dass ihn seine eigenen Geister verfolgten. Aber auf der anderen Seite standen zwanzig Peitschenhiebe in keiner Relation für ein Leben. Eine passendere Strafe wäre die Enthebung seiner Ämter. Solche Fehler durften einem ranghohen Offizier nicht unterlaufen.

Lilja glaubte die Erklärung nicht recht. Loras war ein äußerst pflichtbewusster Soldat. Sollte er tatsächlich das Leben derer aufs Spiel setzen, die zu beschützen sein Auftrag beinhaltete? Zwar beließ sie es erst einmal dabei, doch musste sie weiterhin wachsam bleiben.

»Was ist damals passiert?«, fragte sie als nächstes.

Verwundert schaute die Tante zu ihrem Neffen. »Hat dir Lerø nicht er…«

»Ich will es von Euch hören, Lady Aiyana«, unterbrach Lilja sie.

Sie schnalzte mit der Zunge. »Mein liebes Kind, sei doch nicht so unpersönlich. Ich bin deine Tante.« Sie lehnte sich kurz auf ihrem Stuhl zurück, nur um sich gleich wieder aufzurichten. »Na schön. Eure Mutter und ich wurden als das zweite von drei Zwillingspaaren der königlichen Jarl-Familie von Dorshan geboren. Unsere älteren Brüder waren von frühster Kindheit an dazu ausgebildet worden, die Krone nach dem Tod von Vater und Onkel zu erben.« Sie sah Liljas skeptischen Blick. »In unserer Familie werden nur Zwillinge geboren«, erklärte sie und zeigte dabei mit ihren langgliedrigen Fingern zwischen Lerø und ihr hin und her. »Das erstgeborene Zwillingskind beherrscht das Feuer. Das zweitgeborene das Eis. Kyana beherrschte das heiße Element und ich dafür das gegenteilige. Wir ergänzten uns wunderbar, so wie es seit jeher gewesen ist, denn gemeinsam trug das erstgeborene Paar die Zwillingskronen. Eis und Feuer regierten im Einklang miteinander.«

»Lerø ist älter als ich«, unterbrach Lilja. »Wieso ist es bei uns falsch herum?«

Aiyana zuckte mit den Schultern. »Deine Augen sind ja auch blau statt goldbraun. Ich habe die Bücher studiert. Früher, als unsere Blutlinie noch nicht so rein war, kam das mitunter vor.«

Liljas Augenwinkel zuckten bei der versteckten Beleidigung.

»Unsere Mutter war aber keine Königin. Kam sie deshalb hierher?«, fragte Lilja kühl.

Aiyana presste ungehalten die Lippen aufeinander.

»Nein«, fuhr sie fort. »Kyana wollte schon immer die Welt bereisen. Sie hatte von dem Land gehört, in dem unsere Familie eine Kolonie gegründet hatte, und wollte es unbedingt mit eigenen Augen sehen.« Der Anflug eines Lächelns erheiterte ihre Miene. »Kurz nachdem sie uns verlassen hatte, konnten die Unruhen in Dorshan nicht mehr klein gehalten werden. Es kam zu einer Rebellion.« Sie ließ eine Pause entstehen, um den schmerzlichen Gedanken ihren Raum zu geben. Ihre Stimme bebte, als sie weitersprach. »Sie töteten unsere Eltern, unsere Brüder, jedes Mitglied der Jarl-Häuser.«

»Warum?«

»Weil wir anders waren. Weil wir stärker waren.«

»Hatte denn sonst niemand diese Fähigkeiten?«

Die Eislady schüttelte den Kopf. Ihr weißblondes, schulterlanges Haar folgte ihrer Bewegung. So wie sie dasaß, jung und zerbrechlich, war es schwer, sie mit den grausamen Verbrechen in Verbindung zu bringen, die man ihr nachsagte. Wenn Lilja zuvor nicht selbst der Folter beigewohnt und miterlebt hätte, wozu ihre Tante fähig war, würde sie die Erzählungen als Lüge abtun. Doch womöglich wurde sie einfach missverstanden. Rechtfertigte das, was sie gesehen, was sie erlebt hatte, ihre gnadenlose Vorgehensweise?

»Aber du konntest fliehen?«

Ihre Tante nickte heftig. Ihr Blick verlor sich ins Leere, als sähe sie die Geschehnisse noch vor sich. »Der Leibwächter unseres Vaters rettete mich vor den Aufrührern und brachte mich auf ein Schiff nach Daora. Er gab sein Leben für das meine.« Eine Träne löste sich aus ihrem Augenwinkel, doch sie gefror, noch bevor sie ihr die Wange hinabfließen konnte.

Auf ihrer Haut bildete sich eine hauchfeine Schicht Raureif. Ihre Fingerknöchel erröteten von ihrer eigenen Kälte. Nur ein leiser Vorgeschmack auf die Macht, die in ihr ruhte. Lilja bemerkte, wie Lerø sich im Sitz zu ihr neigte. Als zöge ihn das Eis an wie das Licht eine Motte. An seinem Hals zeichnete sich ein blaues Netzwerk von Gefäßen ab. Sein Atem kam stoßweise und in Wölkchen.

»Was ist dann passiert?« Lilja richtete ihre Aufmerksamkeit wieder auf die Eislady.

»Ich suchte nach Kyana. Ich hoffte, dass sie den Aufständen ebenso entkommen war wie ich. Aber stattdessen fand ich jemand anderen.« Bei dem letzten Satz veränderte sich ihre Stimme. Bitterkeit zeichnete ihre Züge und ihre Augen sprühten vor Hass.

Loras rutschte nervös auf dem Stuhl herum und erinnerte Lilja an seine Anwesenheit. Sie sah aus dem Augenwinkel, wie sich seine Hände unter dem Tisch zu Fäusten ballten.

»Die Bestie?«, fragte die Feuergeborene. Doch ihre Tante lachte gespielt auf. Ihr Getue erinnerte Lilja an die verschmähten Geliebten ihres Bruders. »Nein. Nein«, amüsierte sie sich bitter. »Der Verräter kam erst später ins Spiel.«

Der Heerführer erstarrte neben ihr, doch als Lilja ihn ansah, sichtete sie keine Gefühlsäußerung. Die schwarzen Augen fixierten starr die Wand hinter Lerø.

»Wen dann?«

»Oh, du kennst ihn bereits.«

Jetzt war es Lilja, die verlegen auflachte. »Du kannst unmöglich von Akjir sprechen.« Ihre Wangen glühten heiß, als sie den Namen aussprach. Seit der Erkenntnis, dass sie seine Kaijenn war, musste sie ihre Gefühle besser denn je beherrschen.

Ein angedeutetes Nicken ihres Bruders ließ sie trocken schlucken. »Das kann nicht sein.«

Sie suchte vergebens in den Gesichtern der anderen nach einer Regung, die den Witz entlarven würde.

»Unser erstes Treffen erschien zufällig, doch im Nachhinein wurde mir klar, dass er alles von langer Hand geplant hatte. Er ließ sich überreden, gemeinsam mit mir nach meiner Schwester zu suchen, aber in Wirklichkeit verfolgte er nur seine eigenen Pläne. Und mich lenkte er geschickt in die Richtung, in die er mich haben wollte.« Die Eislady fuhr mit dem Zeigefinger das Muster der steinernen Tischplatte nach. Schwarzer Marmor mit weiß glitzernden Einschlüssen. Da, wo ihre Haut den Stein berührte, entstanden kunstvolle Eisblumen. »Kommt dir das irgendwie bekannt vor?«

Lilja brauchte einen Moment, um das Gehörte zu verarbeiten. »Das kann nicht sein«, wiederholte sie. »Damals konnte er höchstens zehn Jahre alt gewesen sein.«

»Er war genauso alt wie heute.« Ihre Stimme war ruhig, doch in ihren Augen wütete der Hass. »Er ist heute keinen Tag älter als damals.«

Die Feuergeborene suchte den Blickkontakt zu ihrem Bruder. Er wich ihr aus. Loras ebenfalls. »Ich verstehe nicht …«, hauchte sie in die Kälte. Der ganze Raum hatte sich schlagartig abgekühlt. Lilja musste an ihre Zofe denken.

Auf einmal schlugen Aiyanas Handflächen auf die Tischplatte. »Kannst du es nicht verstehen, oder willst du es nicht?«, fauchte sie und die zerbrechliche Frau war verschwunden.

Lilja rutschte auf ihrem Stuhl nach links, um so viel Abstand wie möglich zwischen sich und die Eislady zu bringen. Dabei berührte sie Loras am Arm. Es schien, als wäre er der Letzte, von dem etwas Wärme ausging.

»Akjir ist kein Mensch, Lilja«, erklärte Lerø. Zum ersten Mal seit Beginn der Feier schaute er ihr direkt in die Augen.

Liljas Hals wurde trocken. »Wie meinst du das?« Die Worte schmeckten wie Staub in ihrem Mund.

»Frag ihn doch selbst.«

Ihre Augen weiteten sich, als abseits der Nebentür eine vertraute Gestalt aus den Schatten trat. Lilja sprang so abrupt auf, dass der Stuhl, auf dem sie saß, nach hinten umkippte. Der laute Knall wurde von den hohen Mauern zurückgeworfen. Mit großen Schritten trat Akjir in die Mitte der Tanzfläche. Wie üblich trug er Tücher um den Kopf, verhüllte somit sein Angesicht. Doch Lilja erkannte ihn sofort an den stahlgrauen Augen, die heute nur die Leere widerspiegelten, die sie bei seinem Anblick empfand. Heimlich hatte sie diesen Moment herbeigesehnt, schon bevor sie gewusst hatte, wer Kaijenn in Wirklichkeit war. Ein Wiedersehen. Um ihm zu sagen, dass es ihr leidtat. Um ihm mitzuteilen, dass sie sich heute für ihn entscheiden würde und gegen ihren Bruder, der ihr fremder war als je zuvor. Doch als er nun die Kapuze zurückzog und sein Gesicht freigab, klaffte nur ein tiefes Loch in ihrer Brust anstelle eines Herzens.

Du kannst mir nicht vertrauen. Du kannst niemandem vertrauen. Nicht mal dir selbst. Das waren seine eigenen Worte gewesen. Wie dumm und naiv konnte ein Mädchen nur sein, einen Mann in sein Herz zu lassen, der es selbst davor gewarnt hatte.

»Frag ihn!«, zischte die Lady. Ihre Augen glühten weiß im Licht der Fackeln. Als würden jeden Moment Eiskristalle daraus hervorschießen.

Lilja überlegte, ob sie dazu imstande wäre. Akjir erstarrte, als er ihre eisige Stimme hörte. Eines seiner Augen zuckte. Bisher hatte er es vermieden, Lilja anzusehen, doch nun hob er den Blick zu seiner einstigen Verbündeten.

Lilja hatte sich geirrt. Sie hatte nicht ihre Leere in den Gewitteraugen erblickt, sondern seine. Alles an ihm wirkte erschöpft. Die Schultern hingen müde herab, dunkle Ringe umrahmten tiefe Augenhöhlen und der launische Zug um den Mund war verschwunden. Schockiert stellte Lilja fest, dass er aufgegeben hatte.

»Frag den Ersten Heerführer, wer – oder besser gesagt – was er ist.« In Lerøs Worten schwang deutliche Abscheu mit, die sich in seiner Miene widerspiegelte.

»Ich weiß, welche Frage dir auf der Seele brennt.« Akjirs Stimme klang leise und verloren zu ihr herüber. Doch die Halle verstärkte seine Worte. Sie zitterte. Diese Frage hatte sie sich schon oft gestellt, doch dass sie eine so große Rolle spielen würde, hätte sie nie für möglich gehalten. Es kostete sie all ihre Überwindungskraft. Zu groß war die Angst vor der Antwort.

»Wenn du der Erste Heerführer bist« – Liljas Stimme klang rau. Sie räusperte sich, bevor sie weitersprach – »wo ist dann dein Heer?«

Die Augen der Anwesenden weiteten sich in Unglauben. Lerø lachte verächtlich. Ganz offensichtlich hatte man von ihr etwas anderes erwartet. Doch Lilja würde ihn nicht nach dem Tod ihres Vaters fragen, denn sie kannte längst die Wahrheit. Akjir hatte Norik nicht getötet.

Akjir nickte. Es schien ihn zu erleichtern, dass sie ihn von der Anklage freisprach. Offensichtlich hatte er sich auch auf die zweite Frage vorbereitet. Die Hände ballte er zu Fäusten, ein Muskel in seinem Kiefer spannte sich an.

»Überall«, flüsterte er. »Im Wasser, im Nebel, in der Luft.«

Lilja schloss die Augen, doch das verhinderte nicht, dass ihr die Tränen kamen. Sie wusste, was er damit zu sagen versuchte. Unzählige Male hatte sie diese Worte aus dem Mund ihrer Kinderfrau gehört, wenn sie ihnen auf Lerøs betteln hin ein weiteres Mal von den Totenmännern erzählte.

»Dann bist du …«

»Ein Shatar.« Lady Aiyana sprang von ihrem Stuhl auf. »Der Schlimmste ihrer Art. Ein Verstoßener.«

Akjir erbebte.

»Er hat mich um mein Leben betrogen, mich wie Vieh zur Schlachtbank geführt«, krächzte die Eislady.

Akjir schüttelte den Kopf. Die hellen Haare lösten sich aus dem Zopf am Hinterkopf. Doch Aiyana ließ ihn nicht zu Wort kommen. »Er hat mich an den Bärenkönig verraten. Man hat mich gefangen und gefoltert. Verbrennen wollten sie mich aufgrund von Fähigkeiten, die sie fürchteten.« Sie riss sich das Kleid von der Schulter und entblößte grässliche Brandnarben. »Doch töten konnten sie mich nicht.« Sie lachte bitter. »Das wusste er natürlich und das war auch der Lohn seines Verrates.«

Sie wandte sich an Lilja. »Sie versprachen ihm meine Seele. Mit einem Kuss wollte er sie mir rauben.«

Sie wies mit dem Finger in Akjirs Richtung. »Er ist ein Verräter, ein Mörder. Ein Verstoßener seiner eigenen Art.«

Lilja sah hilflos zwischen Aiyana und Akjir hin und her. Ihr fehlten die Worte.

»Es ist wahr«, meldete sich ihr Bruder wieder zu Wort. Er stand ebenfalls auf und drehte sich dem Shatar zu. »Unsere Tante konnte ihn mit ihrem letzten Atemzug überlisten. Doch um welchen Preis?«, fragte er traurig in die Runde. »Sie besiegte zwar den Tod, aber ist seitdem zusammen mit dem Mann, der ihre Seele stehlen wollte, in dieser Welt gefangen. Weder sie noch er werden jemals altern.«

Akjir senkte den Kopf und bestätigte damit seine Worte. Die Fäuste der Eislady öffneten sich, ihre Gesichtszüge wurden weicher, als sie auf Lilja zukam.

»Auch ich habe ihn geliebt, mein Kind«, sagte sie und ergriff ihre Hand. Kälte floss in Liljas Haut. Die Erinnerung an gefrorenes Blut ließ sie aus ihrer Benommenheit erwachen. Sie entriss sich dem Griff der Herrscherin.

»Du stellst ihn als ein Monster dar, dabei bist du selbst zu einem geworden. Du sagst, man wollte dich auf dem Scheiterhaufen verbrennen, weil du besondere Fähigkeiten hast? Du tust doch genau das gleiche.«

»Ich habe getan, was nötig war, um meine Schwester zu finden«, entfuhr es ihr genervt. »Ich machte mir die Angst des Volkes zunutze, um diejenige zu finden, die tatsächlich magische Fähigkeiten besaß.«

»Die Hexenverbrennungen dienten also nur dem einen Zweck, unsere Mutter aufzuspüren? Dafür mussten all die Menschen sterben?« Lilja konnte den Zorn in ihrer Stimme nur schwer zügeln. Die Flammen an den Wänden flackerten nervös. Bisher schien es aber keiner zu bemerken.

»Was ist denn schon ihr Leben verglichen mit dem unsrigen wert?«, fluchte die Eislady. Sie umrundete den Tisch wie ein Firnfuchs seine Beute. Auf der gegenüberliegenden Seite verharrte sie. Sie tauschte wütende Blicke mit Akjir. Es wunderte Lilja, dass er sich nicht verteidigte. Dass er es zuließ, dass sie so mit ihm sprach.

»Und Fenya?« Bei der Erwähnung ihrer Kindheitsfreundin horchte Lerø auf.

»Was soll mit ihr sein?«, fragte er mit hochgezogenen Augenbrauen.

»Ich kenne diesen Namen nicht«, bekundete die Eislady bestimmt.

»Natürlich nicht.«, höhnte Lilja. »Sie hat die Hexenverbrennung überlebt.«

»Was?«, entfuhr es ihrem Bruder.

Lilja nickte. »Fenya ist an jenem Abend nicht gestorben. Ich habe es nicht zugelassen.« Sie machte eine Pause, um die Wirkung ihrer

Worte zu erforschen. »Zunächst glaubte ich, sie würden sie enthaupten, doch dann brachte man sie fort. Keiner hat je wieder von ihr gehört. Uns wurde mit dem Tod gedroht, sollten wir ein Wort darüber verlieren.«

Als er Fenya ihrem Tod überlassen hatte, war ihm entgangen, warum Lilja sich bis heute solche Vorwürfe machte. Vielleicht wurde es ihm in diesem Augenblick bewusst. Der Tod auf dem Scheiterhaufen wäre gnädiger gewesen als alles, was die Eislady ihr angetan hatte. Der Beweis dafür war Marit.

Eine Bewegung neben ihr erinnerte Lilja daran, dass Loras immer noch anwesend war. Der Stuhl fuhr mit einem schrillen Laut zurück. Er richtete sich zu seiner vollen Größe auf. »Die Befehle der Lady lauten, ohne Ausnahme alle Hexen, die einen Feuertod überleben, unter Arrest zu stellen.«

Aiyana nickte. »So ist es.«

»Und was ist mit ihr passiert?«

»Es stellte sich wohl heraus, dass es sich nicht um meine Schwester handelte.« Sie zuckte mit den Achseln, als läge es auf der Hand.

»Unter Folter.«

Keine Antwort.

»Und dann habt ihr sie getötet.«

Lady Aiyana schnappte vernehmlich nach Luft. »Mein liebes Kind, was hatte ich denn für eine Wahl?« Sie lächelte bedauernd, doch Lilja erblickte durch ihre Augen einen Einblick in ihr Innerstes. Ihre scheinheilige Fassade bekam Risse.

»Wie lange wäre das Geheimnis bei ihr sicher gewesen? Sie hätte herumerzählt, dass es noch andere mit unseren Fähigkeiten gibt. Man hätte Jagd auf uns gemacht. Auf meine Schwester und auch auf euch.«

Lilja versuchte, aus Lerøs Gesicht abzulesen, was er dachte. Zunächst wirkte er von seinen Gefühlen überwältigt, doch dann nickte er langsam, verstehend.

»Lerø, wach auf! Siehst du denn nicht, auf wessen Seite du stehst?«

Ihr Bruder wirkte zerknirscht. »Denkst du, mir tut Fenyas Schicksal nicht leid? Aber es war nicht meine Schuld, dass sie hierher gebracht wurde. Sie musste geopfert werden, damit wir überleben konnten«, presste er hervor.

Die Flammenkämpferin glaubte nicht, was sie da hörte. Wie konnte er es wagen, ihr die Schuld dafür zu geben, was seine Tante verbrochen hatte? Tränen gefroren ihr in den Augenwinkeln. Die nächste Erkenntnis schmerzte mehr als sie ertrug.

Es hielten sich zwei Eisgeborene in dieser Halle auf, beides die letzten Mitglieder ihrer eigenen Familie. Und zusammen standen sie auf der falschen Seite.

»Was ist mit Cora?« Ihre Stimme brach.

Lerø stöhnte ungehalten. »Was soll mit ihr sein?«

»War ihr Opfer es auch wert?« Lilja reckte ihr Kinn in die Höhe. In seinen Augen trat ein vergangener Schatten. Er wusste es nicht. Woher auch? Er war ja nicht bei ihrer Hinrichtung dabei gewesen. Für einen Augenblick glaubte sie, wieder ihren Bruder vor sich zu haben. Lerø kämpfte mit einem Kloß im Hals, den er mühevoll herunterzuschlucken versuchte.

»Cora Morten wurde der Hexerei für schuldig bekannt und auf dem Scheiterhaufen hingerichtet«, verlautete der Narbenmann. Er selbst hätte das Todesurteil verlesen können, so hart klangen seine Worte.

Wahrscheinlich war er damals sogar vor Ort.

Ihr Bruder geriet kurz ins Wanken. Er stützte sich an seine Stuhllehne, sichtlich um Fassung bemüht. Zwar hatten sich die beiden vor ihrem Tod voneinander getrennt, doch wenn Lilja es beschwören müsste, würde sie sagen, dass Cora die einzige Frau war, die Lerø jemals wirklich geliebt hatte.

»Sentimentalität bringt uns nicht weiter«, ermahnte seine Tante ihn. »Wir dürfen das große Ganze nicht aus den Augen verlieren, mein Neffe. Unser Herrschergeschlecht muss überleben.«

Lilja umrundete ebenfalls den Tisch und trat neben ihren Bruder. »Willst du nicht einmal Rache für den Tod unseres Vaters?«, flüsterte sie ihm zu.

Die Zeit auf Noriks Fischerboot, die Zeit, die sie gemeinsam auf dem Moosglöckchenfjord verbracht hatten, war nicht spurlos an ihm vorüber gegangen. Wie um sich daran erinnern zu müssen, starrte er auf seine rissigen Hände. Die Narbe, die seine rechte Augenbraue teilte, hatte er dem rutschigen Schiffsboden zu verdanken. Als er gerade groß genug gewesen war, um über die Reling spucken zu können, war er bei Sturm darauf ausgerutscht und hatte sich den Kopf an einem der Fischfässer aufgeschlagen. Lilja sah heute noch das ganze Blut vor sich, wenn sie an den Vorfall zurückdachte.

Als sie glaubte, endlich zu ihrem Bruder durchgedrungen zu sein, wich er vor ihrer Berührung zurück.

»Du willst Rache für Vaters Tod?«, fragte er mit vor Zorn bebender Stimme. Er zeigte zitternd mit dem Zeigefinger auf Akjir. »Dann schick ihn in die Zwischenwelt zurück, wo er hingehört.«

»Er war es nicht.« Die Worte kamen ihr leichter über die Lippen als sie erwartet hatte.

Lerø wollte etwas erwidern, besann sich dann aber eines Besseren und presste eingeschnappt die Lippen aufeinander.

Akjir hob erstaunt den Kopf. Er hatte Lilja einst hintergangen, doch auch sie hatte einen fürchterlichen Verrat an ihm begangen. Sie hatte in Turas seinen Schmerz darüber gesehen. Ab jetzt sollten sie einander vertrauen. Wie um ihre Gedanken zu bestätigen, deutete er ein Nicken an.

Er war ein Soldat, ein Stratege, ein Shatar. Doch ein Mörder war er nicht. Er war ein geübter Schwertkämpfer, tötete, wenn nötig, blitzschnell, doch er war niemals brutal. Es bereitete ihm keine Freude. Er war nicht Loras und erst recht nicht die Bestie.

Die Eislady erkannte, dass sie die Flammenkämpferin verlieren würde. Dass ihre geschickten Manipulationen bei ihr keine Früchte trugen. Langsam schritt sie nach vorne und schnitt ihr den Weg zu Akjir ab. »Lilja. Ich warne dich. Wende dich nicht gegen dein eigenes Blut.« Ihre Worte klagen wie ein sich nahender Schneesturm. »Er liebt dich nicht. Er hat mich auch nicht geliebt«, fügte sie leiser hinzu, doch Lilja verstand ihre Worte nicht. Sie hörte nur Akjirs Antwort darauf.

»Du weißt, dass das nicht stimmt, Aiyana.« Er zwang sich, die nächsten Worte auszusprechen. »Es ist noch nicht zu spät«, flüsterte er. Doch sie schüttelte sich nur angewidert über die Zärtlichkeit in seiner Stimme.

»Lilja, wir brauchen dich. Es wird alles gut. Vertrau mir.« Lerø trat mit erhobenen Händen von hinten an sie heran. Somit war sie zwischen den beiden Eisgeborenen gefangen.

Lilja drehte sich zu ihrem Bruder um. »Eine Frage musst du mir aber noch beantworten«, begann sie. Auf Lerøs Stirn bildeten sich Falten. Er misstraute ihrem Zuspruch. »Wenn alles stimmt, was unsere Tante erzählt, warum ließ sie dann nach einem Feuergeborenen suchen?«

Lerø wandte sich fragend seiner Tante zu. Lilja sprach weiter. »Loras sagte auf der Hochebene zu mir, dass Kyanas erstes Kind ein Feuergeborener sein müsste. Du bist der Erstgeborene. Sie suchte nach dir!«

Lady Aiyana warf dem zweiten Heerführer einen vernichtenden Blick zu. Dafür würde sie ihn später bezahlen lassen. Aber Lerø verstand nicht. Lilja verdrehte die Augen. »Sie suchte nicht nach *uns,* ihren Verwandten. Sie suchte bloß nach *dir*. Dem

Feuergeborenen.« Sie sah, wie er darüber nachdachte. Seine Kiefer mahlten. Lilja hatte diese Angewohnheit schon immer gehasst. Das Knirschen seiner Zähne versetzte ihr jedes Mal eine Gänsehaut.

»Warum?«, forderte Lilja die Eislady auf, sich zu erklären. Doch die dachte gar nicht daran, ihr zu antworten.

Stattdessen schleuderte die Herrscherin einen Frostblitz in ihre Richtung. Lilja schaffte es gerade noch rechtzeitig, ihren Bruder zur Seite zu stoßen und selbst in Deckung zu springen. Der Blitz stieß ins Leere und zerschellte in tausend Splitter auf dem Pechstein.

»Miststück!«, schrie Lilja, doch Aiyana lachte hysterisch.

»Weil Feuergeborene in der Thronfolge höher stehen«, antwortete Akjir mit fester Stimme. »Die Fähigkeiten eines weiteren Eisgeborenen konnten ihr nicht gefährlich werden.« Unsichtbare Finger sammelten die einzelnen Eisstücke vom Boden auf. Aiyana fügte sie wieder zusammen und formte sie zu einem Speer aus Eiskristallen. Ehe Lilja reagieren konnte, sauste die Waffe an ihr vorbei direkt auf Akjir zu. Doch wo der Shatar eben noch gestanden hatte, zerschnitt der Speer nur die Luft.

»Feuer schlägt Eis«, hörte sie Akjir von der anderen Seite des Tisches erklären. Er saß auf Aiyanas Stuhl am Kopfende der monströsen Essenstafel. Ein Bein lässig über die Lehne baumelnd, zog sich sein Mundwinkel in einem spöttischen Grinsen nach oben. Da war er wieder. Der fremde Reisende, dem Lilja vertraute. Und da begriff sie, weshalb die Eislady ihn nicht schon längst angegriffen hatte. Sie konnte ihn unmöglich töten. Deswegen versuchte sie, Lilja auf ihre Seite zu ziehen. Dieses ganze Schauspiel diente allein dem Zweck, dass die Flammenkämpferin ihren Feind erledigte. Etwas, zu dem die Herrscherin des Eises selbst nicht imstande war.

Aber ich schon?, fragte sie sich zwangsläufig.

Lilja nutzte die Unaufmerksamkeit der Beteiligten und durchschritt die Kampflinie. Die Nebentür war ihre Chance zur

Flucht, doch sie schlug hart mit dem Kinn auf, als die eisige Druckwelle sie in den Rücken traf. Sie schmeckte das Blut, ehe sie die Spritzer auf dem Boden sah. Schwarz, weiß und rot.

Wie der Tod, dachte sie sarkastisch. Sie zitterte, als sie sich auf die Hände stützte, um wieder auf die Beine zu kommen. Ihre Glieder waren betäubt von der Kälte und gehorchten ihr nicht recht.

»Wo willst du hin?« Ihre Tante musterte jede ihrer Bewegungen mit einem zufriedenen Lächeln. Unter ihrem Ausdruck schienen Liljas Blutgefäße sich auszudehnen. Ein stechender Schmerz fuhr durch ihre Finger bis hoch in die Schultern. Die Kälte breitete sich immer weiter in ihrem Körper aus, ließ ihre Adern gefrieren. Sofort dachte sie wieder an die junge Frau, die erst vor wenigen Stunden auf genau diesem Boden ihren Tod gefunden hatte. Die Feuergeborene hatte schweigend dabei zugesehen, aus Angst davor, was man ihr antun würde. Zu lange hatte Lilja das ihr vorgeschriebene Schicksal abgelehnt. Hatte sich geweigert, das anzuerkennen, was sie war. Marit war gestorben, weil sie an die Flammenkämpferin geglaubt hatte. Würde Lilja sterben, weil sie zu schwach war, diese Bürde zu tragen?

32

Firnspiegel

Lilja schleuderte einen Feuerball in Aiyanas Richtung, den die Eislady mit einer lässigen Handbewegung beiseite wischte. Zur Antwort wehte ihr ein beißend kalter Hauch entgegen, als eine Wand aus Eisscherben auf sie zukam. Lilja hörte ihren Bruder etwas rufen, doch der eisige Wind trug seine Worte davon. Die wenigen Fackeln erloschen und trennten Lilja von ihrer Fähigkeit. Sie hatte der Eislady nichts mehr entgegenzusetzen. Quälend langsam drehte sie sich von dem drohenden Unheil ab, um davonzulaufen, rutschte aber nach dem ersten Schritt aus und knallte mit dem Hinterkopf auf. Das Eis brach bei ihrem Aufprall, doch in Liljas Wahrnehmung war es ihre Schädeldecke, die unter diesem fiesen Geräusch aufknackte wie eine Nuss.

Als die schwarzen Punkte vor ihren Augen nachließen, versuchte sie erneut auf die Beine zu kommen. Eissplitter fegten über sie hinweg und drückten sie abermals zu Boden, auf dessen klarer Oberfläche sie sich spiegelte. Schreiend schützte sie ihren Kopf mit den bloßen Händen. Die feinen Kristalle rissen dabei fiese Wunden in ihr Fleisch. Die junge Frau schaffte es kaum, sich auf die Ellenbogen zu stemmen, doch sie bemerkte, dass sie am Kopf blutete, denn eine rote Spur lief ihr vom Haaransatz abwärts über Stirn und Nasenrücken. Ihre Lippe war aufgerissen, doch am meisten ängstigte sie der Anblick der eigenen Augen. In ihnen stand der Frost.

Lilja musste fliehen, sich diesem unausgeglichenen Kampf entziehen, doch ihre Glieder gehorchten ihr nicht. All ihre

Bewegungen schienen wie eingefroren. Eine rote Lache bildete sich auf der blauen Eisfläche unter ihr, gefror zu kleinen Seen aus Blut. Verzweifelt heulte sie auf, als neben ihrem Kopf das bösartige Lächeln der Eislady widergespiegelt wurde. Erst aus der Nähe konnte Lilja die hauchfeinen weißen Narben sehen, die sich von Aiyanas Augenwinkeln abwärts über ihr Gesicht zogen. Es sah aus, als hätte sich ein vergangener Schmerz – vergangene Tränen – in ihre Haut gegraben, damit sie ihn nie vergaß.

Lilja spürte, wie ihr stellenweise das Blut in den Adern endgültig gefror, woraufhin sich der freudige Ausdruck in Aiyanas Gesicht nur noch mehr vertiefte. Wie kleine Nadelstiche bohrten sich die Eiskristalle von innen heraus durch ihre Haut. Sie brach schreiend in ihrer Blutlache zusammen. Das Atmen fiel ihr immer schwerer.

»Lilja!«, hörte sie jemanden verzweifelt rufen, doch sie konnte sich nur auf ihre Tante und das süße Säuseln an ihrem Ohr konzentrieren. »War das etwa schon alles?« Die Eislady schnalzte missgelaunt mit der Zunge. »Nach allem, was Loras mir über die Flammenkämpferin erzählt hat, hätte ich mehr von dir erwartet.«

Lilja versuchte, etwas darauf zu erwidern, doch der Schmerz ließ sie erneut aufschreien.

»Aufhören!«, brüllte Lerø und riss seine Tante mit einem Ruck zurück. Rote Schmiere zog sich quer über sein Gesicht, die offenbar von der verletzten Nase stammte. »Lass sie ihre Seite wählen«, fauchte er sie an und trat schützend vor Lilja.

Die Eislady lachte. »Mein lieber Junge«, gluckste sie. »Sie hat ihre Wahl doch längst getroffen.«

Ihr Bruder erhob zögernd seine Hand zum Angriff.

»Willst du dich auch gegen unser Blut stellen?«, höhnte die Herrscherin. Lilja gab es Zeit, sich zu erholen. Mit ihrem Atem strömte langsam die Wärme in ihre Glieder zurück. Sie setzte sich etwas auf, um besser zu sehen. Akjir war verschwunden, genauso wie Loras. Nur sie drei befanden sich noch in der großen Festhalle.

Lerø wandte sich an seine Schwester, doch die Hand wies weiterhin auf Lady Aiyana. Er stand breitbeinig über Lilja. Bereit, sein Leben für das ihre zu opfern, wie zuvor auf der Hochebene.

»Lilja«, flüsterte er. »Bitte.«

Ihr Hals wurde trocken. Zwei eisblaue Augenpaare waren auf sie gerichtet, warteten auf ihre Antwort.

»Entscheide dich für mich.«

Diese Bitte schmerzte sie am meisten. Ihr Bruder war ihr letzter lebender Verwandter, von ihrer Tante einmal abgesehen. Sie liebte ihn mehr als ihr eigenes Leben, doch die Eislady hatte ihre Herrschaft auf den Knochen ihrer Freunde aufgebaut. Sie regierte mit eiserner Hand, verfolgte stets ihre eigenen Ziele und die Erklärungen waren mehr als lückenhaft.

Die Flammenkämpferin kam mühsam auf die Beine. Lerø reichte ihr seine freie Hand, doch sie ignorierte die Geste. Mit einer schnellen Bewegung ihres Kopfes suchte sie den Raum nach einer Funkenquelle ab. Doch jedes Feuer in ihrer Reichweite war längst erkaltet. Sie räusperte sich, doch ihre Stimme klang trotzdem rau und verloren.

»Nein, Lilo. Entscheide dich für mich!«, sagte sie.

Die Erinnerung an ihre Kindheit überkam sie beide zugleich. Als sie klein gewesen waren, hatte Lilja das R nicht richtig aussprechen können. Irgendwann hatten sogar ihre Eltern ihn mit diesem Namen gerufen. Tränen brannten in ihren Augenwinkeln. Und auch Lerøs Augenränder röteten sich, als er erst sachte und dann heftig den Kopf schüttelte.

»Tu das nicht«, krächzte er.

Doch sie konnte sich nicht einmal von ihm verabschieden. Akjir stand aus dem Nichts neben ihr und zerrte sie herum. Ohne nachzudenken, sprintete sie an seiner Seite auf die Nebentür zu. Liljas Kopf schmerzte und ein Dröhnen raubte ihr bei der Anstrengung beinahe das Bewusstsein, doch das Adrenalin trug seinen Teil zu dieser Flucht bei. Akjir ließ sie nicht los, selbst als sie stolperte und längs hinschlug.

Der Eislady entfuhr ein Zornesschrei, doch ihr Frostblitz wurde von Lerøs Eisbarriere aufgehalten.

»Wie kannst du es wagen?«, brauste Aiyana auf.

Lilja wandte sich ein letztes Mal um, bevor die Tür zuschlug. Ihr Bruder lag am Boden und versuchte, sich mit erhobenen Händen gegen seine Tante zur Wehr zu setzen. Fluchend trat sie ihm mit ihren Absatzschuhen in die Seite. Trat ihr eigen Fleisch und Blut wie einen Hund, der ihr nicht gehorchte.

Sie wird ihn nicht töten, redete Lilja sich ein. Doch ihr Herz erkannte die Lüge.

»Lauf schneller«, japste Akjir an ihrer Seite. Wie lange sie schon davonliefen, wusste sie nicht mehr. Sie hatte jedes Zeitgefühl verloren. Liljas Muskeln brannten, doch sie hatte immer noch Reserven übrig. Sie war die geborene Läuferin: Groß, schlank, athletisch. Das Laufen hatte sie in Firnheim oft mit einem freien Kopf beschenkt. Wenn sie nicht mehr gewusst hatte, wohin mit ihren Gefühlen, ihrem Zorn, war sie einfach losgerannt. Die unwegsamen Gassen hatten ihre ganze Konzentration und ihr Geschick gefordert, um den Menschen, den Tieren und dem Unrat auszuweichen.

»Ich lauf schon so schnell ich kann«, erwiderte sie, als sie um die nächste Ecke bogen. Ihre nackten Füße klatschten auf das Gestein. Der Widerhall ihrer Schritte trieb sie voran, hörte es sich doch an, als wären ihnen ihre Verfolger dicht auf den Fersen. Auf ihrer Flucht durch den Palast hinterließen sie eine Spur aus Verwüstung und Verletzten. Die Wachen hatte Akjir mit nur wenigen Schlägen seines Schwertes niedergestreckt, doch die Kämpfe hielten sie auf. Die beiden kamen schneller voran, als sie in den tieferen Teil des Schlosses eindrangen und Lilja sich an den lodernden Fackeln bedienen konnte. Sie fegte einen Gegner mit der Geste ihres Armes aus dem Weg. Ein anderer lief vor der brennenden Gestalt eines weißen Hirsches davon. Und der Letzte fing Feuer und stürzte eine Treppe hinab. Sie waren nicht tot, nur verletzt. Zumindest traf das auf die meisten zu. Das Mobiliar dagegen kam nicht so glimpflich davon. Lilja fachte die Flammen weiter an, erschuf eine Mauer aus Hitze und schnitt somit ihren Verfolgern den Weg ab. Sie liefen immer tiefer in das Gebäude hinein. Eine Treppe nach der nächsten, bis sie einen unterirdischen Gang erreichten, der steil abwärts in den Berg führte. Lilja fürchtete, bald auf Lava – oder auf das eisige Äquivalent davon – zu stoßen.

»Wohin führen diese Tunnel?«, fragte sie, als sie sich einen Moment an das dunkle Gestein gelehnt ausruhte.

»Zum Diamantfluss«, antworte jemand hinter ihr.

Lilja fuhr erschrocken herum. Im Schein einer Fackel leuchteten seine schwarzen Augen wie die Raahe im Mondlicht. Voller Verzweiflung ließ sie die Schultern sinken. Sie hatte keine Kraft mehr für einen weiteren Kampf. Doch Akjir sah so aus, als hätte er den Narbenmann erwartet.

Der zweite Heerführer bewegte sich schnell und trat ihnen in den Weg. Akjir grinste schief. »Wo sind deine Männer, Loras?«

Der Mann verzog die Augen zu Schlitzen, um den Shatar in der Dunkelheit besser zu betrachten. »Sie werden bald hier sein.« Er wies auf den leeren Gang. »Ich habe eine Abkürzung genommen, um euch zu erwischen.« Auf seinem Gesicht erschien ebenfalls ein Grinsen. »Aber das wusstest du ja schon.«

»Was du nicht sagst«, grunzte Akjir.

Lilja sah misstrauisch von dem einem zum anderen. Ihre Haltungen zeigten ihren abgrundtiefen Hass füreinander, doch ihre Ausdrucksweise war höchstens die zweier Konkurrenten. Loras trat auf sie zu, doch sie wich instinktiv vor dem Sohn der Bestie zurück. Dabei stolperte sie über einen Stein und stürzte rückwärts. Im letzten Moment fanden ihre Finger Halt an einem Vorsprung im Felsen. Loras stockte in der Bewegung. Seine Augen waren vor Schreck geweitet und er hatte eine Hand nach ihr ausgestreckt. In der anderen flackerten die Flammen, allzeit bereit alles und jeden zu verschlingen, sollte Loras einen falschen Schritt tun. Er verstand die Warnung und trat zurück.

»Warum bist du hier?«, fragte Akjir fast gelangweilt, sprach dabei aber Liljas Gedanken aus. »Du hälst uns auf.«

Gebrüllte Befehle und Schritte hallten durch den Tunnel. Die Gardisten mussten noch am Eingang sein, doch es würde nicht lange dauern, bis sie die Fliehenden eingeholt hätten.

Die Feuergeborene trat an Akjirs Seite, trat in seinen Schutz. Er legte beruhigend eine Hand auf ihren Arm. Loras zischte einen Fluch in seine Richtung, wandte sich jedoch gleich wieder an Lilja.

»Deinem Bruder geht es gut. Die Lady ist zwar wild wie eine Schneekatze, aber sie wird ihm vorerst nichts tun.«

»Warum?«

»Weil sie jetzt weiß, dass er dein wunder Punkt ist.«

»Nein. Warum bist du gekommen?«

Er wischte sich die feuchte Handfläche am Hemd ab. Die Uniformjacke mit den Abzeichen musste er im Schloss zurückgelassen haben. Auf seiner Brust und den Schultern blitzten alte Narben durch den dünnen Stoff. Welche stammten von Kämpfen? Welche von der Herrscherin? Welche vom eigenen Vater?

Seine Finger zitterten, als er etwas in der Hosentasche suchte.

»Ich bin heute Abend nicht dazu gekommen, dir das zu geben.« Er streckte ihr eine feingliedrige Kette entgegen. Lilja zögerte, doch auf ein Nicken von Akjir hin trat sie nach vorne und nahm das Schmuckstück an sich. Es war ein Armband.

»Es ist hauptsächlich aus Titan gefertigt, aber Aluminium ist auch dabei«, erklärte er. Sie schaute zu ihm hoch. Lilja kannte sich mit

Schmuck nur sehr wenig aus, doch in Turas hatte Akjir ihr ein solches Armband anfertigen lassen. Bedauerlicherweise waren sie nicht mehr dazu gekommen, es abzuholen.

Er lächelte breit, als sie verstand. Seine vor Kälte spröden Lippen platzten auf. Als er sie befeuchtete, um weiterzusprechen, verwischte er das Blut. »Wir hatten euch beobachtet.« Er nickte auf die winzigen Anhänger der Kette. Kleine Funken sprühten ihr entgegen, als sie es auf ihrer Handfläche wiegte. Sie waren kaum zu sehen, doch Lilja spürte sie dennoch deutlich.

»Mit dem Armband kann dir so etwas wie da oben nicht mehr passieren.« Er zuckte mit den Achseln, als wäre es nichts. Als hätte er ihr nicht das Messer in die Hand gedrückt, womit sie imstande war, seine Herrscherin zu besiegen.

»Warum?«, fragte sie erneut. Es beschlich sie das Gefühl, dass dieses Geschenk einen Preis hatte. Wenn sie es annahm, würde sie einen düsteren Pfad betreten und ihre Seele als Pfand zurücklassen.

»Lilja«, raunte Akjir an ihrem Ohr und erntete dafür wütende Blicke von Loras. »Wir müssen los.«

Er hatte recht. Die Stimmen der Soldaten hallten bedrohlich nah von den Mauern wider.

Ohne auf Liljas Einverständnis zu warten, zog Akjir sie an Loras vorbei. Dessen Hand griff ins Leere, als Lilja ihm auswich. In den blauen Iriden stand die Frage weiterhin zwischen ihnen.

»Keiner sollte eine dieser Fähigkeiten besitzen«, flüsterte er.

Bevor sie um eine Ecke bogen, sah Lilja, wie der Feuerschein die Schatten der heranpreschenden Soldaten an die Wand projizierte. Doch was als nächstes geschah, hätte sie nie erwartet. Der Narbenmann fixierte sie, während er die Fackel langsam über seinen Kopf hob. Sein Gesicht verzog sich zu einer Grimasse der Qual, aber es war Liljas Schrei, der die Stille zerriss, als sich der Heerführer selbst in Brand steckte.

33

Verräterherzen

Der unterirdische Gang endete im Nichts. Akjir zog Lilja mit einem Ruck an sich, bevor sie den Abgrund hinabstürzen konnte. Ihren wild hämmernden Herzschlag spürte er an seinen Rippen. Er glaubte sogar , ihn zu hören, doch das Geräusch verstummte nicht, als sie sich von ihm trennte. Er ließ sie nicht los, gab ihr allerdings genügend Spielraum, um einen Blick über die Kante zu werfen. Es war der Fluss, der in etwa fünfzig Fuß Tiefe laut und tosend durch einen Tunnel rauschte. Die Strömung war reißend, tödlich.

»Wir müssen springen.«

»Was?«, kreischte Lilja. »Das kannst du vergessen.«

»Es ist unsere einzige Chance.«

Lilja lachte hysterisch. »Mag sein, dass es dir egal ist, aber ich hänge an meinem Leben.«

Jemand brüllte einen Befehl. Ihre Verfolger ließen ihnen kaum Zeit für eine Diskussion, aber Akjir würde sie nicht zwingen.

»Vertraust du mir denn immer noch nicht?« Er ergriff ihre Schultern und schüttelte sie, als könne er so ihre Meinung ändern.

Lilja biss sich auf die Lippe. »Ich halte mich nur an das, was du mir gesagt hast.«

Trotz der angespannten Situation lachte er. »Seit wann das?«

Die Feuergeborene warf erneut einen Blick nach unten, schüttelte den Kopf. »Das ist zu tief. Außerdem ist die Strömung zu stark.«

»Du wirst nicht sterben. Ich bin bei dir. Vertrau mir nur das eine Mal.«

Ihr Blick fand seinen. Ob sie wohl die tiefe Verzweiflung darin entdeckte?

»Küss mich«, forderte sie ihn auf.

Er blinzelte überrascht. »Was?«

»Küss mich und ich springe.«

Seine Finger verkrampften sich in den Fetzen ihres angesengten, roten Kleides. Mit dem rußverschmierten Gesicht sah sie wahrlich wie eine Frau aus, die aus dem Feuer geboren worden war. Hitze entströmte ihrer Haut, von der sie selbst offenbar nicht profitierte. Sie zitterte.

Die Soldaten waren nicht mehr fern. »Da vorne sind sie!«, hallte ein Ruf zu ihnen herüber. »Sie sitzen in der Falle.«

Akjirs Kopf schnellte zu den Verfolgern herum.

»Akjir?«

Er redete sich ein, dass der Kuss nur allein dem Zweck diente, sie zu dem Sprung in die Tiefe zu überreden. *Du kannst niemandem vertrauen. Nicht mal dir selbst.* Das traf offenbar ebenfalls auf ihn zu. Den größten Verrat beging sein eigenes Herz.

Ihre Lippen glühten heiß und weich auf seinem Mund. Er verlagerte sein Gewicht nach vorne, um den Druck zu verstärken. Er bekam nicht genug von ihr. Bereitwillig teilten sich ihre Lippen und ihr Kuss vertiefte sich. Die Wucht der Gefühle ließ ihn wanken. Halt suchend legte er seine Hände an ihr Gesicht, fuhr die Kontur ihrer hohen Wangenknochen nach. Ein Merkmal der Jarl-Familie. Doch Akjir durfte keinen Vergleich zwischen ihr und der Eislady zulassen. Die junge Frau in seinen Armen glich in keiner Weise dieser verbitterten, wütenden Frau, zu der Aiyana geworden war.

Lilja fuhr mit ihren Fingern seine Arme entlang. Ihre Berührung jagte ihm einen Schauer durch den ganzen Körper. Entschlossen packte sie seine Schultern und verlagerte dabei ihr Gewicht zur Seite.

Akjir wäre es ein Leichtes, ihrem Griff standzuhalten, doch er spürte, dass die Gardisten keine zwanzig Schritt mehr von ihnen entfernt waren. Jetzt oder nie. Also gab er nach und gemeinsam stürzten sie der tosenden Oberfläche des Diamantflusses entgegen.

34

Wasserdiamanten

Als sie in die sprudelnde Oberfläche eintauchten, wurde Lilja von Akjir fortgerissen. Sie sah die Hand, die sich verzweifelt nach ihr ausstreckte, doch er war zu weit entfernt. Die Strömung zog sie unter Wasser und warf sie wie eine Puppe hin und her. Sie hatte den Wassermassen nichts entgegenzusetzen. Ihre Lungen brannten, und sie musste sich zusammenreißen, nicht dem Drang zu atmen nachzugeben, denn statt mit Luft würden sie sich mit eiskaltem Gletscherwasser füllen. Lilja schmeckte es in ihrem Mund, die Kälte schmerzte an ihren Zähnen. Von den vielen Drehungen und Richtungsänderungen wurde ihr schwindelig und sie hatte längst den Sinn dafür verloren, wo oben und wo unten war. Überall blitzten grelle Lichtblitze auf, die sie selbst bei geschlossenen Lidern noch sah.

Sie versuchte erst gar nicht zu schwimmen, ihre Glieder gehorchten ihr sowieso nicht. Also ließ sie die Augen verschlossen und versuchte, die Panik und das Verlangen, auf der Stelle nach Luft zu schnappen, zu unterdrücken. Ihr Herzschlag stolperte in ihrer Brust und sie schlug kurze Zeit darauf heftig gegen einen Felsen. Ihr Schmerzensschrei ging in dem lauten Tosen der Wassermassen unter, als sie für wenige Momente an die Oberfläche gespült wurde. Dennoch strömte Sauerstoff in ihren Körper und Lilja schöpfte neue Hoffnung, da sie nicht erneut nach unten gezogen wurde. Eine Welle schwappte in ihr Gesicht und sie verschluckte sich fürchterlich. Mit einem Mal war Akjir neben ihr im Wasser, schlang einen Arm um ihren Hals und brachte sie in die Waagerechte, indem er seinen Körper unter ihren schob.

»Ich bin da«, hörte sie ihn an ihrem Ohr keuchen.

Würden sie nicht ungebremst auf den Wasserfall zurasen, würde sie seine Worte sicherlich als tröstend empfinden.

»Hab keine Angst«, rief er und Lilja hätte hysterisch aufgelacht, wenn nicht schon wieder Wasser ihren Mund gefüllt hätte.

Sie fielen eine gefühlte Ewigkeit. Lilja betrachtete eingehend den Strudel unter sich, ehe er sie verschlang.

Diesmal ließ Akjir sie nicht los. Sein Unterarm schloss sich beim Eintauchen geradezu schmerzhaft fest um ihren Oberkörper. Sie wirbelten für einige Herzschläge zwischen Luftblasen und hartem Gestein herum, ehe der Mahlstrom sie aus seinen Fängen entließ. Nach Luft japsend kamen sie wieder an die Oberfläche. Sie spürte ihre Finger kaum, die sich krampfhaft in Akjirs Fleisch gebohrt hatten. Voll grausiger Erwartungen schweifte Liljas Blick durch die Höhle, doch zu ihrer Erleichterung hatten sie das Schlimmste überstanden. Die Strömung ließ nach und lief langsam zu beiden Seiten einer kleinen Felseninsel entlang. Mondlicht tänzelte auf der sich kräuselnden Wasserfläche, das durch die Höhlenöffnung zu ihnen hereinfiel. Unter der Oberfläche blinkte das funkelnde Sediment wie unzählige Diamanten. Die nasse Steininsel inmitten des Flusses hingegen glänzte wie flüssiges Silber.

»Da wollen wir hin«, erklärte der Shatar.

Sie ließen sich weitertreiben. In Akjirs Armen wäre es um ein Haar düster romantisch gewesen, wenn da nicht diese Kälte wäre. Als sie an der flachen Landzunge vorbeikamen, hievte Akjir sie aus dem Wasser. Sie war zu keiner Bewegung mehr fähig. Unkontrolliert zitterte ihr Körper, sodass ihre Zähne laut aufeinander klapperten. Akjir rieb an ihren Extremitäten. Der Rock des langen Kleides klebte kalt und nass an ihrer Haut, die mit feurig roten Schrammen übersät war. Ihrem Aussehen nach zu urteilen entzündeten sie sich schon.

»Mach dir warme Gedanken.«

Sie versuchte zu grinsen, aber das endete nur in einer bibbernden Grimasse.

»Wie denn? Mit dem Armband?« Sie streckte ihm ihr Handgelenk entgegen. »Es ist nass.«

»In dir selbst brennt das stärkste Feuer überhaupt.«

Sie zog die Augenbrauen zusammen.

»Von dir strahlt gerade eine enorme Hitze ab. Trotzdem zitterst du.« Er hielt mit seinem Tun inne und betrachtete sie eindringlich. Tatsächlich bildeten sich auf seiner Stirn kleine Schweißperlen. Seine Kleidung war sogar angetrocknet.

»Was muss ich tun?«

»Versuch die Hitze in dir einzuschießen.« Er zog sie in eine Umarmung. »Du kannst das, Lilja. Konzentrier dich auf deine Atmung.«

Anstatt ihm zu gehorchen, besann sie sich auf das stetige, monotone Geräusch seines Herzens. Jetzt, da ihres wieder einen normalen Rhythmus angenommen hatte, schlugen sie im Gleichklang. Ihr Blick fiel auf den Höhleneingang. Dort draußen glitzerte Schnee auf den Zweigen der Bäume wie die Sterne oben am Himmel. Eisiges Klirren erinnerte sie an die vergangene Nacht. Die Landschaft da draußen schien nur aus Weiß und Grau zu bestehen.

Wie spät es wohl war?

Mit einem Mal überkam Lilja die ganze Erschöpfung der vergangenen Tage. Am Morgen noch war sie an Loras' Seite – *Loras!* – mühsam den Bergpass hinaufgeklettert. Keinen Tag später verließ sie ihn wieder in einer halsbrecherischen Wildwasserfahrt zusammen mit Akjir. Ihr Herz verkrampfte sich kurz.

»Bist du wirklich ein Shatar?«, fragte sie leise, um die anderen Gedanken beiseite zu drängen. Er lehnte sich etwas zurück, um ihr besser ins Gesicht sehen zu können. Seine Augen waren geweitet, ob vor Überraschung oder Angst wagte sie nicht zu sagen.

Er seufzte. »Ja.« Die Stimme klang heiser. »Aber wir sind nicht die Monster, für die dein Volk uns hält.«

Für einen langen Augenblick hielt der Blick ihrer Augen ihn gefangen. Blau wie die heißesten Flammen ergründeten sie seine Seele. Oder zumindest das, was von ihr übrig war.

»In Ordnung«, flüsterte sie. Das Zittern war verschwunden und ihr Kleid vollständig getrocknet.

35

Weißer Rauch

Sie galoppierten die gesamte restliche Nacht und den halben Morgen, bis sie endlich eine kleine Siedlung westlich des Diamanthafens erreichten. Das Pferd trug Lilja und ihren Herren wie einen Wirbelwind über das Firnfeld hinweg. Ein Schweif aus Pulverschnee zog sich hinter ihnen her, der im Licht einer diesigen Sonne funkelte. Die feinen Kristalle leuchteten so hell, dass sie ihre Augen mit der Hand abschirmen musste, um ihre Umgebung in Augenschein nehmen zu können.

Lange waren sie am Ufer des Diamantflusses entlang geritten. Das Säuseln und Glucksen des Wassers hatte sie in einen erschöpften Schlaf sinken lassen. Wie schon viele Male zuvor, hatte Akjir sie auch diesmal dabei fest vor sich im Sattel gehalten. Lilja empfand die Geräusche des fließenden Gewässers als seltsam tröstend. Schließlich hatte der Diamantfluss in jeder von Lerøs Abenteuergeschichten einen Auftritt. Jetzt schien er das Letzte zu sein, was der jungen Frau von ihrem Bruder geblieben war.

Sein Gesicht war ihr im Traum erschienen. Doch sein Ohnmachtslächeln hatte sich schon bald zu einer schrecklichen Grimasse aus Schmerz verwandelt. Seine reine, glatte Haut war von Rissen durchzogen worden und unter ihrer Berührung dahingebröckelt. Akjir war es gewesen, der sie aus diesem Alptraum befreit hatte. Der Himmel hatte sich allmählich rot gefärbt und den Morgen angekündigt. Somit war es an der Zeit gewesen, den Fluss und damit Lerø endgültig hinter ihnen zurückzulassen.

Schon aus der Ferne sah Lilja einzelne Holzhäuser, die auf Pfählen aus dem Schnee ragten. Die Siedlung der *Rauchbucht* war vor vielen Jahren auf Stelzen errichtet worden, um den Hochwasserstand zu Beginn des Sommers auszugleichen. Wenn die Gletscher im Frühjahr weggetaut waren, hatte die Raahe einen höheren Pegel geführt. Diese Zeit war zwar schon lange vorbei, aber keiner machte sich die Mühe, etwas an den Gebäuden zu verändern.

Die Stute kam auf einem kleinen, leeren Platz zum Stehen und tänzelte. Die beschlagenen Hufe klackerten auf dem grob gepflasterten Weg. Das Geräusch war nahezu gespenstisch. Besonders, da diese Siedlung verlassen schien. Es musste um die Mittagszeit sein, aber niemand befand sich auf den Straßen.

»Wir werden bereits erwartet«, bekundete Akjir mit einem Nicken in Richtung eines kleinen Gebäudes, auf dessen Spitze das Kreuz des Heiligen Vaters thronte. Bei genauerem Hinsehen bemerkte Lilja, dass die Tür zu dem Haus einen Spalt geöffnet war. In den schwarzen Schatten entzündete sich eine kleine Flamme und verschwand nach einem Atemzug wieder. Stattdessen spürte Lilja etliche Funken zum Leben erwachen.

Die Tür wurde geöffnet und ein älterer Herr mit Halbglatze und einem weißen Vollbart trat auf die kleine Veranda. Unter seinem Gewicht knarzte das verwitterte Holz bedrohlich. In der Hand hielt er eine Pfeife. Als er einen Zug daraus nahm, glühte der Tabak darin auf. Er betrachtete den Verräter und die Hexe genau, bevor er ausatmete und eine dunkle Wolke zum Himmel stieg. Sein linkes Auge zuckte.

»Wie ich sehe, ist die Flammenkämpferin noch am Leben.«

»Woher weiß er …«

»Wer du bist?«, beendete ein Mann, der lautlos hinter ihnen hervortrat, Liljas geflüsterten Worte. Die junge Frau fuhr erschrocken herum.

Vadis lächelte spöttisch. »Die Frage sollte eher lauten: Wer kennt dich nicht?« Er tätschelte der Stute das Hinterteil und sah zu den zweien empor. Heute trug der Kapitän der Eisenhaut den Anhänger der weißen Krone offensichtlich und stolz über dem hellen Hemd. »Auf euch ist ein hohes Kopfgeld ausgesetzt.«

Akjir schnaubte. Mit leichtem Druck bedeutete er Lilja, abzusteigen. Er landete hinter ihr auf dem rutschigen Boden.

»Wir sind aus der Obsidianzitadelle geflohen. Wie vermutet hat Lady Aiyana versucht, Lilja zu töten.«

»Das war ja abzusehen«, kam es von der Veranda. Der alte Mann stieg langsam die knarzigen Stufen herab. Lilja presste die Lippen fest aufeinander und schluckte die patzige Erwiderung herunter.

»Und der Bruder?«, fragte der Kapitän.

Liljas Herz stolperte in ihrer Brust.

Akjir beobachtete sie aus dem Augenwinkel. Als sie allem Anschein nach nicht antworten wollte, schüttelte er traurig den Kopf. »Er wurde manipuliert. Er kämpft für seine Tante.«

Lilja rechnete es dem Shatar hoch an, dass er Lerø in Schutz nahm, doch sie wusste es besser. Lerø hatte sie verraten. So wie schon zuvor, als er Schwester und Vater in Firnheim ohne einen Abschied zurückgelassen hatte.

»Er hat sich gegen sein eigenes Blut gewandt?« Ein Mann trat aus der kleinen Kapelle ins Freie. Er sah wie eine jüngere Version des anderen aus.

Akjir nickte.

»Wenn man es genau nimmt, hat er sich sehr wohl für sein Blut entschieden. Nur nicht für mich«, verbesserte Lilja ihn. Sie sah sich auf dem kleinen Siedlungsplatz um. Nach und nach bewegten sich Schatten hinter den Fenstern, Lichter wurden entzündet und der ein oder andere huschte über den Platz von einer Gasse in die nächste.

Der Alte war endlich unten angekommen. Er zog mit spöttisch erhobenen Augenbrauen an seiner Pfeife. Dann streckte er Lilja eine knorrige, mit Altersflecken übersäte Hand entgegen. »Mein Name ist Jörik.« Für sein Alter hatte er einen überraschend festen Händedruck. »Das ist mein Neffe Rollo.«

Genannter lehnte sich über die Umrandung des kleinen Balkons und stützte sich mit den Ellenbeugen darauf ab. Er salutierte mit zwei Fingern an der Augenbraue vor ihnen.

»Wie seid ihr eigentlich entkommen?«, fragte er dann skeptisch.

»Vielleicht sollten wir das an einem anderen Ort besprechen?«, sagte Akjir und sah sich wachsam um. Das Pferd schnaubte. Der warme Atem verflog feucht dampfend in der kalten Luft. Dunkle Wolken über den Klirrenden Wäldern schienen einen Schneesturm heraufzubeschwören. Ein Abschiedsgruß ihrer Tante.

»Natürlich«, grummelte Jörik. Doch es war der Kapitän, der vorausging und an den Stufen eine einladende Geste vollführte. Lilja und Akjir tauschten einen vielsagenden Blick.

»Was?«, schnaubte Vadis. »Glaubt ihr, wir hätten die Eislady darin versteckt?«

Rollo verdrehte die Augen, als verschwendeten die beiden Neuankömmlinge nur seine kostbare Zeit. Nach einem Moment des Schweigens stampfte der Kapitän schnellen Schrittes die Treppe hinauf. »Keiner zwingt euch«, erklärte er.

Rollo verschwand nach ihm in der Dunkelheit des Hauses. Der alte Mann schüttelte mit einem tadelnden Blick den Kopf. »Wer allein ist, sollte nicht wählerisch mit seinen Freunden sein.« Als er diesmal an der Pfeife zog, spürte sie, wie die Funken an Intensität verloren. »Und abgesehen von dem Weißen Hirsch, der euch überall hin verfolgt, seid ihr allein, Flammenkämpferin«, fügte er achselzuckend hinzu und stieg stöhnend den anderen hinterher.

Lilja biss sich schuldbewusst auf die Unterlippe. Sie spürte Akjirs Blick auf sich, als sie ihren neuen *Freunden* über die klapprigen

Stufen ins Innere der Kirche folgte. Er würde sie auffangen, wenn sie stürzte. In jeder Hinsicht.

Als Lilja nach einem letzten Zögern den ersten Schritt über die Schwelle trat, veränderte sich die Farbe des Rauches, welcher der kleine Schornstein auf dem Dach ausspuckte.

Kurz hustete er eine pechschwarze Wolke aus. Dann verfärbte er sich weiß.

Teil III: Feuerregen

36

Verbotene Liebe

Die Weiße Krone war, wie es schien, eine organisierte Untergrundbewegung, die sich dem Kampf und Sturz der eisigen Herrscherin vollends verschrieben hatte. Zwar erweckte sie in dieser kleinen Kirche, die wirkte, als würde sie jeden Moment zusammenbrechen, nicht den Eindruck, doch je mehr der alte Jörik berichtete, desto weiter schaute Lilja hinter die gewollt schwach wirkende Fassade der Rebellen.

Es war schon später Nachmittag, als sie völlig erschöpft am Tisch der gemütlichen Stube von Rora, einer kleinen Frau mittleren Alters, Platz nahm. Ihr Haus war, genau wie die anderen, auf Stelzen errichtet worden, um dem Gletscherwasser im Frühjahr entgegenzuwirken, das – mit etwas Glück – nach fast zwanzig Jahren bald endlich wieder das ganze Land erquicken würde. So wünschte es sich zumindest die Weiße Krone.

Rora und ihr Mann hatten drei Kinder. Niels mit schneegrauen Augen und glänzend schwarzen Haaren war mit seinen neun Jahren der Älteste. Er saß stumm in einer Ecke und schnitzte an einer Holzfigur. Was sie einmal darstellen sollte, erkannte Lilja in diesem Stadium noch nicht. Sein jüngerer Bruder Jan konnte kaum älter als fünf sein und klebte seiner Mutter am Bein, seitdem Lilja das Haus betreten hatte. Auch er hatte die Haarfarbe von Rora geerbt. Die schwarzen Locken fielen ihm immer wieder in die stahlblauen Augen. Als die Frau sie ihm diesmal zurückstrich, seufzte sie. »Du brauchst dringend einen Haarschnitt.«

Lilja lachte auf, als der Junge sich nur noch fester an seine Mutter drückte. »Nein«, maulte er und vergrub das Gesicht im Stoff.

»Ich Haare schneiden«, stotterte das kleine Mädchen neben ihr. Elin war drei Jahre alt. Das wusste die Feuergeborene, weil sie es ihr sofort verkündet hatte.

»Heute Burtstag«, fügte sie hinzu, als würde die Mutter es ihr dann erlauben. Die braunen Haare hatte das Kind von seinem Vater. Diesen hatte Lilja kurz gesehen, bevor er mit Akjir verschwunden war. Elin saß auf dem zweiten Stuhl, der viel zu groß für sie war, und fütterte ihre zottelige Puppe mit Brot. Der Anblick erinnerte Lilja unwillkürlich an die Eislady auf ihrem Thron, der für einen deutlich größeren König angefertigt worden war. Anders als Jan hatte sie keinerlei Berührungsängste. »Essen«, sagte sie und zeigte auf Liljas Mahlzeit. »Sonst Wetter schlecht.«

Erneut lachte Lilja auf.

»Sie sind bald zurück«, sagte Rora. Sie deutete die Appetitlosigkeit scheinbar falsch. Die junge Frau sorgte sich nicht um Akjir. Er war ein Shatar, ein Soldat, ein Kämpfer. Doch ihr Bruder war nichts dergleichen. Er jagte den Röcken der Mädchen nach wie kein anderer. Beherrschte die Kunst der Verführung, tanzte, lachte, bezauberte Frauen. Er war zwar ein Eisgeborener, doch war er seiner Tante gnadenlos unterlegen. Und mit Sicherheit hatte die Eislady nicht vor, den Neffen zu unterrichten.

Was würde sie ihm antun?

Sie wird ihm vorerst nichts tun … Weil sie jetzt weiß, dass er dein wunder Punkt ist. Das hatte Loras ihr während der Flucht durch die unterirdischen Gänge versichert. Die Worte beruhigten sie nicht, sie jagten eine kalte Furcht ihre Eingeweide hinauf. Denn genau das war die Krux: Was würde die Hexe ihm antun, um ihren Willen durchzusetzen? Und die schlimmste Frage überhaupt: Würde die Eislady damit Erfolg haben?

Ein kleiner, nicht zu unterschätzender Teil von ihr sorgte sich auch um Loras. Das letzte Mal, als sie ihn gesehen hatte, war er in Flammen aufgegangen. Mit all ihrer verbliebenen Kraft hatte Lilja versucht, ihn vor der Zerstörungskraft zu bewahren. Ob sie es geschafft hatte, konnte sie nicht sagen.

»Spielen!«, kreischte Elin in ihr Ohr. Lilja hatte gar nicht bemerkt, dass das kleine Mädchen sich auf seinem Stuhl aufgerichtet hatte. Instinktiv griff sie nach dem dürren Arm.

»Setz dich lieber wieder hin«, wies sie das Kind freundlich aber bestimmt an.

»Hör auf sie«, pflichtete die Mutter bei. Gedankenverloren rührte Rora in der Suppe über der kleinen Feuerstelle. Jan beobachtete Lilja misstrauisch mit einem Daumen im Mund, während sein anderer Arm weiterhin das Bein seiner Mutter umschlang.

»Spielen«, maulte Elin erneut.

Lilja seufzte nachgiebig. Das Mädchen lehnte sich nach vorne und streckte die Arme empor. Sie hob es hoch.

»Was möchtest du denn spielen?«

»Pferd.« Die Antwort kam wie aus der Pistole geschossen. Lilja überlegte, ob die Krone ihr wohl eine besorgen konnte.

»Wie spielt man das?«, fragte sie.

Rora prustete in ihre Hand. Scheinbar war das ein Spiel, das jeder kannte.

»Du Pferd. Ich Reiter.«, erklärte Elin.

Lilja schloss kurz die Augen und schnaubte. Das hätte sie sich ja wohl wirklich selbst denken können.

»Möchtest du dir nicht ein anderes Spiel aussuchen?«, fragte die Feuergeborene. Der *Diamantfall* und die darauffolgende Schwimmpartie hatten ihr unzählige Schrammen und Prellungen zugefügt. Ein Heiler namens Joakim hatte ihr im Hauptquartier – der Kirche – die Wunden mit einer entzündungshemmenden Salbe eingerieben. Ironischerweise war das Arzneimittel aus Eisblumen hergestellt worden.

Zudem hatte Joakim sie untersucht und ihm zufolge war mindestens eine ihrer Rippen geprellt. Bei jedem tiefen Atemzug schmerzte die betroffene Seite. Der Heiler meinte, dass sie sogar gebrochen sein könnte. Die Platzwunde an ihrem Kopf hatte nicht genäht werden müssen, sah also schlimmer aus als sie war. Dank des Kräutersuds waren ihre Kopfschmerzen weitestgehend zurückgegangen.

»Nein.«

»Elin …« Rora fuchtelte mit dem Kochlöffel durch die Luft. »Lass das Mädchen sich mal etwas ausruhen.«

Elin wand sich in Liljas Armen, bis sie abgesetzt wurde. Lilja hielt sich die schmerzende Seite. Wütend stampfte Elin mit dem Fuß auf. Um ihre Belustigung zu verbergen, hielt sich Lilja schnell die Hand vor den Mund. Sogar Niels hörte auf zu schnitzen und starrte seine tobsüchtige Schwester an. Für ein so kleines Geschöpf konnte sie einen ganz schönen Aufstand machen.

Vielleicht sollten wir sie auf die Eislady loslassen, dachte Lilja und bereute es sofort. Düstere Gedanken riefen ihr das Gesicht der Zofe zurück ins Gedächtnis.

»Ausruhen wenn tot«, blaffte das Mädchen die Mutter an.

Lilja fiel die Kinnlade herunter.

Rora hob entschuldigend die Hände. »Sie redet ihrem Vater im Moment alles nach.«

»Pfiffiges Mädchen.« Lilja zerwuschelte ihr die Haare. Dafür erntete sie einen giftigen Blick aus zwei schneematschgrauen Augen.

»Pferd spielen!«

In dem Moment flog die Haustür ächzend auf und die zwei Männer traten ein. Akjir und Jonte, der Vater der Kinder.

»Was ist denn hier los?«, fragte er.

Rora versuchte, sich ihrem Mann zuzudrehen, doch der kleine Jan hing ihr am Rockzipfel. Bei der Bewegung fiel er auf die Hände und jammerte.

»Frag nicht«, antwortete sie und wurde mit einem Kuss begrüßt, bei dem Lilja schnell wegsah. Seitdem sie aus der Zitadelle geflohen waren, hatten sie und Akjir kein Wort über ihren Kuss verloren. Zwar gab Lilja sich alle Mühe, nicht zu ihm hinzuschauen, doch ihre Augen fanden trotzdem wie von selbst zu dem Shatar. Ihm schien der Kuss genauso unangenehm zu sein.

Jonte trat auf seine Tochter zu. »Was ist denn los, kleine Maus?«

Lilja versetzte die zärtliche Anrede einen tiefen Stich in der Brust. Als sie jung gewesen war, hatte Norik sie auch so genannt.

»Burtstag«, maulte Elin ihren Vater an.

»Ja, du hast heute Geburtstag«, bestätigte dieser.

»Pferd spielen. Lilja.«

Jonte rieb sich nachdenklich den kurzen Vollbart. »Wenn ich es mir recht überlege …«, begann er und machte eine Pause. »Ach nein. Das ist keine gute Idee.«

Damit weckte er die Neugierde des Mädchens. »Was, Papa?«

Der Vater unterdrückte sein Lächeln. Er schien das nicht zum ersten Mal zu tun.

»Lilja wäre doch ein sehr schwaches Pferd. Meinst du nicht, einer Prinzessin wie dir …«, er wies mit der Hand auf ihre Gestalt. »… steht ein viel größerer und stärkerer Hengst zu?«

Elins Augen leuchteten. Doch anstatt ihren Vater anzusehen, lief sie plötzlich auf Akjir zu. Jonte kam stöhnend aus der Hocke nach oben. »Das habe ich damit nicht gemeint«, murmelte er.

Elin sprang auf Akjir zu. Geschickt pflückte er sie aus der Luft und wirbelte sie durch den Raum. Die Szene erinnerte Lilja an einen Abend am Lagerfeuer. Wenn alles nach Plan verlief, würden sie Kali und Tiu bald wiedertreffen.

»Ich würde liebend gerne mit Euch spielen, Prinzessin Elin. Aber ich habe noch etwas Wichtiges mit Lilja zu besprechen. Euer Vater wird mich aber würdevoll vertreten, bis ich meine Aufgaben erledigt habe.« Er stellte das Mädchen wieder auf die eigenen Beine. Es zog einen Schmollmund. »Burtstag«, wiederholte es zum gefühlt hundertsten Mal.

»Ich weiß. Deswegen werde ich mich auch beeilen.«

Widerwillig nickte das Mädchen und Akjir wies auf die Stufen, die in das obere Stockwerk zu dem Zimmer führten, welches man ihnen als Unterkunft zur Verfügung stellte. Lilja schritt voran.

Als die beiden die Zimmertür sorgsam hinter sich verschlossen, hörten sie schon die übermütigen Pferdegeräusche, die Elin imitierte.

»Du kannst sehr gut mit Kindern«, war das erste, was Lilja sagte und damit das peinliche Schweigen brach.

Akjir lächelte traurig. »Das ist das Schlimmste … wenn es Kinder sind.«

Lilja fragte nicht, denn ihr fiel es wieder ein. Er war ein Shatar. Er saugte den Menschen die Seele aus. Offensichtlich auch Kindern wie Tiu und Elin. Doch im Schloss hatte er ihr versichert, dass er nicht das Monster war, für die sie gehalten wurden.

»Die Sache mit …«, sie wedelte mit den Armen durch die Luft, auf der Suche nach den passenden Worten. »Mit dem Seele aussaugenden Kuss musst du mir noch erklären.« Sie tat alles, um Akjir nicht ins Gesicht zu schauen, und betrachtete den Raum. Es gab zwei kleine, gemütliche Betten, einen Tisch mit zwei Stühlen und einen großen Kleiderschrank. Tiefe Furchen in den Holzdielen verrieten ihr, dass das Möbelstück vor kurzem verrückt worden war. In einer Ecke stand ein Korb mit Holzschnitzereien. Wenn Lilja sich nicht täuschte, bewohnten üblicherweise die Brüder dieses Zimmer. Sie betrachtete die verschlungen Muster einer kniehohen Vase an der gegenüberliegenden Wand. Blaue Zeichen auf weißem Grund. Sie folgte den Staubkörnern bei ihrem Flug, während es im Zimmer immer düsterer wurde.

Der Sturm hatte die Rauchbucht erreicht und drang wütend durch die Ritzen des Gebäudes. Um ihr neues Armband zu testen, ließ Lilja ihr Handgelenk kreisen. Sofort sprang der entstehende Funke auf ihre Handfläche über, folgte einem imaginären Muster, bevor ihn Lilja zu der Kerze schickte, die den Raum in ein warmes Licht tauchte.

Akjir räusperte sich, doch sie konnte ihn noch immer nicht ansehen.

»Es ist wahr, dass ich mit ihm Leben nehmen kann«, sagte er zögernd. »Meine Aufgabe ist es, den Sterbenden den Übergang in die andere Welt zu erleichtern. Mit dem Kuss durchtrenne ich das Band, das ihre Seele an ihren Körper bindet. Danach sind sie frei.«

»Wie weißt du, dass es soweit ist?« Sie traute sich kaum, die Frage auszusprechen.

»Sie rufen meinen Namen.« Sein Blick wanderte zu dem Fenster. Die Nadelbäume bogen sich unter der Kraft des Sturms. Schnee wirbelte herum und erzeugte ein Flüstern auf dem Glas. »Es ist nicht immer derselbe Name, doch jedes Mal bin ich gemeint.« Er bemerkte aus dem Augenwinkel, dass Lilja die Augenbrauen skeptisch zusammenzog. Die übliche Sorgenfalte erschien auf ihrer Stirn. »Jeder Shatar weiß, wenn er gerufen wird. Er spürt den Schmerz, die Trauer, den Kampf.« Die Schritte klangen hohl, als er zum Fenster hinübertrat und seinen Kopf an das Fensterglas lehnte. Die kühle Oberfläche schien ihm gutzutun. Seufzend fuhr er fort. »Manchmal begleiten wir die Seelen auch schon länger, aber meistens werden wir erst gerufen, wenn es soweit ist.« Seine Hand vergrub sich in dem Stoff der schwarzen Tunika zu einer Faust. »Mit unserem Kuss lassen wir die Menschen noch einmal ihre schönsten Momente durchleben. Danach atmen sie aus und verlassen diese Welt.«

Lilja trat hinter ihn. Seine Schultern hingen müde herab und er wirkte so verloren, wie sie sich fühlte.

»Wo gehen sie hin?«, flüsterte sie und glaubte zugleich, dass ihre Stimme in dem Heulen des Sturms unterging. Doch Akjir antwortete so schnell, als hätte er die Frage kommen sehen.

»Du bist ein Mensch, Lilja. Wenn du es nicht weißt, woher soll ich es dann wissen?«, er wandte sich halb zu ihr um, sodass die rechte Seite seines Gesichts von dem Schein der Kerze erleuchtet, während die linke Gesichtshälfte von Finsternis verschlungen wurde. Das Bild veranschaulichte, was er in Wirklichkeit war. Engel und Teufel. Ein Retter und ein Dieb. Gut und Böse. Licht und Schatten.

Lilja durchlief ein Schauer.

»Dann hat *er* euch nicht geschickt?«

Akjir wollte ihr auf die Frage antworten. Die Worte flackerten bereits in seinen dunklen Sturmaugen, doch die fest aufeinandergepressten Lippen ließen es nicht zu und er drehte ihr wieder den Rücken entgegen. »Niemand schickt uns. Zumindest nicht direkt«, sagte er dann. »Wir sind, was wir sind.«

»Wie viele hast du …?«, fragte sie stattdessen.

Seine Haltung versteifte sich. »Viele.« Er berührte das mit Eiskristallen überzogene Fenster erneut mit der Stirn. »Ich bereise diese Welt schon sehr lange.«

»Welche Rolle spielt Aiyana dabei?« Lilja wählte bewusst den bürgerlichen Namen der Herrscherin. Sie hatte sich die Wut in der Stimme der Eislady nicht eingebildet. Einer Wut, die Liebe und Verrat entsprang.

Akjir drehte sich langsam zu ihr um. Er lehnte sich betont lässig an das schmale Fensterbrett und verschränkte die Arme vor der Brust, doch Lilja hörte das Zittern in der Stimme, als er sprach. In seinem Inneren tobte der gleiche Sturm wie vor der Haustür.

»Sie war eine von denen, die ich länger begleiten sollte.« Sein Blick wurde leer. Vermutlich sah er die Frau vor sich, die sie einst gewesen war. »Sie rief meinen Namen im Schlaf.« Er schluckte schwer. »Sie war so verloren, so voller Angst und unterdrücktem Zorn auf die Menschen, die ihr die Familie genommen hatten.«

»Du hast dich in sie verliebt.« Es war keine Frage, aber er nickte und straffte seine Haltung.

»Unsere erste Regel: keine Gefühle.«

»Warum?«

»Könntest du einen geliebten Menschen töten?«, blaffte er sie an. Entwaffnend hob Lilja die Arme.

»Tut mir leid«, maulte sie zurück.

Akjirs Wange zuckte. »Mir auch.« Im Gegensatz zu ihrer war seine Entschuldigung ernst gemeint.

Lilja trat zum Tisch und füllte eines der Gläser mit dem Wasser aus einer Kanne, die man ihnen bereitgestellt hatte.

»Was geschah dann?«

»Das Schicksal nahm seinen Lauf. Jemand verriet sie an den Bärenkönig, der sich durch die Gunst der neuen Machthaber in Dorshan Vorteile erkaufen wollte. Er ließ Aiyana gefangen nehmen und wollte sie auf dem Scheiterhaufen verbrennen.«

»Und du hast nichts dagegen getan?«

»Ich darf nicht einschreiten, wenn es sich um den vorgeschriebenen Tod der Seele handelt.«

»Du wolltest sie sterben lassen?« Lilja bekam kaum Luft. »Obwohl du sie geliebt hast?«

Schmerz und Verzweiflung verhärteten seine Züge. Sie fühlte den Konflikt als den ihren.

»Ja – und nein.« Er fuhr sich wütend durch das Haar. Sein Zopf löste sich dabei auf. Schließlich entfernte er das Band und ihm fielen die weißblonden Strähnen zerzaust ins Gesicht. Lilja bemerkte auf einmal die ungeheure Ähnlichkeit mit den Shatar, die ihr in den Klirrenden Wäldern begegnet waren. Die helle Haarfarbe, die makellose Haut, die sich ändernde Augenfarbe. Nur, dass seine Palette lediglich von Schwarz zu Grau wechselte. Wie ein Gewitter.

»Ich habe den Verräter nicht an seinem Verrat gehindert. Ich habe nicht mein Bestes im Kampf gegeben, als die Königswächter kamen, um sie zu inhaftieren. Und …« Er stockte. Die dunklen Augen bekamen einen feuchten Glanz. »Ich habe dabei zugesehen, wie die Flammen sich durch ihren Körper fraßen.« Seine Stimme bebte.

Lilja hielt sich entsetzt die Hände vors Gesicht. Sie konnte ihn jetzt nicht ansehen. Auf einmal hatte sie unverhofftes Mitleid mit der grausigen Herrscherin.

Als sie über das soeben Gesagte nachdachte, stutze sie. »Aber wie kann das sein? Sie ist eine Eisgeborene genau wie Lerø. Er konnte doch auch nicht auf dem Scheiterhaufen sterben.«

Akjir schenkte sich ebenfalls ein Glas Wasser ein. Er leerte es in einem Zug, ehe er weitersprach.

»Wenn man weiß wie, ist das Feuer die sicherste Methode um einen Eisgeborenen zu töten. Es tötet nämlich nicht nur den Mensch, sondern auch die Fähigkeit.«

»Die Fähigkeit?«

»Was glaubst du, warum die Jarl-Häuser so mächtig wurden?«

Es war eine rein rhetorische Frage, denn Lilja wusste kaum etwas über ihre Verwandtschaft jenseits des Sterbenden Meeres.

»Sie waren stets stolz darauf, Reinblüter zu sein. Sie heirateten ausschließlich innerhalb der eigenen Familie. So wurden ihre Fähigkeiten immer stärker, immer reiner.« Er verzog sein Gesicht bei der Vorstellung. »Und sie vererbten ihre Fähigkeiten, wenn sie starben.«

»Was?«

»Ja.« Seine Stimme klang rau. Er schenkte sich erneut ein. Damit ließ er Lilja genug Zeit zu begreifen, was das für sie bedeutete.

»Das heißt …«

»Als deine Mutter starb, hat sie ihre Macht vermutlich auf dich übertragen.«

Lilja keuchte. Deswegen war sie also stärker geworden.

»Feuergeborene stehen nicht umsonst höher in der Thronfolge. Sie sind die Mächtigeren. Und Aiyana weiß das.«

»Deshalb hat sie meinen Bruder gesucht.«

Er nickte.

»Aber Aiyana ist nicht gestorben. Was ist schief gegangen?«

»Sie kämpfte zunächst vorbildlich. Ließ die Flammen verlöschen, immer und immer wieder. Aber irgendwann waren ihre Kräfte aufgebraucht. Salz aus der Jukkawüste trug sein Übriges dazu bei und schließlich musste ich dabei zusehen, wie die Frau, die ich liebte, im Feuer verging. Mit ihrer allerletzten Kraft entzog sie den Menschen um sich das Wasser aus den Körpern und rettete sich aus den Flammen. Sie hatte auf einen Schlag zehn Königswächter getötet. Ich glaube, sie hat sich niemals zuvor mit ihrer Fähigkeit an Menschen bedient. Mag sein, dass dies der Moment war, in dem sie dem Monster in ihrem Innern erlegen ist.« Er fixierte die Feuergeborene. »Sie war kein grausamer Mensch, damals, als ich sie kennenlernte. Obwohl sie sich mit der Dunkelheit im Kampf befand, hat sie das nie gewollt. Menschen zu töten, meine ich.«

Er presste die Handflächen auf den Tisch und drückte sich wütend davon ab. Er durchmaß das Zimmer mit großen Schritten.

»Todesangst treibt uns dazu, schlimme Dinge zu tun«, bestätigte Lilja.

»Da lag sie vor mir, halb verbrannt, schwach, dem Tode nahe.« Eine Träne entwich ihm. Schnell wischte er sie fort. »Flüsterte meinen Namen und ich wusste, dass es soweit war … Ich trat an sie heran, aber ich sah in ihren Augen keine Angst, nur Verwunderung.« Er stoppte.

»Verwunderung?«

»Darüber, dass ich noch lebte. Die Soldaten um mich herum waren alle tot, nur ich war noch am Leben ohne auch nur einen Kratzer davongetragen zu haben.«

Lilja erinnerte sich an die Erzählungen. Shatar besaßen eine Diamanthaut. Sie selbst hatte sie schon funkeln sehen. Aber nicht an Akjir.

»Da begriff sie, was ich war und warum ich bei ihr war.« Er schloss die Augen, doch hinter den Lidern zuckte es unkontrolliert. Seine Erinnerung zeigte ihm das Bild der sterbenden jungen Frau.

»Und du hast sie geküsst.«

Er schlug die Augen wieder auf. »Ich wollte es – wirklich.«

»Aber?«

»Im letzten Moment bekam ich Zweifel.« Er verzog gequält den Mund. »Ich fragte mich: Was wäre wenn? Dieser eine Gedanke hat ausgereicht, um sie unsterblich zu machen.«

»Was … ich meine, wie kann das sein?«

»Ich habe mich gegen den natürlichen Lauf des Lebens gestellt. Ich dachte in diesem Moment ich wüsste mehr, ich wüsste es *besser*. Ich dachte, ihre Zeit sei noch nicht gekommen. Damit schuf ich ihr eine Gelegenheit.«

»Deshalb hat man dich verstoßen?« Lilja erinnerte sich, dass die Eislady so etwas in der Art gesagt hatte.

»Sie hat überlebt.« Er fuhr fort, als hätte er ihre Frage nicht gehört. »Eine lebende Tote. Und ich habe seit jeher niemanden mehr meinen Namen rufen hören.«

»Dann begleitest du mich also nicht, weil ich dich gerufen habe?«, wagte sie zu fragen.

Er schüttelte langsam den Kopf. »Würdest du es wissen wollen … dass dein Tod schon aufgeschrieben steht?«

Ihre Hände auf dem Tisch zitterten. Sie verschränkte sie ineinander, damit er es nicht sah. »Nein«, hauchte sie. »Lieber nicht.«

Akjir lächelte wissend. Unweigerlich fühlte Lilja sich so, als hätte sie eine Art Test bestanden.

»Wie kam es, dass du ihr Heerführer wurdest? Wenn sie dich doch so sehr hasst …«

»Sie weiß, wie man einem Shatar entkommt«, presste er hervor. »Sie hat mich bezwungen. Sie kennt das Geheimnis.«

»Aber du hast doch gesagt, es lag an dir. Dass du gezweifelt hast, hätte …«

»Das war es nicht allein. Sie hat mein Zögern nur ausgenutzt.«

»Sie ist unsterblich … und … weiß, wie man die Unsterblichkeit erlangt?« Liljas schockgeweitete Augen beobachten Akjirs Regungen genau. Er rieb sich mit der Hand über den Mund, massierte seinen Kiefer.

»Stell es dir vor, Lilja. Eine Welt, in der der Tod regiert. Grausame Herrscher würden für immer an der Macht bleiben. Reiche würden ewig leben, während die Armen bis zu ihrem letzten Atemzug ausgebeutet werden. Alles, was wir fühlen, alles, was wir besitzen, hat nur einen Wert weil es vergänglich ist.« Er seufzte. »Sie hat gedroht, das Geheimnis preiszugeben.« Er spuckte die Worte angewidert aus. Die Verachtung für Aiyana schien nicht sonderlich gut zu schmecken. »Weißt du, was das letztendlich bedeutet?«

Lilja schüttelte zögernd den Kopf.

»Weitere Shatar, die in dieser Welt gefangen sind. Weitere Menschen, die zu einem Monster werden« Er schrie es ihr entgegen. »Zu viele Soldaten sind aufgrund meines Fehlers hier gefangen.« Als es hinter der Zimmertür polterte, senkte er seine Stimme. »Selbst unter den Shatar gibt es Rangordnungen. Und ich war ein hoher Offizier. Mir sind andere unterstellt und so wie ich müssen sie hier an diesem Ort verweilen.« Er rieb sich über das Gesicht. »Die Seelen der Menschen gehören nicht mehr hierher«, wiederholte er. »Und sie wissen es. Sie verderben, verkümmern, sterben. Trotzdem.«

»Also hast du getan, was sie wollte.«

»Sie wollte mich um jeden Preis.«

»Was hast du für sie getan?« Ihre Stimme klang kalt.

Er bemerkte es und suchte ihren Blickkontakt. »Ich habe sie über jeden Tod informiert, dem meine Soldaten beiwohnten.«

»Du hast doch gesagt, ihr könnt die Rufe der Sterbenden nicht mehr hören.«

Er nickte. »Das heißt aber noch lange nicht, dass wir unserer Aufgabe nicht trotzdem nachkommen können.«

»Der Mann auf dem Schiff.« Lilja stöhnte entsetzt. »Er ist in deinen Armen gestorben.«

Er biss sich verlegen auf die Lippe.

»Du hast zu mir gesagt, er hätte nicht gelitten.«

»Das stimmt auch.«

Sie schwiegen einen Moment lang.

»Warum wollte Lady Aiyana über die Sterbenden Bescheid wissen?«

»Um ihre Schwester zu finden.«

»Du meinst, um sich zu vergewissern, dass sie tot ist und sie nicht weiter nach ihr suchen muss. Schließlich kann ihr eine Tote den Thron nicht streitig machen.«

Trotz allem grinste er stolz über ihre Schlussfolgerung. »So ist es. Doch ich glaube, sie sehnte sich auch nach ihr.«

Lilja pfiff verächtlich.

Es entstand eine weitere Pause. Sie dehnte sich aus. Es könnten Minuten vergangen sein, oder Stunden, ehe Lilja wieder das Wort ergriff. »So hat sie von uns erfahren. Von Lerø und mir, stimmts?«

Die Tatsache, dass er ihr nicht in die Augen sah, bestätigte ihre Annahme.

»Ich weiß noch, dass ich nach Hause gekommen bin, und es meiner Mutter sehr schlecht ging. Ihre Wunden zerfraßen sie von außen, die Infektion von innen.« Sie schluckte. »Ich erinnere mich zwar nicht, wie sie starb. Wenn ich an den Tag zurückdenke, ist alles in ein grelles Licht getaucht. Aber manchmal träume ich davon.« Sie massierte sich die Schläfen.

»Das ist ganz normal«, bestätigte Akjir ihre Vermutung.

»Die anderen meinten, das läge daran, dass mein Verstand nicht wahrhaben wollte, dass sie fort war.« Sie lachte hysterisch.

»Sie sendete die Graue Garde aus, um nach euch zu suchen. Sie erfuhr, dass Kyana sich mit einem Unbefähigten eingelassen hatte. Daraus folgerte sie, dass höchstens der Erstgeborene ihre Macht besitzen konnte. Das hatten frühere Experimente der Jarl-Familie gezeigt. Doch als wir bei euch eintrafen, war dein Bruder bereits über alle Berge.«

Sie lächelte bitter. »Beinahe wäre er ihren Fängen entkommen.«

»Ja.«

»Und als wir den Weißen Hirsch gesehen haben, hast du deine Meinung wirklich geändert?« Sie zog fragend eine Augenbraue nach oben. »Warum? Waren dir die anderen Seelen auf einmal nicht mehr wichtig genug?«

»Ich sah in dir die Chance, das alles zu beenden.«

»Um endlich wieder nach Hause zurückzukehren.«

Er nickte. »Um mich meinem Urteil zu stellen. Aber solange die Eislady lebt, solange ich meinen Auftrag nicht zu Ende gebracht habe, ist das unmöglich.«

»Deshalb soll ich sie für dich töten«, schloss sie. »Damit du wieder nach Hause kannst – das ist deine Hoffnung?«

»Hoffnung«, wiederholte er verächtlich. »Ich hege schon lange keine Hoffnung mehr.«

Lilja wusste, dass er log. »Dann tust du mir leid«, entgegnete sie genauso kühl. »Denn ohne Hoffnung …«, fügte sie sanfter hinzu. »Ohne Hoffnung in unseren Herzen sind wir verloren.« Das hatte sie mittlerweile erkannt.

Akjir dachte kurz darüber nach und nickte dann langsam. »Es geht dabei aber nicht nur um mich«, rief er ihr wieder ins Gedächtnis zurück.

»Dein Heer.«

Er trat wieder an die Scheibe und sah in den Wald.

»Mir sind Shatar im Wald begegnet, als ich mit Lerø und Loras unterwegs war. Sie haben uns angegriffen«, sagte Lilja beschwörend.

Akjir wandte sich kurz zu ihr um. »Shatar greifen keine Menschen an. Das habe ich dir doch erklärt.« Seine Stimme klang wütend, ungeduldig. Wie ein Lehrer, der zu einem unbelehrbaren Schüler sprach. »Sie haben nach jemanden gesucht.« Er stockte. Lilja erinnerte sich an die Worte des Shatars in der Gestalt ihres toten Vaters. *Wir sind nicht wegen dir hier.* »Nach wem?«

»Nach jemanden, der nicht mehr in diese Welt gehört. Sie spüren es, wenn ein Shatar versagt. Sie wollen den Fehler wieder gutmachen.«

Deswegen waren die Gardisten in der Nähe des Schlosses so wachsam. Die Shatar machen Jagd auf die Eislady.

»Das ist gut«, sagte sie entschlossen, doch sie sah den Kummer in Akjirs ganzem Auftreten. »Liebst du sie noch immer?«, fragte sie. »Ist sie Kaijenn?«

Er lachte. In der seltsamen Stimmung, in welcher er sich befand, wirkte seine heitere Miene fehl am Platz. »Die scheint dich ganz schön zu wurmen«, bemerkte er.

Lilja erwiderte nichts. Er betrachtete sie für eine Weile. Dann rieb er sich verlegen den Hinterkopf. »Ich habe aufgehört sie zu lieben, als sie sich veränderte. Ihre Seele weiß, dass sie nicht mehr in diese

Welt gehört. Deswegen verkommt sie zu dieser bösen Frau, die sich Eislady nennt. Und bevor du nochmal fragst: Nein, sie ist nicht Kaijenn«, fügte er schnell hinzu.

»Ich weiß.« Lilja erhob sich von dem Stuhl und trat mit gezielten Schritten auf Akjir zu. Als sie bei ihm angekommen war und ihm direkt gegenüber stand, verließ sie beinahe der Mut. »Ich weiß, wer sie ist.«

»Wer?« Er blinzelte ein paarmal verwundert.

»Kaijenn«, half sie ihm auf die Sprünge. »Das ist mein Name. Die Rote.«

»Und darauf kommst du, weil …?«

»Lerø hat es mir gesagt. Außerdem hast du mich geküsst.«

Er lachte und verschränkte die Arme vor sich. Doch Lilja kam ihm trotzdem näher.

»Es war die einzige Chance, dich zu dem Sprung zu überreden«, verteidigte er sich mit rauer Stimme.

»Das erklärt aber nicht die Art des Kusses«, flüsterte Lilja. Sie schaute unsicher zu dem Mann empor. Er war nicht viel größer als sie, deshalb schwebten ihre Lippen dicht unter seinen. »Der Name war ein Test, nicht wahr?«

Er schluckte schwer unter ihrem intensiven Blick. »Ja und nein«, sagte er schließlich. »Natürlich wollte ich wissen, ob du mehr über deine Herkunft wusstest, als du zugeben wolltest.« Er strich ihr eine lose Strähne hinters Ohr. »Ich …«, begann er, doch Lilja schnitt ihm das Wort ab. Der Kuss war überrumpelnd für ihn, das sah sie in seinen Augen, bevor er sie schloss und den Widerstand aufgab. Hitze strahlte von ihr ab, ließ ihre Wangen erröten. Doch was sie fühlte war echt. Auch wenn ihre Gedanken einem verknoteten Fischernetz gleichkamen und Lilja nicht wusste, wie sie es entwirren sollte. Da waren noch so viele offene Fragen. Sie sorgte sich um ihren Bruder, der weiterhin in den Fängen der Eislady war. Einer Frau, die vom Schicksal geformt worden war. Sie empfand auch Mitleid für ihre Tante, ebenso für die Menschen, die hatten sterben müssen, weil ein Shatar Zweifel gehabt hatte. Weil er sich dazu entschlossen hatte, seine Geliebte zu verschonen.

Diesen Mann zog sie am Kragen näher an sich heran, umschloss den sehnigen Nacken mit ihren geschundenen, rissigen Fingern und küsste ihn, als wäre er das Letzte, was ihr in dieser Welt noch Halt gab. Als fühlte er ihre Gedanken, umschloss er sie mit seinen Armen. Hüllte sie in eine Decke aus Trost, Verständnis und Liebe.

»Ich habe nicht gelogen«, sagte er, als sie sich voneinander lösten. Liljas Herz rutschte ihr in die Hose. »Ich liebe Kaijenn. Aber …«

Sie wich einen Schritt vor ihm zurück. Akjir setzte ihr nach und ergriff ihren Arm. Seine Hand glitt an ihm nach unten und umschloss ihre Finger, die er an sein Herz führte. »Vergiss nicht … Du hast mir versprochen, Kaijenn zu retten.«

Lilja öffnete den Mund, in der Hoffnung, ihr würde eine schlaue Erwiderung herauspurzeln, doch ihr fiel keine ein.

»Ich kann dich nicht beschützen, Lilja. Nicht vor mir selbst.«

»Das musst du auch nicht.« Endlich fand sie die Worte wieder. »Ich habe keine Angst vor dir. Nicht mehr.«

»Ich habe aber Angst vor mir«, flüsterte er an ihrem Ohr. »Davor, was ich bereit wäre zu tun, um Kaijenn nicht zu verlieren.«

37

Befehl & Gehorsam

Nachdem sie noch lange geredet hatten, war Lilja erschöpft eingeschlafen. Sie atmete schwer. Der Kummer über die neuen Erkenntnisse spiegelte sich in einer geröteten Nase und wundgeriebenen Wangen wider. Die Spuren ihrer Trauer würden heilen, doch der Schmerz blieb.

Akjir spielte das vergangene Gespräch in seinen Gedanken wieder und wieder durch. Fragte sich, ob es der richtige Weg gewesen war, ihr die Wahrheit zu offenbaren. Aber trotz der vielen schrecklichen Dinge, die er ihr über sich erzählt hatte, war sie dennoch geblieben.

»Weißt du wer meinen Vater getötet hat?« Eine Frage, die seit ihrer ersten Begegnung in ihrem Kopf herumschwirrte. Er hörte sich selbst die folgenschweren Worte aussprechen: *»Ich war dabei.«*

Dann war sie doch vor ihm zurückgeschreckt. *»Hast du die Seele geholt?«*

»Ja.« Das Wort sprach er auch jetzt laut aus. Lilja wandte sich in seinen Armen um. Eine Träne hing in ihren Wimpern. Selbst im Schlaf trauerte sie. Es tat gut, diese Wahrheit nochmal auszusprechen. Er hatte ihren Vater ins Reich der Toten entlassen. Doch alles, was sie noch interessierte, war, *wer* ihn getötet hatte.

»Wer war es?«

»Ein Gardist.« Im Geiste sah er den Mann Norik Falk grün und blau schlagen, um an Informationen über Lerø zu gelangen.

»Sag mir seinen Namen.«

»Der spielt keine Rolle. Er ist bereits tot.« Er selbst hatte ihn in Forstheim getötet. Es war der Mann gewesen, mit dem er gekämpft hatte, während die Waldsiedlung niederbrannte. Dieses Wissen hatte ihr ausgereicht. Scheinbar vertraute sie ihm, obwohl er so viele Male geschwiegen hatte.

»Wer gab den Befehl?« Sie war wirklich nicht dumm. Er war so verblüfft über ihre schnelle Schlussfolgerung gewesen, dass er sich erst einmal eine Antwort hatte zurechtlegen müssen.

Sie hatte sein Zögern bemerkt. *»Ein Gardist befolgt den Befehl seines Heerführers.«* Ihre Hände hatten gezittert, als sie ihn am Arm berührte und ihre Finger in sein Fleisch gegraben hatten. *»Wenn ich das richtig sehe, hielten sich zwei Heerführer in Firnheim auf. Du und Loras.«*

Er wollte sich aus ihrem Griff befreien, doch sie ließ sich nicht abwehren. Es waren allerdings auch nur halbherzige Versuche. Stattdessen suchte er ihre Umarmung. Doch solange er ihr nicht antwortete, ließ sie keine seiner Berührungen mehr zu. Er war nicht verletzt deswegen. Ihm war klar, dass sie bereits wusste, dass er es nicht gewesen war. Sie hatte seine Unschuld sogar vor ihrem Bruder und der Eislady beteuert. Bei so viel Vertrauen wurde ihm warm ums Herz. Doch sie musste es von ihm hören. Von jemandem, der zugegen gewesen war.

»Loras hat mir gesagt, er wäre es nicht gewesen. Du hast mir das Gleiche gesagt.« Auf einmal standen Tränen in ihren Augen. »Also lügt einer von euch beiden.«

»Es war Loras' Befehl«, hatte er geflüstert und sie war in seinen Armen zusammengebrochen.

Scheinbar hatte das Flammenmädchen Gefühle für den zweiten Heerführer entwickelt. Die Eifersucht nagte an Akjirs Eingeweiden. Er nahm sich zusammen, um nicht wütend mit der Faust auf die Bettkante zu schlagen. Kaijenn zu wecken war das Letzte, was er wollte. Sie hatte lange geweint. Hier auf dem Bett, das für zwei Leute viel zu schmal war. In *seinen* Armen. Sie war hier bei *ihm*. Das musste ihm als Liebesbeweis ausreichen.

Er versuchte, sich bequemer hinzusetzen. Sein Genick war mittlerweile ganz steif. Er hielt inne, als ihr Kiefer im Schlaf zuckte und sich ihre Augen unter den geschlossenen Lidern wild bewegten.

Sie murmelte den Namen ihres Bruders. Und Akjir seufzte schwer, denn diese Geschichte würde kein gutes Ende nehmen.

38

Verbündete

Lilja trat nervös von einem Bein auf das andere. Es kam ihr vor, als stünden sie seit Ewigkeiten zwischen den düsteren Tannen, die sich wie eine schwarze Armee vor dem dunklen Schwarz der sternenklaren Nacht abzeichneten.

»Es könnte ein Hinterhalt sein«, flüsterte Rollo hinter Lilja und brach damit das gespenstische Schweigen.

»Sie werden kommen«, erwiderte sein Großvater, der rechts neben Lilja stand. Als er dabei über die Schulter schaute, konnte sie für einen Augenblick hinter seine ruhige Fassade blicken. Die Verspätung behagte ihm keinesfalls.

»Sie würden uns nicht verraten«, mischte Imar sich ein. Lilja hatte den hitzköpfigen Rebellen schon am Tag ihrer Ankunft vor zwei Tagen kennenlernen dürfen. Mit seinen dreißig Jahren konnte er sich noch an die Zeit vor Lady Aiyanas Herrschaft erinnern, führte sich aber eher wie ein Junge als wie ein Mann auf. Ebenso wie Rollo. Die beiden waren unzertrennlich. Imar spielte den anderen gerne Streiche, witzelte viel und führte Faxen auf, während Rollo mürrische Kommentare dazu abließ. Mit seinem Verhalten war Imar besonders bei den Kindern beliebt, doch auch die anderen schätzten die gutgemeinte Ablenkung. Was Lilja aber am meisten an diesem Mann bewunderte, war sein fester Glaube an die Sache. Imar hatte sich im jungen Alter von fünfzehn Jahren der Untergrundbewegung angeschlossen und war somit ein Kind der ersten Stunde. Wörtlich wie auch im übertragenen Sinne.

Am Anfang der Schreckensherrschaft hatte die Weiße Krone viel Zulauf erhalten. Erst als ihre Versuche, die Eislady von ihrem Thron zu stürzen, fehlschlugen, ebbte die Entschlossenheit zu kämpfen ab. Viele wandten der Organisation den Rücken zu. Doch nicht Imar. Und nach all der Zeit war die Bevölkerung die Hinrichtungen, die Unterdrückung und den Winter endlich leid. In den vergangenen zwei Jahren hatte sich das Blatt gewendet.

Seitdem sie in der Rauchbucht eingetroffen war, hatte Lilja einen Einblick in die Strukturen und die tiefen Wurzeln dieser Gruppierung erhalten. Sie wirkten nach außen schwach, doch es gab weit mehr Anhänger als Lilja sich jemals zu träumen gewagt hätte. Es waren sogar einige wenige Fürsten dabei. Und Marit.

Sie war an dem Abend des Festes mit einem Mitglied verabredet gewesen. Wahrscheinlich hatte sie die Schnitzerei des Weißen Hirsches bei ihr gefunden und der Krone die freudige Botschaft mitteilen wollen. Vadis hatte Lilja erklärt, dass sie bis zu ihrem Eintreffen nicht gewusst hatten, auf welche Seite sich die Feuergeborene schlagen würde.

Akjir hatte den Kapitän nach ihrer Abreise aus Turas aufgesucht. Er hatte ihn mit zum Festland genommen, denn eine so große Distanz übersprang selbst ein Shatar nicht. Das war allein durch Frostrós möglich gewesen. Sie war nämlich keine normale Stute: Sie entstand aus Erde und Wind. Akjir brauchte nur eines ihrer Haare, um sie aus dem Nichts zu erschaffen. Deswegen trug er ein Armband am Handgelenk, das aus ihrem Schweifhaar geflochten war. Daher hatte es ihn nicht gekümmert, die Stute in der Meeresstadt zurückzulassen. Er hatte gewusst, dass sie ihm folgen würde. Die ganze Zeit über war Frostrós an seine Seite zurückgekehrt, wenn sie ein Pferd hatten zurücklassen müssen. Die Ähnlichkeit war ihr zwar aufgefallen, aber wie hätte sie jemals darauf kommen können, dass die Stute … ja, was? Zaubern konnte?

Schnaubend schüttelte sie den Kopf über diesen Gedanken.

»Verrat gibt es überall«, blaffte Rollo seinen Freund an. »Das weiß die Flammenkämpferin besser als wir alle zusammen.« Er gab ihr von hinten einen Stoß in die Rippen. »Stimmt's?«

Lilja fuhr wütend herum, doch Akjir ergriff ihren Arm, den sie schon zum Schlag in sein Gesicht erhoben hatte. Ein Band aus Flammen züngelte zwischen ihren Fingern entlang. Sie hatte es gar nicht bemerkt. Der Fausthieb hätte ihm mehr als nur ein blaues Auge beigebracht. Sie musste endlich lernen, gewissenhafter mit ihrer neuen Waffe umzugehen. Dank des Feuerzünderarmbands hatte sie überall und jederzeit Zugriff auf ihre Fähigkeit.

»Fass sie noch einmal an und du erlebst was«, fauchte Akjir an ihrer Stelle.

Rollo grinste amüsiert. »Würde mich mal interessieren, was ein Shatar so drauf hat.«

»Rollo, das reicht«, ermahnte Jörik ihn.

Lilja hatte überrascht festgestellt, dass die Bewohner der Rauchbucht sowie die anderen Siedlungen weiter im Nordwesten über die wahre Identität der Shatar Bescheid wussten. Nicht nur das, sie erkannten sogar einen, wenn er vor ihnen stand. Deshalb fürchteten sie sich auch nicht vor den Klirrenden Wäldern.

Lilja schmunzelte beschämt bei der Erinnerung an ihren halbherzigen Versuch, Akjirs Identität zu verbergen.

»Mit einem Shatar würde ich mich nicht anlegen.« Der Ruf kam aus der Dunkelheit. Lilja sah ihn zwar noch nicht, aber nach den vergangenen Tagen würde sie die Stimme des Kapitäns überall wiedererkennen. Er war aufgebrochen, um sich mit ihren Verbündeten zu treffen und sie hierher zu bringen.

»Erst recht nicht, wenn es sich dabei um den Freund der Flammenkämpferin handelt«, fügte eine andere bekannte Stimme hinzu.

Jetzt sah sie, wie einzelne Gestalten aus dem Schutz der Bäume traten. Es waren einige. Aber an den meisten hatte Lilja kaum Interesse. Nur für den Mann, der soeben gesprochen hatte und seine kleine Tochter auf dem Arm trug.

»Kali«, entfuhr es ihr erleichtert, ehe sie die Formation verließ und auf den Clanführer zustürmte.

»Lilaaaa …«, rief Tiu freudig, als sie Lilja erkannte und rieb sich dabei die müden Augen. Gleich darauf strampelte sie in Kalis Armen, damit er sie absetzte. Hartnäckig, wie sie war, gab ihr Vater schnell nach. Der Schnee knarzte selbst unter ihrem Fliegengewicht, als sie der Feuergeborenen entgegenlief. Kurz bevor sie bei ihr angelangt war, erblickte sie Akjir, der nur langsam folgte.

»Akjir!«, kreischte sie noch aufgebrachter, ließ Lilja links liegen und beschleunigte sogar nochmal.

Na toll, seinen Namen kann sie.

Doch sie lächelte nur über den glücklichen Moment. Der Shatar fing das kleine Mädchen auf, als es bei den letzten Schritten über seine eigenen Füße stolperte. Er wirbelte es durch die Luft und es quiekte und lachte, als wäre kein Tag seit dem Abend am Lagerfeuer vergangen.

»Eifersüchtig?«, fragte Kali, als er neben sie trat. Lilja wandte sich ihm lächelnd zu.

»Niemals.« Sie schloss den Mann fest in die Arme. »Danke, dass ihr gekommen seid. Tut gut, euch zu sehen.« Er roch nach Wald, Bergen und nach Heimat. Sofort schossen ihr Tränen in die Augen, die sie nur mühsam zurückdrängen konnte. Er erwiderte ihre Umarmung aus vollem Herzen. Als er sich nach einer Weile von ihr löste, schaute er ihr ernst in die Augen. »Es ist viel passiert, seitdem wir uns das letzte Mal sahen.« Ein großer Wolf trat an seine Seite und das Oberhaupt des Firnfuchsclans vergrub seine Hand in dem weißen Fell mit dem schwarzen Aalsrich.

Lilja nickte finster. »Das ist wahr.«

»Schön, dass du dein Schicksal annimmst. Ich habe lange gebraucht, mein eigenes zu akzeptieren. Manche Menschen sind für Größeres bestimmt. Das habe ich schon deiner Mutter gesagt.«

»Sie hat meinen Bruder. Mir bleibt nichts anderes übrig.«

Kalis Blick flog zu Akjir, der sich Tiu auf die Schultern setzte. Mittlerweile waren Vadis und die übrigen Rebellen bei ihnen angekommen. *Verstärkung*. Jeder weitere Mann, jede Frau, schwächte die eisige Herrschaft der Eislady. Sie war dem Untergang geweiht und ahnte nichts davon.

Sie kamen, als der Morgen graute. Loras und seine drei Dutzend Gardisten hoben sich deutlich von dem Weiß des Firnfeldes ab. Lilja stand neben Kali und Akjir auf der Veranda des Hauptquartiers und beobachtete die heranpreschenden Reiter.

»Es wird Zeit«, bemerkte Vadis, der im Türrahmen stand. »Wir müssen euch verstecken, bevor sie euch sehen.«

Kali trat als erstes in den Schatten des Gebäudes und auch Akjir zeigte Anstalten, ihm zu folgen. Es war Liljas steife Haltung, die ihn zurückhielt.

»Lilja?«, fragte er und zog sanft an ihrem Ärmel.

Sie bewegte sich nicht vom Fleck. Ihr Blick war starr auf den Narbenmann gerichtet.

»Flammenkämpferin!« In Vadis' ungeduldigen Tonfall mischte sich Furcht.

»Er hat meinen Vater ermordet«, erklärte sie und zeigte auf den Mann an der Spitze. »Ich werde mich nicht vor ihm verstecken.«

Akjir trat dicht an sie heran. Sein Atem jagte ihr eine Gänsehaut über den Nacken. »Wir müssen uns jetzt verstecken, um später zuzuschlagen.« Er befeuchtete sich die Lippen. »Das ist keine Schwäche.«

Lilja schaut über die Schulter zu ihm. Ihre Augen glühten vor blauem Zorn. Sie war ihrem Ziel so nah und er erwartete von ihr, ihn am Leben zu lassen.

»Bitte.« Er verzog den Mund zu einem schiefen Lächeln. »Vertrau mir.«

Lilja schnaubte, doch sie ließ zu, dass er sie mit ins Innere der Kirche zog.

»Keinen Mucks«, flüsterte Imar, als er die Luke über ihnen verriegelte. »Und lasst euch nicht von den Mäusen anknabbern.« Das breite Grinsen war das Letzte, was sie sahen, bevor sie in völliger Dunkelheit versanken, doch ihre Augen gewöhnten sich schnell an die neuen Lichtverhältnisse. Das Kratzen des Schranks, der soeben über den Eingang des Verstecks geschoben wurde, ließ Lilja die Haare zu Berge stehen. Sie kauerten in einem Hohlraum zwischen Erd- und Obergeschoss. Ein doppelter Boden, wenn man es so nennen mochte, der kaum genug Platz bot, um aufrecht zu sitzen. Akjir legte einen Arm um Lilja und zog sie dicht an sich. Aufmunternd rieb er ihr über den Oberschenkel. Er wusste, dass sie sich nicht vor Loras fürchtete, sondern viel lieber jeden Moment die Deckung aufgeben und ihrem Zorn freien Lauf lassen wollte. Er kannte sie besser als ihr lieb war. Die gleiche beruhigende Geste sah sie auch bei Kali und seiner Tochter.

»Wir müssen jetzt ganz still sein«, flüsterte der Vater in ihr Ohr.

Sie kicherte. »Spielen?«

»Ja, das ist wie Versteck spielen – nur, dass uns wirklich niemand finden darf.«

Tiu wurde ganz ernst und nickte mit zusammengepressten Lippen. Sie vollführte eine Bewegung, als wolle sie ihren Mund mit einem Schlüssel verschließen. Lilja zwinkerte ihr stolz zu.

Es dauerte nicht lange, bis draußen Stimmen zu vernehmen waren. Ein Mann brüllte Befehle, und Lilja glaubte, so etwas wie »Absteigen« zu verstehen.

»Wie können wir euch behilflich sein, Hauptmann?«, hörten sie Jörik gedämpft fragen.

»Vor dir steht Loras Lorasson Beshtur, Sohn der Bestie und Heerführer der königlichen Hoheit Lady Aiyana«, verbesserte ihn jemand.

»Wir sind auf der Suche nach zwei Flüchtigen.«

Liljas Hand verkrampfte sich in Akjirs Tunika, als sie die Stimme des Mannes vernahm, der ihr den Vater genommen hatte.

»Wie sehen Ihre Flüchtigen denn aus?«

Jemand öffnete die Haustür mit einem lauten Quietschen, doch kurze Zeit später wurde sie bereits wieder zugezogen und klackte leise im Schloss.

»Tut mir leid. Die sind mir nicht unter die Augen gekommen«, sagte Jörik nach einer Weile. Vermutlich hatte man ihm ein Fahndungsplakat gezeigt. Lilja sah es, wenn sie die Augen schloss. *Der Verräter und die Hexe.*

»Und du?«, fragte Loras.

»Nein, nie gesehen«, antwortete Imar.

»Wenn ihr nichts dagegen habt, alter Mann, würden wir uns gern ein wenig umsehen.«

»Haben wir denn eine Wahl?« Das war Rollo, ungestüm wie eh und je. Daran schien nicht einmal die Graue Garde etwas zu ändern. Lilja lächelte in sich hinein.

Auf einen Pfiff hin teilten die Gardisten sich auf. Wenn sie sich konzentrierte, hörte sie es überall an die Türen klopfen. An die Kirchentür klopfte niemand. Sie wurde mit einer solchen Wucht aufgestoßen, dass Lilja glaubte, das gesamte Gebäude würde jeden Moment einstürzen. Oder zumindest der doppelte Boden, in dem sie sich versteckten. Instinktiv drückte sie sich dichter an Akjir und hielt die Luft an.

»Schaut oben nach«, befahl Loras.

Den Schritten zufolge stürmten zwei Männer die Treppe hinauf, während der Heerführer das untere Stockwerk mit seinen vermutlich blank geputzten Stiefeln durchmaß.

Während Schränke und Abstellkammern durchwühlt wurden, führte Kali seinen Zeigefinger an den Mund, um Tiu zu verstehen zu geben, ganz still zu sein. Unter dem lauten Rumpeln wagte Lilja es, sich nach vorne zu lehnen und durch einen Spalt im Boden zu schauen. Erst sah sie nur den Gottesdienstraum mit seinen vielen, nicht zueinander passenden Stühlen. Doch nach einer Weile trat der Narbenmann in ihr Blickfeld.

In den kurz geschnitten Haaren hing noch der Schnee und sie dachte wieder an das Fest im Schloss zurück. Er hatte sie nicht umsonst mit in seinen geheimen Turm genommen. Er wollte, dass sie ihn verstand. Er hatte versucht, ihr etwas mitteilen. Nichtsdestotrotz war er eine Bestie, auch wenn er es sich selbst nicht eingestand. Er war wie sein Vater.

Dennoch vergaß sie nicht sein schiefes, verlegenes Grinsen, mit dem er sie gemustert hatte, als sie miteinander getanzt hatten. Soweit Lilja erkannte, hatte er keine bleibenden Schäden von dem Ablenkungsmanöver im Tunnel zurückbehalten. Ihre Schutzbarriere hatte ihn tatsächlich gerettet. Sie fragte sich, ob er ihr das Können zugetraut oder ob er seinen Tod in Kauf genommen hatte.

»Diese Hexe«, begann der Heerführer und öffnete eine Truhe, »wollte ihren Bruder benutzen, um ihn gegen das eigene Blut aufzustacheln.« Er sprach von der Feuergeborenen. Lilja ballte die Hände vor Zorn. »Doch es ist ihr nicht gelungen.« Der Deckel der Truhe schlug laut scheppernd zu, als er sie losließ. »Die Hexe wird sterben, wenn sie sich am sichersten fühlt. Wenn sie den Verrat aus den eigenen Reihen nicht kommen sieht.«

Loras verschwand wieder aus dem Bildausschnitt und somit hörte sie nur, wie er die Tür zu der kleinen Stube aufzog.

Rollo folgte ihm. »Erzählt das jemanden, den es interessiert.« Er trat dem Narbenmann in den Weg. »Fündig geworden?«, fragte er herausfordernd.

»Wer weiß?«, antworte Loras amüsiert. »Wie sieht es oben aus?«

»Keine Spur der Verdächtigen, Sir«, meldete einer der Soldaten, der das obere Stockwerk durchsucht hatte. Die junge Stimme kam Lilja bekannt vor. Der andere Mann verharrte weiterhin auf den Stufen genau auf der Höhe des doppelten Bodens. Akjirs Finger vergruben sich in ihrer Schulter. Die beiden schauten einander tief in die Augen. Lilja redete sich ein, dass es kein Abschied war, doch ihr Herz war sich nicht so sicher. Gemeinsam hielten die Gesuchten den Atem an. Die Spannung war kaum zu ertragen. Dann setzte die Person auf der Treppe endlich ihren Niedergang fort. Als er in dem Sichtfeld der Spalte erschien, erkannte Lilja in ihm den silberhaarigen Hauptmann. Der andere Soldat war sein Sohn.

»Ihre Befehle?«, fragte Farik.

»Setzt die Durchsuchungen in den anderen Häusern fort, Hauptmann. Und was dich betrifft …« Loras ließ eine Pause entstehen. Die beiden Soldaten verließen das Haus. Dann erklang das vertraute Geräusch, wenn eine Klinge aus der Scheide gezogen wurde. »Du solltest besser dein loses Mundwerk hüten.«

»Sonst was?«

Lilja kniff fest die Augen zusammen. Der Mann war unverbesserlich.

»Frag den Vater der Flammenkämpferin.«

Lilja riss die Augen auf. Akjir handelte schnell. Mit dem einen Arm drückte er sie fest gegen sich, während sich seine Hand über ihren Mund schob. Kali ergriff ihr Handgelenk mit dem Armband. Der Schmerz überwältigte sie, ihre Seele schrie nach Rache. Doch Akjirs Griff war eisern. Sie biss ihm in die Handfläche, aber er ließ sie nicht los. Tränen rannen unverhohlen über ihr Gesicht und sie konnte sie nicht zurückhalten.

»Wer soll das sein?«, fragte Rollo betont gelangweilt.

Loras lachte laut, begab sich aber zum Ausgang. »Richte Lilja aus, dass ich mich auf ein baldiges Wiedersehen freue. Bemüh dich nicht, alter Mann. Ich finde alleine raus.«

Jörik blieb unter dem Spalt stehen.

»Er will dich nur provozieren. Du darfst darauf nicht reinfallen«, flüsterte Akjir, als die Haustür geschlossen wurde. Er hielt sie noch immer fest umklammert, obwohl bereits eine enorme Hitze von ihr abstrahlte. Auf Kalis Stirn bildeten sich Schweißperlen. Tius ängstlich geweitete Augen waren der Grund, aus dem Lilja schließlich ihren Widerstand aufgab. Das Mädchen hatte, anders als die Feuergeborene, alles zu verlieren.

Der Shatar gab ihren Mund frei und ihr entfuhr ein leises Wimmern.

»Schsch.« Akjir strich ihr sanft über das Haar. Damals, auf ihrer Flucht aus Firnheim, hatte er dasselbe getan.

Die Tränen brannten heiß auf ihren Wangen. Wut und Bedauern bestritten einen inneren Kampf in Lilja. Wut, die sie wie der dunkle Fürst versuchte zu verführen, den Heerführer augenblicklich zu zerstören. Bedauern über den Verlust eines Freundes, zu dem Loras unweigerlich geworden war.

Das Kratzen von Holz auf Holz war nichts im Vergleich zu der Stimme, die ununterbrochen in ihrem Kopf schrie. Aus Verzweiflung, Schmerz, aber vor allem vor Zorn. Zwar hatte Lilja schon durch Akjir erfahren, welche Rolle Loras bei der Ermordung ihres Vaters gespielt hatte, doch ihn so niederträchtig darüber scherzen zu hören, fachte das Feuer ihrer Wut umso stärker an. Das war vermutlich genau das, was er bezwecken wollte. Und er hatte Erfolg damit.

Die Luke wurde hochgezogen und Imars Gesicht erschien vor dem hellen Viereck. Lilja blinzelte angestrengt. Als sie sich an die Helligkeit gewöhnt hatte, sah sie den traurigen Blick des sonst so fröhlichen jungen Mannes. Er streckte ihr eine Hand entgegen, um ihr aus dem Versteck zu helfen. Zögernd verschränkten sich ihre Finger mit seinen. Sie waren ebenso rau und rissig wie ihre eigenen.

Die gebückte Haltung hatte Liljas Körper ordentlich zugesetzt. Ihr Rücken schmerzte, als sie ihn endlich wieder durchdrücken konnte. Sie streckte und dehnte ihre Glieder, während sie schweigend dabei zusah, wie Imar den anderen an die Oberfläche half. Danach verschloss er den Boden erneut und schob den Schrank auf seine ursprüngliche Position zurück. Die Spuren, die er dabei auf dem Holz hinterließ, hatte sie schon einmal gesehen. In Niels' und Jans Zimmer. Vermutlich gab es dort einen ähnlichen Zufluchtsort.

»Rollo hätte das Schwein beinahe umgebracht«, sagte Imar und rieb sich verlegen den Nacken.

»Nicht nur er«, antwortete Akjir anstelle Liljas.

»Wurde jemand verletzt?«, fragte Kali. Dabei dachte er mit Sicherheit an seine Männer. Am liebsten wäre er bei ihnen geblieben, aber die Krone konnte nicht ausschließen, dass die Garde das Gesicht des Clanführers kannte.

»Nein, es wurde niemand verletzt«, drang Jöriks Stimme von unten nach oben.

»Nur Rollos Stolz«, fügte Imar grinsend hinzu. »Er schäumt immer noch, als wäre er von der Wutkrankeit befallen.«

Sie stiegen die Stufen zum Gottesdienstraum hinab. An der Tür klopfte es. Der Kapitän trat mit einem Nicken in ihre Richtung ein. Er hatte die Hausdurchsuchungen beaufsichtigt. Wozu, wusste Lilja nicht. Er hätte sowieso nicht einschreiten können, ohne einen Kampf zu riskieren.

»Das macht doch alles keinen Sinn«, bemerkte Lilja, als alle wichtigen Personen anwesend waren. Darunter auch Joakim, der Heiler, Jonte und Rora. Die Kinder spielten vor der Kirche mit Tiu.

»Erst besorgt Loras mir das Armband, eine wertvolle Waffe. Dann hilft er uns zu entkommen«, dachte sie laut. »Und jetzt versucht er, mich auf diese Art hervorzulocken? Das passt doch nicht zusammen.«

»Der Mann ist eine Bestie. Wer weiß was in seinem kranken Kopf vorgeht«, schnaubte Imar, doch Jörik wurde nachdenklich.

»Ich hätte ihn locker platt machen können«, brummte Rollo, doch niemand beachtete ihn.

»Wenn wir doch nur wüssten, welches Ziel er verfolgt.« Der Kapitän ließ sich auf einem der Stühle nieder.

»In der Zitadelle sagte er mir, dass er den Tod seines Vaters rächen will. Dass er alles dafür tun würde.«

Akjir lachte. Alle Blicke wandten sich ihm zu. »Loras selbst hat seinen Vater getötet.«

»Was?« Lilja und Imar platzte das Wort zeitgleich heraus. Die anderen Anwesenden wirkten ebenfalls überrascht.

»Die Eislady fand heraus, dass die Bestie sie um Steuern betrogen hatte. Aber der wahre Grund, warum sie ihn loswerden wollte, war, weil sie einen Sündenbock brauchte.«

»Das erklärt nicht warum Loras …«, begann Lilja. »Die Lady ließ Loras seinen eigenen Vater ermorden, um seine Loyalität zu prüfen.«

»Treue vor Blut«, fiel Akjir ihr ins Wort. »So etwas gefällt ihr«, fügte er leiser hinzu.

Lilja vergrub das Gesicht in den Händen. Das war schlimmer als alles, was sie sich hatte vorstellen können. Sie brauchte einen Moment, um das zu verarbeiten.

Selbst Rollo setzten die neusten Erkenntnisse zu. Betreten trat er von einem Bein auf das andere, bis Imar ihn anstupste und er sich ebenfalls einen Stuhl heranzog, auf dem er Platz nahm.

»Wie kann man sich nur gegen die eigene Familie wenden?«, nuschelte er in seinen Dreitagebart. Seine weißblonden Stoppel waren nur bei genauer Betrachtung erkennbar.

»Die Frage würde ich gerne meinem Bruder stellen«, erwiderte Lilja.

Rora kam näher an sie heran und legte tröstend einen Arm um sie. Sie ließ die Berührung zu, löste sich aber kurz darauf wieder von ihr, sonst würde sie vor versammelter Mannschaft in Tränen ausbrechen.

»Wie dem auch sei. Er führt etwas im Schilde. Und ich glaube nicht, dass er gelogen hat. Er will Rache für den Tod seines Vaters«, kam sie wieder auf das ursprüngliche Thema zurück.

»Woher willst du das wissen? Hast du jetzt auch die Fähigkeit, Gedanken lesen zu können?«, witzelte Rollo bitter. Das Thema verstimmte ihn mehr als sonst. Sein eigener Vater war der Grauen Garde zum Opfer gefallen. Lilja hatte nicht gewagt zu fragen, was genau passiert war.

Imar versetzte ihm einen Klaps auf den Hinterkopf. Wenn die beiden nicht so unterschiedlich aussehen würden, könnte man meinen sie seien Brüder.

Im Herzen sind sie es, dachte Lilja.

»Vielleicht würde er heute anders handeln. Vielleicht gibt er der Eislady die Schuld«, überlegte sie.

»Das würde erklären, warum er dir geholfen hat.« Jonte trat an das Fenster, um seine Kinder auf dem großen Platz zu beobachten.

»Das erklärt aber immer noch nicht, was das eben sollte.« Imar nahm in der Reihe hinter Rollo Platz.

»Der Mann ist einfach verrückt«, grummelte dieser. »Ich hätte ihn platt machen sollen.«

Wieder bekam er einen Hieb von Imar, doch keiner beachtete ihre Streiterei.

»So oder so. Ihm ist nicht zu trauen«, schloss Rora. Lilja sah ihr an, dass sie am liebsten zu ihrem Mann ans Fenster treten würde, um nach ihren Kindern zu sehen. Sie biss sich auf die Unterlippe und tippte nervös mit dem Zeigefinger gegen ihren Oberschenkel.

»Vielleicht macht es ihm auch einfach Spaß, andere Menschen zu quälen.« Das war das erste, was der Heiler von sich gab. Er kannte sich mit Schmerzen aus. Körperlichen und auch mit den seelischen. Seine Frau und zwei Töchter waren zusammen auf dem Scheiterhaufen verbrannt worden. Als Hexe und als Kinder einer Hexe.

Lilja wurde immer noch übel, wenn sie daran dachte, wie Rora es ihr erzählt hatte, nachdem sie die Frau gefragt hatte, warum seine Augen so verloren aussahen. Ihr bereitete es Übelkeit, während es Joakim in die Arme der Weißen Krone getrieben hatte. An jenem Tag hatte auch er sich Rache geschworen.

So hatte jeder seine eigene, traurige Geschichte, die ihn hierher geführt hatte. An diesen Ort, zu dieser Zeit. Jeder hier hatte einen guten Grund, sich gegen die Eislady zu wenden. Jörik hatte seinen Sohn, Rollo seinen Vater, Imar beide Eltern verloren. Was Vadis zu der Krone geführt haben mochte, hatte Lilja bisher nicht in Erfahrung gebracht. Das war vermutlich auch der Grund, warum sie dem Kapitän von allen am wenigsten traute. Es stand zudem weiterhin die Frage im Raum, wie sie die Graue Garde in Turas so schnell hatte ausfindig machen können. Lilja hatte einmal andeutungsweise den Verdacht gegenüber Akjir geäußert. Sie hatte den Shatar noch nie so wütend erlebt.

»Du kannst nicht aller Welt misstrauen, nur weil dein Bruder dich verraten hat.« Seine Worte schmeckten auch jetzt noch nach Galle in ihrem Mund. Einerseits, weil er Recht hatte, auf der anderen Seite, weil er es gewagt hatte, es auszusprechen.

»Haben wir einen Plan?« Rollo setzte sich aufrechter hin. Damit gelangte er außer Reichweite von Imars Schlägen. Dieser hatte schon vorsorglich den Arm erhoben, falls er wieder etwas Dummes von sich geben würde.

»Lilja und ich müssen weiter trainieren«, setzte Akjir an. »Ihr solltet weiterhin so viele Mitglieder der Weißen Krone mobilisieren, wie ihr könnt.« Sein Blick flog zu Jörik. Der alte Mann deutete ein Nicken an.

»Die Boten sind bereits unterwegs.«

»Lange werden wir sie nicht mehr verstecken können.« Jonte wedelte mit seiner Hand zwischen Lilja und Akjir herum, während sein Blick weiter nach draußen gerichtet war. »Sie werden wiederkommen.« Seine Worte klangen folgenschwer an diesem frühen Morgen.

Lilja saß im Schneidersitz auf dem kalten Boden ihres Zimmers.

»Entspann dich.« Wie ein Lehrer lief Akjir in dem kleinen Raum auf und ab. Mit ruhiger Stimme gab er ihr Anweisungen. Diesmal war er hinter ihr in die Hocke gegangen und drückte mit seinen Händen sanft ihre Schultern nach unten.

»Konzentriere dich«, flüsterte er an ihrem Ohr.

Lilja erschauderte. »Wie soll ich mich denn so konzentrieren?« Sie öffnete die Augen und schaute ihn über die Schulter an. Sein Mund war ihr so nah, dass sie sich vor Sehnsucht auf die Lippe biss.

Er zuckte grinsend mit den Achseln. »Das musst du selbst herausfinden.« Er kam ihr noch näher. Kurz bevor sich jedoch ihre Lippen berührten, sprang er auf. Lilja kippte nach hinten über. Grimmig schaute sie zu ihm hoch, aber er ignorierte es.

»Nochmal«, sagte er in strengem Ton.

»Warum nochmal können wir nicht einfach dieses Salz aus der Wüste gegen sie verwenden?«, frage Lilja genervt.

»Weil sie alles zerstört hat. Der Schlachtzug gegen die Tote Stadt war nur ein Zwischenakt.«

Sie glaubte das nicht. Vielleicht sollten sie das besser überprüfen. Denn wenn es stimmte, was Akjir sagte, dann vermochte das Mineral aus Jukkas Salzseen Aiyanas Eis zu schwächen. Das wollte sie ihm gerade sagen, als er sie tadelnd mit Blicken durchbohrte. Das Thema war also beendet.

»Nochmal«, wiederholte er sich und wies auf die Kerze.

Sie stöhnte, dennoch gehorchte sie. Erneut konzentrierte sie sich auf ihre Atmung. Ihre Augenlider wurden angenehm schwer, ihre Arme und Beine kribbelten von der Energie der Kerzenflamme, die sie nicht sah. Heute versuchte sie, sich an ihr zu bedienen, ohne die Kerze selbst erlöschen zu lassen. Das war ihr zwar schon einige Male zuvor gelungen, aber nicht willentlich. Das Meiste, was sie tat, geschah größtenteils durch Zufall. Das musste sie ändern.

»Spürst du sie? Spürst du ihre Energie?«, Akjirs Stimme klang weit weg.

Sie nickte.

»Greif zu.«

Lilja ließ ihre rechte Hand kreisen. Die Wärme umschloss ihre Finger, als das Feuer auf sie übersprang.

»Weiter.«

Müdigkeit überkam sie.

»Weiter. Weiter. Stopp.« Akjir war wieder hinter ihr. »Sie beginnt zu flackern.«

Lilja öffnete die Augen.

»Etwas weniger. Sehr gut.«

»Ich hab es gespürt.« Sie lächelte vor Freude.

»Sehr gut.«

»Es fühlt sich so an, als würde man jeden Moment einschlafen.« Sie ließ die Flammen an ihrem Arm herauffahren. Ihre Ärmel waren von den ganzen Übungen schwarz angefressen.

»Bald kannst du es im Schlaf«, ermutigte er sie. Er nahm die Kerze vom Boden auf. Mit den Fingern glitt er blitzschnell über die Flammen, sodass er sich nicht verbrannte. »Morgen wirst du lernen, wie du jemanden vor Verbrennungen bewahrst.«

Betreten schaute Lilja beiseite. Bei Loras war es ihr längst gelungen. Bedauerlicherweise.

Lilja zog skeptisch die Augenbrauen zusammen. »Ich bin mir nicht sicher, ob das …«

»Du wirst es lernen«, unterbrach er sie.

»Wir könnten doch jetzt …«, begann sie, doch Akjir blies die Kerze aus.

»Morgen.«

»Aber …« In dem Moment klopfte es.

Auf Liljas *Herein* öffnete Jan die Zimmertür. Er war mittlerweile nicht mehr so schüchtern, zumindest was Lilja betraf. Akjir war ihm nicht geheuer, obwohl er sonst bei den Kindern äußerst beliebt war.

»Essen ist fertig«, teilte er kleinlaut mit.

»Wir kommen jeden Moment.« Lilja zwinkerte ihm zu, woraufhin er lächelnd die Tür hinter sich schloss. Seine kleinen Schritte waren gleich darauf auf der Treppe zu hören.

Akjir half Lilja vom Boden hoch. Als sie dem Jungen folgen wollte, hielt er sie zurück und verschränkte seine Finger mit ihren. Es fühlte sich richtig an.

»Er mag dich«, sagte er.

»Bist du eifersüchtig?«

Er grinste breit. Seine Ohren hoben sich dabei sogar. »Nein. Diesmal nicht.«

Schlagartig wurde Lilja traurig. Nicht deswegen, sondern weil sie an den Mann dachte, mit dem Akjir sich nahezu um sie geprügelt hatte. Soren war tot. Er hatte die Seeschlacht gegen die Rusanpiraten nicht überlebt.

Akjir sah ihren Kummer und strich ihr eine losgelöste Strähne hinters Ohr.

»Ich möchte, dass du glücklich wirst, Lilja.«

Sie schnaubte verächtlich. »Willst du mir damit jetzt sagen, dass ich eines Tages Kinder haben sollte?«, witzelte sie, doch als sie sein ernstes Gesicht sah, bekam sie einen Kloß im Hals.

»Ich weiß nicht, ob das je möglich sein wird.« Sie wandte den Blick von ihm ab und schaute zum Fenster hinaus. Es dämmerte. Die Nacht würde schnell hereinbrechen, doch zum ersten Mal in ihrem Leben hatte sie keine Angst vor dem, was da draußen in den Schatten kauerte. Sie fürchtete einzig und allein um die, die ihr noch geblieben waren.

Akjir legte behutsam eine Hand an ihr Kinn. Mit leichtem Druck zwang er sie, ihn anzusehen.

»Wie kann ich glücklich sein?«, flüsterte sie. »Nach allem, was passiert ist.«

»Du musst es versuchen. Das musst du mir versprechen.«

»Du meinst, bevor du mich auch verlässt?« Ihre Stimme war lauter als beabsichtigt.

Mit seinem Finger fing er eine Träne von ihrer Wange. »Es gibt keinen anderen Weg.«

»Wenn ich es nicht tue. Wenn ich sie nicht töte … dann würdest du bei mir bleiben.«

»Wie viele würden allein sterben, Lilja? Ohne ihren Shatar?« Seine Kiefer mahlten vor unterdrücktem Zorn und Selbsthass. Er dachte zweifellos an diejenigen, die schon auf die Art gestorben waren.

»Ich kann dich nicht auch noch verlieren.« Sie schaute ihm jetzt fest in die Augen.

Er drückte ihr einen Kuss auf die Stirn. »Das wirst du nicht.«

Sie rollte mit den Augen, rang sich aber ein Lächeln ab. Dieses Gespräch führten sie nicht zum ersten Mal.

»Ich gehöre hier nicht her. Meine Welt ist eine andere.« Sein Blick schweifte zum Wald.

»Wenn ich es tue …« Sie bekam die Worte kaum heraus. »Werde ich zu einer Mörderin.«

Akjir nahm ihre Hand hoch, betrachtete die feinen Linien und Risse darin forschend. Dann küsste er ihre Innenfläche so sanft, dass es kitzelte.

»Das sind nicht die Hände einer Mörderin. Aiyana ist bereits tot«, sagte er. »Du wirst das Land von einer bösen Herrscherin befreien. Du wirst den ewigen Winter beenden. Frieden wird Einzug finden, genauso wie der Frühling.« Er verfiel ins Schwärmen. »Oh Lilja, du hast noch nie gesehen, wie die ersten Blumen erblühen. Du hast nie den Duft der aus dem Winterschlaf erwachenden Natur gerochen. Eine warme Brise gespürt, die dir das sonnengewärmte Haar ins Gesicht weht.«

Nein, Lilja hatte nie etwas anderes als den Winter kennengelernt. Doch so, wie er es beschrieb, konnte sie den Frühling sehen, riechen und schmecken. Er war zum Greifen nah.

»Ich habe Angst, was es aus mir macht«, flüsterte sie. »Ich habe Angst, dass ich wie *sie* werde.«

»Niemals.« Er ergriff ihre Schultern und sah ihr tief in die Augen. »Das wird nicht passieren.«

Liljas Erwiderung ging in dem hitzigen Kuss unter.

Lilja spürte, dass er hinter ihr stand. Sie roch den Duft nach Heimat, bevor er auch nur ein Wort sprach. Doch sie drehte sich ihm nicht zu, war noch nicht bereit, sich dem zu stellen, was er ihr mitzuteilen hatte. So beobachtete Lilja weiterhin Akjir dabei, wie er einen jungen Mann in die Kunst des Schwertkampfes einwies. Denn etwas anderes war es nicht. Eine Kunst, die der Shatar über die Jahrzehnte, die Jahrhunderte, hinweg perfektioniert hatte. Vielleicht sogar schon länger. Sie hatte es nicht gewagt, ihn nach seinem wahren Alter zu fragen. Wie viele Lebensspannen er wohl schon existierte?

Akjir war ein guter Lehrer. Immer bemüht, das Beste aus dem anderen rauszuholen. Streng und trotzdem gütig. Ihm beim Kämpfen zuzusehen war eine Offenbarung. Wie er dem Gegner seinen wunden Punkt entgegenstrecke, ihm aber keine Möglichkeit darbot, zuzuschlagen. Als würde man einem Hund mit dem Knochen vor der Nase herumwedeln und ihn damit so sehr ablenken, dass er den tödlichen Hieb nicht kommen sah. Ein Meister. Als etwas anderes konnte man ihn nicht bezeichnen.

»Wie es scheint, hat Akjir sein Schicksal ebenfalls angenommen«, sagte Kali leise und sprach somit seine eigenen Gedanken dazu aus. Auch er konnte sich der Faszination des Übungskampfes nicht entziehen.

»Ihm lässt man ja auch keine andere Wahl«, entgegnete Lilja gereizt.

»Akjir ist vielleicht der einzige von uns, der eine Wahl hatte«, erklärte das Clanoberhaupt. »Und er leidet darunter. Jeden Tag. Ich habe es ihm schon damals am Südufer angesehen.«

Lilja dachte einen Moment darüber nach, doch Kali ließ nicht locker. »Entscheidend ist, dass wir sie erhobenen Hauptes annehmen. Die Wahl, die wir getroffen haben. Sich der Herausforderung stellen. Die Konsequenzen tragen.«

»Welche Konsequenzen fürchtest du?« Liljas Frage kam schärfer als beabsichtigt über ihre Lippen, während sie sich zu ihm umdrehte. Der Mann erhob entwaffnend die Arme.

»Der Donnerberg ist meine Heimat. Die Wölfe das schlagende Herz in meiner Brust.« Mit der Kriegsbemalung sah der Anführer des Firnfuchsclan sonst so erhaben, so martialisch aus. Doch heute wirkte es wie ein Totenritual. Die letzte Aufmachung, bevor sie ins Jenseits übergingen. Er sah erschöpft aus. Als würde eine viel zu große Last auf seinen Schultern lasten.

»Ich bin der Sohn, den mein Volk sich nie gewünscht hat. Ein Sohn von Füchsen *und* von Wölfen. Doch es ist Ligabue, die Alphawölfin meines Rudels, mit der ich seit meiner Kindheit durch die Auen streife, als wäre mir mein eigener Stamm fremd. Seitdem mein Vater starb, versuche ich meinen Untertanen und mir selbst gerecht zu werden. Doch da kommt noch mehr …«

»Was meinst du?«

»Meddjn, die Stammesälteste, hat nicht nur *eine* Prophezeiung ausgesprochen. Nicht nur jene, die deine Mutter vertrieben hat.« Seufzend schüttelte er den Kopf. »Bevor Meddjn starb, sprach sie die Worte, die mein Leben für immer veränderten. Auch, wenn ich es tief in meinem Innern schon vorher gewusst habe …«

»Was gewusst? Was hat sie gesagt?«

Akjir war mit seinem Schüler fertig. Edda warf ihm lächelnd ein Tuch zu, womit er sich den Schweiß von Stirn und Nacken rieb. Trotz der Kälte hatte das Training ihn verausgabt. Dankend nickte er der Frau zu und kam zu Lilja und Kali herüber, in seinen Augen ein Glänzen, das der Feuergeborenen den Atem verschlug. *Hoffnung.*

Sie wandte sich wieder an Kali. Er lächelte traurig. »Teile und herrsche über die Grenzen hinaus. Wenn die Eiszeit endet, nenne ganz Alkator dein Zuhaus.«

Lilja dachte kurz darüber nach. »Das würde mir auch Angst einjagen«, gestand sie.

Kali presste die Lippen zu einer dünnen Linie zusammen und berührte aufmunternd ihre Schulter. »Hast du Tiu gesehen? Das große Feuer wird bald entzündet.«

»Das letzte Mal, als ich sie gesehen habe, hat sie mit Elin auf dem Innenhof gespielt. Das war heute Mittag«, berichtete Lilja, froh über den Themenwechsel. Das Clanoberhaupt nickte und schenkte ihr ein trauriges Lächeln, ehe er sich abwandte und zügigen Schrittes in Richtung Siedlung verschwand. Sie schaute ihm einige

Zeit hinterher, auch dann noch, als Akjir längst bei ihr war und sie fragte, worüber sie geredet hatten. Lilja hörte kaum, was er sagte. So gefangen, war sie in ihren Gedanken.

Manche Menschen sind für Größeres bestimmt. Kalis Worte bekamen auf einmal ein ganz anderes Gewicht. Und zum ersten Mal begriff die junge Frau, dass sein eigenes Opfer vielleicht das schwerste war.

Sieben Tage waren vergangen, seitdem sie aus der Zitadelle geflohen waren. Eine Woche, in der die Krone weitere Mitglieder rekrutiert und in einer angrenzenden Waldlichtung ausgebildet hatte.

Akjir schloss sich in jeder freien Minute den Kämpfern an. Er war ein weiser Lehrer. Lilja trainierte täglich mehrere Stunden ihre Fähigkeiten mit ihm, doch die meiste Zeit übte sie allein.

Die Graue Garde hatte sich seit jenem Tag nicht mehr blicken lassen. Auf der einen Seite war das beruhigend, doch auf der anderen fragte Lilja sich, ob es ihnen nicht zu leicht gemacht wurde. In die Rauchbucht verirrte sich selbst zu sicheren Zeiten kaum jemand, daher fiel es auch niemandem auf, dass die Siedlung auf einmal aus allen Nähten platzte. Die verlassenen, halb zerfallenen Häuser am westlichen Waldrand wurden sogar wieder wohnlich gemacht. Dies hatte Imar sich vorgenommen. Er kommandierte vor allem Rollo nach Herzenslust herum, ließ ihn Dächer neu decken, Fenster reparieren, oder Fußböden schrubben. Sein mürrischer Freund beklagte sich ständig, doch es gefiel ihm, gebraucht zu werden.

Edda, eine junge Frau, vielleicht fünf Jahre älter als Lilja, war vor drei Tagen mit ihrer Zwillingsschwester zu den Rebellen gestoßen. Zwei blonde Schönheiten mit engstehenden Augen und zierlichen Nasen. Man konnte sie nur anhand eines Leberflecks über Eddas rechter Augenbraue auseinanderhalten. Um sich nützlich zu machen, halfen die beiden Imar und Rollo bei den Arbeiten. Sie hatten zuvor in einem Gasthaus im Diamanthafen gearbeitet, wo Vadis auf sie aufmerksam geworden war. In ihrem Dorf weit oben im Norden hatte man ihre Schwester Alana hinterrücks eine Hexe gerufen, weil sie sich mit Heilkräutern auskannte. Es war nur eine Frage der Zeit gewesen, bis man sie auf einen Scheiterhaufen gestellt hätte. Dass die Zwillingsfrauen bildhübsch waren, war den beiden Streithähnen nicht entgangen. Zumindest rissen sie sich in Gegenwart der Frauen zusammen.

Während Alana Rollos Interesse erwiderte, hatte Edda nur Augen für Akjir. Das war nervig. Sie nutzte jede Gelegenheit, um die Männer auf dem kleinen Trainingsplatz zu besuchen. Mal brachte sie ihnen Essen, ein andermal etwas Warmes zum Trinken. Andauernd berührte sie ihn.

Akjir war nicht arglos. Er bemerkte die Annäherungsversuche der jungen Frau und entwand sich ihnen geschickt, ohne sie zu verletzen. Das schien die Frau allerdings noch hartnäckiger werden zu lassen.

»Sie ist so schön«, murmelte Lilja, als sie an diesem Abend an einem Lagerfeuer beisammensaßen. Blaugrüne Schlieren huschten über das Firmament und tauchten den Schnee in die Farben der Himmelslichter.

Das Flammenmädchen beobachtete Edda dabei, wie sie mit ihrer Schwester um Imar und Rollo herumtanzte. Die zwei Männer waren ordentlich betrunken und ließen sich von ihnen mitziehen. Imar versuchte, Edda in einen engumschlungenen Tanz zu verführen, doch sie war flink genug, ihm zu entkommen.

Akjir legte einen Arm um die Flammenkämpferin.

»Hast du etwa ein Auge auf sie geworfen?«, fragte er leise.

Als Lilja ihn mit weit aufgerissenen Augen anblickte, spielte ein Lächeln um seine Lippen.

Sie schnaubte. »Nein.«

»Gut. Ich nämlich auch nicht.«

»Mir gefällt es nicht, wie sie dich umgarnt.«

»Sie *umgarnt* mich nicht. Sonst hätte sie ja Erfolg.« Sein dunkler Akzent ließ die Worte arroganter klingen, als er sie meinte.

Lilja lehnte sich in seinen Arm hinein. »Mir gefällt es trotzdem nicht.«

Der Shatar legte eine Hand unter ihr Kinn und hob es an, sodass sie ihn ansah. Die Berührung kalter Lippen schmeckte nach Wald, Schnee und etwas, dass sie nicht einzuordnen vermochte. Sie ließ es zu, dass er sie auf seinen Schoß zog und vertiefte den Kuss. Ihre Finger spielten mit den Haaren in seinem Nacken. Akjirs Hand an ihrer Taille glühte unter der Berührung. Sie fuhr ihren Körper herab und verharrte auf ihrem Oberschenkel. Verwirrt unterbrach sie den Kuss.

»Was ist?« Ihre Stimme zitterte.

»Du hast dich nicht unter Kontrolle.« In seinem tadelnden Tonfall schwang Bedauern mit. Er hatte recht. Sie spürte die Energie des Lagerfeuers auf ihrer eigenen Haut brennen. Wenn sie wollte, könnte sie in weniger als einem Atemzug alles und jeden in ein Inferno verwandeln, einschließlich Akjir. Doch sie hatte gelernt, wie sie die Menschen davor bewahrte. »Ich kann dich verschonen.«

Das klang anders als beabsichtigt, doch Akjir verstand sie trotzdem. »Jetzt noch …« Er näherte sich ihrem Ohrläppchen und biss spielerisch hinein.

Sie schloss die Augen. Das Knistern des Feuers, die fröhlichen Stimmen um sie herum … das alles fühlte sich so vertraut an. Beinahe könnte sie alles andere vergessen und glücklich sein. Mit ihm. Doch Kalis besorgte Stimme lenkte ihre Aufmerksam auf sich. Er fragte die Umstehenden nach seiner Tochter Tiu, oder ob man wüsste, wo Familie Forsberg sei. Alle Befragten schüttelten nur den Kopf. Und auch Lilja hatte Rora und ihren Mann seit dem Morgen nicht mehr gesehen.

»Wollen wir tanzen, Akjir?« Eddas Stimme war mehr als unwillkommen. Sie konnte Lilja gerade am allerwenigsten gebrauchen. Wütend fuhr sie herum. Die Hände in die Hüfte gestemmt musterte Edda die Feuergeborene. »Wir anderen wollen auch was von ihm abhaben.«

»Bitte was?«

Akjir schob Lilja von seinem Schoß und erhob sich von dem abgesägten Baumstumpf, der ihnen als Sitzgelegenheit diente.

»Um eines klar zustellen«, sagte er und zog Lilja an seine Seite. »Ich gehöre zu ihr.« Er drückte ihr liebevoll einen Kuss auf das Haar. »Und sie gehört zu mir.«

»Pff«, entfuhr es Edda lachend. »Was für eine Verschwendung.« Sie wandte sich um und ergriff Imar am Kragen seines Mantels. Er war ihr gefolgt. Imar sah verletzt aus, doch scheinbar reichte der Kummer nicht so tief, dass er sich von ihr lossagte. Zusammen verließen sie die Gesellschaft in Richtung der neu instand gesetzten Häuser.

»So eine ist mir selten untergekommen.« Akjir rieb sich verlegen den Nacken.

»Sie würde zu Lerø passen.« Der Kommentar rutschte ihr schneller heraus, als sie nachdenken konnte, und sie bereute es sofort, den Namen ihres Bruders in den Mund genommen zu haben. Ihr Gesicht verzog sich zu einer traurigen Grimasse. »Das war nicht nett«, murmelte sie.

»Nein, das war es nicht.«

Erschrocken fuhren die beiden gleichzeitig herum. Lilja glaubte zunächst, ihre müden Augen spielten ihr einen Streich.

Lerø war kaum bekleidet. Er trug eine weiße, enganliegende Lederleggings und dazu eine passende ärmellose Tunika mit Brustpanzer aus Regenbogenschuppen. Seine Haut war blasser als sonst und im kurzen Haar glänzte der Schnee im Schein des Lagerfeuers. Scheinbar war er allein.

Akjir schob Lilja schützend hinter sich. »Was willst du?«

»Das geht dich nichts an, Mörderbestie.« Lerø spuckte ihm vor die Füße. Der Hass in seinen hellblauen Augen schmerzte und ängstigte sie zugleich. Das war nicht ihr Bruder.

»Was hat sie mit dir gemacht?«

Er lachte. »Immer dieselben Fragen. Kannst du dir nicht mal neue einfallen lassen?« Langsam setzte er einen Fuß vor den anderen und überwand die Distanz zwischen ihnen. Die Musik erstarb. Lilja hörte, wie Vadis und die anderen Stellung bezogen. Es wurden sogar die ersten Schwerter aus ihren Scheiden gerissen. Auch Akjir schielte zu seiner am Boden liegenden Waffe. Wahrscheinlich überlegte er, wie weit er kommen würde, ehe Lerø einen Eisblitz auf ihn schleuderte. Und so sehr er sich wünschte, Lilja mit sich wegteleportieren zu können, er war dazu nicht in der Lage.

»Ich werde ihr nichts tun.« Als hätte Lerø Akjirs Gedanken gelesen, hob er beschwichtigend die Hände. »Ich bin nur gekommen, um ihr eine Nachricht unserer Tante zu überbringen.«

»Was für eine Nachricht?« Liljas Stimme bebte vor Zorn und das Holzfeuer in ihrem Rücken flackerte bedrohlich. Die Flammenkämpferin sammelte ihre Macht, war bereit, sie zu entfesseln. Die Funken knisterten schon unter ihren Fingerkuppen.

»Sie ist noch immer bereit, dir die Hand in Freundschaft zu reichen«, erklärte er. »Komm mit mir Lilja.« Er machte eine ausladende Geste mit seinen Armen. »Und deinen Freunden wird dieselbe Gnade zuteil.«

»Er lügt«, schrie jemand aus den hinteren Reihen.

»Er ist ein Verräter des eigenen Blutes.« Dieser Ausruf kam eindeutig von Rollo.

Vadis trat neben die Feuergeborene. »Wir kennen die Gnade Eurer Hoheit.« Seine Stimme sprühte unsichtbare Funken vor Abscheu und Wut.

Lerøs Augen verengten sich, doch er beschloss, den Kapitän zu ignorieren und wandte sich erneut an seine Schwester. »Sie werden alle sterben. Willst du das?«

»Nein«, flüsterte Lilja kaum hörbar.

Lerø lächelte selbstgefällig. »Das dachte i…«

»Du hast mich falsch verstanden«, unterbrach sie ihn und trat aus Akjirs Schutz heraus. Ihre Unterarme standen mit einem Mal in Flammen. »Ich werde ihr niemals die Hand in Freundschaft reichen. Niemals.«

Die Zwillinge standen einander direkt gegenüber. Nur eine Armlänge voneinander getrennt und doch Ozeane weit entfernt.

Lerøs Lächeln erstarb. »Lilja«, flüsterte er. »Verstehst du, was du da sagst?«

Sie schnaubte. »Ich habe an dem Tag, an dem unser Vater starb, etwas begriffen, was du heute noch nicht verstanden hast.«

Lerø reckte herausfordernd sein Kinn nach oben. »Und das wäre?«

»Lieber sterbe ich als mich oder meine Liebsten zu verraten. Niemals werde ich mich vor jemanden aus Furcht unterordnen.«

Er neigte den Kopf, als verstünde er nicht.

»Wenn das Volk sich schon früher gegen Aiyana und ihre Schreckensherrschaft aufgelehnt hätte, wäre unser Vater noch am Leben«, erklärte sie mit lauter, fester Stimme, damit alle die Worte hörten. »Und ich hätte noch einen Bruder«, fügte sie leiser hinzu, sodass nur er es verstand.

Lerøs Kiefer mahlten verbittert. »Ist das also deine endgültige Antwort?«

Sie nickte und blinzelte die Tränen fort.

»Dann sind meine Schwester und ihre Weiße Krone dem Untergang geweiht«, schlussfolgerte er und trat zurück.

»So sei es dann«, stieß sie zwischen zusammengepressten Zähnen hervor.

Ihr Bruder nickte. Für einen Augenblick hielt die Welt ihren Atem an, um den Falk-Zwillingen einen letzten Moment des Friedens zu gönnen. Um sich ihrer Kindheit erinnern zu können und den sternklaren Wintermondfeuernächten, die sie zusammen auf einem eisigen Felsen hoch über der Raahe verbracht hatten.

Als Lerøs Tränen auf seiner Haut gefroren, erkannte Lilja, dass dies alles der Vergangenheit angehörte. Ihm war es auch bewusst und er schüttelte sich, als könne er die Erinnerungen somit verdrängen. Er hob die Hand und ehe Lilja sich versah, hatte Akjir sie zu sich gezogen. Doch ihr Bruder griff sie nicht an. Er schnipste mit den Fingern, woraufhin dunkle Gestalten aus dem Schutz der Bäume traten. Lilja dachte dabei an die nächtliche Wiedervereinigung mit dem Firnfuchsclan, doch diesmal stand sie keinen Freunden gegenüber.

Den Narbenmann wiederzusehen hatte sie erwartet, trotzdem klappte ihr vor Schreck der Mund auf. Die große Hand des Heerführers raubte der kleinen Tiu nicht nur die Fähigkeit zu schreien, sondern auch den Atem. Wild zappelte sie an seiner Brust und richtete dabei doch nichts aus. Wütend sprang Akjir in Loras' Richtung, doch diesmal hielt Liljas Hand ihn zurück. Kali musste von zwei seiner Stammesmitglieder festgehalten werden, während er verzweifelt und voller Zorn den Namen seiner Tochter brüllte. Sie hätten gleich einen Suchtrupp losschicken sollen, als dem Clanoberhaupt am Mittag das Verschwinden seiner Tochter aufgefallen war. Lilja biss sich wütend auf die Unterlippe.

»Hab keine Angst, Tiu«, rief sie dem kleinen Mädchen dennoch mit ruhiger Stimme zu. »Lass sie gehen«, fügte sie an ihren Bruder gewandt hinzu.

Tiu gab den Widerstand auf, ihre Augen waren vor Angst starr auf Lilja gerichtet.

»Du hast deine Wahl getroffen«, brüllte Loras über den heraufbrausenden Sturm hinweg, der Lerøs Werk sein musste, denn die Eislady verließ niemals ihre Festung.

»So wie du die deine«, zischte Akjir. Er konnte sich kaum zurückhalten, doch das kleine Mädchen wäre tot, ehe er bei ihr sein würde.

»Sieh, was du ihnen angetan hast.« Lerø winkte weitere Schatten herbei. Im Schein des flackernden Feuers erkannte sie nach und nach die Gesichter der Familie Forsberg. Jonte, Rora, die kleine Elin und die Jungs. Auch sie waren seit dem Mittagessen nicht mehr gesehen worden.

Lilja entwich ein Fluch, als der Vater zu Boden geworfen wurde. Seine Hände waren auf dem Rücken gefesselt und die Haut mit einer Raureifschicht überzogen. Genau wie die seiner Frau Rora, die ihrem Wächter die Hacke in den Fuß rammte, während sie ihm zeitgleich den Hinterkopf ins Gesicht schlug. Der Soldat ließ sie los und Blut schoss aus seiner Nase und besudelte den Schnee zu ihren Füßen. Zwei Gardisten beendeten ihren Widerstand, noch ehe sie ihren Ehemann hatte erreichen können, und packten sie wieder mit festem Griff.

Elin und ihre Brüder heulten bitterlich, während drei Soldaten sie festhielten. Der kleine Jan hatte sich sogar eingenässt. Er schrie, als der verletzte Soldat seiner Mutter den Ungehorsam mit einem Schlag ins Gesicht bestrafen wollte. Doch bevor es soweit kam, feuerte Lilja einen Strahl auf ihn ab und er zerfiel zu einem Häufchen Asche. Es dauerte nicht einmal einen ganzen Atemzug. Von jetzt auf gleich hatte sie ein ganzes Leben ausgelöscht. Lilja musste die aufkommende Übelkeit niederkämpfen. Das war ein unpassender Zeitpunkt, um sich damit auseinanderzusetzen.

Lerø trat ihr in den Weg, als sie ihre Fähigkeit dem nächsten Soldaten zuwenden wollte. Er schnalzte mit der Zunge. »Na na na, Schwesterherz. So verhandelt man aber nicht.«

Sie spuckte in seine Richtung. Die hellblauen Augen verzogen sich zu Schlitzen.

»Soll ich das gleiche mit einem deiner Leute machen? Aug' um Aug'?«

Lilja verkniff sich eine unbedachte Bemerkung.

»Das wird nicht nötig sein«, antwortete Loras an ihrer statt. »Sie wird freiwillig mitkommen.« Er setzte Tiu auf dem Boden ab, hielt sie jedoch weiter an ihrem Arm fest. »Ist es nicht so, Flammenkämpferin?«

Liljas Schultern sanken herab.

»Sie bekommt immer was sie will«, rief Loras ihr seine Worte zurück ins Gedächtnis. »So oder so!«

Er ließ das Mädchen los. Verblüfft darüber starrte Tiu zu dem Heerführer empor und als sie begriff, dass er sie tatsächlich frei ließ, stolperte sie los. Akjir rannte ihr entgegen, schloss sie fest in die Arme und brachte sie zu dem vor Erleichterung und Wut weinenden Kali. Ihre Freilassung war als Botschaft zu verstehen.

Die Eislady steht zu ihrem Wort.

Wenn es ihr dient, dachte Lilja.

Rora wimmerte im Griff des einen Soldaten, der sie an seine Brust presste. Tiu war frei, doch ihre drei Kinder befanden sich weiterhin in der Gewalt der Garde und ihr Mann Jonte kniete auf dem eisigen Boden, bereit für seine Hinrichtung. Zwei Gardisten hielten ihn in dieser Position fest.

»Wie entscheidest du dich?«, fragte ihr Bruder erneut, als kenne er die Antwort nicht bereits.

Lilja trat einen Schritt nach vorne, um ihre Entschlossenheit zu demonstrieren.

»Lilja«, rief Imar. Er und Edda liefen herbei.

»Das darfst du nicht«, ermahnte Rollo sie. Die beiden Männer standen Schulter an Schulter in vorderster Reihe, ihre Gesichter waren eine Maske aus Zorn. Ihre Hände umklammerten die Waffen oder waren zu Fäusten geballt.

Lilja ertrug ihre flehenden Augen nicht, schaute stattdessen zu Akjir. Tiu ließ seine Hand nicht los und klammerte sich mit dem anderen Arm an Kalis Bein fest, als wäre sie bei ihnen in Sicherheit. Keiner dieser Leute war außer Gefahr. Lilja hatte geglaubt, sie könnte mit ihnen gegen ihre Tante kämpfen, doch in der kurzen Zeit hatte sie jeden Einzelnen besser kennen und lieben gelernt. Sie würde das Leben geliebter Menschen nicht aufs Spiel setzen. Nicht jetzt. Der Zeitpunkt war noch nicht reif. Wenn sie heute kämpften, würden sie verlieren und alles wäre umsonst.

Akjir schien ihre Gedanken zu lesen. Er deutete ein Nicken an, das ihn einiges an Überwindung kostete. Auch Kali begriff, was sie dachte. Stumm formten seine Lippen die Worte. *Möge das Glück stets an deinen Füßen haften.* Welches Glück?

»Ich gebe auf«, presste sie hervor und suchte Loras' Blick. Er verzog keine Miene. Nur seine schwarzen Augen huschten kurz zu ihrem Flammenzünderarmband.

39

Ein Glas voll Asche

Von dem Soldaten war nichts weiter als ein Glas voll Asche übriggeblieben. Sorgfältig hatte einer der Gardisten die Überreste seines Kameraden eingesammelt. Ob die Graue Garde sich an die Absprache hielt, die Weiße Krone zu verschonen, konnte Lilja beim besten Willen nicht sagen. Doch ihre Augen sprühten vor Antipathie gleichermaßen wie vor Furcht. Ihnen war alles zuzutrauen.

Früher hätte sie ihr Leben für Lerøs Ehrlichkeit verwettet, doch die Zeiten waren endgültig vorbei. Wenn sie ihre Augen schloss und sich den Klängen des Klirrenden Waldes hingab, hörte sie noch immer Akjirs wütenden Aufschrei, als man sie in Ketten gelegt hatte. Sah sein von Zorn und Verzweiflung gezeichnetes Gesicht, wenn sie die Augen schloss. So wollte sie sich ganz bestimmt nicht an ihn erinnern. Oder an einen der anderen. Auch Rollo und Imar hatten von den übrigen Rebellen zurückgehalten werden müssen, denn es waren dutzende Waffen auf sie gerichtet gewesen, alle zum Töten geschärft und bereit. Nicht mal eine Manneslänge hätten sie überwinden können, ehe eine Kugel sie niedergestreckt hätte.

Lilja wischte sich mit der Hand die Tränen der Enttäuschung fort. Warme Nässe auf ihrer Haut, Spuren der zerschlagenen Hoffnung. Die Ketten rasselten bei jeder ihrer Bewegungen, doch das Geräusch verlor sich zwischen den melancholischen Klängen des Waldes. Selbst die Bäume betrauerten ihre Niederlage. Der

Wind pfiff ihr unangenehm um die Ohren, doch er schien nicht stärker zu werden.

Loras hatte ihr das Armband gleich zu Beginn abgenommen. Und noch mehr: Als er sie auf den Pferderücken hatte heben wollen, hatte er sie mit *Weißer Hirsch* statt des üblichen Spitznamens angeredet. Als wolle er sie verhöhnen.

Lilja hatte versucht, ihm zwischen die Beine zu treten. Ein kläglicher Versuch, sich für die Ermordung ihres Vaters zu rächen. Doch ihr gefiel der Gedanke, dass er jedes Mal vor ihr zurückwich, wenn er ihr zu nahe kam. Etwa, um ihr den Wasserschlauch oder etwas zu Essen zu reichen. Dass der Heerführer seinen eigenen bösen Plan verfolgte, stand außer Frage. Es wäre für die Flammenkämpferin ein Leichtes, die Ketten mithilfe eines Feuers einzuschmelzen. Die Fähigkeit würde ihre eigene Haut schützen. Das wusste der Narbenmann. Er hatte ihr die mächtige Waffe geschenkt und er war es gewesen, der sie ihr wieder genommen hatte.

Wozu?

Finstere Schatten bewegten sich zwischen den Tannen, einer beängstigender als der andere. Doch im Unterschied zum Auerwald war es absolut still, abgesehen von dem Säuseln des Windes und den traurigen Klängen des ewigen Eises. Den Klirrenden Wald nannte der Tod sein Zuhause.

Loras und Lerø führten die kleine Truppe Reiter an. Viele Soldaten hatte der Heerführer nicht mitgenommen, denn er konnte auf die Fähigkeiten eines Eisgeborenen zurückgreifen. Dennoch fragte Lilja sich, ob er nicht besser mehr Gardisten mitgenommen hätte. Dieser Wald beherbergte viele der verstoßenen Shatar. Dabei vergaß sie, dass die Siedler sich nicht vor ihnen fürchteten. Anders als die Städter wussten sie, dass die Shatar keine Gefahr darstellten.

Nur eine sollte sie fürchten. Und das tat Lady Aiyana, denn sie verließ die Obsidianzitadelle seit Jahren nicht mehr.

Loras befahl den Männern mit einer Geste, stehen zu bleiben. Er kehrte um und brachte seinen Wallach auf eine Höhe mit Liljas Stute.

»Wir werden hier die Nacht verbringen.« Er ergriff ihre Zügel und löste das Pferd von den anderen beiden Reitern, die sie flankierten.

Lilja warf ihrem Bruder einen vernichtenden Blick zu, als sie an ihm vorbeigeführt wurde. Wie zuvor beobachtete er, wie die anderen arbeiteten. Scheinbar schickte es sich für einen Eisprinzen nicht, Feuerholz zu sammeln oder Pfähle für ein Zelt in den gefrorenen Boden zu schlagen.

Liljas Ketten zogen sie, der Schwerkraft zu schulden, in Loras ausgestreckte Arme. Sie hatte es offensichtlich noch immer nicht gelernt, elegant von einem Pferd abzusteigen. Aber ihr lag auch nichts ferner, als sich wie eine Prinzessin zu verhalten. Sie war eine Gefangene ihres eigenen Bruders. Wie tief konnte man sinken?

»Gleich wird es wärmer«, murmelte Loras, denn er bemerkte, dass sie zitterte. Jedoch nicht vor Kälte. Er schob sie zu einem Hocker und bedeutete ihr, Platz zu nehmen. Farik war bereits dabei, das gesammelte Holz zu entzünden.

»Ich könnte es im Handumdrehen anmachen«, erklärte sie achselzuckend, doch der junge Soldat ignorierte ihre Worte. Stattdessen zuckte ein Lächeln um Loras' Mund.

»Das würde dir so passen«, antworte er, während seine Hand prüfend in der Hosentasche verschwand, in die er ihr Armband gesteckt hatte.

Lerø stieg von seiner Stute und stapfte gezielt durch den Schnee zu ihnen herüber.

»Kein Feuer.«

Farik hielt inne. Die Hände umklammerten zitternd den Feuerstein und nicht nur er fror entsetzlich. Die übrigen Gardisten schauten erschrocken von ihrer Arbeit auf.

Loras wollte etwas sagen, doch ihr Bruder erhob den Zeigefinger und zwang ihn dazu, die Erwiderung herunterzuschlucken. »Ich wiederhole mich nur ungern.«

»Mein Prinz.« Loras neigte das Haupt, um dem Eisgeborenen Respekt zu zollen. »Die Männer frieren.«

»Sie werden es ertragen«, schrie Lerø so laut, dass sogar das Klirren des Waldes übertönt wurde.

Lilja erschrak. Die Augen ihres Bruders waren rot gerändert und in tiefen Höhlen verborgen. Die Wangen wirkten eingefallen und es schien, als würde seine Fähigkeit vollends Besitz von ihm ergreifen.

»Lerø«, flüsterte sie. »Was passiert mit dir?«

Loras atmete vernehmlich ein. Es war eine Warnung.

»Was mit mir passiert?«, höhnte Lerø. »Sieh doch, wozu du mich treibst. Ich muss meine eigene Schwester in Ketten legen. Ich muss meine Männer frieren lassen, weil du dich mit dem Feind gegen dein eigenes Blut verschworen hast.«

»Ich gebe dir mein Wort, dass …«

»Ich gebe nichts auf dein Wort.« Die Worte kränkten fast mehr als seine Taten.

Lilja biss sich verzweifelt auf die Lippe. »Lerø.«

»Genug«, befahl der Heerführer. Er wandte dem Eisprinzen den Rücken zu. Als Lilja zu ihm sah, deutete er ein Kopfschütteln an. Wer hätte gedacht, dass er einmal der Streitschlichter sein würde?

»Kein Feuer«, wiederholte ihr Bruder bestimmt. Er wandte sich ab und verschwand zwischen den Bäumen in der Dunkelheit.

Abgesehen von den Schritten der Pferde und ihrem gelegentlichen Schnauben war es so still, dass Lilja den Schnee leise flüstern hörte. Der Gefangenentransport war in den frühen Morgenstunden, als es zu dämmern begonnen hatte, aufgebrochen. Stunde um Stunde hatte ihr Weg sie durch das schneebehangene Unterholz des Waldes geführt. Eine Abkürzung, wie Loras ihr mitteilen ließ. Die

Moral der Männer war aufs Niedrigste herabgesunken. Wegen der Kälte hatte keiner es gewagt, zu schlafen. Einzig ihre geschundenen Knochen und überdehnten Muskeln hatten etwas Ruhe gefunden, um sich gegen den steilen Aufstieg zu wappnen.

Lilja hätte nicht gedacht, dass sie den Bergpass und seine tückischen Abgründe so bald wiedersehen würde. Doch hier war sie. Von dem Dach der Welt schaute sie auf eine undurchdringliche Wand aus Schnee und Eis. Irgendwann in der Nacht hatte es angefangen zu schneien und es hatte seitdem nicht mehr aufgehört.

»Der Schneesturm ist nicht von Natur gemacht«, hatte sie einen Gardisten Farik zuflüstern hören. Ihr Herz hatte sich dabei verkrampft. Dicke Flocken wurden vom Wind durch die eisigen Höhen des Eisvulkanes gewirbelt. Die Schneeverwehungen am Boden säuselten ihr geheime Worte ins Ohr.

»Bald geschafft«, rief der Heerführer ihr entgegen. Er ging mehrere Schritte entfernt vor ihr her. Führte sie wie einen Hund an der Leine den schmalen Grat entlang.

Lerø war nicht zu sehen. Die ganze Nacht hatte er alleine im Wald verbracht, während die anderen sich in dem engen Zelt grummelnd und frierend zusammengekauert hatten. Erst als sie zum Aufbruch bereit gewesen waren, hatte er sie wieder mit seiner Anwesenheit beehrt. Einen Unterschied gab es nicht. Er redete nicht mehr. Weder mit ihr noch mit den anderen.

Lilja hörte ein Stöhnen. Als sie über die Schulter blickte, sah sie Farik mit den beiden Pferden kämpfen. Er führte Liljas Stute vor sich und sein eigenes Reittier hinter sich her. Dieses trat auf einen losen Stein, rutschte ab und drohte, nach rechts auszuscheren und in die Tiefe zu stürzen.

»Pass auf«, schrie Lilja. Farik hatte es selbst bemerkt, doch das Wissen half ihm nicht. Er bekam das in Panik geratene Tier nicht unter seine Kontrolle.

»Loras!« Sie wandte sich hilfesuchend dem Heerführer zu, der längst auf dem Rückweg war.

»Bleib zurück«, stieß er wild hervor, als er sich an ihr vorbei schob. Seine Hand umschloss behutsam ihre Taille und sie wurde an die Felswand gedrückt.

Der junge Soldat versuchte derweil verzweifelt, das Tier mit Peitschenhieben wieder unter seine Kontrolle zu bringen. Dabei ließ er Liljas Stute außer Acht. Epona fing die bedrohlichen Schwingungen auf und riss sich von ihm los, um sich aufzubäumen. Farik stolperte vor Schreck zurück und kollidierte dabei mit seinem eigenen Pferd. Es machte einen Satz zur Seite und traf ihn an der Schulter. Der Heerführer war fast bei ihm angelangt, doch es war zu spät.

Fariks Blick aus weit aufgerissen Augen fand Liljas, nachdem Loras' ausgestreckte Hand ins Leere griff und der junge Gardist in die Tiefe stürzte.

»Nein«, keuchte Lilja.

»Farik!«, brüllte der Heerführer. »Nimm meine Hand.«

Lilja sprang nach vorne und lugte über den Rand des Felsens. Das Geräusch ihrer Fesseln wurde vom Schneetreiben davongetragen. Der junge Soldat klammerte sich mit letzter Kraft an einem kleinen Vorsprung fest. Er war knapp eine Manneslänge von Loras' Hand entfernt. Das erste Tier verschwand den Pfad hinab im Dunst des Schneetreibens, aber Epona rutschte auf einem Felsbrocken aus und sauste an Farik vorbei ins Nichts. Lilja sah noch die angsterfüllten, weiß verdrehten Augen ihrer Stute, bevor sie von Nebel und Schnee verschluckt wurde.

»Zurück«, fauchte der Heerführer Lilja an, während er sich auf den eisglatten Boden legte, um weiter an den jungen Mann heranzukommen.

Die Feuergeborene warf einen Blick den Weg entlang. Scheinbar war ihr Zurückbleiben niemandem aufgefallen. Zumindest schien ihnen keiner zur Hilfe zu kommen.

Lilja nahm all ihren Mut zusammen und trat weiter nach vorne. Die lose Kette, mit der Loras sie herumgeführt hatte, schleifte dabei über den kantigen Boden. Da kam ihr eine Idee. Sie ergriff das Ende und warf es über die Kante hinab. Für einen Moment glaubte Lilja, das Gewicht würde sie in die Tiefe ziehen, doch sie stemmte sich mit aller Kraft dagegen.

»Greif nach der Kette«, rief sie durch das Tosen des Sturms. »Beeil dich.«

Loras sprang wieder auf die Beine. Sein Gesicht zeigte Gefühlsregungen von Erstaunen über Zorn bis hin zu Stolz.

Lilja wurde nach vorne gerissen und verlor fast das Gleichgewicht, als Farik sein Gewicht an die Fesseln hängte.

»Loras!«, presste Lilja durch zusammengebissene Zähne hervor. Er reagierte sofort und keinen Moment zu früh. Als Farik versuchte, an der Kette emporzuklettern, drohte er, sie ebenfalls in den Abgrund zu ziehen.

Es dauerte eine gefühlte Ewigkeit und Liljas Muskeln waren dem Zerreißen nahe, aber mit vereinten Kräften schafften sie es, den jungen Soldaten nach oben zu hieven. Schwer atmend saßen sie für eine ganze Zeit einfach nur da. Wie Hühner auf einer Stange nebeneinander aufgereiht, während der Sturm verheißungsvoll und mit Geisterstimmen an ihrer Kleidung zerrte.

»Danke«, brach Farik das Schweigen.

Lilja tauschte einen kurzen Blick mit dem Heerführer. »Nicht dafür.«

Der Junge nickte anerkennend.

Loras erholte sich als Erster und erhob sich seufzend. »Wir müssen weiter«, verkündete er.

»Bei dem Sturm?«, fragte Lilja. »Wir sollten uns besser eine Felsnische suchen und warten, bis es sich bessert.«

»Nein.«

»Aber …«

»Kein aber, Flammenkämpferin.« Er streckte ihr eine Hand entgegen, um ihr hoch zu helfen. »Dein Bruder wird dich suchen kommen.«

»Soll er doch.« Sie nahm zögernd seine Hilfe in Anspruch.

»Er wird Farik und mich töten.«

Der junge Soldat erstarrte.

»Wofür?« Sie stemmte die Hände in die Hüften. »Dafür, dass wir Schutz vor dem Sturm suchen?«

»Dafür, dass wir uns ihm widersetzen.« Er musterte den jungen Mann kurz, als überlege er, was er sagen durfte. Dann zuckte er mit den Achseln. »Ich habe ihn schon heute Morgen vor einem Aufstieg bei diesem Wetter gewarnt.«

»Ja und?«

»Er ist nicht mehr bei klarem Verstand. Er will dich zu eurer Tante bringen. Egal, wie hoch der Preis dafür ist.«

»Das ist doch Wahnsinn«, heulte die junge Frau.

Loras sammelte die Kette vom Boden auf und zeigte zum Gipfel. »Es ist nicht mehr weit.«

»Und was passiert, wenn wir dort sind?« Lilja schaute von einem Mann zum anderen. Weder Loras noch Farik wagten es, ihr in die Augen zu sehen.

»Das weiß nur der Heilige Vater.«

Lilja schluckte. Ihr Hals war auf einmal trocken. Auch wenn sie eben dem Tod ins Auge gesehen hatte, bekam sie es erst jetzt mit der Angst zu tun.

40

Verschmähte Braut

Diesmal trug Lilja kein festliches Kleid, als sie ihrer Tante vorgeführt wurde. Sie trug Fesseln und einen triefend nassen Wintermantel über dreckiger Lederkleidung.

Die Eislady dagegen sah in ihrem spitzenbesetzten weißen Seidenkleid aus wie eine verschmähte Braut. Als Lilja näher herankam, wurde sie von einer eisigen Wand eingehüllt. Die Kälte strömte in ihren Körper und ergriff Besitz von ihrer Lunge. Schwer keuchend fiel sie auf ein Knie.

Aiyana spuckte vor ihrer Nichte aus. Eiskristalle schnitten feine Wunden in Liljas Haut. »Verräterin des eigenen Blutes.«

»Sie ist freiwillig mit uns gekommen«, wandte Lerø ein.

Die Eislady zog höhnisch eine Augenbraue nach oben. »Du hast recht. Darum hast du sie auch in Ketten gelegt.«

Es kostete Lilja alle Kraft, um aufzustehen. Doch sie würde nicht einen Moment länger vor dieser Herrscherin knien.

»Wenn du vorhast, mich zu töten, solltet du es besser gleich tun.« Das Zittern in Liljas Stimme strafte ihren Mut lügen. Das entging auch ihrer Tante nicht.

»Sonst was?« Das junge Lachen einer alten Frau hallte von den Wänden wider. In jeder Ecke standen Wachen der Grauen Garde. Der zweite Heerführer höchstpersönlich hielt ihren Oberarm in einem festen Griff, der einer Schraubzwinge gleichkam.

Lilja ignorierte ihre Frage. »Ich werde mich Euch nicht anschließen. Unter keinen Umständen.«

Das Lächeln ihrer Tante erstarrte und verwandelte sich in eine bittere Grimasse.

»Wie bedauerlich«, seufzte sie. Ihre Eisaugen wanderten zu Lerø. »Dann habe ich für den Eisprinzen keine Verwendung mehr.«

Ihr Bruder stutzte.

»Tante?« Er trat einen Schritt auf sie zu. Doch schon seine nächste Bewegung wurde träge, mühsam. Als würde er in Zeitlupe näherkommen. Viel weiter kam er nicht. Mit Panik in den glasigen Augen schaute er zu seiner Schwester.

Die Ketten schleiften über den Boden, als Lilja auf ihn zustürzte, doch Loras hielt sie an Ort und Stelle.

»Er ist dein Neffe«, schrie Lilja. »Er ist dir treu ergeben.«

Lady Aiyana schnalzte mit der Zunge, während sie ihre Fingernägel eingehend betrachtete. »Welche Macht besitzt er schon, die mir nicht längst gehört?«

Lerø bemühte sich zu sprechen, doch seine Versuche endeten in einer hilflosen Grimasse.

Lilja traten Tränen in die Augen. Zwar hatte ihr Bruder eine enttäuschende Verwandlung durchgemacht, doch blieb er weiterhin ihr engstes Familienmitglied. Jetzt bereute sie, dass sie ihren eigenen Rat nicht befolgt hatte. Sie hätte die Eislady töten sollen, als sie die Möglichkeit dazu gehabt hatte. Selbst wenn sie es schaffte, ein Feuer heraufzubeschwören, würde sie die Königin nicht angreifen können, ohne das Leben ihres Bruders aufs Spiel zu setzen.

»Du miese Hexe.« Jetzt spuckte Lilja aus und bedauerte, dass sie ihr nicht mehr entgegenzusetzen hatte.

»Du bist zurecht auf dem Scheiterhaufen gelandet. Wie bedauerlich, dass Akjir Mitleid mit dir hatte.«

»Wag es nicht, über ihn zu sprechen!«

»Er hat dich geliebt.«

»Lüge!« Ein Eisblitz fuhr dicht an Liljas Gesicht vorbei. Im letzten Moment nahm sie ihren Kopf zur Seite. Stattdessen traf der Zorn einen Soldaten hinter Lilja in die Schulter. Loras' Druck um ihren Oberarm verstärkte sich kurz, als der Mann stöhnend zu Boden fiel.

Auf seinen Befehl hin wurde der Mann aus dem Saal gebracht. Lautlos nahm ein neuer Gardist den leeren Posten ein.

»Heerführer, sorgt dafür, dass die Gefangene angemessen betreut ist, während alles für die Zeremonie vorbereitet wird.« Obwohl die Eislady sich abwendete, salutierte Loras gehorsam. Er zerrte an Liljas Fesseln, doch sie stemmte sich dagegen.

»Was für eine Zeremonie?«

Das schallende Gelächter der Eislady jagte ihr mehr Angst ein als jede Waffe es zu tun vermocht hätte. Sie warf der Feuergeborenen einen herablassenden Blick über die Schulter zu. »Wenn du mir deine Macht nicht freiwillig zur Verfügung stellst, werde ich sie mir eben nehmen.«

Lilja hatte sich eingebildet zu wissen, wie es sich anfühlte, zu erfrieren. Dieser Moment belehrte sie eines Besseren. Ihr gefror das Blut in den Gefäßen, ihr Herz kam eigenartig aus dem Takt. Und diesmal lag es nicht an den Fähigkeiten ihrer Tante.

»Nein«, flüsterte sie kraftlos.

»Doch.« Lady Aiyana kam auf sie zu. »Und du wirst mir dabei behilflich sein. Andernfalls –« Sie schaute zu Lerø, der weiterhin versuchte, gegen sein kaltes Gefängnis anzukämpfen. »Na ja, du kannst es dir ja denken.«

Nachdem der Heerführer sie aus dem Thronsaal geführt hatte, wurde sie seinen Männern übergeben.

»Du hättest die Gelegenheit besser nutzen müssen«, war alles, was er ihr zu sagen hatte. Er wirkte seltsam betrübt, so als wären ihm die Hände gebunden. Doch sein Herz sprach ganz andere Worte.

Das trostlose, kalte Kerkerloch, in das man Lilja warf, ließ selbst Loras' staubige Turmkammer wie ein Fürstengemach erscheinen. Es gab keine Pritsche oder Sitzgelegenheit, somit kniete Lilja auf dem vereisten Boden nieder, als ihre Beine sie nicht mehr trugen. Daraus schloss sie, dass die Zeremonie noch vor Einbruch der Nacht stattfinden würde.

Anfangs war sie rastlos auf- und abgegangen in der festen Annahme, es müsse eine Möglichkeit geben, den dunklen Machenschaften der Herrscherin zu entkommen. Doch nach und nach war ihr klar geworden, dass es keine Fluchtmöglichkeit gab. Es war unmöglich ihre Fähigkeit ohne ihr Armband zu aktivieren. Und selbst wenn, wäre sie nicht imstande, ihren Bruder zu opfern. Ganz gleich, was er getan hatte. Nicht einmal nachdem er sie verraten hatte, konnte sie sich von ihm lossagen.

41

Schlüssel der Erlösung

Wie lange sie auf dem Boden der Zelle in völliger Dunkelheit ausharrte, konnte Lilja nicht sagen. Zum wiederholten Mal dämmerte sie in einem Kälteschlaf dahin, nur um dann wieder in diesem Alptraum zu erwachen. Nach einer Weile begriff sie, dass sie sterben würde. Es war nur noch eine Frage von Stunden. Von dem Moment an dachte sie an nichts anderes mehr.

Wie es wohl passiert?

Zu Liljas kleinem Trost war es Loras, der sie holen kam. Ein vertrautes, wenn auch verhasstes Gesicht. Es gab noch offene Fragen, ohne deren Antwort sie nur ungern aus diesem Leben scheiden wollte. Zumindest hatte sie genug Zeit gefunden, um ihre letzten Worte an ihn weise zu wählen.

»Keiner sollte eine dieser Fähigkeiten besitzen«, murmelte sie, als er ihr die Ketten um die Füße legte.

Mit hochgezogener Augenbraue lugte er zu ihr herauf.

»Das hast du zu mir gesagt.«

Er erinnerte sich ebenfalls. »Ja.« Er richtete sich auf.

»Und bald hat sie nicht nur die eine.« Ihr Blick könnte Feuer entfachen.

»Es ist zu spät, Flammenkämpferin. Du hast deine Chancen vertan.«

Ihre Schultern fielen herab. »Da hast du wohl recht.«

Er führte sie aus dem dunklen Raum. Zwei seiner Männer traten aus dem Schatten und flankierten ihren Gang durch die nur spärlich beleuchteten Kerkergänge. Hier und dort fiel der

Mondschein durch Scharten im dicken Felsgestein. Der Wind flüsterte gespenstische Worte und zupfte an Liljas Haar.

Als sie sich räusperte, erschrak sie selbst vor dem Klang ihrer Stimme, die die Stille zerriss. »Du hast gelogen.«

»Welches Mal meinst du?«, fragte er grinsend.

Lilja war zwar in Ketten gelegt, doch ihre Ohrfeige traf ihn dennoch.

»Bestie.«

»Ich habe nicht gelogen, Flammenkämpferin.« Er stieß sie von sich und drängte sie vorwärts, während er sich die Wange massierte.

»Mein Vater ist also nicht von deinen Männern getötet worden?«

Er hielt sie an der Schulter auf. Seine Gardisten blieben in respektvollem Abstand zurück.

»Sie befolgten meine Befehle«, bestätigte er. »So, wie ich meine Befehle ausführe.« Er besah sie mit einem vielsagenden Gesichtsausdruck. »Du bist klug genug, um zu wissen, wie die Dinge laufen.«

»Ach ja?«

»Ja.« Er lachte bitter. »Sonst hättest du mich schon längst getötet. Gib wenigstens das zu.«

Sie lehnte sich dem Heerführer entgegen. »Wessen Befehl war es?«, flüsterte sie.

»Das fragst du noch?«

»Wusste Lerø davon?«

Er schüttelte den Kopf.

Lilja biss sich auf die Unterlippe. »Was ist mit deinem Vater wirklich passiert?«

Mit dieser Frage hatte er wohl nicht gerechnet. In harschem Befehlston wies er seine Männer an, vorauszugehen.

»Ich habe dich nie belogen, Lilja«, sagte er in sanfterem Ton, als die Soldaten außer Hörweite waren.

»Ich weiß, dass du ihn getötet hast.«

Bei ihren Worten zuckte er zusammen. Er sah sie nicht an.

»Das ist wahr.«

»Welcher Sohn tötet seinen eigenen Vater?«, fragte Lilja mit Abscheu in der Stimme.

Die Wut in ihrem Tonfall ließ ihn jetzt doch aufsehen.

»Der Sohn der Bestie!«, schrie er ihr entgegen. »Du weißt gar nichts über mich. Meine Taten sind vielleicht nicht von so edler Natur, wie deine …«

»Spar dir den Atem«, unterbrach sie ihn. »Du kannst versuchen, es dir schön zu reden, aber mir brauchst du das nicht erzählen.«

»Wir sind, was wir sind.«

»Eine weitere Ausrede.«

»Nicht einmal du kannst aus deiner Haut, Flammenkämpferin.«

»Was willst du damit sagen?«

»Du wurdest belogen und betrogen … und trotzdem vergibst du den Menschen, die dir das angetan haben immer und immer wieder.«

»Er ist mein Bruder«, verteidigte sie sich.

»Und Akjir?«

»Es scheint dich ja ganz schön zu ärgern, dass ich ihm verziehen habe.«

»Ja, allerdings.« Er kam ihr ganz nah. Der Duft von Zedernholz war nur noch schwach unter dem Geruch von Asche und Pferd wahrzunehmen. Er verwandelte sich in den eiskalt berechnenden Soldaten zurück. »Warum vergibst du allen – außer mir?« Der warme Atem des Heerführers stellte ihre Nackenhaare auf.

Sie wich nicht vor der Berührung zurück. Doch sie erwiderte seinen Kuss nicht. Mit geöffneten Augen harrte sie reglos aus, betrachtete den Mann, dessen Gefühle sich haltsuchend offenbarten. Der Kuss hatte etwas Verzweifeltes. Etwas Zerrissenes.

Als sich seine Lippen von ihren lösten, schluckte er schwer. Der Schmerz hinter der harten Fassade spiegelte sich für den Bruchteil einer Sekunde in den schwarzen Augen wider. »Weil du mich nicht liebst«, stellte er tonlos fest.

Gegen all ihre Vernunft verspürte Lilja plötzlich erneut Mitleid für den Heerführer. Auch wenn sie es war, die ihre ganze Familie verloren hatte, stand sie einem Mann gegenüber, der noch viel einsamer war als sie. Denn er war allein in Körper, Geist und Seele.

»Nein«, bestätigte sie. »Ich liebe dich nicht.«

Sie sah, wie er die Lippen fest aufeinanderpresste, um eine Erwiderung zurückzuhalten.

»Aber ich verzeihe dir«, fügte sie nach einiger Bedenkzeit hinzu.

»Wie kannst du das?«, hauchte er in die kalte Kerkerluft.

»Vergebung ist der Schüssel zur Erlösung.« Ihre Hände zitterten, als sie sich eine losgelöste Strähne aus dem Gesicht strich. »Du kannst noch immer das Richtige tun.«

Er lachte bitter. »Das Richtige?«

Es widerstrebte ihr, doch es war notwendig, dass sie ihn bei den Armen packte und schüttelte. Er war standhaft wie ein Fels, doch der Körperkontakt ließ ihn erweichen.

»Aiyana darf nicht siegen, Loras.«

»Sie wird aber siegen. So wie sie es immer tut.«

»Loras …«

»Es war ihre List, die mich dazu antrieb meinen eigenen Vater …« Er brachte den Satz nicht zu Ende. Mit fragendem Blick hörte Lilja seinen folgenden Worten zu. »Während Loras Beshtur mich Zeit meines Lebens quälte und demütigte, hat mich Lady Aiyana stets mit Respekt behandelt. Das war alles, was ich mir jemals von meinem Vater gewünscht hatte. Damals kannte ich daher nichts, außer der Loyalität gegenüber der Krone. Doch mein Vater diente nur dem Höchstbietenden.«

»Er stellte sich gegen die Eislady?«

Er nickte. »Zumindest ließ mich die Königin das glauben. Obwohl Lady Aiyana die Wahrheit kannte, ließ sie mich selbst sein Geheimnis herausfinden. Sie wusste, ich hätte mich ansonsten nie gegen die Bestie gestellt. Meine Kindheit … war geprägt von Angst und Schmerz.«

Er trat einen Schritt zurück und lehnte sich gegen den rauen Felsen. Seine Arme verschränkte er vor der Brust, um sich vor einem Schmerz zu schützen, für den es kein Schild gab.

»Ich tötete ihn unehrenhaft, meiner Natur gemäß.«

Lilja schüttelte den Kopf. »Du bist vieles, Loras. Grausam. Brutal. Aber unehrenhaft zu sein gehört nicht zu deinen Charaktereigenschaften.«

Er winkte ab. »Jedenfalls erfuhr ich erst Jahre später, dass mein Vater keine Verfehlung begangen hatte.«

»Warum hat Aiyana dann …«

»Politik.« Er zuckte mit den Achseln. »Die hohen Häuser waren erzürnt über die unnötigen Opfer seiner Feldzüge, die er auf Befehl der Königin geführt hatte. So konnte sie sich von seinem Massaker in der Toten Stadt und allen anderen Dörfern distanzieren und ihm die Schuld dafür geben.« Er schnaufte. »Ein außer Kontrolle geratener Heerführer, der seiner gerechten Strafe zugeführt wurde. Und durch mich hatte sie sich einen neuen, lenkbaren Nachfolger erschaffen.«

Lilja trat neben den Mann. »Wie grausam«, flüsterte sie. »Loras, es tut mir so leid.« Sie berührte ihn erneut am Arm. »Sie darf nicht siegen«, wiederholte sie.

Mit einem Ruck stieß er sich von der Mauer ab und zog sie an ihren Ketten mit sich. »Das hat sie bereits.«

42

Feuer zu Feuer & Eis zu Eis

In einem anderen Leben wäre Lilja beeindruckt gewesen von der Pracht des *Kristallgartens*. Doch als sie auf die vereiste Fläche des Innenhofes trat, empfand sie nichts, außer der nackten Furcht, die ihr eiskalt den Rücken hinunter rieselte. Kein Funke. Keine Fähigkeit.

Überall zierten bis ins kleinste Detail ausgearbeitete Eisskulpturen den glatten Weg. Sie zeigten Tiere, Menschen, die in ganzen Szenerien zu einem Kunstwerk aus dem kalten Material gefertigt worden waren. Im Licht der Sterne blitzten sie wie Kristalle und verliehen dem Hinrichtungsplatz eine unerwünschte Schönheit. Das ganze Schloss lag im Dunkeln. Kein Licht fiel durch die Fenster. Nur der Vollmond und die Sternenkinder erhellten die Finsternis.

Doch Lilja sah das alles nicht. Sie hatte bloß Augen für den Holzstoß, der nach und nach zwischen den Figuren zum Vorschein kam.

Hier würde sie sterben.

Wenn sie doch Akjir noch einmal sehen könnte. Sie durfte nicht darauf hoffen, ihn in ihren letzten Sekunden wiederzutreffen. Denn er hatte seine Fähigkeit, dem Ruf der Sterbenden zu folgen, vor neunzehn Jahren verloren.

Sie war den Rest der Strecke mutig neben Loras hergegangen, doch als sie jetzt ihren Bruder am Ende des Weges stehen sah, geriet sie ins Stolpern.

Unwillkürlich stemmte sie sich gegen ihre Fesseln und zog somit die Aufmerksamkeit des Heerführers auf sich. Traurig folgte er ihrem Blick zu Lerø, der wie erstarrt neben einem Rednerpult stand. Er war sorgfältig zwischen die übrigen, im Kreis um den Scheiterhaufen angeordneten, Froststatuen eingereiht. Mit seiner hellen Haut und den weißblonden, kurzgeschorenen Haaren wirkte er bald selbst wie eines dieser kalten Kunstwerke.

Loras zog die junge Frau unbarmherzig weiter. Außer ihrem Bruder war keiner anwesend. Auf ihrem Weg hierher hatte Lilja jedoch mehrere Gardisten an den Eingängen Wache halten sehen.

Ihr Atem kam stoßweise in kleinen Wölkchen und stockte, als ihr bewusst wurde, dass Lerø tatsächlich im Begriff war, zu einem dieser vereisten Gegenstände zu werden. Die untere Körperhälfte hatte sich in durchsichtiges Eis verwandelt. Von der Hüfte aufwärts wurde seine Haut und Kleidung von einer dicken Frostschicht überzogen. Allen Anschein nach konnte er sich nicht bewegen. Er war nicht einmal mehr in der Lage, ihr den Kopf zuzuwenden, als sie direkt an ihm vorbeigeführt wurde. Nur seine Augen – lebendiges Eis – folgten ihren Schritten die Stufen zu ihrem Grab hinauf.

»Was passiert mit ihm?«, fragte Lilja voller Verzweiflung.

»Er wird zu Eis.«

»Aber er ist ein Eisgeborener.«

Loras blieb auf den Holzstufen stehen. Seine schwarzen Augen schauten fragend auf sie herab.

»Du selbst hast gesagt, er kann nicht erfrieren«, fügte sie erklärend hinzu.

Er schnaubte. »Oh doch, er kann.« Er nickte zu den Holzscheiten hinauf. »Und du kannst verbrennen.«

Liljas Augen weiteten sich vor Entsetzen.

»Aber wie …«, sie wurde abrupt unterbrochen, als der Mann sie die letzten Stufen hinaufzerrte. Hilfesuchend wandte sie sich um, doch in dem Skulpturengarten um sie herum gab es nichts und niemanden, der sie oder ihren Bruder vor diesem Schicksal bewahren konnte.

Wenn es doch nur möglich wäre, sich mittels ihrer Fähigkeit zu befreien. Erneut tastete sie die Umgebung nach einem Feuer, einem Funken, ab. Doch wieder blieb ihr Gebet ungehört.

Während sich die Blicke der Zwillinge fanden, meinte Lilja, in Lerøs fremden Augen den bitteren Schein des Bedauerns zu lesen. Doch sie waren genauso ausdruckslos wie der Rest seines zu Eis erstarrenden Körpers.

Tränen liefen ihr über die Wangen, als Loras die Schlösser zu ihren Ketten aufschloss, nur um sie gleich darauf an einen Pfahl zu binden.

»Wie ist das möglich?«, setzte sie erneut an. Als kleine Eiskristalle anstelle von Tränen tiefe Furchen in ihre Gesichtshaut schnitten, wusste Lilja, dass die Eislady die Bühne betrat.

»Indem ich vorher das Holz mit deinem Blut tränke.« Die Stimme ihrer Tante spiegelte die Kälte ihres Herzens wider. Atemberaubend schön und majestätisch tänzelte sie über die Eisbahn auf den Zeremonienplatz zu. Während Lilja kaum einen Fuß sicher vor den anderen gesetzt hatte, schaffte sie es sogar, elegant auf ihren Absatzschuhen dahinzugleiten.

»Was passiert mit meinem Bruder?«

»Ich entziehe ihm seine Kräfte. Er war sowieso nicht in der Lage, sie gebührend einzusetzen.«

»Bist du nicht schon stark genug? Hast du nicht schon ein ganzes Land unterdrückt? Alles lebt in Angst vor dir.«

»Ich will Rache.«

»Du sprichst von Rache«, spottete Lilja. »Dass ich nicht lache.«

Ihr verzweifeltes Lachen erstarb, als ein stechender Schmerz sich in ihrem Kopf ausbreitete.

»Hirnfrost«, erklärte die Eislady und betrachtete dabei ihre glitzernden Fingernägel. »Äußerst nützlich, um Menschen zum Schweigen zu bringen.« Grinsend trat sie an das Rednerpult heran und begann, in einem dicken Buch mit brüchigem Einband zu blättern. Dass sie bei dem fahlen Licht überhaupt etwas erkennen konnte, bezweifelte Lilja.

»Heerführer, darf ich bitten?«

Auf ihr Kommando brachte er seine Aufgabe zu Ende und ließ die Handschellen hinter ihrem Rücken einrasten.

Für einen kurzen Moment verschränkten sich seine Finger mit ihren. Der leichte Handdruck spendete ihr jedoch kaum Trost, stattdessen verspürte sie einen kleinen Einstich an ihrem Handgelenk.

Sie sah dabei zu, wie er die Stufen wieder herabstieg und zu ihrer Verwunderung den Kristallgarten verließ, ohne sich noch einmal umzublicken.

Somit waren sie allein. Die letzten Überlebenden der Jarl-Familie. Ob ihre Vorfahren dieses Ende mitansahen?

»Kein Publikum für die Lady?«, fragte Lilja feixend, als die eisige Herrscherin auch nach einiger Zeit keine Anstalten zeigte, von den Seiten aufzublicken.

Sie befeuchtete mit ihrer spitzen Zunge desinteressiert Daumen und Zeigefinger. Ihre hellen Augen zuckten hin und her, während sie die nächste Seite umschlug.

»Ich sehe dazu keine Notwendigkeit«, antwortete sie, ohne ihren Blick zu heben.

Lilja schnaubte verächtlich. »Lass wenigstens Lerø am Leben«, flehte sie. »Er ist dein Neffe.«

»Mein Neffe«, sie legte so viel Abscheu in dieses Wort, wie es ihr nur möglich war. »Ich kann nichts töten, was längst tot ist.« Endlich sah sie auf und lächelte über Liljas bestürzten Gesichtsausdruck. »Ich weiß nicht, wie sich meine Schwester auf einen Mann unter ihrer Würde einlassen konnte.« Sie rümpfte die Nase. »Doch selbst wenn Lerø von reinem Blut wäre, könnte ihn keiner mehr ins Leben zurückholen.«

»Was …«

»Was ich damit meine?« Lady Aiyana ließ stöhnend die Augen rollen. »War Akjir wirklich so unehrlich zu dir?« Sie zog die Augenbrauen in gespielter Entrüstung nach oben.

Lilja wagte weder zu sprechen noch zu atmen.

»Lerø starb auf der Hochebene durch den Pfeil, der für dich bestimmt war.«

Lilja schloss die Augen. Doch das hinderte die Tränen nicht daran, ihr eiskalt über das Gesicht zu laufen. Zunächst glaubte sie es nicht. Viel lieber redetet sie sich ein, dass es sich dabei nur wieder um eine Unwahrheit handelte. Einen Trick. Doch wie von selbst fand Lilja sich plötzlich auf dem eingeschneiten Waldboden der Klirrenden Wälder wieder. In den Händen die Eisblumen haltend, die sie aufgrund einer Lüge gesammelt hatte. Spröde, rissige Haut unter ihren ausgesteckten Fingern. Ein zu Pulverschnee zerfallener Körper. Der Shatar hatte ihr damals das Geheimnis offenbart, ohne dass sie es wusste. Er hatte ihr seinen Tod gezeigt.

Wir sind nicht wegen dir hier, echote die Stimme eines anderen durch ihre Gedanken.

Damals hatte sie geglaubt, die Angreifer seien auf der Suche nach der Eislady gewesen. Heute wurde sie eines Besseren belehrt. Zumindest erklärte das Lerøs zunehmenden Charakterwandel. Er wurde, wie Aiyana, zu einem gefühllosen Monster. Seine Seele gehörte nicht mehr zu den Lebenden. Sie verkümmerte.

Lilja öffnete die Augen und sah, dass die Herrscherin sie eingehend musterte. Es bereitete ihr Freude, Liljas Schmerz zu sehen.

»Woher wusste er, wie er seinen Shatar überlisten kann?«

»Loras sagte es ihm.«

Bei der Erwähnung des Heerführers wand Lilja sich in ihren Fesseln. Sie stutzte. »Und woher wusste er es?«

Auf dem Gesicht der Eislady erschien ein böses Grinsen. »Loras war mir schon immer zu Diensten. In jeder Hinsicht.«

Lilja erschauderte.

»Ja, ganz recht.« Die Eislady klappte das Buch mit Schwung zu und kam auf die junge Frau zu. »Er war sogar bereit, seinen eigenen Vater für mich zu ermorden.«

Auf einmal hatte Lilja einen Kloß im Hals.

Schritt. Für. Schritt. Klackerten die Absätze auf den Holzstufen, als die Eislady zu ihr auf das Podest emporkletterte, sodass nicht einmal die geschlossenen Augen sie die Umgebung vergessen ließen.

Sie spürte die Kälte, die von ihrer Tante ausging, sogar in ihren Eingeweiden.

Vor allem in ihren Eingeweiden.

Leiser Schneefall setzte ein. Knisternd fiel er zu Boden.

»Zeit, sich zu verabschieden«, säuselte Aiyana mit gespielter Trauermiene. »Wie heißt es doch so schön? Man sollte immer aufhören, wenn der Wein am besten schmeckt.«

Unter Liljas wütendem Blick beugte die Frau sich nach vorne, zog den Rocksaum ihres weißen Seidenkleides hoch und zückte einen kleinen, mit Diamanten besetzten Dolch aus ihrem Strumpfband. Der liebliche Geruch ihres Duftwassers konnte den Gestank nach Verwesung heute nicht übertünchen. Die Verbindung von Eisblumenduft und Moschus war ekelerregend süß und Lilja verzog angewidert das Gesicht.

Breit grinsend testete Aiyana die schmale Klinge an ihren im Mondlicht glitzernden, weißblonden Strähnen. Rasiermesserscharf.

Lilja schluckte schwer. Die Tränennarben der Frau aus Eis – das war die Bedeutung ihres Namens in der alten Sprache – verzogen sich unter ihrem grimmigen Grinsen.

»Grüß Akjir von mir«, flüsterte sie an ihrem Hals. Ihre Stimme war ein eisiger Hauch auf ihrer Haut. »Den nehme ich mir als nächstes vor.«

Die Eislady setzte das Stilett an der gleichen Stelle an wie zuvor der Narbenmann in Firnheims Gassen. Ihre Narbe brannte bei der Erinnerung. Doch bevor die Lady den Schnitt ausführen konnte, schnellte Liljas Hand nach vorne und ergriff das Handgelenk der Herrscherin.

Die Hexe wird sterben … wenn sie den Verrat aus den eigenen Reihen nicht kommen sieht.

Schnee verwandelte sich in Regen. In der Rauchbucht hatte Loras nicht von Lilja gesprochen. Er hatte seine Herrscherin gemeint. Bis zum letzten Moment war Lilja sich nicht sicher gewesen, welchen Weg der Heerführer wählen würde. Doch sie hatte gehofft, dass Loras das Armband aus einem bestimmten Grund nicht an seine Herrscherin ausgehändigt hatte.

Entsetzt und verwundert zugleich starrte diese auf Liljas Finger an ihrem Arm. Während sie nach einer Antwort suchte, lösten sich aus dem Flammenzünderarmband zwei gebogene Flammen, die sich durch kalte Haut fraßen wie heiße Messer durch ein Stück Butter.

Schreiend versuchte sie, sich von Lilja zu lösen, doch die Flammenkämpferin war erwacht. Und sie war stärker.

»Lass mich los!«, brüllte die Eislady.

Jetzt war es an Lilja, zu lächeln. »Wie du willst.«

Trotz Vorwarnung trat ihre Tante ins Leere, als sie den Griff von ihrem Handgelenk löste. Sie stürzte von dem etwa eine Manneslänge hohem Podest in die Tiefe, ehe ein harter Aufprall ihren Fall bremste.

Diesmal fing die Eislady sich schneller. Nun wusste sie, mit wem sie es zu tun hatte.

»Wie du siehst, ist Loras dir nicht ganz so treu ergeben, wie du dachtest«, rief Lilja zu ihrer Tante hinab und wedelte mit dem Feuersteinarmband. Der kleine Einstich von zuvor, als Loras seine Finger mit ihren verschränkt hatte, war von einem der spitzen Steine gewesen.

Grimmig starrte Aiyana zu ihrer Nichte empor. Ihre Blicke konnten töten, das hatte Lilja schon am eigenen Leib erfahren. Dieses Mal setzte sie sich jedoch gegen ihre Gegnerin zur Wehr.

Die lodernde Barriere schirmte Lilja von den Attacken der Eislady vorerst ab, doch sie verließ sich nicht darauf.

Als der Eisscherbenregen abebbte, ließ die junge Frau den Schild herabsinken und sendete selbst eine Feuerwalze aus. Der Boden glühte von ihrem Angriff. In der Luft hing der Geruch von verkohlter Erde. Überall hatten sich Pfützen gebildet, in denen sich die Flammen flackernd spiegelten.

Ein eisiger Wind wirbelte Liljas Haare durch die Luft und versperrte kurzzeitig ihre Sicht. Sie schaffte es gerade noch im letzten Moment, die Arme nach oben zu reißen, um eine Feuerwand aus dem Nichts zu erschaffen, damit die Eislanze, die auf ihren Kopf zuraste, in tropfendes Wasser zerfiel. Die Spritzer in ihrem Gesicht waren wunderbar belebend.

»Du bist stark geworden«, hörte sie ihre Tante rufen.

»Vielleicht bist du auch schwächer geworden«, witzelte Lilja. Das Feuer und ihre Fertigkeiten berauschten ihre Sinne. Sie hatte etwas Vergleichbares nur ein einziges Mal zuvor gespürt. Während der Seeschlacht, als sie eine ganze Piratenmannschaft zur Hölle gejagt hatte.

Die Wand aus Feuer brannte langsam herab und ließ Aiyana zum Vorschein kommen. Die Hitze stand ihr nicht gut zu Gesicht. Das weiße Kleid war mittlerweile rußverschmiert, ihr bodenlanger Rock bis zu den Knien angesengt.

»Heize ich dir ein?«, fragte Lilja süffisant. Selbst von ihrem Verhalten überrascht, zuckte die Feuergeborene zusammen. Ihr war, als würde sie Akjirs mahnende Stimme vernehmen.

»Kontrolliere es, Lilja Feuersturm.« Eine Hand legte sich beruhigend auf ihre Schulter. Als sie sich umwandte, stand er tatsächlich hinter ihr. Mit weit aufgerissen Augen musterte sie ihn. Er sah erschöpft aus. Doch sie brachte ihm nicht lange genug Aufmerksamkeit entgegen, um den Grund dafür zu erfahren.

Aiyana verwandelte den Regen zurück in Schnee und trieb das Ganze sogar noch eine Stufe weiter. Im nächsten Moment hagelten faustgroße Eiskugeln auf sie herab.

Mit erhobener Hand schützte Lilja Akjir und sich selbst vor den tödlichen Geschossen, während sie mit der anderen einen Pyroschlag auf ihre Tante abfeuerte. Dieser Angriff kam für Aiyana so überraschend, dass sie es nicht rechtzeitig schaffte, ihre Eisbarriere zu aktivieren. Die Druckwelle der Explosion schleuderte sie nach hinten. Ihr Körper prallte dabei gegen eine der Eisskulpturen, bevor sie zu Boden fiel und reglos liegen blieb.

Erschrocken starrte Lilja auf die Frau hinab. Sie tauschte einen kurzen, misstrauischen Blick mit Akjir, bevor sie sich langsam auf die Eislady zubewegte.

»Bleib, wo du bist!« Loras trat hinter einer tropfenden Figur hervor. In dem nassen Eis tänzelten die Flammen. Lilja würde sie nie erlöschen lassen.

»Das könnte eine Falle sein«, erklärte er.

»Damit kennst du dich ja aus«, gluckste Akjir und trat dicht hinter Lilja. Seine Finger verschränkten sich mit denen ihrer linken Hand, doch ihre rechte blieb in Angriffshaltung.

Loras ging neben dem bewusstlosen Körper der Eislady in die Hocke. Er gab sich alle Mühe, es sich nicht anmerken zu lassen, aber Lilja sah, wie seine Hände zitterten, als er ihren Puls überprüfte.

Ehe er zurückweichen konnte, verfärbten sich die Finger seiner ausgestreckten Hand schwarzbläulich. Mit einem Schmerzensschrei fiel er zu Boden. Während er immer schwächer wurde, setzte sich die Herrscherin erholt auf.

Mit überraschender Leichtigkeit kam sie wieder auf die Füße und beäugte den Heerführer herablassend mit einem spitzen Lächeln.

»Wie enttäuschend.« Sie zupfte ihr Kleid zurück in Position. »Gibt es denn überhaupt keine loyalen Männer mehr?«, fragte sie an Lilja gewandt, doch ihr Blick schwenkte kurz zu Akjir.

Loras lag keuchend zu ihren Füßen. Welche Schmerzen sie ihm bereitete, konnte Lilja nur erahnen.

Der Flammenkämpferin gefror das Blut in den Gefäßen. Nicht durch einen Angriff, sondern weil sie begriff, wie dieser Kampf hier enden würde.

Sie schaute zu ihrem Bruder und stellte traurig fest, dass für Lerø jede Hilfe zu spät kam. Sein gesamter Körper war von einer gläsernen Oberfläche überzogen. Er war zu Eis erstarrt.

Mit Tränen in den Augen wandte sie sich erneut ihrer Tante zu.

»Es muss nicht so enden«, flüsterte sie.

Die Eislady schnalzte missbilligend mit der Zunge. »Es endet so, wie ich es will.«

»Aiyana, ich bitte dich. Rette deine Seele. Es ist noch nicht zu spät. Lass mich dir helfen. Wir können das zusammen durchstehen. Weißt du noch? Von hier …« Akjir wurde je unterbrochen.

Ein Frostblitz durchschnitt die Luft mit einem Pfeifen. Jedoch hatte Akjir den Angriff kommen sehen und war beiseitegetreten. Ein halbherziger Versuch, einen Shatar zu attackieren.

Für Lilja fühlte es sich so an, als wäre sie stattdessen getroffen worden. Akjirs Worte schmerzten. Die Fürsorge für die Frau, die er einst geliebt hatte.

Der Stachel der Eifersucht sitzt tief, hatte Kyana ihr einmal erklärt. Damals hatte sie nicht gewusst, was ihre Mutter damit meinte. Nun verstand sie die Bedeutung, selbst wenn sie sich wünschte, es wäre nicht so.

»Wag es ja nicht, diesen Satz zu Ende zu sprechen«, schrie Aiyana.

Akjir sah betreten zu Boden.

Es kostete Lilja einiges an Überwindung, doch sie entwand sich dem beruhigenden Griff des Shatars. Loras hatte das Bewusstsein verloren und wenn sie nicht bald handeln würde, käme für ihn ebenfalls jede Hilfe zu spät. Lilja wollte nicht die Schuld an einem weiteren Tod tragen.

Es war erschreckend, wie leicht sie es schaffte, den ganzen Schauplatz in Feuer zu tränken. Die rote Hitze verwandelte den Himmel in eine scharlachrote Hölle. Und als die Blicke der beiden Frauen sich das nächste Mal trafen, erkannte Lilja zum ersten Mal Furcht in den kristallenen Augen.

»Feuer schlägt Eis«, wiederholte die Feuergeborene Akjirs Worte. »Ergib dich!«, forderte sie ihre Tante auf, als sie sich nicht rührte.

Die Eislady trat einen Schritt nach vorne und streckte eine Hand nach Akjir aus. Lilja sah im Augenwinkel, dass seine Finger verräterisch zuckten. Doch er blieb an Ort und Stelle stehen.

»Niemals«, flüsterte die Eislady. Und ehe Lilja realisieren konnte, was geschah, hüllte ein Kältekegel sie ein, der ihren Körper lähmte. Aiyana nutzte die Feuchtigkeit aus der Luft, um sich eine neue Waffe zu erschaffen. Ein fliegender Teppich aus Eis bahnte ihr den Weg zu der Flammenkämpferin, die sich weiterhin nicht bewegen konnte.

Lilja mobilisierte ihre Instinkte und schloss die Wärme in sich ein, so wie Akjir es sie in der *Diamantgrotte* gelehrt hatte. Aber ihre Panik raubte ihr die nötige Konzentration und sie hätte den Angriff nicht überlebt, wenn da nicht Akjir gewesen wäre. Das schiefe Singen ihrer aufeinanderprallenden Waffen – Eis auf Stahl – fuhr stattdessen in ihre Eingeweide.

Abgelenkt durch Akjir hielt die Eislady Lilja nicht länger in ihrem eisigen Gefängnis. Schweißperlen liefen dieser die Stirn herab, als sie es endlich schaffte, ihre Fähigkeit zu aktivieren.

Lilja wusste, wie sie die Herrscherin töten konnte. Akjir hatte es ihr nur wenige Abende zuvor in der Rauchbucht verraten. Sie musste den Körper ihrer Tante so weit schwächen, dass sie nicht mehr in der Lage war, sich ihrer Fähigkeit zu bedienen. Das war der Moment, in dem sie verbrannt werden konnte.

So tötet man eine Untote, hörte Lilja ihn die schicksalhaften Worte sprechen. *Durch Feuer.*

Gerade kam Loras wieder zu Bewusstsein, doch er schaffte es kaum, sich aufzusetzen. Wenn ihr Vorhaben gelingen sollte, brauchte sie Akjirs Hilfe. Würde er sein Herz überwinden und Aiyana töten können?

Ihre Sorge war unbegründet. Zwar hatte er versucht, sie zur Vernunft zu bringen, doch zog er diesmal einen Schlussstrich.

Die Lady war eine geübte Eiskämpferin, aber Akjir war der geborene Krieger. Niemals würde Lilja die vor Überraschung geweiteten Eisaugen ihrer Tante vergessen, als sein Schwert ihre Kehle zerriss. Es grenzte schon fast an Ironie, dass die Eislady geplant hatte, Lilja auf dieselbe Weise zu töten.

Ihre Eislanze zerfiel zu Pulverschnee, als Aiyana auf die Knie fiel. Röchelnd presste sie beide Hände auf die blutspritzende Wunde. Der Schnee vor ihr war rot verfärbt, doch der matschige Boden saugte sich bereits von unten durch das schmelzende Weiß und verwischte die Spuren dieses Kampfes.

Diesmal zögerte Lilja nicht. Ihr ausgestreckter Arm sendete eine Feuerwalze aus, die die Eislady gänzlich verschlang. Die Flammen glühten Blau und zeugten von der enormen Hitze. Möglicherweise spiegelte das Feuer auch das endgültige Aufbäumen einer

Eisgeborenen wider. Betreten sahen die Anwesenden dabei zu, wie der letzte Rest der eisigen Herrschaft verschwand und nichts außer Asche zurückblieb, die zu Boden fiel und wie Staubkörner liegenblieb. Und ein fremder Name im Wind, der verging.

Griffin.

43

Gestohlene Zeit

Akjir hätte erwartet, dass er sich anders fühlen würde. Irgendwie lebendiger. Aber dem war nicht so. Stattdessen erfüllte ihn eine tiefe Traurigkeit, als er auf die Überbleibsel der toten Frau blickte.

Nun war sie doch durch seine Hand aus dem Leben geschieden. Er hoffte, dass ihre Seele somit endlich Frieden fand. Ihm würde dieses Privileg nicht zuteilwerden. Nie würde er vergessen, was er ihr angetan hatte.

»Es ist vorbei«, flüsterte Lilja und trat an seine Seite.

Er schämte sich dafür, doch er konnte nicht anders und ergriff ihre Hand. Er fühlte sich schlecht, eine alte Liebe gegen eine neue auszutauschen. Doch hatte er Aiyana wahrhaftig und bedingungslos geliebt?

Wäre dem so gewesen, hätte es dann für Aiyana die Gelegenheit gegeben, ihn zu überlisten? Hätte er gezögert? Wohlwissend, dass sie an einem anderen Ort besser aufgehoben gewesen wäre. In einer Welt ohne Leid, ohne Schmerz. Er wusste keine Antworten auf diese Fragen.

Doch er hatte Aiyana nicht gehen lassen. Aus selbstsüchtigen Motiven heraus hatte er die traurige junge Frau für sich beansprucht. Er trug Schuld an ihrer grausamen Entwicklung. Niemals würde er sich das verzeihen.

Hätte er damals gewusst, welche folgenschweren Konsequenzen sein Handeln nach sich ziehen würde, hätte er dann anders gehandelt?

Darüber zu spekulieren war sinnlos.

»Ja.« Seine Stimme klang rau. »Sie ist tot.« Er spürte Liljas Blick auf sich ruhen und überwand sich, sie anzusehen.

»Bin ich ein Monster?«, fragte sie.

Er wandte sich ihr vollends zu und zog sie in seine Arme. »Nein«, hauchte er in ihr feuchtes Haar. Im Schein des Lichts glänzte es wie tausend Wintermondfeuer.

»Du hättest mir von Lerø erzählen müssen«, schniefte sie an seiner Brust.

Seine Finger verharrten auf ihrem erbebenden Rücken. Er verkrampfte sich.

»Du hast recht«, sagte er kaum hörbar und schaute dabei zu ihrem Bruder hinüber. Aiyana hatte ihm die Lebensenergie geraubt. Seine Kräfte übernommen. Ein altes Ritual der Jarl-Familie, um ihre Blutlinie mächtig und rein zu halten. Die Aufzeichnungen darüber mussten umgehend zerstört werden. Beinahe wäre es der eisigen Herrscherin gelungen, mit dunkler Magie die Kräfte von Feuer und Eis zu vereinen. Kaum vorstellbar, was dieses Ungleichgewicht für Folgen nach sich zöge.

»Es tut mir so leid.« Seine Stimme versagte.

»Von jetzt an keine Geheimnisse mehr.« Die Flammenkämpferin löste sich von ihm, um ihn zu betrachten. Ihr schwarz verrußtes Gesicht wurde von hellen Striemen durchzogen, da wo sich die Tränen in ihre Haut gegraben hatten. Sie versuchte sich an einem traurigen Lächeln.

Er würde sie vermissen. Wie viel Zeit blieb ihm noch?

Zwei Gardisten traten auf den Zeremonienplatz und halfen ihrem Vorgesetzten auf die Beine. Er stand kaum alleine aufrecht, doch er wies seine Männer an, Abstand zu halten.

Bald würden mit Sicherheit auch die Mitglieder der Weißen Krone eintreffen. Doch gegenwärtig waren sie unter sich.

»Du hast es geschafft.« Loras grinste verwegen zu ihnen herüber.

»Wer hätte das gedacht?«, antwortete Lilja ihm.

»Feuer schlägt Eis.« Er zuckte mit den Achseln. Die Geste ließ ihn schmerzlich das Gesicht verziehen. Lilja trat auf ihn zu.

Instinktiv wollte Akjir sie zurückhalten, doch er riss sich zusammen und ließ sie frei.

»Ohne dich hätte ich es nicht geschafft.«

Loras schnaufte und zeigte eine wegwerfende Bewegung.

»Ich meine es ernst«, flüsterte Lilja.

Alles an Akjir verkrampfte sich, als sie ihre Arme um Loras' Hals schlang und ihn fest umarmte.

Der Blick des zweiten Heerführers fand seinen. Er grinste ihm selbstgefällig zu. Doch statt ihn dafür zu bestrafen, nickte Akjir anerkennend, auch wenn sich dabei ein bitterer Geschmack auf seine Zunge legte. Loras hatte einen wichtigen Teil zu Aiyanas Sturz und Liljas Rettung beigetragen. Dafür würde er dem Mann auf ewig dankbar sein.

»Verzeih mir«, flüsterte Loras ihr so leise zu, dass Akjir sich bemühen musste, es zu verstehen. Er wand sich in ihrer Umarmung.

Lilja räusperte sich. Ihre Stimme klang müde. »Ich habe dir doch bereits …« Sie brach mitten im Satz ab. Der Shatar sah nicht, was geschah, aber er hörte ihr zischendes Atemholen.

Als Loras zurückwich, stolperte sie nach hinten. Akjir kam gerade noch rechtzeitig bei ihr an, um sie aufzufangen. Gemeinsam sanken sie zu Boden. Er folgte ihrem Blick.

Liljas Hände lagen feucht und blutverschmiert auf dem Griff eines Langdolches, der aus ihrem Körper ragte. Der Schock hielt ihre Schmerzen zurück, aber in ihren Augen spiegelte sich das Begreifen. Sie würde ebenfalls sterben.

Wütend und tränenverschwommen sah er zu dem Heerführer auf.

»Niemand sollte diese Fähigkeiten besitzen«, erklärte Loras traurig. Auch seine Augen bekamen einen trüben Schleier. Wenn

Akjir es nicht besser wüsste, würde er meinen, seinen eigenen Schmerz darin wiederzufinden. Er sah im Augenwinkel, wie Lilja verstehend nickte.

Zu viel Blut sickerte trotz der Waffe, die noch in ihr steckte, aus der Wunde direkt unterhalb ihres Herzens. Jetzt konnte sie keiner mehr retten.

Keiner, außer ihm.

Das Flammenmädchen musste ihm seinen Zweifel ansehen.

»Nein«, flüsterte es. »Zu lange lebten die Menschen von gestohlener Zeit.« Das Sprechen bereitete Lilja große Schmerzen. Sie sprach trotzdem weiter. Ihre Augen fixierten einen Punkt hinter ihm. Erschrocken wandte er sich um, in der Erwartung, Loras würde sie erneut angreifen. Doch er stand noch immer bei seinen Männern.

»Kali wird ein guter König sein. Sag ihm, ich gehe nach Hause.« Lilja versuchte, sich aufzusetzen, doch Akjir drückte sie sanft hinab. Wen sah sie dort an?

»Verbrennt uns gemeinsam«, krächzte sie und nickte zu der Eisfigur hinüber, die einmal ihr Bruder gewesen war.

Akjir schüttelte den Kopf. Seine zitternde Hand vergrub sich in ihrem Nacken und zog ihren Kopf empor. Ihre Stirn glühte heiß an seiner, während er ihr tief in die Augen sah.

»Verlass mich nicht.«

»Akjir?«, murmelte sie an seinen Lippen.

»Hm?«

»Wusstest du eigentlich …« Ein Hustenanfall unterbrach sie. Doch sie spuckte kein Blut, wie er befürchtet hatte. Vielleicht stand es doch nicht so schlimm um sie? »Du riechst nach frisch gefallenem Schnee, nach Wald und Erde«, flüsterte sie, als ihr Körper wieder zur Ruhe kam.

Trotz der Angst und der Verzweiflung lächelte er. Eine Träne löste sich aus seinem Augenwinkel, tropfte auf die sterbende junge

Frau. Sie lief ihr langsam die Wange entlang und hinterließ eine weitere Furche auf der rußgeschwärzten Haut.

»Und du nach Holzfeuer, einer Wüstennacht und dem Meer.«

Lilja schloss lächelnd die Augen. Ihr Atem verlangsamte sich.

»Ich liebe dich, Kaijenn.«

Sie zog die Augenbrauen zusammen. Mühsam versuchte sie, die Lider wieder zu öffnen, schaffte es aber nicht.

»Cailan?« Er hörte ihren tonlosen Ruf in seinen Gedanken. Nach all den Jahren brauchte Akjir einen Moment, um zu verstehen, dass trotzdem er gemeint war.

Sein Innerstes begann zu vibrieren.

Fast zwanzig Jahre lang hatte er geglaubt, er würde dieses Kribbeln nie wieder fühlen. Wie schmerzlich er es vermisst hatte, wurde ihm erst in dem Augenblick bewusst, als er es zurückerhielt. Und ausgerechnet am Ziel seiner Reise angelangt, wünschte er es fort.

»Ich liebe dich«, wisperte sie.

Wie von selbst fanden seine Lippen ihren Mund und sie küssten sich ein letztes Mal, während ein grelles Leuchten die Liebenden vor der Welt verbarg. Niemand sah die junge Frau, die auf dem Rücken des Weißen Hirsches emporstieg und in der Ewigkeit zwischen den Sternen verschwand.

Epilog

Das Feuer flackerte geheimnisvoll in seinem Rücken. Knisternd stoben Funken gen Himmel, wenn die Feuchtigkeit durch die enorme Hitze verpuffte. Der Wind wehte ihm von der Raahe aus kalt entgegen, doch das Feuer wärmte ihn ausreichend, um nicht zu frieren.

Seit jenem Abend im Kristallgarten hörte er die Rufe der Sterbenden wieder und das ganze Land erwachte aus seinem Winterschlaf. Während Eis und Schnee sich am Nordufer noch recht hartnäckig hielten, taute der Donnerberg nach fast zwanzig Jahren endlich wieder auf. Eiskaltes Gletscherwasser ließ die Auerschnellen über die Ufer treten und in einem halsbrecherischen Sturz die Drei Schwestern hinabfallen, deren Rauschen Akjir im Hintergrund vernahm. Ein Land geeint unter einem Barbarenkönig, der jeden einzelnen Bewohner mehr liebte, als jeder andere Herrscher vor ihm. Die Feuergeborene hatte Recht behalten. Kali war ein guter König.

Akjir hatte die Nacht auf dem Felsplateau verbracht, auf dem er Lilja das erste Mal gesehen hatte.

Damals hatte er von den Stegen aus zu ihr hinauf geschaut. Das war der Morgen gewesen, an dem er sie auf dem Markt getroffen hatte.

Die Hirschfigur ruhte in seinem Schoß. Das letzte Überbleibsel ihrer Geschichte.

Hoffnung.

Ein grausames Wort. Er würde die junge Frau vielleicht nie wiedersehen, aber die Hoffnung darauf blieb. Lilja hatte recht:

Ohne Hoffnung in seinem Herzen, was er verloren. Zuerst musste er sich jedoch seinem Urteil stellen.

Er schaute auf das offene Meer hinaus. Jeden Augenblick würde der Morgen anbrechen. Der Himmel war bereits in einen helleren Blauton getaucht, der Akjir unwillkürlich an Liljas Augen erinnerte.

Augen, die sie für immer geschlossen hatte.

Loras, der feige Hund, hatte sich aus dem Staub gemacht, noch bevor Liljas Körper erkaltet war.

Die ersten Tage nach ihrem Tod war Akjir durch die Klirrenden Wälder gestreift, auf der Suche nach Rache. Doch je länger er über den Tod des Flammenmädchens nachdachte, desto friedlicher wurde er. Loras' Tod würde ihm keinen Frieden bringen, denn er machte Lilja nicht wieder lebendig. Zudem glaubte er mehr und mehr, dass der Heerführer sie ebenfalls geliebt hatte. Wenn dem so war, wäre das Leben ohne sie eine weit größere Bestrafung als ein erlösendes Ende.

Kurz bevor die Sonne am Südufer über den Horizont trat, herrschte ein seltsamer Moment der Stille. Als hätte die Welt einen Deckmantel übergelegt, den erst die wärmenden Strahlen der Sonne vertrieben.

Als die glühende Scheibe ihren Bogen über den Ozean beschritt, wünschte Akjir sich nichts sehnlicher, als dass Lilja an seiner Seite wäre. Mit ihm zusammen den Sonnenaufgang bewundern würde, wie sie einst in einer eiskalten Wüstennacht gemeinsam die Sterne betrachtet hatten.

Die Geschichte, die sie ihm in jener Nacht erzählt hatte, war der Grund, warum er heute hier war. Gedankenverloren tippte er mit dem Zeigefinger auf das kleine Tongefäß, welches neben ihm auf dem Felsboden stand. Seufzend nahm er die Urne in die Hände.

Es würde nicht leichter werden, ganz gleich wie lange er den Augenblick hinauszögerte.

Mit steifen Knochen und müden Muskeln stand er auf. Die feuchte Meeresbrise blies ihm sanft durch das offene Haar, als er die verbrannten Überreste der Falk-Zwillinge aus ihrem Gefängnis befreite.

Lerø würde vom Wind in die Welt hinausgetragen werden, wo immer ihn seine Abenteuerlust auch hinführen mochte.

Aber Lilja war endlich zu Hause.

ENDE

Danksagung

Zwischen der ersten Idee und der Veröffentlichung von Zwillingskronen liegen vier Jahre und ich habe deutlich mehr Menschen zu danken, als ich hier namentlich erwähnen könnte.

Danke an Lena Weinert, dafür dass du an meine Geschichte geglaubt hast, obwohl sie nicht dem Mainstream entspricht und mir diese unglaubliche Chance gegeben hast.

Danke, dass du mir Wendy Nikolaizik als Lektorin zur Seite gestellt hast. Wendy, du bist ein ganz besonderer Mensch. Die Zusammenarbeit mit dir hat mir sehr viel Spaß gemacht und du hast mir mit deiner lockeren, aber dennoch professionellen Art die Angst vor diesem neuen Abschnitt genommen. Danke!

Vielen Dank an Jenny Grams für das tolle Cover. Dafür, dass du meine Änderungswünsche berücksichtigt hast und immer geduldig mit mir warst.

In diesem Zusammenhang möchte ich auch der lieben MJ von MarieJaneWorks für die drei tollen Illustrationen danken, die das Aussehen meiner Charaktere mit so viel Leidenschaft und Liebe zu Papier gebracht hat.

Der größte Dank gilt meiner Familie. Meinen Eltern, Gabriele und Karl, dafür, dass sie mir alle Bücher gekauft haben, die ich je wollte - bis heute - und mich in jeder Hinsicht unterstützen.

Danke an meinen wundervollen Ehemann Joel - du bist der Grund, warum ich wieder mit dem Schreiben angefangen habe. Danke, dass du diesen und jeden anderen Weg mit mir gehst. Danke für unsere großartige Tochter!

Ich habe das Glück, durch dich eine zweite Familie gewonnen zu haben. Karin und Johannes, ihr seid die besten Schwiegereltern, die ich mir wünschen kann. Danke, dass ihr mich so liebevoll aufgenommen habt und immer da seid, wenn ich euch brauche.

Danke an Salomé Blenk. Du bist nicht nur meine Schwägerin, Freundin und Partnerin in Crime, sondern auch eine unfassbar talentierte Grafikdesignerin. Dank deiner aufbauenden Worte haben sich meine Selbstzweifel in Grenzen gehalten. Und DANKE, dass du diesen wunderschönen Hirsch zu meinem Cover beigetragen hast und mir auch hier immer beratend zur Seite standest.

Danke an das Brothaus, meine tolle Gemeinde in Bad Kreuznach. Für euer Interesse, die Ermutigungen und die vielen Gebete. Es ist ein tolles Gefühl, euch hinter mir stehen zu haben.

Eine große Hilfe bei der Überarbeitung von Zwillingskronen waren meine wundervollen Testleserinnen. Lisa Wand, Janina Lippert, Angela Beumann, Anna Brünner und Michelle. Ihr habt mir dabei geholfen, die Geschichte aus Lesersicht zu sehen, und habt maßgeblich dazu beigetragen, dass sie so wurde, wie ich es mir gewünscht habe. Euch gilt meine ewige Dankbarkeit.

Ich möchte auch all den Leuten meinen Dank entgegenbringen, die ich im echten Leben nie getroffen habe, mit denen ich aber beinahe täglich E-Mails oder Instant Messages ausgetauscht habe. Das Verlagswesen führt in den sozialen Netzwerken ein außergewöhnliches Eigenleben und ich habe dort die Bekanntschaft vieler inspirierender Menschen gemacht. All die Autor*innen, Blogger*innen, Fans und Schreibenden haben mich so liebevoll in die Familie aufgenommen. Besonders hervorheben möchte ich an dieser Stelle Melanie Lane, Caroline Schmidt und Hester O. Tate. Ihr seid nicht nur großartige Autorinnen, sondern auch zu meinen Freundinnen geworden. Egal, ob es um Tipps, Ermutigungen oder um das Fangirlen eines geliebten Buches geht, ihr seid immer da! Als Autorin arbeitet man meist allein, aber dank euch allen war ich es nie wirklich. DANKE!

Ich sollte wohl auch kurz meinen Deutschlehrer*innen danken, die mich dazu angespornt haben, mich stets weiter zu verbessern. Und dafür, dass sie mir immer gesagt haben, ich solle keine Romane anstelle von Aufsätzen schreiben. Jetzt sehen sie endlich mal, was ein echter Roman ist! :)

Zuletzt aber vielleicht am wichtigsten: Danke an all meine Leser*innen und Follower*innen. Erst eure Nachrichten, Fan-Arts und euer Lob haben mir das nötige Selbstbewusstsein gegeben, nach einem Verlag zu suchen. Es war eine lange Reise, aber wir haben es geschafft. Auf euch!

Ich hoffe, ihr könnt verstehen, warum mein Buch so enden musste. Lilja und Akjir werden sich wiedersehen!

Möge das Glück stets an euren Füßen haften!

Eure Annemarie

Alkator
Uferloses Meer
Trümmergürtel
Eisvulkan
Obsidian Zitadelle
Diamantfluss
Rauchbucht
Klirrende Wälder
Firnfeld
Diamanthafen
Moosglöckchenfjord
Firnheim
Die Drei Schwestern
Forstheim
Auerweiher
Dorf des Firnfuchsclans
Donnerberg
Meeresstadt
Raahe
Die Abtrünnigen Inseln
Turas
Sterbendes Meer
Daora
Hochebene
Vergessene Lande
Jukka
Die Letzte Wüsteninsel
Die Tote Stadt
Salzseen